L'héritage des Charles

de la mort de Charlemagne
aux environs de l'an mil

Du même auteur

Dagobert, un roi pour un peuple
Fayard, 1982

L'Avènement d'Hugues Capet
*Gallimard, « Trente journées qui ont fait
la France », 1984*

Histoire du Moyen Age français
Perrin, 1992

Clovis, de l'histoire au mythe
Complexe, 1996

Robert le Pieux, le roi de l'an mil
*(Grand prix de la biographie historique
de l'Académie française)*
Perrin, 1999

Laurent Theis

Nouvelle histoire
de la France médiévale

2

L'héritage
des Charles

(de la mort de Charlemagne
aux environs de l'an mil)

Éditions du Seuil

COLLECTION « POINTS HISTOIRE »
FONDÉE PAR MICHEL WINOCK
DIRIGÉE PAR RICHARD FIGUIER

ISBN 2-02-011555-7 (éd. complète).
ISBN 2-02-011553-0 (tome 2).

© ÉDITIONS DU SEUIL, FÉVRIER 1990.

Le Code de la propriété intellectuelle interdit les copies ou reproductions destinées à une utilisation collective. Toute représentation ou reproduction intégrale ou partielle faite par quelque procédé que ce soit, sans le consentement de l'auteur ou de ses ayants cause, est illicite et constitue une contrefaçon sanctionnée par les articles L. 335-2 et suivants du Code de la propriété intellectuelle.

Avertissement

Savons-nous bien ce que nous savons ? Au seuil des deux siècles que nous allons parcourir, il faut me déclarer. Du temps qui nous sépare de la mort de Charlemagne, en 814, jusqu'aux alentours de l'an mil, où règne Robert, le deuxième Capétien, comment parler avec précision, certitude, justesse surtout ?

Pour tenter d'y voir clair, nous attendons Thucydide, César ou Tacite. Voici Nithard, Flodoard ou Richer. Chez nous, Karnak, Acropole, Pompéi des IXe et Xe siècles se réduisent à quelques pans de mur, cryptes et trous de poteaux. La seule tombe de Toutankhamon ne recèle guère, sans doute, moins d'objets précieux que tout ce que les Carolingiens de Francie occidentale nous ont légué.

Comment s'habillait Robert le Fort ? Le traité de Saint-Clair-sur-Epte a-t-il vraiment existé ? Quelle langue parlait Louis IV d'Outre-Mer ? A quel âge Hugues Capet a-t-il été couronné ? Tout cela, et il s'agit ici des personnages les plus considérables, nous l'ignorons. Que dire alors de la masse des populations, du fil des événements, des façons de faire et de penser ? Plus nous avançons dans ces deux siècles, plus l'obscurité s'épaissit.

Certes, des documents existent, assez nombreux même en quantité. Conçus et rédigés en quasi-totalité par des hommes d'Église, ils n'ont nullement pour objet de décrire la réalité terrestre. Comment interpréter, faire parler ces vies de saints, ces récits de miracles, ces traités canoniques, et même annales et chroniques ? Seuls de rares inventaires monastiques, et un nombre grandissant de chartes de donation, après 950, jettent un pinceau lumineux dans des domaines étroitement circonscrits. Bien entendu, il s'agit toujours d'affaires d'Église. La société laïque, en ce temps-là, est presque totalement réduite au silence. Or la littérature cléricale n'a pas pour dessein de décrire le monde d'ici-bas, mais bien plutôt d'en prendre le contre-pied. La langue qu'elle utilise, un latin rénové à la lumière des Anciens, n'est plus comprise que par le groupe de plus en plus restreint des lettrés. Le roi lui-même, Hugues Capet, n'entend pas ce latin. Et ce langage même, parfois, nous trompe, ou nous plonge dans la perplexité. Un exemple ? Dans des inventaires monastiques du début du IXe siècle, nous trouvons, s'agissant de l'outillage agricole, ici le terme d'*aratrum,* là celui de *carruca*. Alors, araire primitif, là, charrue déjà moderne, ici ? Plutôt vocabulaire dont dispose le rédacteur, lecteur de Virgile ici, moins cultivé là. Au total, *aratrum* peut désigner une charrue, et *carruca,* un araire ; ou même un instrument intermédiaire. Naturellement, l'archéologie est ici d'un piètre secours ; les pauvres objets de bois, exceptionnellement renforcés de métal, ont disparu, à quelques fragments près. Alors, comment conclure, sinon par un aveu d'incertitude ?

Certes, qui a découvert un trésor monétaire, exhumé une série de fonds de cabanes, arraché à la tourbe un squelette de bateau, déchiffré et édité à grand soin une lettre d'évêque, ou repéré ici et là une indubitable relation vassalique en tire légitimement de fortes conclusions. Grâce à d'inlassables efforts d'érudition, notre connaissance des IXe et Xe siècles progresse substantiellement, surtout depuis une quinzaine d'années. Dans ces travaux je puiserai sans vergogne, mais sans en tirer non plus de généralisations excessives.

La multiplication des études de cas ne permet que rarement d'aboutir à une synthèse tant soit peu assurée. C'est que, outre le caractère fragmentaire et dispersé des documents, quand ils existent, la France des IXe et Xe siècles est traversée de contrastes violents : l'occupation du sol, les modes de vie, les structures sociales, les niveaux de culture varient intensément dans l'espace, même à courte distance, et à l'intérieur des populations. Nulle part l'évolution ne marche du même

Avertissement

pas. Ici, l'Antiquité se perpétue, la romanité demeure la plus forte, tandis qu'un peu plus loin le système de la seigneurie châtelaine est déjà lisible. Bref, des cas d'espèce, quelque bien étudiés qu'ils puissent être, ne parlent le plus souvent que pour eux-mêmes. C'est dans le domaine de la production, de la consommation et des échanges de biens matériels que nous sommes le plus mal éclairés. Là, le risque d'approximation, voire de contresens, est si élevé que j'ai préféré n'en guère écrire davantage que les contemporains eux-mêmes.

En revanche, la sphère des idées et des représentations, dont l'expression et sans doute l'intelligence ne sont le fait que d'une mince élite, paraît plus homogène et plus stable : Dieu, l'Église, le roi, les correspondances entre société terrestre et cité divine, voilà les thèmes principaux qui, continûment, nourrissent le travail intellectuel, lequel n'est pas sans effet sur la réalité matérielle. Nous aurons plus à dire sur Dieu que sur les modes de production, car Dieu, tel qu'il est alors conçu et incarné, est le maître du jeu, et grand producteur de structures. Si éloignés que nous en soyons aujourd'hui, nous devrons considérer de près, et parfois prendre au pied de la lettre, la terminologie du sacré. Là gît, malgré avatars et soubresauts, l'unité profonde de notre période, tout entière placée sous le signe de la royauté sacrée, quels qu'en soient les divers supports à travers une douzaine de princes régnants, depuis Louis, déjà le Pieux, jusqu'à Robert, également Pieux.

Comme dans le volume précédent, notre territoire est celui que recouvre la France contemporaine. Cette délimitation, on s'en doute, n'est guère pertinente pour les IXe et Xe siècles, encore que, du traité de Verdun, de 843, jusqu'à l'avènement d'Hugues Capet, en 987, se décèlent les linéaments, encore ténus, d'une identité nationale en voie de très lente constitution. Sans forcer le trait, il nous revient aussi d'en repérer la possible émergence.

1
La splendeur impériale
(814-877)

1

L'Empire déchiré
(814-843)

Diviser, morceler, voilà la règle. La royauté franque, depuis l'origine, en a toujours usé ainsi : répartir ce que l'on tient entre les héritiers mâles. Chacun a droit à quelque chose. La dévolution des règnes, des pouvoirs, des richesses en hommes et en terres qui en constituent le fondement est affaire de famille. Juste est le père qui partage équitablement. A Thionville, en 806, poursuivant la tradition de ses devanciers, Charlemagne a procédé au partage, destiné à entrer en vigueur sitôt sa mort. Charles, Pépin et Louis, ses trois fils, sont déjà rois, non parce qu'ils sont en possession d'un royaume, mais parce qu'ils sont fils de roi. Le sacre, naguère, a confirmé et sanctifié ce qui procède de la race et de l'hérédité. Chacun des trois garçons recevra, le jour venu, un tiers de l' « Empire ou royaume ». D'empereur, il n'est question nulle part, sinon pour désigner Charlemagne lui-même, qui, semble-t-il, ne se conçoit pas de successeur dans cette dignité toute personnelle. Le titre impérial ne fait pas partie du patrimoine de la famille carolingienne.

Dans la distribution, Charlemagne n'oublie pas ses filles, nombreuses, qui, sans avoir part au règne, n'en sont pas moins porteuses d'un sang précieux, celui que Dieu a distingué pour conduire le peuple chrétien dans les voies du salut.

Le partage effectif, cependant, est différé. Pépin, le puîné, meurt en 810 ; Charles, un an plus tard. Louis, le benjamin, seul subsiste. Dès lors, il est aisé de réunir la dignité impériale et le gouvernement des royaumes dans les mêmes mains : à Aix-la-Chapelle, en 813, à la demande de Charlemagne, l'assemblée générale reconnaît Louis, alors roi d'Aquitaine, comme empereur auguste, successeur de Charles le Grand.

1. Sur quoi règne Louis.

En janvier 814, Louis entre en possession du règne. Il a trente-six ans et, déjà, trois fils, sans compter son neveu Bernard, fils de Pépin et roi d'Italie. De quoi se compose l'héritage dont Louis est ainsi investi ? Le prince, rappelons-le, commande à des populations dont la réunion forme le peuple chrétien. L'Empire, chrétien par définition, n'est pas d'abord une notion territoriale. L'empereur ne possède pas l'Empire comme il possède ses biens fonciers propres : il l'organise et le conduit dans le sens qui convient au projet divin. Empire chrétien, Empire romain, mais primauté de l'élément franc. Là où les Francs sont le plus représentés et le mieux possessionnés, là le Carolingien est le plus chez lui. Dans l'immense conglomérat constitué par Charlemagne, distinguons un noyau central, des royaumes adjacents et des zones excentriques ou périphériques. Ce qui est aujourd'hui la France participe de ces trois domaines. D'abord, la Francie, l'ancien royaume de Pépin le Bref, de la Loire à l'Escaut, à la Meuse et au Rhin, avec, en annexe fortement liée, la Bourgogne et, plus lointaines, la Provence et la Septimanie ; là se trouvent le meilleur du fisc royal, les fidèles les plus proches, tant laïques qu'ecclésiastiques, l'imprégnation chrétienne la plus profonde, à certes bien des nuances près.

Tout comme, ailleurs, la Bavière et l'Italie, l'Aquitaine fournit un bon exemple de ces royaumes adjacents ; l'empreinte romaine y demeure spécialement forte, des traits particuliers de civilisation s'y affirment, et les Francs ne s'y sentent guère à l'aise. Dès 781, Charlemagne a jugé politique de l'ériger en royaume, sous le principat tout formel de son fils Louis, presque encore à la mamelle. Au sud, entre Garonne et Pyrénées, la Gascogne, très en marge. Les Vascons, sous la conduite de potentats locaux, faiblement christianisés, demeurent incontrôlables, même si leurs chefs, au début du IXe siècle, assurent le roi de leur fidélité et reçoivent de lui une titulature publique. Encore plus excentriques sont les Bretons. A l'ouest de Rennes et de Vannes, les Francs se hasardent rarement à mettre les pieds. Les princes locaux, en particulier un certain Morvan, affichent une indépendance agressive qui a requis la constitution d'une marche, glacis militaire à hauts risques, confiée quelques années à Charles le Jeune, fils aîné de Charlemagne.

De ces peuples dont les noms ornent la titulature des princes, quelle est, lorsque Louis en hérite la domination, l'importance numérique ? Pour tout ce qui se trouve au sud de la Loire, il est impossible, faute de documents, de s'en faire la moindre idée. La densité d'occupation du sol semble moins difficile à apprécier au nord, là où nous disposons, pour le IXe siècle, de quelques dizaines d'inventaires, souvent très incomplets, portant sur des domaines royaux et surtout ecclésiastiques ; la concentration paysanne paraît relativement importante, excessive même par rapport aux structures agraires. Mais ces zones de fort peuplement, en Ile-de-France, en Picardie, en Flandre, en Champagne ou en Lorraine, sont vraisemblablement circonscrites aux terroirs les mieux exploités. Ailleurs, la présence des hommes est beaucoup moins dense, nulle parfois, d'autant que la forêt recouvre une grande partie de l'espace rural, dont la mise en valeur est très irrégulière. Agriculture et habitat itinérants, autant qu'on sache, subsistent. Les « déserts » sont sans doute plus la règle que l'exception. Les hommes, dans leur immense majorité, sont liés à la terre, qui les nourrit plutôt mal que bien, qu'ils la travaillent ou qu'ils y prélèvent, sans doute très largement, les produits de la cueillette, de la chasse et de la pêche. Prélèvement et prédation, tels sont les maîtres mots de l'exploitation du sol, pour laquelle les paysans sont techniquement bien mal armés : la bêche, le bâton, voire la main nue, plus efficaces, si l'on peut dire, sur les sols légers que sur les terres grasses. Aussi les défrichements qu'on croit parfois apercevoir, à la faveur de textes ambigus bien plus que par des enquêtes archéologiques, sont-ils sans doute faibles et rares, récupération de terroirs anciens plutôt.

Société, rurale, de peu : peu d'outils, peu de bétail, peu d'engrais, peu de rendement, peu ou pas, selon que l'on vit au sud ou au nord, de pierres pour construire sa maison.

Peu de monnaie aussi, malgré les efforts persévérants de Charlemagne pour organiser les échanges, pour les contrôler surtout, car ils donnent lieu à prélèvement fiscal, parce que aussi le maniement des espèces se prête à l'injustice et au désordre. Les pièces d'argent servent principalement à acquitter les redevances. Le roi en a, en principe, et assez longtemps en fait, le monopole de la frappe, signe de pouvoir autant que garantie de la qualité des transactions. Sur les marchés locaux, qui paraissent, au début du IXe siècle, se développer, le troc est vraisemblablement le mode d'échange le plus courant. Le commerce à longue distance, par voie de terre et d'eau, revêt davantage d'importance, par la valeur des denrées en cause : esclaves, chevaux, sel, vins de qualité, parchemin, parfums, métaux précieux — tous les métaux le sont —, tissus de luxe. Les négociants qui les ont en charge, Juifs et Frisons, comme les désignent souvent les textes, l'empereur se soucie d'eux et les protège ; ainsi fait Louis le Pieux dans un précepte de 828. Les aristocrates, laïques et ecclésiastiques, se préoccupent eux aussi du bon approvisionnement de leur maison. La liturgie, la vie monastique, par exemple, sont grosses consommatrices de produits d'importation, depuis l'au-delà des Alpes, les ports de la Méditerranée, et aussi ceux de la mer du Nord, comme Quentovic. En Provence comme dans le pays mosan, au débouché des cols et de place en place le long des voies d'eau, comme à proximité des centres de consommation, des lieux d'échange permanents, animés en outre de foires périodiques, se sont implantés, sous la sauvegarde de la puissance publique. Ne surestimons pas ce mouvement, dont la réalité ne fait cependant aucun doute. En particulier, il n'est pas encore à l'origine d'un essor urbain, invisible au IXe siècle. Si la ville existe, et elle existe en effet, c'est pour autre chose.

La ville, au début du IXe siècle, ne se définit pas d'abord par une population agglomérée. Autour des grands monastères comme Saint-Denis ou Saint-Riquier, aux portes des palais, résidences saisonnières des rois, tels Attigny, Quierzy ou Compiègne, des cabanes et des masures se regroupent, abritant des habitants parfois par centaines ; autant de villages, de bourgs, les dénominations sont variables, qui doivent d'exister à la proximité de groupes et de collectivités très riches, qui consomment et redistribuent largement — cour royale ou même comtale, communautés monastiques.

Tout autre est la cité, la *civitas,* qui reproduit le double modèle de Rome et de Jérusalem, terrestre et céleste. Dans le paysage, on la reconnaît à son enceinte, même ruinée et utilisée comme carrière de pierres, comme fait l'archevêque Ebbon pour agrandir l'église de Reims, à ses portes souvent dégradées faute d'entretien régulier, aux tours de sa cathédrale quelquefois. Cette cité-là vient du fond des âges, du commencement de l'histoire, puisqu'elle porte la marque de la présence romaine. Ce caractère antique lui confère un prestige particulier. Peu importe alors sa taille, ce qui lui reste de population : Beauvais, Senlis, Embrun ne dépassent peut-être pas le millier d'habitants. Il n'empêche ; là réside la puissance la plus ancienne et la plus stable, qui survit à toutes les mutations politiques : l'institution épiscopale. Là où est l'évêque, là est la cité, qui a donné son nom au pays alentour. Le comte, le roi ne logent plus en ville, sinon occasionnellement. L'évêque y demeure en permanence, sa vie durant. Autour de lui sont là une communauté de chanoines, des scribes, un ou plusieurs maîtres d'école, des veuves actives et pieuses, des artisans habiles à confectionner les objets nécessaires au culte, un personnel suffisant pour assurer le train de maison de qui n'est pas seulement un pasteur, mais aussi, sous les Carolingiens, un agent du pouvoir royal, prenant le plus souvent le pas sur le comte, ne serait-ce que parce qu'il est, en principe, irrévocable et inviolable. La cathédrale, l'enceinte réservée aux chanoines, là où la réforme canoniale lancée par Chrodegang de Metz les a atteints, l'école, la résidence de l'évêque, tout cet ensemble constitue, au cœur de la cité, le groupe épiscopal, renforcé parfois, à la périphérie, d'églises annexes, de monastères intra-muros ou suburbains. Les évêchés les plus prestigieux, les mieux placés, les plus actifs peuvent atteindre aux dimensions de véritables villes, au sens où l'entendait l'Antiquité : plusieurs milliers d'habitants à Reims, à Poitiers, à Lyon ou à Narbonne, plus de dix mille peut-être, mais tout ici encore est hypothétique, à Metz ou à Paris, où les liens entre royauté et haute Église s'incarnent avec une particulière intensité.

Pourvoyeuse et animatrice d'activités de production et d'échanges, centre de commandement temporel et spirituel, lieu où le savoir se maintient le mieux, site où se réfugier à l'heure du péril, la cité jouit d'un grand rayonnement. L'iconographie en a fait un thème majeur. Si faible soit-il matériellement, le fait urbain, réduit de la civilisation latine, conserve une importance culturelle à ne pas négliger. L'armature épiscopale constitue, non seulement pour l'Église, mais pour la société tout entière, un principe d'organisation essentiel. Diminuée, délabrée, envahie par les prés et les champs, pauvre en habitations de pierre, la cité et ses images restent au cœur de la civilisation occidentale.

2. La vertu de l'ordre.

Vers la Cité unique où règne un Dieu unique, celle qu'a décrite saint Augustin, le peuple chrétien doit se diriger en bon ordre.

Unité, mise en ordre, voilà bien les idées maîtresses de Louis, le nouvel empereur. Par Louis le Pieux, j'entends moins sa personne que le groupe qui l'entoure, le conseille, médite et décide avec lui ce qui est bon pour la collectivité. Ce qui est bon, ce qui concourt au salut commun, c'est que chacun occupe exactement sa juste place, afin que les distinctions et les hiérarchies nécessaires garantissent la stabilité et la pérennité de l'ensemble.

L'indispensable rangement, Louis l'entreprend dès son avènement. D'abord, en purgeant son entourage, son propre sang, des pollutions du siècle : les sœurs de l'empereur, nombreuses, sont expédiées dans des monastères propres à raffermir leurs vertus, et leurs amants sont éloignés. Les femmes au statut mal défini, aux fonctions ambiguës, disponibles pour les grands de la cour, sont expulsées et maintenues à bonne distance. Ce ne sont pas la joie ni ses filles qui prévalent désormais au palais, devenu sacristie du temple divin, c'est la pureté, à laquelle l'Église tente, avec des succès divers, d'appeler la société laïque trop gourmande de chair. Or l'empereur n'est-il pas à la jointure du monde laïque et de l'Église ? Cette double identité, à laquelle Louis paraît plus attaché que son père, peut-être parce qu'il en est davantage conscient, se concrétise dans le sacre. Certes Charlemagne, de sa propre autorité, avait désigné son fils comme empereur en 813. La dignité impériale, alors, ne requiert pas d'autre consécration. Louis, pourtant, ressent le besoin, sans doute, d'une légitimation spirituelle plus forte. Aussi, à l'automne 816, à Reims, est-il sacré, avec son épouse Irmengarde, des mains débiles du vieil Étienne IV, pape de quelques mois, qui a fait tout exprès le voyage afin d'obtenir aide et protection de l'homme le plus puissant de la terre. Louis prend en effet les engagements propres à garantir l'indépendance de l'institution pontificale. Surtout, à partir de 816, il est acquis, au moins implicitement, que l'accession à l'Empire nécessite l'onction papale. De cette volonté de remise en ordre, le chef de l'Église tire un bénéfice, à terme, considérable.

Présence, puissance de l'Église : les signes en sont partout visibles. Ce ne sont plus les grands aristocrates, parents ou compagnons du prince, comme Wala, Adalard ou Angilbert, qui font cortège à l'empereur. Auprès de lui, à présent, prennent place de graves personnages, Hélisachar, un prêtre, Benoît, un moine, qu'il a connus et promus alors qu'il était roi d'Aquitaine. Benoît, qui, jeune homme, s'appelle Witiza, était le fils d'un aristocrate languedocien, un Goth, comme on dit, qui exerçait les fonctions de comte de Maguelonne. Bientôt attiré par la vie cénobitique, il fonda, dans la propriété familiale d'Aniane, une communauté placée sous l'invocation et la règle de saint Benoît, dont il prit le nom. La règle bénédictine était alors bien plus implantée en Italie que dans les royaumes francs, où d'autres disciplines étaient également répandues, notamment celle de Colomban, et souvent abâtardies. Dans certains établissements, l'observance d'une règle, quelle qu'elle fût, était réduite à rien. En outre, les moines gyrovagues, ces personnages ascètes, ou prétendus tels, qui, sans cesse en mouvement, échappaient à tout contrôle, restaient nombreux. Unité et discipline devaient donc s'imposer. Louis, devenu empereur, conserva auprès de lui le réformateur des monastères de Gellone, de Saint-Savin, de Massay et de bien d'autres au sud de la Loire. A Inden, non loin d'Aix, Benoît prit la direction d'une communauté destinée à illustrer de façon exemplaire l'application de la nouvelle discipline. Entre 816 et 818, sous l'impulsion de Benoît, que Louis avait placé « à la tête de tous les moines de son Empire », conciles et assemblées générales, notamment à Aix en 817, élaborèrent des constitutions tendant à réglementer et à unifier, sous les auspices de saint Benoît, la vie des moines et des moniales, à organiser les chanoines en véritables communautés, selon la règle de saint Chrodegang, et, de façon plus générale, à structurer et à purifier la société ecclésiastique, modèle pour le monde laïque que l'Église est chargée d'encadrer et de guider. Bref, la réforme, c'est-à-dire, selon l'esprit du temps, le retour à une origine supposée toute de pureté, fondé, pour ce qui est de la société divine et de ses reflets terrestres, sur la lecture de saint Augustin et de Benoît de Nursie, surtout à travers son biographe le pape Grégoire le Grand, est partout à l'ordre du jour. Se mettre en règle avec Dieu, voilà, pour les hommes de Dieu, dont l'empereur n'est pas le moindre, la toute première urgence. Ce mouvement d'unité et de purification, autoritairement proclamé, suscite, on s'en doute, bien des résistances. Ainsi, les clercs de Saint-Denis répugnent à embrasser l'observance monastique et ses rigueurs, comme on le leur enjoint. Se mettre au travail, comme l'impose la règle bénédictine, célébrer des offices nocturnes, renoncer à certains plaisirs du siècle, même innocents, ne constitue guère un programme attrayant. Aussi la tentative menée par l'empereur et son conseiller n'entra-t-elle que très imparfaitement dans les faits, d'autant que Benoît mourut en 821. Les meilleurs des abbés et des évêques, cependant, y poussèrent et s'y engagèrent. L'intérêt le leur commandait autant que la vertu. Amendée, unifiée, soustraite autant que possible à la mainmise des laïcs, l'Église devait gagner en puissance et en influence : une communauté monastique rénovée peut obtenir la restitution de biens usurpés, recevoir l'immunité, mieux gérer son temporel, s'agrandir en suscitant des donations ; flanqué d'un corps de chanoines bien réglés, l'évêque est davantage en mesure d'exercer son contrôle sur le peuple qui lui est confié. Dignes et forts, mieux instruits de leurs devoirs et de leurs droits, appuyés sur des structures solides et unifiées, les chefs de l'Église gallo-franque sont capables de tenir tête aux pouvoirs laïques et, lorsqu'ils ont l'oreille du prince, comme c'est particulièrement le cas avec l'empereur Louis, de faire prévaloir leurs vues, au nom de la volonté divine dont ils sont les interprètes naturels et légitimes.

Ainsi Agobard, archevêque de Lyon, est de ceux pour qui l'unité de la foi doit s'incarner dans l'unité des peuples dont l'empereur est le maître. La disparité des nationalités, les différences entre statuts juridiques sont autant d'obstacles à la nécessaire et souhaitable unité du monde chrétien.

Unité, voilà l'urgence. L'empereur l'entend bien ainsi. Le hasard, ou plutôt la Providence, l'a appelé à présider seul aux destinées de tout l'Empire, qu'il conçoit, autant qu'il peut, comme un ensemble unique. Il n'est plus collectionneur de royaumes, roi des Francs, des Lombards, des Aquitains et autres. Dès son avènement, il se déclare, et cela suffit, « empereur auguste ». Exercer un empire, religieux par identité, n'est pas la même chose que gouverner des royaumes. *Christiana respublica, christiana religio,* voilà les deux faces de la même monnaie, sur laquelle figure désormais un temple. Ces concepts, polis et enchâssés comme des gemmes par les clercs de l'entourage impérial, prennent le pas sur les réalités du gouvernement et de la société civile. Puisque l'Église est une, et éternelle, comment l'Empire, son point d'appui, n'aurait-il pas les mêmes caractères ?

L'idéologie, à ce point, se heurte à la force des choses. Louis est le seul mâle issu de l'empereur défunt. Mais lui-même a trois fils qui sont, par la naissance, autant de rois, à parité. Qu'adviendra-t-il de l'Empire, de l'idée et de la chose, lorsque s'ouvrira la succession ? A peine installé, Louis, aussitôt, s'en inquiète. Sans doute la règle traditionnelle du partage ne peut-elle pas être méconnue, encore moins abolie. Du moins l'empereur et ses conseillers songent-ils à en atténuer les effets mécaniques, propres à compromettre et à ruiner la pérennité de la construction impériale. Pour une fois, on voit les protagonistes de cette grande affaire pleinement conscients de l'enjeu. La constitution élaborée et promulguée à Aix au cours de l'été 817, à l'issue d'une assemblée générale, en porte témoignage, dans son préambule même : les « fidèles », c'est-à-dire essentiellement les grands laïques, ont demandé à l'empereur, « avec dévouement et fidélité », d'organiser sa succession en attribuant par anticipation chacun leur part à ses fils, « conformément à la façon de nos pères », c'est-à-dire selon le principe de la *divisio imperii* retenu par Charlemagne en 806 : répartition de l'héritage aussi juste que possible entre les mâles, qui auront à cœur de faire concourir leurs gouvernements respectifs au service de Dieu et du peuple chrétien.

Divisio, ce mot fait horreur aux grand dignitaires ecclésiastiques. Diviser l'Empire, n'est-ce pas démembrer le corps du Christ, creuser des fissures par lesquelles le mal s'insinuera commodément, dressant le frère contre le frère, les fils contre le père ? Un Dieu, une Église, un Empire, voilà la configuration qui seule doit prévaloir. Non pas séparer, disjoindre, mais mettre en ordre, harmoniser ; non pas *divisio,* mais *ordinatio imperii,* telle une procédure de consécration : Empire voué au Dieu unique, par le ministère de son Église, pour le salut du peuple chrétien tout entier.

C'est donc « inspiré par la puissance divine » que Louis, premier du nom chez les Carolingiens, comme pour rappeler et illustrer la mémoire de son prédécesseur et, dit-on, aïeul Clovis, premier roi franc chrétien, affirme : « Il ne nous est point apparu, ni à nous ni à ceux qui jugent sainement » — on voit bien quel groupe d'influence est ici désigné — « qu'il fût possible, par amour pour nos fils, de laisser rompre, en

L'Empire déchiré (814-843) 23

procédant à un partage, l'unité d'un empire que Dieu a maintenu à notre profit. Nous n'avons pas voulu courir le risque de déchaîner ainsi un scandale dans la sainte Église et d'offenser celui en la puissance de qui reposent les droits de tous les royaumes. »

La constitution de 817, donc, ne partage pas : elle organise. Lothaire, l'aîné, est déclaré empereur et seul héritier de l'Empire, auquel il est aussitôt associé. Pépin, le cadet, conserve l'Aquitaine, dont il est roi depuis trois ans, et Louis, le benjamin, reçoit une grande Bavière. On le voit, la partition ne porte que sur les régions périphériques de l'ensemble franc, dont l'essentiel demeure indivis. Bien plus, pour le jour où Lothaire succédera à son père, toutes sortes de dispositions limitent l'indépendance des rois, placés explicitement sous son autorité suprême, notamment dans les domaines militaire et diplomatique ; point capital pour la cohésion du système, les frères de Lothaire ne pourront pas se marier sans son agrément. Enfin, en cas de décès de l'un des trois frères, il ne sera procédé à aucun nouveau partage : un seul héritier sera désigné pour succéder au roi défunt tandis que, si Lothaire disparaît, les grands demanderont à la Providence de leur indiquer lequel des deux frères survivants doit le remplacer, « pour sauvegarder l'unité de l'Empire ».

Cette unité forcée, imposée d'en haut, faisait violence à bien des traditions, des intérêts et des comportements. Les divisions ethniques, les liens claniques demeuraient des réalités bien vivantes. Après l'élévation d'Hélisachar et de Benoît d'Aniane, la nomination d'Agobard, encore un Wisigoth, à l'archevêché de Lyon, n'avait pas plu à l'aristocratie franque, non plus que celle d'Ebbon, d'obscure origine, au siège métropolitain parmi les plus prestigieux, celui de Reims. Surtout, l'*ordinatio imperii* plaçait les grands dans la nécessité de se définir dès à présent par rapport à la future configuration. Le principe d'unité était de nature à jeter le trouble dans les esprits, surtout chez les laïcs, auxquels le ressort du comportement impérial échappait sans doute. De chef de guerre, de justicier et de dispensateur de bienfaits, l'empereur s'était mué en ordonnateur des choses divines. De plus, en organisant, trois ans seulement après son avènement, le détail de sa propre succession, il se mettait dans la situation de qui on attend la disparition ; qu'on attend, ou qu'on souhaite. Est-ce là le faisceau de raisons qui poussèrent, dès la fin de 817, le roi Bernard d'Italie à la révolte ? A vrai dire, nous n'en savons rien. Le fait est que la Constitution de 817 ne faisait nulle mention de l'Italie, et que le neveu de l'empereur pouvait s'en inquiéter. Bernard fut-il manipulé par des intérêts mécontents, et notamment par les anciens proches de Charlemagne, qui s'estimaient dépossédés ? La répression menée par Louis en personne paraît l'indiquer : l'évêque d'Orléans Théodulf, vieux compagnon de Charlemagne, fut déposé, et les demi-frères de l'empereur, des bâtards, sont enfermés dans des monastères. Quant à Bernard, il eut, selon un usage qui restera longtemps en vigueur, les yeux crevés. Mal faite, l'opération provoqua sa mort presque aussitôt. La royauté d'Italie fut directement reprise par les deux empereurs. L'unité était sauve, et même renforcée.

Louis s'attacha, par sa pratique gouvernementale, à l'affermir. Le plaid général, image concentrée du peuple chrétien rassemblé, fut convoqué plus souvent que par le passé. A Nimègue au printemps, à Thionville à l'automne 821, serment fut prêté par les participants de se conformer aux dispositions de l'*ordinatio*. L'activité des *missi dominici* fut diligentée. Les meilleurs des monastères étaient placés sous la protection et la tutelle royales, puissants points d'appui pour la monarchie. La chancellerie impériale était plus active que jamais, multipliant textes législatifs, diplômes et privilèges. Débordant les frontières de l'Empire, Louis envoyait prêcher l'Évangile et proposer le baptême aux princes, sinon aux populations, des contrées scandinaves encore païennes.

Magnifique édifice en vérité, grandiose construction que l'Empire chrétien dans ce premier tiers du IXe siècle : l'empereur Louis, serré de près par de sages abbés et des évêques judicieux, instruit à fond des choses divines, mène d'un pas assuré la communauté innombrable des fidèles dans les voies du salut. Aucune puissance terrestre n'est alors comparable à la sienne. Ce pouvoir, signe évident de la dilection divine

L'Empire déchiré (814-843)

à son égard, il le doit à la prière et à l'aumône plus qu'à l'exercice des armes. Attirer les grâces du Ciel sur les peuples que la Providence lui a confiés, voilà sa mission, telle que l'Église, rencontrant ses propres dispositions, la lui définit. La guerre de conquête, l'enrichissement de son lignage et de ses fidèles camarades ne sont plus son fait. La concorde, la paix, la gloire de Dieu et de ses serviteurs sont désormais au programme.

Dans cette direction, Louis s'avance très loin, et d'une manière qui, aujourd'hui mais peut-être aussi jadis, surprend. Obsédé sans doute par les souillures dont il s'est rendu coupable — le sang versé de Bernard et de ses complices —, soucieux de faire régner, ici et maintenant, la concorde et la charité, l'empereur multiplie les gestes d'apaisement : rappel des exilés, au premier rang desquels Adalard de Corbie et Wala, remise en selle de ses frères bâtards, en particulier Drogon, promu évêque de Metz, gestes ostentatoires de contrition, connus sous le nom de pénitence générale d'Attigny. C'est en effet au cours de cette assemblée, tenue à l'été 822, que Louis confesse publiquement ses fautes et invite son aristocratie à en faire autant. Cette démonstration d'humilité très sainte devait purifier l'Empire des miasmes qui le viciaient. Au dynamisme du règne précédent fait place la contemplation statique de l'œuvre accomplie. La dilatation de la chrétienté paraît avoir recouvert tout le champ du possible. C'en est fini des expéditions conquérantes qui, chaque printemps, resserraient les liens entre le prince et ses compagnons de guerre ou de fortune. De la guerre contre les païens on rapportait alors de la gloire, et aussi des trésors, des biens de toutes sortes. Si le roi avait besoin de davantage encore, il ne se faisait pas faute d'accaparer, fût-ce à titre précaire, les possessions d'une Église qu'il tenait fermement en sa main, au profit de ses fidèles. A présent, c'est bien plutôt l'Église qui maintient l'empereur sous son contrôle. Voilà l'Occident tout entier chrétien : la violence n'a donc plus lieu d'être. De l'enrichissement de naguère il est temps que Dieu reçoive, largement, sa part. Ermold le Noir, dans son poème à l'empereur Louis, le confirme : « Tout ce que l'activité de ses ancêtres et de Charles avait amassé, il le distribue aux pauvres et aux églises. » Il prélève ainsi, en amples gestes d'aumône, sur un patrimoine qui ne se renouvelle plus. Quant aux grands laïques, c'est un comportement clérical de piété et de renoncement qu'on leur suggère, à l'instar de l'évêque Jonas d'Orléans, orfèvre de ces miroirs tendus aux princes pour qu'ils y contemplent les vertus nécessaires à leur propre salut.

3. La force des choses.

Mais la vie du siècle a d'autres exigences. Ainsi, l'empereur lui-même a choisi, veuf, d'épouser en 819 la jeune et belle Judith, figure séduisante d'un puissant groupe d'intérêts, la famille des Welf, qui accapare tout ce qu'il peut de biens, de pouvoirs et de dignités. Surtout, en juin 823, naît de cette seconde noce, la plus délectable, un fils, Charles. La mise en ordre de 817, laborieuse, n'y résistera pas. En effet, à Charles il faudra bien, tôt ou tard, faire une place dans le dispositif, tailler une part comme pour Pépin et Louis. Judith et son groupe y veillent. C'est Lothaire, que le pape Pascal vient précisément, à Rome, de couronner empereur, qui risque d'en faire les frais. Toute la seconde partie du règne de Louis le Pieux s'explique, pour l'essentiel, par l'irruption de cet élément perturbant qu'est l'existence de Charles. En vérité, cet accident biologique et dynastique révèle ce que les échafaudages intellectuels des clercs avaient tenté pour un instant de masquer : les rapports personnels, les relations d'intérêts, l'exercice effectif du pouvoir sur les hommes, la conquête et la préservation des biens l'emportent sur les vues de l'esprit. Dans l'Occident chrétien des années 820-830, l'unité politique est une construction récurrente, qui appartient au monde des images. Et cette image-là circule au gré des nécessités. Voilà en effet que le protagoniste de l'unité et de la stabilité impériales, l'empereur Louis, en revient aux pratiques de la division des royaumes, tandis que Lothaire, l'autre empereur, regroupe autour de lui les partisans de l'*ordinatio* défini-

L'Empire déchiré (814-843)

tive, celle de 817 : Wala, l'abbé de Corbie, Hilduin, celui de Saint-Denis, les évêques Agobard de Lyon, Jonas d'Orléans, Jessé d'Amiens, Barthélemy de Narbonne, Ebbon de Reims, l'élite de la culture, donc de la sagesse.

Des configurations compliquées et changeantes qui se dessinent successivement entre 825 et 840, considérons l'essentiel : d'abord, le renforcement du magistère ecclésiastique, qui prétend au contrôle de l'ensemble de la société et de ses chefs, empereur, rois, grands laïques. Les quatre grands conciles provinciaux réunis en 839 à Mayence, à Lyon, à Toulouse et à Paris en sont l'éclatante manifestation. Le pouvoir spirituel s'arroge le pas sur le pouvoir temporel ; la pénitence infligée à Louis, empereur provisoirement déchu, dans l'abbaye de Saint-Médard de Soissons, à l'automne 833, sous la conduite d'Ebbon de Reims, porta cette tendance jusqu'à l'excès, contre lequel réagirent certains abbés, comme celui de Prüm, Raban Maur. Surtout à la faveur des coalitions, instables, qui se nouent, opposant le plus souvent Louis le Pieux, agissant pour Charles, d'un côté, Lothaire et ses deux frères, de l'autre, apparaissent nettement des personnages dont la situation se renforce à mesure que leur concours est davantage sollicité. Ces grands fonctionnaires royaux sont de mieux en mieux en posture de monnayer leur fidélité. Dès 826, à l'occasion d'une expédition contre les Sarrasins menaçant Barcelone, émergent, d'un côté, les comtes Matfrid d'Orléans et Hugues de Tours, proches de Lothaire, et, de l'autre, Bernard de Septimanie, filleul de Louis le Pieux, et Eudes, parent de Bernard. En ne secourant pas Bernard avec la diligence qui s'imposait, Hugues et Matfrid firent figure de traîtres, et Louis retira son commandement au comte d'Orléans pour le confier à Eudes. Bernard, bon chef militaire, est promu chambrier. Auprès de Louis, il est l'homme fort ; de Judith, l'ami intime, trop intime murmure-t-on. Ces grands dignitaires, sans doute bien pourvus en guerriers et en terres, de qui sont-ils, se sentent-ils les fidèles ? De l'empereur, assurément ; mais il y a, à présent, deux empereurs dont les intérêts divergent. De plus, ils sont, quand ils se trouvent possessionnés en Aquitaine, les hommes du roi Pépin ; en

Bavière, ceux de Louis le Germanique. Pour les charges qu'ils occupent, pour les allégeances personnelles qu'ils ont consenties, ils ont prêté serment. Eux-mêmes ont reçu l'hommage de ceux qui, à un échelon inférieur, se sont placés sous leurs puissance et protection. Mais si, du fait de nouvelles répartitions territoriales à l'intérieur de l'Empire, ils passent d'un règne à l'autre, s'ils ont des établissements relevant de rois différents, le réseau de fidélités s'embrouille, les serments changent et s'échangent, les liens institutionnels et personnels se relâchent, se contrarient, s'annulent. La confusion, alors, s'installe, et chacun se voue à qui lui paraît le plus propre à servir ses intérêts, à qui lui offre les meilleures garanties, lui dispense les plus beaux cadeaux ; quitte à changer, dans ces conditions, de maître. En 829, en 831, précisément, Louis le Pieux modifie les partages pour y introduire le jeune Charles le Chauve. L'*ordinatio imperii,* pour le respect de laquelle Louis avait exigé de son aristocratie des serments renouvelés, était ainsi rompue. Agobard, au nom de l'unité impériale, fait état du mécontentement suscité par « les serments divers et contradictoires » qui sont successivement requis, et semonce l'empereur : « Cette constitution, vous ne devez pas y toucher ; vous ne pouvez pas la changer sans péché, sans mettre en danger le salut de votre âme. » Avant même son âme, c'est son corps que Louis expose : en juin 833, au champ du Mensonge, les fidèles de l'empereur désertent son camp pour gagner celui de ses fils, dont ils escomptent davantage de profits. Louis, Judith, Charles sont enfermés. Ils seront tous rétablis quelques mois plus tard, et Charles, couronné en 838, est pourvu d'un royaume entre Meuse et Seine, auquel s'ajoute, au décès de Pépin, l'Aquitaine, soustraite à Pépin II, fils du précédent. Mais c'est encore entre deux combats contre son fils Louis que l'empereur mourut en juin 840. Sous la présidence de son demi-frère Drogon, la dépouille mortelle de Louis fut conduite à la basilique Saint-Arnoul de Metz, Arnoul, ancêtre admirable d'une lignée dont le destin prodigieux paraissait alors bien loin d'être accompli.

A la mort du père, mort à coup sûr très souhaitée, ils sont

L'Empire déchiré (814-843)

trois, dont deux adultes depuis trop longtemps. Louis, à l'est, Charles, à l'ouest et au sud, veulent conserver leur part, l'accroître s'il se peut. Lothaire, lui, veut tout. N'est-il pas, à présent, seul empereur ? Ce que furent son père et son grand-père, il veut l'être aussi. Il tient à la fois Rome et Aix, les deux points d'ancrage de la légitimité impériale. Au mieux accepterait-il de laisser la Bavière à Louis, et à Charles l'Aquitaine, que revendique de son côté Pépin, leur neveu. Alors, entre les trois frères, c'est la querelle. « Dissension, altercation », voilà les mots qui reviennent dans le récit de l'historien de ces événements, dont il fut à la fois acteur et témoin, Nithard. Intéressant personnage que ce Nithard : petit-fils de Charlemagne, abbé laïque de Saint-Riquier comme son père Angilbert, il est l'un des rares et derniers laïques pourvus d'une culture littéraire. Ce grand aristocrate, inconditionnel de Charles, évoque l'Empire d'avant 814 comme une époque déjà fabuleuse, celle de la gloire et de l'unité. La discorde fraternelle l'horrifie. La faute en est à Lothaire. Ce dernier, en effet, au lieu de combattre à découvert, manœuvre. Il manipule les fidélités de façon grossière, impie. Annonçant sa prise de possession de l'Empire, il promet, dit Nithard, de conserver à chacun les bénéfices concédés par son père, voire de les accroître. Débaucher les fidèles de ses frères, ceux de Louis et surtout de Charles, voilà sa manière. Ceux qui refusent de violer leur serment en passant à son parti, à commencer par Nithard lui-même, il les prive de leurs honneurs. Bien des grands se laissent tenter, tels Hilduin, l'abbé de Saint-Denis, et Girard, comte de Paris. « Ceux-là préférèrent, comme des esclaves, oublier leur devoir de fidélité et renier leurs serments, plutôt que d'abandonner leurs biens pendant quelque temps. » Lothaire, par ses manigances, organise la défection au sein du camp adverse.

En vérité, même si Nithard s'en offusque, tout conduit à agir ainsi, car c'est dans ce domaine que les princes, à présent, sont le plus vulnérables, ce qui explique la très vive réaction de Louis et de Charles : les priver de leurs hommes, les leur ravir comme on fait d'une épouse ou d'une proie, c'est leur ôter le meilleur d'eux-mêmes. Car ces personnages ne sont pas seulement des individus. Ce sont à la fois des institutions et des réseaux : leurs fonctions publiques, car ils sont comtes, marquis, abbés, les conduisent à rendre la justice, à lever l'impôt, à convoquer les guerriers pour le compte du roi ; encore faut-il qu'ils y mettent quelque zèle. Surtout, et de plus en plus, par leurs possessions patrimoniales, par leurs liens familiaux, souvent tissés à travers tout l'Occident, ils constituent des groupes sans l'appui desquels le prince ne peut pas grand-chose, et contre lesquels il peut de moins en moins. Voyez le comte Adalard, qui fut sénéchal de Louis le Pieux. Ce dernier, se lamente son cousin Nithard, n'avait rien à lui refuser. Adalard utilise son crédit pour satisfaire sa rapacité et celle des siens : « Il avait conseillé de distribuer à l'usage des particuliers ici les libertés, là les revenus publics, et ainsi, en faisant exécuter ce que chacun demandait, il avait ruiné complètement l'État. » Adalard, par ce moyen, s'est attiré une vaste clientèle, ce qui rend son concours indispensable. Charles le Chauve le sait bien. A l'heure de la concurrence acharnée que lui livre Lothaire pour le contrôle des grands, il va jusqu'à faire don de sa personne au groupe d'Adalard en épousant, en décembre 842, la nièce du comte, Ermentrude. Ermentrude est l'élément de transaction entre deux parties, dont chacune va bien au-delà de sa figure de proue ; d'un côté, Charles, maître présomptif des Francs de l'Ouest ; de l'autre, cette dynastie considérable, originaire d'Alémanie où elle demeure puissamment possessionnée, mais qui a pris pied à l'ouest : Girard, comte de Paris, qui a prêté allégeance à Lothaire, est le propre frère d'Adalard, dont la sœur, mère d'Ermentrude, a épousé Eudes d'Orléans, mort en 834, lequel avait un frère comte de Blois, mort lui aussi peu après. Tous ces puissants, et leurs troupes de vassaux, rien n'est trop précieux pour se les conserver, les acheter. Aussi les prix montent-ils. Lothaire, qui a mis la main sur le trésor impérial, sur nombre de fiscs royaux, dispose de plus de moyens de séduction que ses deux frères. Alors Charles, après que, à grandes chevauchées, il a rallié ce qu'il a pu d'Aquitains et de Neustriens, de Bourguignons aussi, passe alliance avec Louis contre Lothaire. A la corruption et à la ruse s'oppo-

L'Empire déchiré (814-843)

sent le sort des armes et la fraternité jurée. C'est du sort de l'Empire, de l'Occident chrétien, donc du monde, qu'il s'agit : choses divines et choses humaines, inextricablement mêlées. Pour trancher de ces réalités immenses, ce sera, comme à l'accoutumée, le combat, puis la palabre. Le 25 juin 841, à Fontenoy-en-Puisaye, Louis et Charles, le cœur rempli des dispositions les plus pieuses, reçoivent l'attaque de Lothaire. La bataille est d'une violence inouïe, inoubliable, comme il sied entre frères. Fait exceptionnel dans les guerres médiévales, encore que celle-ci ressortisse plutôt au genre antique, ces hommes, qui se connaissent tous, s'entre-tuent par centaines. Le choc psychologique et moral est profond. Enfin, l'empereur et les siens détalent. Dieu a montré de quel côté était le bon droit. Du moins les vainqueurs, troublés, cherchent-ils à s'en persuader. Car ceux que l'on a ainsi massacrés sont des amis, des parents, des chrétiens surtout. Comment en est-on arrivé là ? Pour laver cette souillure, on s'en remet aux gens d'Église : les évêques, après mûres méditations, affirment « qu'on n'avait combattu que pour la justice seule et l'équité » et, pour apaiser la divinité et purger définitivement les cœurs, les corps sont astreints à un jeûne de trois jours.

Battu, Lothaire n'a renoncé à aucune de ses ambitions, et reprend bientôt pied dans le royaume de Charles. Face à cette obstination, Louis et Charles se rejoignent à Strasbourg où sont échangés, le 14 février 842, les serments bien connus, surtout pour leur intérêt linguistique. Dans ces paroles solennelles, placées sous l'invocation de Dieu, il n'est question, notons-le, que de frères et de seigneurs. Les mots d'empereur, de rois, de royaumes ne sont à aucun moment prononcés. Les engagements personnels, les liens particuliers, voilà ce qui, en 842, noue les forces réelles.

Ces forces, les rois en présence ne les contrôlent que de plus en plus imparfaitement : « Des roitelets », gémira bientôt le diacre Florus de Lyon. De fait, à quoi tient la tactique militaire, et donc la stratégie politique, de Charles le Chauve, alors en quête d'une royauté effective ? A sa cavalerie : les chevaux sont fatigués, les chevaux n'ont pas assez à manger, les chevaux ne sont pas là ; le fourrage, voilà l'obsession du petit-fils de Charlemagne, roi des Francs et des Aquitains, qui n'a parfois sous la main pas même une chemise de rechange. Son royaume pour un cheval !

4. *Le nécessaire partage.*

Pour un inventaire géopolitique aussi. En effet, lorsque après la bataille fut venu le temps de la discussion, les trois frères, réunis sur le bord de la Saône, non loin de Mâcon, décidèrent en juin 842 de faire la paix et de diviser l'Empire « aussi également que possible ». Les cent vingt experts désignés par tiers par chacun des rois se réunirent à Coblence en octobre, pour procéder au découpage. On s'avisa alors que personne n'avait, dit Nithard, « une connaissance claire de tout l'Empire ». Aussi est-ce à l'issue d'une longue enquête que les trois frères, réunis à Verdun, s'accordèrent au début d'août 843. Ce sont moins des territoires qu'il s'agit de se répartir que, comme l'écrit Nithard, des évêchés, des abbayes, des comtés et des fiscs, avec les hommes et les terres, les fidélités, les droits et les revenus qui s'y attachent.

La tripartition du *regnum Francorum* a donné lieu à bien des exégèses, d'autant que le texte du traité, à supposer qu'il ait été effectivement consigné, n'existe plus. Sur le tracé des frontières, la lecture de la carte ci-contre, établie à partir de traités de très peu ultérieurs et beaucoup mieux connus, vaut mieux qu'une énumération de noms propres. Sur les principes qui guidèrent le choix des experts et obtinrent l'agrément des princes, les plus savants historiens semblent aujourd'hui d'accord : chacun des frères a part à l'essentiel de l'héritage carolingien, les régions de résidence royale. Pour Lothaire, entre Liège et Aix, pour Louis, de Francfort à Worms, pour Charles, entre Laon et Paris, avec notamment Attigny, Quierzy et Compiègne. Chacun touche ainsi au cœur du dispositif franc et du berceau de la dynastie. En outre, la quantité d'évêchés et de comtés dévolus aux rois est à peu près comparable. Enfin, il a été tenu le plus grand compte des hon-

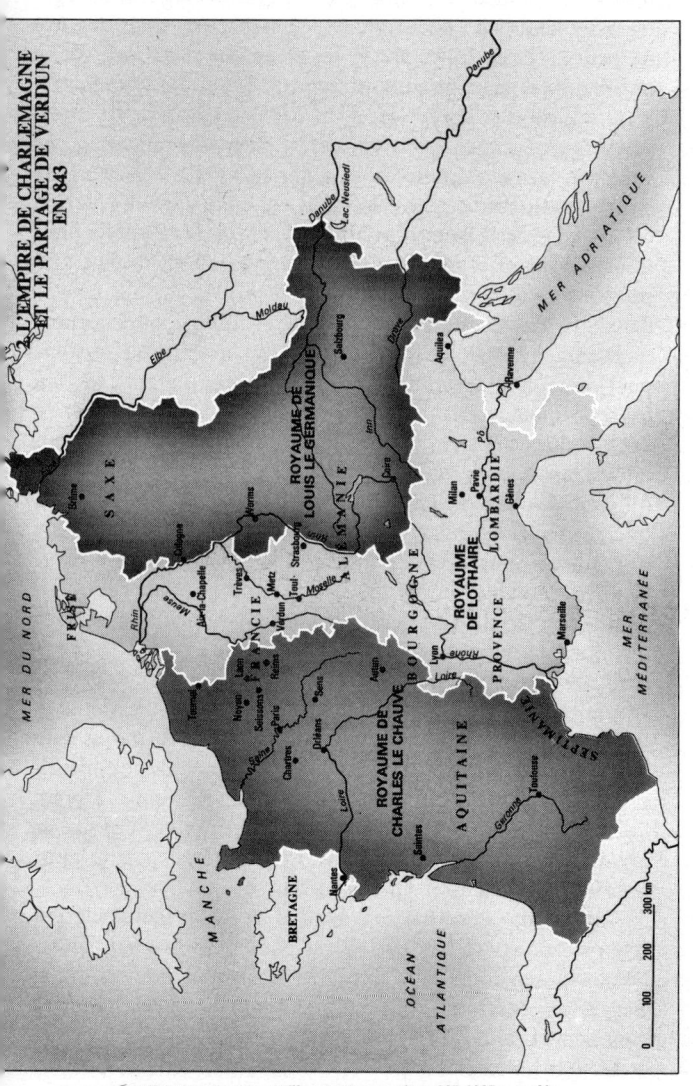

© *L'Histoire*, n° 96, « Mille ans d'une nation, 987-1987 », p. 89.

neurs et des bénéfices tenus par les grands laïques, la règle traditionnelle, en l'occurrence bien respectée, étant que nul ne peut tenir de fonctions et de biens que d'un seul roi, à qui seul il est prêté un unique serment. Il semble certain qu'à cette occasion se soient produits des transferts de fidélités, certains aristocrates possessionnés en Germanie préférant, par exemple, passer au service de Charles.

Les considérations linguistiques ont-elles joué un rôle ? Il est difficile de se prononcer absolument par la négative. Sans doute Catalans et Flamands ne se comprennent-ils pas, non plus que Gascons et Bourguignons. Mais les vassaux directs de Charles, ceux qui lui font nombre et cortège, qui occupent dans son royaume les fonctions d'autorité, pratiquent tous, peut-on croire, le roman. De cet idiome issu du latin, ou plutôt du romain, à part les quelques mots du serment de Strasbourg tels que Nithard les met dans la bouche de Louis, nous ne savons, pour le milieu du IXe siècle, à peu près rien, sinon qu'il existe ; comme existe, mieux constitué et déjà transcrit, un langage tudesque.

Verdun a pour effet de consacrer l'indépendance et la parité absolues entre les rois et entre les royaumes. Lothaire conserve le titre impérial, que renforce une position d'aîné mieux reconnue qu'auparavant, mais cette dignité est à la fois nominale, ce qui n'est d'ailleurs pas rien, et personnelle. De l'Empire comme ensemble politiquement et même idéologiquement constitué, il n'est plus guère question, du moins dans le système de gouvernement, puisque l'empereur ne contrôle plus désormais qu'un tiers de ce qui fut l'Empire. Florus, l'écolâtre de Lyon, s'en lamente : « Le nom et la gloire de l'Empire sont également perdus. Les royaumes, jusqu'alors unis, ont été déchirés en trois parts. »

Cependant, désormais à égalité, et en principe définitivement pourvus, les trois frères paraissent se sentir plus à l'aise. Ils se promettent conseil et assistance pour le maintien d'un ensemble franc et chrétien auquel chacun a conscience d'appartenir, afin qu'y prévalent la paix intérieure et la sécurité extérieure.

Des clercs peuvent se lamenter. A leur suite, des historiens

L'Empire déchiré (814-843)

pourront déplorer, ou du moins diagnostiquer l'échec du système unitaire voulu par Charlemagne et maintenu par Louis le Pieux, comme si la division signifiait l'affaiblissement et la régression. En vérité, c'est exactement du contraire qu'il s'agit. Le gigantesque conglomérat que constituait l'Empire territorial, de Bayonne à Magdebourg, du Bénévent à la Frise, n'avait ethniquement, culturellement, politiquement aucun sens. Seul le christianisme constituait un principe d'unité. Mais quelle est, au milieu du siècle, la proportion de population véritablement chrétienne ? Le traité de Verdun, en scindant définitivement l'Empire en royaumes indépendants, représente un premier pas vers l'adéquation de l'organisation politique avec la réalité économique et sociale. Il en faudra bien d'autres avant de parvenir à un plus juste équilibre. L'exorbitante dilatation de l'ensemble carolingien appelait un premier rétablissement sur des positions plus réalistes. Encore les royaumes issus de Verdun demeurent-ils surdimensionnés. Dans un monde où les rapports personnels forment la réalité du lien social et politique, le gouvernement effectif des hommes n'est praticable que dans des circonscriptions de taille mesurée. La dynamique qui avait caractérisé le règne de Charlemagne, et encore le début de celui de Louis le Pieux, où les Francs se posaient en conquérants, entraînant à leur suite les élites laïques et ecclésiastiques, avait masqué pour un temps d'ailleurs assez long le hiatus entre les idées et les faits. Mais, dans le deuxième tiers du IXe siècle, l'heure n'est plus à l'expansion. Au-dedans comme aux frontières, les rois sont sur la défensive. La reconstitution de la société occidentale sur des bases plus étroites, sur des unités plus restreintes est en cours. Il y faudra du temps, et bien des secousses. Charles le Chauve, pendant trente-quatre ans, va s'épuiser à contrôler la part qu'il a reçue en 843. Malgré beaucoup d'efforts et quelques succès, il n'y parviendra jamais complètement.

2

Le roi qui mourut d'être empereur
(843-877)

Car c'est de Charles le Chauve, et de ses successeurs au royaume des Francs de l'Ouest pendant un siècle et demi, que nous devons désormais, pour l'essentiel, nous occuper. L'Empire carolingien, à présent, n'est plus qu'un souvenir. Mais parce qu'il est un souvenir, sa présence habite, obsède l'esprit du roi et de ses contemporains les mieux instruits, en particulier les gens d'Église. Les hommes du haut Moyen Age avancent, car toute société évolue, les yeux rivés sur un passé transmuté en référence, en modèle, avec lequel il faut à tout prix renouer. L'Empire, au milieu du IXe siècle, est passé tout entier du côté de l'idéologie. A ce titre, il devient une réalité puissamment agissante, même si, et sans doute parce que, elle n'est plus incarnée. L'idée lancinante persiste d'une unité perdue, à restaurer de toute nécessité.

Ce sentiment est d'autant plus pressant que les forces de dissociation sont davantage à l'œuvre.

*1. Ce qu'il faut généralement penser
du règne de Charles le Chauve.*

Est-ce à dire que le royaume de Charles n'a aucune consistance ? Autrement dit, la France est-elle ou non née en 843 ?

La question n'est pas dérisoire ni même anachronique. Les historiens médiévaux, assez tôt, se la poseront. Le fait est que, dans la suite, la part de Charles, en dépit des secousses politiques et des aléas dynastiques, ne sera jamais démembrée, et qu'elle aura toujours un roi à elle, et un seul, quelle que soit la réalité de son pouvoir.

La terminologie de l'époque demeure floue, reprenant les dénominations antiques. L'abbé Loup de Ferrières, dont la correspondance s'étale de 830 à 860, déclare quand il franchit le Rhin d'est en ouest rentrer dans sa patrie. Il se montre sensible aux différences linguistiques. Italie, Germanie, Gaule, voilà la géographie du monde qu'il connaît. C'est dans ces deux derniers pays que se trouvent les Francs. Mais le terme « Francia » ne fait pas partie de son vocabulaire, à la différence de Nithard qui, lui, localise la Francie entre la Loire et le Rhin, regroupant ainsi les anciennes Neustrie et Austrasie, mots qui demeurent, eux aussi, en usage.

Surtout, malgré les efforts soutenus de Charles le Chauve pour regagner du terrain à l'est, là où se trouve enracinée sa famille, là où gît en terre son glorieux grand-père Charlemagne, le centre de gravité du nouveau royaume se situe plus à l'ouest. A présent, et de mieux en mieux, les principaux points d'appui du dispositif royal se trouvent à Laon et à Orléans, à Reims et à Paris, ou plutôt à Saint-Denis, établissement dont l'importance, idéologique surtout, ne cesse de croître. C'est dans cette région que le roi Charles se sent le plus chez lui : là sont, en plus grand nombre, ses palais, ses fiscs, ses évêques et ses abbés excellents, ses vassaux fidèles. Là, du coup, se loge et grandit une légitimité carolingienne renouvelée, même si la région entre Meuse et Rhin conserve les signes et les insignes les plus considérables. La Francie occidentale, au milieu du IXe siècle, est en situation de devenir quelque chose qui, sans être une nation ou un État, posséderait, à terme, une existence propre. Le très long règne de Charles le Chauve permit de donner un nom et un visage, sinon un corps, à cette entité.

De ce règne, on s'épuiserait à suivre les tours et détours, les temps et contretemps qui conduisent Charles à être couronné empereur, le jour de Noël 875, des mains du pape Jean VIII, dans la basilique de Saint-Pierre de Rome, le lieu le plus sacré de l'Occident chrétien, et à mourir, brisé, au fin fond de la Maurienne, moins de deux ans plus tard, à cinquante-quatre ans.

Pour tenter d'y voir un peu clair dans l'embrouillamini des événements, que les sources annalistiques se bornent, le plus souvent, à aligner succinctement, je m'en tiendrai à quelques points à mon avis fondamentaux : l'exercice de la royauté et ses rapports avec l'aristocratie, tant laïque qu'ecclésiastique, le contrôle du royaume, la pression des agressions extérieures. Tous ces éléments, bien entendu, s'entremêlent étroitement et influent les uns sur les autres. S'y ajoutent les liens, et les antagonismes, entre les différents membres de la dynastie carolingienne qui tiennent, en Occident, les autres royaumes, ainsi que les successions qui, de temps en temps, s'ouvrent.

Sur cette période capitale, pour laquelle la documentation est assez fournie, émanant tant de la chancellerie royale, ce qui est à soi seul un indice, que de la haute Église, tout, et son contraire, a été écrit, à renfort d'arguments souvent impressionnants : naissance de la féodalité, et pourtant vigueur de l'administration royale, décomposition du royaume, et pourtant cohésion de la Francie occidentale, abaissement de l'Église, et pourtant contrôle de la royauté par les évêques, ravages exercés par les Normands, et pourtant développement des échanges économiques et surtout culturels, intervention grandissante de la papauté, et pourtant apparition du gallicanisme.

Que dire de plus, ou d'autre ?

D'abord, ne pas trop solliciter les textes, ni les faits, qui sont le plus souvent la même chose. Ensuite, tenir compte des distances géographiques et culturelles, qui induisent des décalages chronologiques : tandis que l'administration royale fonctionne comme devant en Champagne ou en Picardie, il est clair qu'en Rouergue les *missi dominici* ne se montrent plus et que les comtes ne transmettent plus au trésor royal la part d'impôts et d'amendes qui lui revient. De même, la situation dans chaque région est différente selon que le roi y possède ou non des domaines, et donc la capacité ou non de rémunérer des services et de fixer des fidélités.

Il en résulte que les évolutions en cours avancent d'un pas très différent selon les territoires, selon les couches sociales aussi. En réalité, le sort du plus grand nombre ne se modifie guère : qu'importe, pour un rustre, de qui il dépend juridiquement, pour le compte de qui il travaille, à qui profitent les redevances dont il doit s'acquitter ? Au total, et sous bien des nuances et des réserves, la tendance est celle-ci : le système administratif carolingien, celui de la fin du VIIIe siècle, a la vie dure, très dure. Mais ceux qui le font fonctionner, et en profitent, ne sont plus les mêmes. Les charges sont accaparées, parfois appropriées, par des groupes, lignagers le plus souvent, de mieux en mieux implantés dans le territoire et parmi les hommes qui leur ont été confiés. Le péril scandinave, aussi les conflits entre Charles le Chauve et ses frères ou neveux, ont renforcé ce mouvement des grands vers l'autonomie. Du coup, l'exercice de l'autorité royale, voire la définition de sa fonction se sont eux aussi modifiés. Le roi, de plus en plus, doit, et sans doute souhaite, composer avec son aristocratie. Les obligations du roi envers ses fidèles, et surtout envers l'Église, équilibrent davantage les droits et le prestige, toujours immenses, qui lui viennent de son ascendance et des rites de couronnement. En outre, le roi Charles, malgré un appauvrissement déjà amorcé sous le règne de son père, conserve d'importants moyens d'agir : ses biens patrimoniaux demeurent en quantité appréciable, situés essentiellement entre Loire et Meuse, ainsi qu'en Bourgogne, et aussi en Septimanie. Il a donc encore de quoi donner, même si c'est de moins en moins. D'autre part, le produit des tonlieux et des amendes lui parvient encore, là où les fonctionnaires restent solidement dans sa main ; cependant, du fait des aliénations qu'il consent, ces rentrées s'amenuisent. Enfin, le roi tient à sa disposition les revenus et les hommes de nombre d'évêchés, et surtout d'abbayes, comme Corbie, Saint-Médard de Soissons, Saint-Martin de Tours, Saint-Quentin, et d'abord Saint-Denis, dont Charles devient lui-même abbé laïque. Sur les biens d'Église, reprenant une tradition ancienne un moment interrompue par Louis le Pieux, il prélève largement, tant pour doter ses fidèles en terres que pour satisfaire aux exigences des Normands en métal précieux. Sous son règne, les abbés laïques se multiplient : rien n'est plus convoité par les membres de la famille royale, notamment les cadets et les bâtards, et par les grands.

2. Montée en puissance de l'aristocratie.

Le roi, les grands, à l'intérieur desquels il faut distinguer entre l'aristocratie laïque et l'aristocratie ecclésiastique, sans toutefois les opposer, d'autant que bien des évêques et des abbés ont des intérêts et des comportements tout laïques, agissant comme les représentants de leurs lignages au sein de l'Église.

Le roi, les grands, ces *proceres* auxquels les textes font de plus en plus allusion, citant des noms entre lesquels, parfois, il est difficile de se reconnaître ; au profit desquels le roi aliène son domaine, qui deviennent, dans les configurations politiques, des partenaires considérables, essentiels.

La dévolution, la conservation des fonctions et des biens, voilà autour de quoi, perpétuellement, tourne le jeu : savoir qui tiendra du roi, et maintiendra ou non dans son clan, ces fonctions comtales, avec les revenus, les biens et les pouvoirs de commandement qui s'y attachent, ces terres, ces privilèges, ces immunités en échange desquels le roi s'attache la fidélité des puissants entrés dans sa vassalité. Jusqu'à la fin du IXe siècle au moins, la distinction demeure clairement dans les esprits et les institutions entre honneurs comtaux et bénéfices vassaliques, ceux-là, rémunération d'une fonction publique, ceux-ci, contrepartie d'un engagement personnel. Dans la réalité, sur le terrain, la confusion grandit, d'autant mieux que ce qui est entré, d'une manière ou d'une autre, dans les mains d'un chef de lignage en sort de plus en plus difficilement. La patrimonialisation des biens acquis, l'appropriation des pouvoirs dont ils sont à la fois le fondement et le signe, voilà l'évolution en cours à partir du deuxième tiers du IXe siècle et qui, selon les régions et les catégories sociales aussi, s'étend sur trois ou quatre générations.

Le règne de Charles le Chauve en marque les prodromes, et parfois davantage. A cet égard, deux textes sans doute importants, en tout cas infatigablement commentés et sollicités par l'historiographie, se placent opportunément l'un au début, l'autre à la fin de ce règne.

A l'automne de 843, Charles n'a pas encore pris véritablement possession de la part que lui a attribuée la convention de Verdun. Déjà il est, à l'ouest, en lutte avec les Bretons, qui débordent de leur principauté perpétuellement insoumise. Avant que l'hiver disperse l'ost et ses chefs, que chacun des grands, ecclésiastiques et laïques, regagne la circonscription où son autorité s'exerce, tous les puissants disponibles, en vérité ceux du nord de la Loire seulement, tiennent assemblée dans la villa de Coulaines, près du Mans. Là on discute, on palabre, on délibère des intérêts communs. Ce sont les clercs, et d'abord les évêques, eux qui possèdent le langage approprié, eux qui apportent à toute convention humaine la garantie divine, qui se font le mieux entendre. A l'issue du débat, ils ont rédigé un texte au nom de l'assemblée et l'ont soumis au roi pour qu'il le souscrive. Stabilité, tranquillité, voilà les maîtres mots placés en prologue à l'accord qui va, désormais, lier le roi à son aristocratie. Le roi, l'« ordre vénérable des clercs » et les « nobles laïcs » déclarent s'exprimer d'un seul cœur et d'une seule voix. Ne croyons pas qu'il s'agisse d'une pure clause de style masquant un rapport de forces dont le roi ferait les frais. Tous sont conscients que les affaires communes ne pourront aller que si chacun reçoit son dû : à l'Église, considération et richesse, comme au temps béni de l'empereur Louis ; à Charles, « l'honneur qui convient au pouvoir royal, la sincérité et l'obéissance qu'on doit à son seigneur », évêques et fidèles étant invités à apporter au roi « conseil et aide », formule appelée à un riche avenir.

De son côté, Charles s'engage, répudiant ses erreurs de jeunesse, à ne priver personne de son honneur, à tous les sens du terme, sans juste motif, et promet de « conserver à chacun, quel que soit son ordre ou sa dignité, sa loi propre ». Enfin que tous veillent à ce que le roi n'aille pas, sous l'empire de liens de parenté ou d'amitié, se livrer à quelque action injuste et indigne de sa fonction.

Comme toujours, ce « pacte de concorde » tend explicitement à restaurer les usages anciens, excellents par définition. De fait, il n'introduit aucune innovation réelle. Il consacre les liens indissolubles de la royauté et de l'aristocratie. Il dit, et cela va mieux, ce qui allait sans dire, à savoir que le roi ne peut pas révoquer un comte par pur caprice. Au devoir de service et d'obéissance du fonctionnaire répond le respect de ses droits. Le capitulaire de Coulaines est clair au moins sur ce point : le roi est aussi un seigneur, dont le comte est aussi le vassal. Pérennité des charges et des biens, hérédité, peut-être, sont déjà sous-jacentes.

De ces engagements réciproques, du respect de l'honneur et de la justice, les évêques sont à la fois juges et parties : tous agents du roi, à l'égal et même au-dessus du comte, ils sont pour la plupart, semble-t-il, ses vassaux, même si certains éprouvent quelque réticence à prêter serment à un autre qu'à Dieu. En vérité, ce sont les gens d'Église qui, à Coulaines, définissent le cadre dans lequel s'inscrivent les rapports ente le roi et l'aristocratie ; ce sont eux qui réclament le plus vivement garanties et privilèges contre les empiétements des laïcs, à commencer par le roi, qui prélève abusivement sur le temporel des évêchés et des abbayes pour doter ses fidèles. Tout au long du règne, évêques et abbés réclameront toujours, et obtiendront parfois, la restitution des biens usurpés, souvent depuis longtemps. La correspondance de Loup, abbé de Ferrières, est pleine de ses lamentations ; pour acheter la fidélité du comte Odulf, Charles le Chauve, en 842, a ôté à l'abbaye de Ferrières sa dépendance de Saint-Josse : « Cédant à la persuasion de ceux qui ne craignent pas de s'enrichir en offensant Dieu, écrit l'abbé au roi en 845, vous avez été forcé d'assouvir le désir des séculiers au sujet de cette celle. » Loup attendra encore six ou sept ans avant de recouvrer son bien. Encore ses puissantes amitiés à la cour lui ont-elles valu ce que beaucoup de ses confrères, sans doute, n'ont jamais pu obtenir. Au total, les relations entre le roi et les grands se contractualisent : donnant, donnant. En vérité en a-t-il nulle part, jadis et naguère, jamais été autrement ?

Pour autant, les clauses du contrat de Coulaines ne doivent pas être lues à l'envers. Elles précisent les cas dans lesquels le roi n'est pas fondé à retirer aux grands leurs honneurs. En revanche, son droit de nommer et de déplacer ses fonctionnaires n'est pas contesté, et il en usera tout au long de son règne, surtout dans sa première moitié : à Nantes, au Mans, à Angers, à Autun, la charge comtale change à plusieurs reprises de titulaire. Mais lorsqu'une famille est bien établie dans une circonscription et qu'elle rend au roi l'allégeance et le service qui lui sont dus, au nom de quoi serait-elle dessaisie, surtout lorsque les comtés qu'elle tient sont éloignés ou particulièrement exposés ? De même, la nomination des évêques appartient tout entière à Charles, bien que, naturellement, s'exercent le jeu des influences et des rapports de forces, ainsi que l'intervention intermittente, mais à terme grandissante, de la papauté. Des *missi dominici*, institution capitale des règnes précédents, sont à l'œuvre jusque dans les années 860, dans certaines contrées. Mais ce sont les notables locaux qui, à présent, en font fonction dans leur propre région. Dès lors, loin de contrôler la puissance des comtes, ils la redoublent. Moins de mobilité, davantage d'intermédiation, ainsi évolue le système carolingien, de l'intérieur. Entre le roi et les populations, des échelons de pouvoirs et d'intervention se constituent, reliant de plus en plus fermement des groupes et des clans particuliers à des charges publiques et à des biens fonciers en voie d'accaparement. Cependant, ce processus, dont j'esquisserai le bilan un peu plus loin, n'atteint pas son terme sous le règne de Charles, grand chef et prince à tous égards considérable, auquel, non certes sans secousse, son royaume demeure attaché tout entier.

Le 14 juin 877, à Quierzy, Charles, en partance vers l'Italie pour un voyage sans retour, a réuni son aristocratie, pour la dernière fois. Laissons là, pour le moment, ce qui, dans cette assemblée, touche à la conjoncture politique, dynastique et diplomatique, pour voir ce dont sont convenus les

Le roi qui mourut d'être empereur (843-877) 45

grands et le roi pendant l'absence de ce dernier. Le problème à régler est celui de la vacance des charges publiques. S'agissant des évêchés et des abbatiats, un clerc désigné par l'archevêque exercera l'intérim, en association avec le comte, jusqu'à ce que le roi se prononce sur le nouveau titulaire. De même, l'évêque participera à la gestion de l'intérim du comté, assuré par un groupe de fonctionnaires locaux.

Le point le plus significatif est qu'il est fait acception, dans ce règlement, des fils des fonctionnaires royaux. Il leur est reconnu, semble-t-il, une vocation naturelle, sinon juridique, à succéder à leur père dans son office et dans ses biens. Fait notable, la procédure est identique pour les enfants des vassaux royaux. Dans les deux cas, il reviendra au roi de confirmer la dévolution par une investiture officielle. Les mesures ainsi arrêtées revêtent sans doute un caractère exceptionnel et transitoire ; elles marquent bien, cependant, un progrès, dans les faits et dans les esprits, de l'hérédité des charges et des biens, et de la confusion grandissante entre les honneurs, publics, et les bénéfices, privés. Enfin, le droit d'intervention reconnu aux comtes dans l'administration des évêchés n'est pas, lui non plus, sans conséquence. Le contrôle des évêchés, élément capital du dispositif carolingien, tend à échapper pour partie au souverain. Les grandes abbayes, points d'appui considérables par leur richesse foncière, leurs équipes de guerriers, leur rayonnement spirituel, pour qui les détient, passent sous le contrôle des puissances locales ; des comtes s'en font nommer, s'en proclament abbés. Vers 860, Saint-Martin de Tours et Marmoutier, Saint-Aubin et Saint-Lézin d'Angers, Saint-Symphorien d'Autun, Saint-Hilaire de Poitiers sont ainsi entrés dans la possession, voire dans le patrimoine, de grandes dynasties. Le roi ne peut que confirmer cette pratique dont, aussi bien, il donne lui-même l'exemple, quitte à intervenir au moment de la succession, ou à la faveur d'une crise.

3. Temps de crises.

Les crises, dans l'Occident carolingien, sont ce qui manque le moins. Certaines tournent à l'avantage du roi, la plupart lui sont contraires. L'unité du royaume, que Charles, à grandes chevauchées et payant de sa personne en tout temps et en tout lieu, s'acharne à maintenir, est travaillée par des ferments centrifuges. Les difficultés commencent à l'orée même du règne. En Aquitaine, Pépin II, le neveu du roi, renforcé de Bernard de Septimanie, refuse de reconnaître l'autorité de Charles. Bernard est capturé et décapité en 844, mais Pépin, dont les partisans taillent en pièces une armée royale dans une rencontre, près d'Angoulême, où Hugues de Saint-Quentin, bâtard de Charlemagne, et Nithard trouvèrent la mort, où Loup de Ferrières fut fait prisonnier, se voit en 845 confirmer son principat sur l'Aquitaine. Mais, constatant l'incapacité de Pépin à les protéger des Normands, les Aquitains se retournent vers Charles, qui est sacré roi à Orléans, le 6 juin 848. Que les Aquitains, c'est-à-dire quelques dizaines de grands laïques, évêques et abbés, lui fassent allégeance, n'est pas douteux. Charles est-il, pour autant, sacré roi de la seule Aquitaine ? Les annales dites de Saint-Bertin, que tient alors l'évêque Prudence de Troyes, ne sont guère explicites. Le fait essentiel est que Charles soit sacré ; roi depuis longtemps, il ne l'avait jamais été. Qu'il ait reçu les saintes huiles des mains de Wenilon, ou Ganelon, archevêque de Sens, dont le siège métropolitain est, à l'époque, le plus prestigieux des Gaules, que la cérémonie ait eu lieu à Orléans, à la jointure de la Francie et de l'Aquitaine, au cœur de la part dévolue à Charles en 843, tend à montrer que ce sacre déborde, politiquement et idéologiquement, le seul cas de l'Aquitaine. A preuve le sacre de Charles, fils aîné du roi, en 855, pour la seule Aquitaine, cette fois. A cette date, et même si Pépin II, jusqu'à sa mort, en 864, ne cesse d'entretenir l'agitation, la suprématie de Charles le Chauve au sud de la Loire n'est plus vraiment mise en question.

Avec les Bretons, les rapports sont d'une autre nature.

Le roi qui mourut d'être empereur (843-877)

Leurs chefs avaient reconnu dépendre des prédécesseurs de Charles le Chauve. Mais le système carolingien ne s'appliquait guère à la Bretagne au-delà de sa lisière orientale. Les fonctions comtales, quand elles existaient, étaient exercées, à leur manière, par les puissants locaux. Complication supplémentaire, les évêques bretons dépendaient de l'archevêque de Tours, géographiquement et politiquement très éloigné. Les Francs, qui n'avaient jamais vraiment pris pied en Bretagne, souhaitaient seulement ne pas voir les Bretons en sortir. La division du pays en chefferies rivales avait longtemps circonscrit le péril. Or, au milieu du règne de Louis le Pieux, le chef Nominoé était parvenu à faire reconnaître sa domination sur l'ensemble des populations. Pour l'attirer du bon côté, l'empereur, vers 830, l'avait nommé comte de Vannes, la Bretagne étant considérée, de façon à vrai dire fictive, comme son *missaticum*. Mais Nominoé était résolu à ne pas s'en tenir là. Passant opportunément alliance avec le groupe des Lambert de Nantes, qui s'estimait spolié par Charles, il franchit les frontières qui, à en croire Prudence de Troyes et aussi Loup de Ferrières, séparaient depuis longtemps et de façon communément admise la terre des Francs de celle des Bretons, c'est-à-dire la Vilaine et le Couesnon. Après une incursion aux abords du Mans, Nominoé, qui se donne alors du « duc de Bretagne », inflige à Ballon, près de Redon, en novembre 845, une sévère défaite à Charles, qui faillit tomber entre ses mains. Suit une alternance de guerres et d'accommodements entre le roi et le prince des Bretons qui, pour organiser un clergé autonome et soumis, à l'imitation des Carolingiens, expulsa quatre de ses sept évêques et tenta de faire ériger Dol en archevêché. Alors, conduits par leurs métropolitains Landramne de Tours, Wenilon de Sens, Paul de Rouen, Hincmar de Reims, vingt-deux évêques francs, réunis en synode en juillet 850, adressèrent à Nominoé une très sévère admonestation, identifiant la défense de l'Église et celle du royaume de Charles, dont ils se montraient ainsi, mieux que les laïcs parfois traîtres, comme Lambert, l'énergique soutien. A la mort de Nominoé, l'année suivante, son fils Érispoé, une fois encore vainqueur de Charles à Beslé, où périt notamment le comte-abbé de Tours Vivien, recevait du roi, contre un serment d'allégeance, outre la confirmation du *regnum britannicum* qu'il possédait déjà, les comtés de Retz, Nantes et Rennes, et entrait plus ou moins dans le système et même la famille carolingiens, puisque sa fille fut promise en mariage au futur Louis le Bègue, promu pour la circonstance roi en Neustrie. Son assassinat en 857 par son cousin Salomon, qui lui succéda, rendit à l'insécurité la région du Mans et de la basse Loire. Salomon obtint de Charles une partie de l'Anjou, le Cotentin et l'Avranchin. Sa principauté atteint alors une dimension considérable, et lui-même s'intitule « prince de toute la Bretagne et d'une grande partie des Gaules ». Jusqu'à la fin du règne de Charles, les Bretons demeurèrent irréductibles, sous leurs princes actifs et, dans le cas de Salomon, fastueux, d'ailleurs ouverts sur le monde franc et s'appuyant sur une vigoureuse implantation monastique, en particulier l'abbaye de Redon, fondée en 832 par Conwoion.

A l'est du royaume de Charles, les aléas dynastiques offrirent bientôt d'intéressantes perspectives. De 843 à 855, les trois Carolingiens successeurs de Charlemagne et de Louis le Pieux maintinrent, non sans soubresauts, et sous la pression de leurs aristocraties, notamment épiscopale, des relations assez étroites, comme si, au-delà des partages politiques et territoriaux, le patrimoine idéologique et aussi biologique des Francs demeurait indivis. Ce principe, auquel les textes donnent le nom de *confraternitas* ou de *concordia*, s'incarne dans des rencontres à trois, à Yütz en octobre 844, en février 847 et en mai 851 à Meersen, où l'on célèbre l'entente des rois frères et de leurs fidèles à l'intérieur de l'ensemble franc. D'Empire et d'empereur, dont Lothaire porte toujours le titre, il n'est plus réellement question.

En cette fin d'été 855, le vieil empereur sent sa mort prochaine. Comme il sied à un chef judicieux et prévoyant, il met alors ses affaires en ordre. Grâce à Dieu bien pourvu en fils, il confirme à Louis, l'aîné, la royauté d'Italie assortie du titre impérial, que Louis a reçu dès 850 ; à Lothaire, le deuxième, revient le meilleur de l'héritage franc, de la Frise

Le roi qui mourut d'être empereur (843-877) 49

au Jura, avec Aix-la-Chapelle en son centre, la Lotharingie pour tout dire ; à Charles, enfant épileptique dont tout laisse croire, ou mieux espérer, qu'il ne procréera pas, est attribuée la Provence, confiée en fait au comte de Lyon et de Vienne Girard. Après quoi, rentrant en lui-même, l'empereur, recru d'âge et de fatigue, s'en va mourir saintement au monastère de Prüm, au premier jour de l'automne. De trois rois régnant, les Carolingiens sont passés à cinq, avec autant de royaumes, et même davantage. C'en est fini du régime de la confraternité : frères, oncles et neveux dessinent entre eux, les uns contre les autres, des configurations provisoires. La crise la plus violente est celle qui oppose, en 858, Louis le Germanique à Charles le Chauve : en 856, à la suite de l'installation du jeune Louis le Bègue en Neustrie, et pour des motifs où s'entremêlent sans doute rivalités dynastiques et gestion, contestée, des comtés par le roi dans cette région, un parti nombreux d'aristocrates s'est agité. En 858, ils passent à la révolte ouverte. A leur tête, Robert le Fort, comte de Tours et d'Angers, maître d'abbayes considérables et glorieux chef de guerre, et Wenilon, l'archevêque de Sens ; en sont aussi les comtes Eudes d'Orléans et Adalard de Paris. Naturellement, Pépin d'Aquitaine saisit l'occasion pour se mettre en branle. Tout ce tumulte, à lire les récits consternés des ecclésiastiques, s'accompagne de brigandages et de rapines, comme si les ravages exercés par les Normands ne suffisaient pas. C'est le moment où Charles est engagé dans la lutte contre ces derniers que choisit Louis le Germanique pour entrer dans le royaume de son frère, en août 858, à l'appel des rebelles. Le voici bientôt à Châlons-sur-Marne, puis à Sens, enfin à Attigny, résidence traditionnelle des rois des Francs de l'Ouest. Wenilon, le traître Ganelon de l'épopée, lui a frayé le chemin. Il est le seul évêque à choisir le parti de Louis. En revanche, les grands laïcs sont nombreux à prêter serment à l'aîné de la dynastie, dernier survivant du premier lit de l'empereur Louis le Pieux et étranger, lui, au clan si souvent détesté de la reine Judith. Pour s'attacher des fidélités, en vérité bien provisoires, Louis recourt aux gestes coutumiers : il va distribuant, relatent les *Annales de*

Saint-Bertin, comtés, monastères, domaines et propriétés royales. Charles le Chauve, lui, se réfugie en Auxerrois, dans la famille de sa mère, les Welf. L'essentiel se produit alors : convoqués à Reims par Louis pour une assemblée qui devrait asseoir sa légitimité, les évêques francs, emmenés par Hincmar de Reims, se récusent. Ils proclament que Charles demeure leur « seigneur », sauf à Dieu d'en disposer autrement. Ils analysent la situation politique en termes étonnamment lucides : « Ceux qui maintenant te sourient, écrivent-ils à Louis, quand ils obtiennent de toi ce qu'ils veulent, souriront à d'autres quand tu seras à l'article de la mort, pour chercher à obtenir d'eux ce qu'ils auront d'abord obtenu de toi ; mais il se pourrait aussi qu'ils le cherchent de ton vivant même. » On voit ainsi clairement, en la circonstance, que l'épiscopat constitue l'armature la plus solide de ce qui reste du système carolingien. N'étant pas engagés, du moins directement, dans des stratégies familiales ou foncières concurrentes, les évêques sont en position de dire le droit, de rappeler aux principes de paix et d'unité. Sans leur aveu et leur consécration, Louis ne peut pas aboutir. Plus que jamais, c'est sur eux, et sur Hincmar, le premier d'entre eux après la défection de Wenilon, que Charles va s'appuyer. Dès lors, ce dernier a tôt fait, au début de 859, de mettre en fuite son frère aîné. Quel est ensuite son premier geste ? Raffermir les fidélités défaillantes en prodiguant des bienfaits, et notamment en donnant des abbayes. Robert le Fort retrouve, et même accroît, sa situation entre Seine et Loire.

4. *L'apogée du règne.*

A l'issue de cette grosse secousse, les fondements de la légitimité royale et de la constitution du royaume apparaissent plus clairement. D'abord, l'épiscopat franc, sous la conduite d'un chef exceptionnel, Hincmar de Reims, à travers l'œuvre duquel nous lisons pour l'essentiel le troisième quart du siècle, imprime de plus en plus sa marque au système : non seulement lui revient de définir les valeurs de gouvernement et de juger de la qualité de leur mise en œuvre, mais on voit les évêques subroger le roi dans certaines de ses fonctions, notamment lorsqu'il s'agit de rétablir la concorde entre les princes carolingiens, comme c'est à nouveau le cas en 860-861. Chaque crise, on le verra bientôt, témoigne de son intervention grandissante. En même temps, parce qu'ils prétendent maintenir la notion de bien public, les évêques apportent à la prérogative royale la garantie du sacré. Cette prérogative, Charles la défend vigoureusement, et demeure en mesure de la faire prévaloir. Il aura raison de toutes les rébellions qui ne cessent de sourdre, y compris à l'intérieur de sa propre famille, où son fils Carloman lui mène la vie dure. Lorsque le droit est manifestement pour lui, il recourt avec succès à la manière forte : Bernard de Septimanie et son fils Guillaume, Pépin d'Aquitaine, Gauzbert du Mans furent ainsi éliminés. Quand à la justice se substitue le caprice personnel, c'est-à-dire quand les grands jugent que la prérogative royale ne s'exerce pas comme il convient, Charles n'arrive pas à ses fins. Un exemple ? En 867, rapportent les *Annales de Saint-Bertin*, un certain Acfrid, maître de l'abbaye Saint-Hilaire de Poitiers et de nombreux autres bénéfices, et ayant fait au roi de riches présents, reçut le comté de Bourges, sans que son titulaire Gérard fût ni convoqué ni convaincu d'avoir commis une faute. Ainsi le roi, garant de la chose publique, trafique des honneurs. Ce faisant, il ne respecte pas les serments tant de fois jurés, à Quierzy par exemple, en mars 858, quand il s'engageait à « honorer et à préserver chacun selon son ordre et sa personne, et à le conserver dans son honneur et sa sécurité, comme un roi fidèle doit agir, en bon droit, à l'égard de ses propres fidèles ». Gérard, que l'on sache, n'a pas été informé, et n'a pas manqué, lui, à son engagement « de vous assister fidèlement par conseil et aide selon ma fonction et ma personne ». Le bon droit, à l'évidence, n'est pas du côté du roi. Gérard peut, en toute bonne foi, conserver son comté. De fait, il résiste, et Acfrid ne parvient pas à le lui arracher. Mieux encore, les hommes du bon comte Gérard capturent l'usurpateur l'année suivante et le décapitent. Ce n'est qu'en 872 que Charles le Chauve parviendra à disposer du Berry, au profit il est vrai d'un homme très puissant, son beau-frère Boson, qui tient déjà le nord de la Provence, et dont l'étonnante ascension commence alors. Au reste peut-être Gérard, en 872, venait-il de mourir.

La Provence, le roi des Francs de l'Ouest la convoite depuis la mort de l'empereur Lothaire, comme il convoite tous les morceaux du royaume franc que le jeu des successions paraît mettre à sa portée. Dès 861, une fois réglées les dernières séquelles du soulèvement de 858, le roi a fait une tentative contre le royaume de son neveu Charles de Provence. La résistance de l'homme fort de la région, le comte Girard de Vienne, cautionné par l'archevêque Hincmar de Reims qui juge sévèrement l'entorse portée à la fraternité chrétienne, et surtout dont l'abbaye Saint-Remi de Provence, bien de l'église de Reims, est menacée de confiscation par Girard, contraint Charles à battre en retraite. Aussi en 863, à la mort de Charles de Provence, ne reçoit-il rien. Celui qui obtient la meilleure part, avec les régions de Lyon, de Vienne, Grenoble et Uzès, c'est Lothaire II, auquel Girard conserve la fidélité qu'il avait offerte à son père, en 843.

Lothaire, dans cette affaire, avait été chanceux. Péripétie, pourtant, alors qu'il se débattait dans une conjoncture redoutable, dont ses oncles comptaient bien, un jour ou l'autre, tirer parti. La question lancinante et toujours renouvelée de la transmission des royaumes, qui avait travaillé le système carolingien depuis les origines, se posait, en ces années-là, à lui aussi. Mais, à la différence des rois ses parents et prédécesseurs, ce n'était pas le trop-plein d'héritiers légitimes qu'il fallait gérer, mais leur défaut. Ce qu'on appelle le divorce de Lothaire, affaire prodigieusement compliquée, marque, dans bien des domaines, une étape capitale dans l'évolution du royaume des Francs de l'Ouest, d'abord dans sa configuration territoriale, ensuite et surtout peut-être, dans les règles du jeu en Occident chrétien, où le roi des Francs de l'Ouest prend, dans le troisième quart du siècle, un leadership incontesté.

De quoi s'agit-il ? Lothaire II, on s'en souvient, avait reçu, à la mort de son père, la meilleure part du royaume central, celle du Nord, où se trouvaient des abbayes puissantes, comme Prüm ou Lobbes, des évêchés considérables, tels Metz, Cologne ou Trèves, enfin le conservatoire de l'identité carolingienne, Aix, sa chapelle et son palais impériaux. En 863, il vient encore de s'agrandir au Midi. Oui ; mais ce roi jeune, actif et bien pourvu, notamment en fidélités ecclésiastiques et laïques, manque de l'essentiel : un héritier en posture de lui succéder. Certes, il a bien un fils, mais la mère n'est pas la bonne. C'est une concubine, Waldrade. L'épouse véritable s'appelle Teutberge, elle est stérile. Malheur, que Lothaire, dix ans durant, tente de conjurer en faisant passer la légitimité royale de Teutberge sur Waldrade. L'opération, naguère, eût été simple. Pépin le Bref, Charlemagne, Louis le Pieux même y fussent aisément parvenus, tels étaient leur puissance et leur prestige, tel était aussi l'état des esprits et des comportements, dans lequel la discipline ecclésiastique n'avait guère de part. Au reste, l'ancêtre de la dynastie n'était-il pas lui-même un bâtard ? Mais, depuis une génération, le contrôle de la société civile par l'Église est en marche, non certes sans soubresauts ni reculs : j'y reviendrai plus à loisir.

Lothaire, en 860, ne peut pas fabriquer à lui seul, et à volonté, de la légitimité. Certes, les évêques lorrains font ce qu'il attend d'eux, en application d'une procédure bien connue. On découvre opportunément que Teutberge, à l'insu de Lothaire, a jadis vécu dans l'inceste. Cette souillure invalide son mariage avec le roi. En 862, Lothaire épouse et couronne Waldrade. Hugues, leur tout jeune fils, devient *ipso facto* héritier du royaume, et roi lui-même. L'épisode pourrait, devrait sembler clos. La stratégie matrimoniale, après tout, est une affaire privée, le mariage au IXe siècle et pour longtemps encore, s'il est chez les princes béni par l'Église, n'est pas un sacrement. Enfin, l'inceste de Teutberge avec son frère Hubert, répugnant et indigne abbé de Saint-Maurice d'Agaune, dans le Valais, n'a rien d'invraisemblable. Teutberge ne serait pas la première reine à partir expier son péché, réel ou supposé, au fond d'un monastère. La manœuvre, pourtant, échoue, car elle met en branle bien plus qu'une simple situation conjugale. Hincmar de Reims, l'un des premiers, s'indigne et prend, dès 861, position contre ce qu'il flétrit du nom de divorce, alors qu'il s'agissait, selon ses collègues lorrains, d'un constat de nullité. Hincmar met en avant des principes canoniques en vérité mal établis. Il parle à coup sûr pour Dieu et l'Église, mais rejoint de fait les intérêts de son maître le roi Charles, auquel l'héritage lotharingien est rien moins qu'indifférent : pas d'union, pas d'enfant légitimes pour Lothaire, à tout prix. Du même côté se trouve la famille de Teutberge, très puissant lignage en Italie, en Bourgogne et en Lorraine : le frère aîné de la reine est abbé de Gorze, le deuxième, Boson, comte en Italie, le troisième est le redoutable comte-abbé Hubert, qui a transformé ses monastères jurassiens en bordels, et que Charles le Chauve accueille volontiers dans son royaume, lui remettant même l'abbaye Saint-Martin de Tours, joyau de la couronne franque. Tout ce monde prend naturellement fait et cause contre Lothaire, que soutient de loin son frère l'empereur Louis II, sous l'œil intéressé de l'oncle Louis le Germanique. Des deux côtés, on fait appel au pape, Nicolas Ier. C'est une démarche nouvelle, et grosse de conséquences. Le pontife, qui somme Lothaire de reprendre Teutberge et d'éloigner à tout jamais Waldrade, met à profit cet épisode pour affirmer sa capacité à intervenir dans les royaumes, et son autorité sur leurs épiscopats. Mais les rois et les évêques n'étaient pas disposés à supporter cette ingérence. Au reste, Nicolas meurt en 867, et Lothaire, toujours entre deux femmes, deux ans plus tard. La chance est avec Charles, bien épaulé par ses évêques, au premier rang desquels Hincmar de Reims et, depuis quelque temps, l'habile et savant Adon de Vienne. A quarante-cinq ans, Charles est le plus mobile des rois d'Occident, le plus entreprenant aussi. En lui, de plus en plus, se reconnaissent les vertus de son fabuleux grand-père et homonyme, et de toute la lignée qui, de mâle en mâle, remonte à Arnoul, le saint évêque de Metz. C'est dans cette cité, berceau de la dynastie, que Charles se précipite. La Lotharingie, paraît-il, l'appelle. Les bons évêques, Francon de Liège, Arnoul de Toul, Advence de Metz, n'ont d'yeux que pour lui, et le pressent de recueillir l'héritage de Lothaire, ce beau royaume tout plein de richesses matérielles et surtout spirituelles. Lui seul, par son origine, et d'abord par son aptitude personnelle à véritablement gouverner, est digne de recevoir la couronne et le sacre. C'est chose faite le 9 septembre, en l'église Saint-Étienne, après que Charles, acclamé par les grands, eut prononcé un engagement solennel à observer ses devoirs et à faire respecter ses droits.

Cette cérémonie de 869, les paroles qui y furent échangées sont, idéologiquement, d'une très grande portée. J'y reviendrai un peu plus loin. Politiquement, physiquement, l'implantation en Lorraine du roi des Francs de l'Ouest devient un élément capital du système occidental. Là passe à présent la limite, certes mouvante, de la Francie et de la Germanie. Au mois d'août 870, Charles le Chauve et Louis le Germanique, au palais de Meersen, consacrent la disparition de la Lotharingie, qu'ils se répartissent à l'amiable. Si Charles doit renoncer à Aix et à Metz, il reçoit Liège, Verdun, Toul, Besançon, à quoi s'ajoutent Lyon, Vienne et toute la rive droite du Rhône, ces territoires que s'était adjugés Lothaire II en 863. L'empereur Louis II et sa créature le pape Adrien peuvent bien protester contre ce coup de force qui dépossède le frère au profit des oncles, il ne reste rien de la part que le traité de Verdun avait attribuée à l'empereur Lothaire, l'aîné, sinon, et plus pour longtemps, la Provence orientale et l'Italie, où Louis II s'emploie et s'épuise à refouler les musulmans. Le marquis Girard, à Vienne, peut bien récuser l'accord conclu hors de lui. Le 24 décembre, Charles, appuyé par les évêques Remi de Lyon et Adon de Vienne, entre dans cette cité et confie les comtés de Girard au fils de Bivin de Gorze, Boson, dont, récemment veuf, il a épousé la sœur Richilde à Aix-la-Chapelle, au début de l'année. Boson et son clan sont alors en pleine ascension. Ils iront loin.

En vérité, autant sans doute, plus peut-être que 843, cette année 870 est capitale. L'héritage de Charlemagne, après bien des aléas successoraux, se répartit en deux ensembles nettement distincts, dont la séparation ira croissant dans les décennies suivantes : ici la Francie, là la Germanie. Ces deux ensembles sont de faible consistance, divisés en royaumes, dont certains échapperont bientôt aux rois carolingiens, subdivisés de fait en principautés plus ou moins viables. Il n'empêche, Francs de l'Est et Francs de l'Ouest s'éloignent les uns des autres, la réalité d'une prééminence impériale est morte, même si son idée s'incarnera encore à plusieurs reprises, et d'abord, dans cinq ans, avec Charles lui-même. Les grandes lignes du partage de Meersen, dans la configuration occidentale, sont inscrites pour longtemps. Pour ceux qui, aujourd'hui, y tiennent vraiment, Charles le Chauve peut faire figure, à partir de 870, de premier roi de France. A l'intérieur des frontières ainsi dessinées, il est, autant qu'on peut l'être alors, chez lui.

5. *La faute impériale.*

Naturellement, il voudra aller au-delà. Mais ses fidèles, alors, tenteront de le retenir, en tout cas, pour la plupart, ne le suivront pas. Ceux qui étaient avec lui à Orléans en 848, à Metz en 869, à Vienne en 870 n'iront pas en Italie. Pas plus que lui, ils n'y ont affaire.

L'empereur Louis II est mort à l'été 875, sans fils lui non plus. Charles, le plus vigoureux des deux Carolingiens restants, est depuis plusieurs années le candidat de la papauté ; car c'est elle qui, à présent, décerne la dignité impériale, à condition que le postulant ait mis la main sur le royaume d'Italie. A peine Louis II enseveli, le pape Jean VIII fait proclamer Charles empereur. Ce dernier s'est immédiatement mis en route pour l'Italie. Il écarte Carloman, fils aîné de Louis le Germanique, envoyé pour lui barrer la route, et, le 17 décembre, entre à Rome, au moment précis où son frère s'en vient coucher à Attigny pour, dit-il, rétablir la paix et la justice troublées par les ambitions et le départ de Charles. Hincmar, tout en clamant que « nous sommes abandonnés par notre roi », qui a eu le tort de ne pas prendre conseil, et aussi Boson réussirent à raffermir les fidélités en effet très ébranlées, et Louis, au bout de quelques semaines, décampait. Loin, très loin, dans Saint-Pierre de Rome, le roi des Francs de l'Ouest, Charlemagne renouvelé, recevait des mains du

Le roi qui mourut d'être empereur (843-877) 57

pape, le jour de Noël, l'onction impériale. Cinq semaines plus tard, à Pavie, quelques-uns des grands d'Italie lui prêtaient serment. Confiant ce royaume à Boson, à présent désigné comme duc, il retourne aussitôt en Francie. Il est empereur d'Occident : son comportement, ses gestes, son accoutrement l'affirment. Tel il apparaît à ses fidèles, à l'assemblée générale de Ponthion, au début de l'été 876, où sont confirmés les actes romains et italiens. A nouveau un empereur Charles est comptable du monde chrétien, qu'il domine de très haut. Très haut, mais presque au bout du chemin. Sur la bulle qu'utilise dès lors la chancellerie impériale, on lit *Renovatio imperii romani et Francorum*, mélange de formules antérieures qui marque que l'Empire reçoit une nouvelle extension. Tous les Francs, pourtant, ne s'y trouvent pas encore. Aussi quand, en août 876, disparaît le très vieux Louis, recru d'épreuves et rassasié d'années, l'empereur entre en Lorraine, au cœur de l'Empire de jadis, à Aix. A Cologne, il souscrit un diplôme « de la trente-septième année de [son] règne en Francie, de la septième en Lorraine, de la deuxième de l'Empire et de la première dans la succession du roi Louis ». C'était trop dire. Au début d'octobre, Louis, le fils cadet du Germanique, taille en pièces l'armée impériale à Andernach. L'empereur bat en retraite précipitamment. Tout empereur qu'il soit, il demeure roi de Francie occidentale. La Germanie, la Lorraine elle-même ne sont pas à lui ni pour lui.

Dieu même, qui a permis que son élu chancelle, est-il encore avec lui ? La dilatation de son principat lui crée d'insupportables obligations. Il le sent, et son entourage bien plus encore, quand le pape, au début de 877, le conjure d'accourir défendre Rome contre les musulmans. Rome, c'est-à-dire l'Église, les apôtres, l'épicentre du monde chrétien, est en péril de mort. Le premier devoir de l'empereur, la raison même de son ministère sacré est de parer au danger. Alors Charles, usé, déprimé, mais plein de ses obligations, repart pour l'Italie. A la fin de l'été, il est à Pavie, le pape caché dans son manteau. Au lieu des ennemis du Christ, c'est son neveu Carloman qu'il trouve en face de lui. Charles, en cet automne commençant, est, à tous égards, sans force. Autour de lui, tout se délite. En vérité, l'Italie, l'Empire, tout est perdu. En Francie même, c'est le tumulte et la révolte. Les habits de Charlemagne sont beaucoup trop grands pour lui. A peine Charles est-il capable de prendre le chemin du retour. Il n'y pas loin. Dans une cabane, au fin fond de la Maurienne, il expire le 6 octobre 877, à cinquante-quatre ans, dont trente-sept d'un règne prodigieusement actif et, le plus souvent, très glorieux. D'autant plus grande fut la chute. Abandonné de ses fidèles, abandonné de Dieu même, comme le prouve la puanteur qu'exhale son cadavre en décomposition, au point qu'on doit l'enfermer dans un tonneau enduit de poix et recouvert de cuir. Aussitôt connue, en Francie, la mort de l'empereur, s'ouvre, dans le tumulte, le grand marchandage de la succession. Des quatre fils de Charles ne survit que Louis, surnommé le Bègue, trente et un ans et déjà bien mal en point.

Charles, pourtant, avait pris avant de partir d'ultimes et rigoureuses précautions. Le 14 juin s'était tenu, dans la villa royale de Quierzy, un plaid général, comme il s'en était réuni tous les ans depuis si longtemps. Cette assemblée, regroupement visible des fidélités autour de leur roi, instance de gouvernement seule capable de dire la loi, est l'un des piliers du système carolingien. Là convergent et délibèrent les hommes les plus forts, les plus réfléchis et les mieux instruits, venus parfois de loin : évêques, abbés, comtes sont là, faisant nombre et cortège à leur roi, empereur de surcroît, armature vivante du royaume franc. Quels sont l'aide et le conseil qu'à la requête de Charles les grands lui prodiguent ? Les dispositions arrêtées en commun, et visiblement sans plaisir, sont pour l'essentiel conservatoires et défensives. Outre ce qui touche aux honneurs et aux bénéfices, dont j'ai parlé plus haut, la préservation du patrimoine royal et le sort de la dynastie sont au cœur des décisions prises, ainsi que le fonctionnement détaillé de l'administration. Le mot d'ordre semble être celui-ci : que personne ne bouge jusqu'au retour de l'empereur. Charles sitôt parti, c'est tout l'inverse qui se produit.

Ce concile général de Quierzy et le capitulaire qui en procède sont, chez les Francs de l'Ouest, à peu près les derniers

Le roi qui mourut d'être empereur (843-877)

du genre. Jamais plus, pour débattre de l'intérêt commun de l'Église et du peuple, ne se rassemblera, autour d'un prince qui la domine encore de très haut, l'aristocratie du royaume. L'éclat de la toute-puissance carolingienne jette à Quierzy ses derniers feux, à l'image des ors et des marbres de l'église Sainte-Marie de Compiègne, consacrée quelques jours plus tôt, parfaite réplique voulue par Charles de la chapelle impériale d'Aix.

Encore tous les grands n'ont-ils pas déféré à la convocation impériale, et cela déjà est un signe : Boson, comte en Provence, Hugues l'Abbé, comte en Neustrie, Bernard, comte en Auvergne, un autre Bernard, comte en Gothie, se sont abstenus. Sans doute ne se sentent-ils ni solidaires ni comptables du destin d'un Empire dont le centre de gravité s'est déplacé vers l'Italie, et aussi vers l'est. Surtout, ils jugent que, absorbé par l'Empire, Charles déserte son ministère en Francie, la défense des biens ecclésiastiques et laïques dans la part qu'il a reçue en 843. A quoi rime la fiction d'une mission universelle, alors que le malheur menace d'anéantir le cœur du royaume occidental ? Tout à ses chimères, Charles, avant de partir repousser d'improbables Maures d'Italie, a acheté, pour cinq mille livres d'argent, le départ des Normands de la vallée de la Seine, chez lui. Le voilà qui exige encore une fois une contribution exceptionnelle, à la colère des grands propriétaires fonciers qui les premiers en font les frais. Négocier au lieu de combattre... Comment les barbares nordiques, et le diable avec eux, ne se réjouiraient-ils pas, et ne redoubleraient-ils pas d'audace ?

6. *Les Normands pour finir.*

Il est temps, à l'heure de solder les comptes des descendants de Charlemagne en Francie occidentale, et de tenter d'apercevoir ce qu'il en est du royaume à la disparition du plus illustre d'entre eux, d'en venir à l'agression normande.

La présence active des Vikings en Occident marque tout le règne de Charles le Chauve, et encore ceux de ses successeurs jusqu'au début du Xe siècle. Les modalités précises et surtout les effets réels de cette intrusion violente sont difficiles à démêler. Il est certain qu'elle coïncide avec une modification des structures d'encadrement et de commandement de la société. Si elle a hâté un processus en cours, elle a surtout révélé des comportements, entraîné des prises de conscience. Les forces centrifuges qui travaillent, presque dès l'origine, le système carolingien se sont déployées plus à l'aise. Sous l'effet des coups venus de l'extérieur, des verrous ont sauté. Le principe de réalité a mis à mal les constructions idéologiques et politiques. La tendance à la dissociation, à l'autonomie s'est accélérée.

On ne croit plus aujourd'hui que les attaques normandes, et encore moins les raids musulmans qui, au sud-est, leur sont contemporains, aient ruiné le royaume des Francs. C'est qu'on ne croit plus sur parole ceux qui ont raconté les faits et gestes des barbares. Ces auteurs sont tous, bien entendu, des clercs, et pour la plupart des moines. Or ce sont les églises épiscopales et surtout les monastères qui firent les frais des attaques normandes. De plus, la rhétorique tendait à amplifier les désastres pour faire ressortir à la fois l'énormité des péchés des hommes et la puissance des saints, qui seule pouvait avoir raison des agresseurs diaboliques. De fait, l'essentiel du matériau littéraire rapportant la catastrophe se trouve dans des récits de miracles et de translation de reliques. Ajoutons que les dévastations normandes ont parfois servi de prétexte à des communautés pour obtenir de l'autorité royale de nouveaux privilèges, ou des dons en biens fonciers. La disparition des archives d'une abbaye dans les flammes pouvait n'avoir pas toujours que des inconvénients. Sur le terrain, dans l'existence matérielle, les ravages causés apparaissent moins nettement. En Picardie, région bien pourvue en fiscs royaux, en domaines monastiques exemplaires, en cités prestigieuses, Robert Fossier relève que, sur cinquante-cinq documents de la pratique connus pour les années 835 à 935, deux seulement font état des destructions normandes. Hincmar de Reims lui-même, dans son œuvre immense, n'est guère prolixe sur le sujet. En fait, outre les textes hagiographiques auxquels j'ai fait allusion, et dont le meilleur exemple est la *Translation du corps de saint Philibert* rédigée par le moine de Noirmoutier Ermentaire peu après 850, deux auteurs seulement fournissent la quasi-totalité de l'arsenal traditionnel des citations : Paschase Radbert, abbé de Corbie, qui pousse son lamento vers 860, et le récit du siège de Paris par Abbon de Saint-Germain-des-Prés, en 886. Ailleurs, les notations, en particulier annalistiques, sont sèches et brèves. Elles n'en sont pas moins répétées.

C'est que, à partir des années 830 et surtout 840, la façade maritime de la Frise à l'Adour, les vallées de la Somme, de la Seine, de la Loire et de la Garonne subissent la présence normande avec une intensité variable, mais de façon à peu près continue. Le plat pays, vraisemblablement, ne souffre guère. Qu'y a-t-il à prendre aux rustres dans leurs cabanes pauvrement équipées ? Du fourrage pour les chevaux sans doute, quand les Normands, sortant de leurs embarcations, découvrent la cavalerie et apprennent à s'en servir, et du ravitaillement pour les hommes, prélevé aux alentours de leurs camps. Mais ce que cherchent les barbares, avant tout, ce sont des métaux précieux, qu'ils trouvent dans ce que le royaume a lui-même de plus précieux, les églises des saints, abbatiales ou urbaines, que leur ancienneté, leur rayonnement, leurs vertus sacrées semblaient mettre hors d'atteinte de toutes les profanations. Or celles-ci, à partir de 840, vont bon train. Voilà qui frappe les esprits. Rouen, la première, est mise à mal en 841. Puis c'est le tour du port de Quentovic, de Nantes, de Saintes, de Bordeaux en 848. Surtout, en 845, Paris et nombre de ses vénérables églises sont incendiés. Saint-Martin de Tours subit le même sort, en 853.

A partir de 856, les Normands frappent plus fort encore : à Paris, à nouveau, à Chartres, Évreux, Bayeux, Beauvais, Angers, Tours, Noyon, Amiens, Melun, Meaux, Orléans, Périgueux, Limoges, et combien de grandes abbayes : Saint-Wandrille, Saint-Valéry, Saint-Bertin, Saint-Germain-des-Prés en 861, Saint-Cybard d'Angoulême, Saint-Hilaire de Poitiers, Fleury-sur-Loire en 865... Quelques années plus tard, c'est le tour de Saint-Géry de Cambrai, de Saint-Vaast, de Corbie, de Saint-Riquier. Dans la vallée du Rhône, bientôt dans les vallées alpines, les musulmans se montrent de plus en plus entreprenants. Arles, notamment, est visitée à plusieurs reprises. Sans doute agressions et pillages, prédations et déprédations opérés par les Normands font-ils partie du cortège de malheurs qui s'abat sur l'Occident chrétien après la disparition de Charlemagne. Les guerres entre les rois, les rivalités entre les grands, les entreprises de rapine petites et grandes, constamment à l'œuvre, tous ces brigandages dont il est, dans les textes, de plus en plus question, entretiennent un environnement de violence quasi permanente. Tout de même, les Normands transgressent les règles d'un jeu établi : quand, le 24 juin 843, le dimanche de la Saint-Jean, dans la cathédrale de Nantes, ils massacrent en plein office l'évêque et son clergé, et nombre de participants, répandant, souillure suprême, le sang sur l'autel, on comprend qu'ils fassent forte impression. Pis encore, leur entrée fracassante à Saint-Germain-des-Prés le dimanche de Pâques 858, jour le plus saint de l'année. Ces infâmes qui se rient de Dieu n'épargnent pas ses serviteurs. En principe, en Occident, les hommes d'Église sont protégés par leur fonction. Faire couler le sang d'un évêque, c'est verser celui du Christ, perpétrer un sacrilège. Morts, pourtant, Frotbald de Chartres, noyé dans sa fuite, Baltfried de Bayeux, Ermenfrid de Beauvais, Immon de Noyon. Des chrétiens sont capturés, vendus comme esclaves. Des malheurs aussi soudains, aussi inouïs ne sont intelligibles que si Dieu a décidé d'en frapper son peuple. Un châtiment aussi épouvantable doit avoir été suscité par des péchés non moins énormes. Les chefs de l'Église, dans leur sagacité, l'ont bientôt compris. La divinité n'abandonne les siens que parce qu'eux-mêmes se sont éloignés de ses voies, se vautrant dans la souillure, dont la principale est la subversion de l'ordre nécessaire et la rupture de la paix chrétienne. Les évêques, au concile de Meaux de 845, le disent très bien : « Comme ses ordres divins n'étaient pas exécutés, Dieu permit comme châtiment l'apparition des persécuteurs des chrétiens, les Normands, qui s'avancèrent jusqu'à Paris. » A la vengeance divine, on ne peut que se soumettre, attendre, dans la prière et la repen-

Le roi qui mourut d'être empereur (843-877)

tance, que s'apaise le courroux céleste. Telle une épidémie, le fléau, après avoir fait son effet à la fois destructeur et purificateur, se retirera.

Or les Normands ne s'en vont pas. Ils reviennent, plus, ils s'installent. Tandis que les religieux, avec leurs trésors, mettent autant de distance qu'ils peuvent entre les agresseurs et eux, il appartient au roi, de toute évidence, de conduire le bon combat à la tête de son aristocratie. Militairement, la lourde cavalerie franque n'y est guère préparée, face à des adversaires peu nombreux, dispersés, insaisissables, qui se déplacent rapidement sur les eaux. De plus, il y a longtemps, très longtemps que la guerre n'a plus été portée par des étrangers à l'intérieur du royaume franc. Enfin, les cadres laïques, ceux qui ont pour mission de se battre, de protéger les églises et le peuple sans armes, demeurent inertes. Ermentaire de Noirmoutier, Aimoin de Saint-Germain-des-Prés s'en indignent : au lieu de lutter contre les barbares, les grands restent les bras croisés, et le roi doit acheter le départ des Normands. L'idée d'une collectivité à défendre ne vient pas à l'esprit des chefs, plus soucieux de se maintenir et de s'agrandir dans les espaces de puissance que, au milieu du siècle, ils sont parvenus à conquérir. Lors du raid de 845 sur Paris, Charles le Chauve convoque ses guerriers. C'est qu'il s'agit de défendre Saint-Denis, joyau des abbayes royales. « Beaucoup vinrent, mais pas tous », constate non sans euphémisme l'annaliste. Encore ceux qui sont venus refusent-ils l'affrontement et s'enfuient, non sans avoir conseillé au roi de payer les sept mille livres qu'exige, pour prix d'une paix précaire, le chef Ragnar. En 852, sur la Seine, et pour les mêmes raisons, c'est Gottfrid qu'il faut acheter. En 858, alors que Charles s'est lancé à l'assaut du camp viking d'Oscelle et combat, comme il se doit, au premier rang, ses fidèles, soudain, l'abandonnent. De très peu s'en fallut que le roi lui-même fût pris. Jusqu'à la fin les rois, faute de pouvoir agir, devront acquitter le tribut. En 877, Hincmar écrit à Louis le Bègue, peu après son avènement : « Depuis plusieurs années on ne se défend pas dans ce royaume, mais on a payé, on s'est racheté... » Le même archevêque de Reims, trente ans plus tôt, s'indignait que l'évêque de Nantes Aitard, dont la cité était encore une fois menacée, voulût changer de diocèse : « Comment admettre qu'un ecclésiastique, n'ayant à soutenir ni femme ni enfants, ne puisse vivre au milieu des païens, à l'exemple du comte de la cité qui a une famille à sa charge ? » Bel appel à l'esprit de résistance. Mais quand, en 882, les mêmes païens s'approchent de Reims, après avoir mis Laon à sac, Hincmar, sans attendre, prend le large. Il est vrai que la capture d'un prince de l'Église est onéreuse. En avril 858, les Normands mettent la main sur l'abbé de Saint-Denis Louis, archichancelier et petit-fils de Charlemagne. Pour le racheter, il en coûtera la somme énorme de 688 livres d'or et 3 250 livres d'argent ; pour la réunir, évêques, comtes, abbés et autres puissants personnages sont mis à contribution.

Abstention ; désertion ; parfois même, alliance contre nature. En 849, Guillaume de Septimanie enrôle dans sa révolte des troupes musulmanes que lui fournit Abd al-Rahman. En 857, Pépin II d'Aquitaine entre à Poitiers à la tête d'un parti de Normands. Salomon de Bretagne, en 862, les mobilise contre Charles le Chauve, avant de s'associer contre eux avec ce dernier.

En dépit des abandons, des crises et des révoltes de son aristocratie, notamment en 857-859, Charles, autant qu'il le peut, fait front, exerçant par là dignement son ministère. A partir de 860, et pendant une quinzaine d'années, il déploie contre les agresseurs une grande activité. Au printemps de 861, il achète les services des Danois de la Somme pour qu'ils chassent ceux de la basse Seine. Surtout, au début de 862, il obtient la soumission d'une troupe de Normands revenant du sac de Meaux, qu'il a arrêtés sur la Marne, à hauteur du pont fortifié de Trilbardou. Convertis à la vraie foi, ils seront enrôlés pour les bons combats. La fortification, voilà la parade efficace. Les Normands ne sont pas équipés pour la guerre de siège, et quelques palissades, élevées sur un socle de pierre ou de terre bien tassée, peuvent suffire à les arrêter. En 862, à Pîtres, au confluent de l'Eure et de la Seine, est entamée, à l'initiative du roi, la construction d'un pont fortifié, dont il est difficile de savoir, à vrai dire, s'il fût jamais terminé. De semblables ouvrages sont édifiés aux Ponts-de-Cé et, à Paris, à la hauteur de l'île de la Cité. En 864, lors d'une nouvelle assemblée générale à Pîtres, Charles se fait pressant : « Que pour défendre le pays tous viennent sans faute ; que les comtes veillent sur les forteresses ; que ces forteresses soient élevées sans faute, sans retard et avec énergie. » C'est au roi, à la puissance publique qu'appartient le monopole de l'érection des remparts et des tours, instruments de la paix publique. Aussi, dans le même capitulaire, le roi ordonne-t-il que « tous ceux qui, ces derniers temps, ont élevé sans notre autorisation des châteaux, des fortifications ou des palissades, détruisent toute fortification de ce genre avant le 1er août ». Une telle injonction a-t-elle été suivie d'effet ? Si le roi insiste pour faire respecter le principe de la délégation d'autorité royale, les enceintes, avec ou sans son aveu, se dressent ou se redressent, à Auvers-sur-Oise, à Charenton, à Saint-Denis, à Compiègne. Les évêques travaillent au relèvement des murailles romaines longtemps délaissées, voire mutilées : Tours, Reims, Noyon, Le Mans, Orléans, Langres, Rennes, Autun se ceignent d'un manteau défensif. A la fin du siècle, les abbayes elles-mêmes se fortifient, avec, semble-t-il, le concours des populations avoisinantes. C'est le cas de Saint-Vaast et de Saint-Omer.

7. Premiers grands ensembles.

En même temps qu'il tente de susciter des constructions, le roi tâche d'organiser la riposte de façon plus méthodique. Il presse les comtes d'accomplir leur devoir, en mobilisant les énergies et les fidélités locales. De fait, mieux que dans les premières années de l'agression, les grands réagissent : en 863, le comte Turpion est tué au combat près d'Angoulême, et Étienne subit le même sort en défendant sa ville de Clermont. Charles sanctionne, quand il le peut, les défaillances : « A Adalard, auquel il avait confié la défense contre les Normands, et aussi à ses proches Hugues et Bérenger, pour n'avoir été d'aucune utilité contre les Normands, le roi retira leurs honneurs, et les distribua à différents personnages. » Un tel geste d'autorité, que relèvent les *Annales de Saint-Bertin* pour l'année 865, n'est pas fréquent. Il demeure néanmoins possible. Tout comme Charles est en mesure, en fonction des nécessités politiques et stratégiques, de déplacer le très puissant chef qu'est Robert le Fort, qui, après avoir abandonné Charles entre 856 et 859, est à présent indispensable dans la lutte contre Louis le Bègue associé aux Bretons d'abord, contre les barbares ensuite. Ainsi, après avoir en 865 envoyé Robert, jusque-là comte de Tours et d'Angers, en Bourgogne comme comte d'Autun, d'Auxerre et de Nevers, pour faire place en Neustrie à son fils Louis réconcilié, Charles rappelle Robert un an plus tard et lui rend ses charges en Anjou et en Touraine. Ce grand commandement, Robert le Fort l'exerce effectivement. En 864, sur la Loire, il est blessé au cours d'une rencontre. A la fin de 865, il remporte, et le fait est rare, une réelle victoire. A l'automne 866, il est surpris et tué glorieusement, qui plus est à proximité immédiate d'un lieu sacré, l'église de Brissarthe ; avec lui tombe le comte Ramnulf de Poitiers. Une propagande opportune les parera bientôt de vertus héroïques. Jusqu'en 883, l'œuvre de Robert, qui est la défense de la partie occidentale du royaume, est continuée par Hugues l'Abbé, cousin germain de Charles le Chauve, et sans doute beau-fils de Robert, puis par Gauzlin, dont la famille est puissante dans le Maine, abbé de Jumièges, de Saint-Denis et de Saint-Germain-des-Prés, pour finir évêque de Paris, et demi-frère de l'archichancelier Louis, auquel il succéda dans sa charge.

D'autres grands dynastes se signalent et se fortifient à l'occasion de la lutte contre les Normands. Au nord, Baudoin, dit « Bras de Fer », qui, en 862, a enlevé et épousé Judith, la fille du roi, est maître de plusieurs comtés en Flandre, et abbé de Saint-Bertin. Jusqu'à sa mort en 879, il remplit ses devoirs, qui se confondent avec ses intérêts. A l'autre extrémité du royaume, le duché de Gascogne. Ses chefs, depuis longtemps, montent la garde contre les païens menaçants. En 816, Sanche-Loup, un fidèle de Louis le Pieux, est mort en luttant contre les musulmans. Son fils Sanche San-

Le roi qui mourut d'être empereur (843-877) 67

chez, surnommé Mitarra, c'est-à-dire le sauvage, est, dans les années 840, comte de Fézensac. A partir de 845, alors que les Normands attaquent sur la Garonne et sur l'Adour, que le comte Seguin de Bordeaux, qui, selon Loup de Ferrières, porte le titre de duc des Gascons, est tué, Sanche Sanchez organise la défense, alternant contre les Normands combats et négociations. Au sud des Pyrénées, il tient tête aux musulmans. Véritable prince d'origine et d'action locales, sa légitimité ne doit à peu près plus rien à une quelconque investiture royale. Dans cette marge du royaume, Charles le Chauve est hors d'état d'intervenir ; Sanche le supplée, travaillant ainsi pour son propre compte. Ici, beaucoup plus tôt qu'ailleurs, le pouvoir est vacant, les structures de commandement carolingiennes, tant ecclésiastiques que laïques, se sont rapidement délitées, pour autant qu'elles se soient jamais véritablement implantées. Cela n'empêche nullement Sanche de se montrer bon allié du roi, auquel, en 852, il remet Pépin II capturé par ses soins. Mais l'émancipation du prince gascon est complète. Lui succède, dans cette fonction qui n'a pas de définition publique ni juridique, qui se maintient par la seule force matérielle et politique de son détenteur, son neveu Arnaud, fils du comte de Périgueux, puis, dans une Gascogne en proie à la confusion et à la ruine, son petit-fils Garsie, qui tardera à s'imposer.

Baudoin en Flandre, Robert puis Hugues en Neustrie et en Bourgogne, Sanche et ses descendants en Gascogne, ces puissants personnages, figures de proue de groupes d'intérêts à la fois fonctionnels et familiaux difficiles à apercevoir, exercent avant tout des commandements militaires que le roi leur confie, ou leur abandonne. Les agressions normandes, la nécessité et la capacité de les combattre ont certainement accéléré une évolution en cours, révélant que le principe d'unité du royaume sous l'autorité effective et directe du Carolingien était décalé par rapport à la réalité sociale et politique. Mais le processus, je l'ai déjà indiqué, était en cours. Dans les années 870, il est, pour nous, plus clairement lisible, s'incarnant dans des chefs qui constituent à leur profit des ensembles territoriaux considérables et, de mieux en mieux, héréditaires. Le roi Charles a-t-il organisé, ou encouragé, ces regroupements régionaux, cet accaparement de comtés, et aussi d'abbayes, bientôt d'évêchés, entre les mains de quelques-uns ? Le roi, c'est certain, est loin d'être absent de ce mouvement. On le voit retirer tel comté à tel potentat pour le transférer à un autre, faire circuler les abbatiats d'un groupe à l'autre, parfois même, mais c'est beaucoup plus rare, déplacer un grand d'une région à l'autre, et au besoin, usant des rivalités entre grands lignages, mater des révoltes ouvertes. En vérité, tout ce jeu procède sans doute de négociations, d'arrangements, de compromis qui pour l'essentiel nous échappent. Il reste que la dizaine de très hauts personnages qui, en dehors de la France mineure que le roi contrôle très directement, exercent le pouvoir et accumulent la richesse sur des ensembles territoriaux considérables demeurent, à peu près, dans la fidélité envers un roi incontesté, et qui reste beaucoup plus fort et mieux pourvu en biens de toutes sortes, sans rien dire du prestige, que chacun d'eux.

Du Berry au Languedoc, trois clans principaux se relaient, se supplantent et s'affrontent, parfois jusqu'à la mort : celui de Bernard Plantevelue, fils de Bernard de Septimanie, d'abord comte d'Autun, qui contrôle bientôt le Limousin et l'Auvergne, et enlève provisoirement le Toulousain, en 872, au clan rival des Raimond, qui se rétablira peu après. Celui d'un troisième homme qui s'appelle lui aussi Bernard, dit de Gothie, implanté en Languedoc, et qui dispute au Plantevelue le Berry, ainsi que le comté d'Autun, dont disposait Thierry, leur ancêtre commun, et qui est décidément très convoité, car il commande la suprématie en Bourgogne franque. C'est pourquoi Robert le Fort l'obtiendra aussi quelque temps, avant qu'il passe dans la famille des Boson ; Boson qui, précisément, est l'homme fort du Sud de la Bourgogne, de Chalon à Vienne, tout à la fin du règne de Charles le Chauve, son beau-frère.

Au-dessous de ces grands marquis, ainsi les nomment le plus souvent les textes, mais détenteurs de plusieurs comtés déjà, Guifred en Cerdagne, Ramnulf à Poitiers, dont la des-

Le roi qui mourut d'être empereur (843-877) 69

cendance sera très puissante en Aquitaine, Vulgrin à Angoulême et à Périgueux, d'autres encore.

Jusqu'à la fin du règne de Charles, et même un peu au-delà, ces concentrations d'honneurs aux mains de quelques-uns, d'autant plus importantes que le roi est plus loin, ces réunions de comtés avec les pouvoirs de commandement et les fidélités qui s'y attachent demeurent disparates, fluctuantes, provisoires. Le roi, d'abord, intervient encore. Surtout, ces marquis, à l'exception de celui de Gascogne et des comtes de Cerdagne et de Conflent, ne sont pas encore solidement implantés localement. La plupart, presque tous, sont d'origine franque. Certes, la part des réalités ethniques dans les configurations politiques est difficile à apprécier. Mais, en Auvergne par exemple, aussi en Provence, on sent bien que l'aristocratie locale, celle qui possède effectivement la terre, qui accède aux fonctions ecclésiastiques, y compris l'épiscopat, qui fournit les cadres sociaux permanents au sein des différentes régions, pèse d'un poids très lourd, le marquis devant requérir son consentement pour se maintenir, et tenant lieu d'intermédiaire entre elle et le roi, auquel seul il a accès. D'autant que la vassalité, avec son rite d'hommage et l'attribution d'un bénéfice, qui s'est développée au nord de la Loire, paraît au sud singulièrement absente. On ne l'aperçoit ni en Auvergne ni en Gascogne, pas plus qu'en Catalogne ou qu'en Languedoc. Les fidélités qui s'échangent empruntent les formes du droit romain. On ne devient pas facilement, dans ces contrées-là, l'homme d'un autre. Les engagements se concluent entre personnes juridiquement égales, de gré à gré. En vérité, la seule fidélité qui vaille est celle que les fonctionnaires locaux doivent au roi, si loin soit-il. Ce lien-là conserve son caractère public, et les marquis, de plus ou moins fraîche date, doivent en tenir compte. Les grands chefs, du moins ceux qui réussissent, ne s'implantent durablement qu'à la génération suivante, celle qui s'installe entre 880 et 900. Dans ce processus de conquête de la domination régionale, puis d'enracinement, à la fois matériel et idéologique, le contrôle des églises joue un rôle considérable. La possession des grandes abbayes est la première convoitée : Saint-Bertin, Saint-Martin de Tours, Saint-Symphorien d'Autun, Saint-Germain d'Auxerre, Saint-Martial de Limoges, Saint-Hilaire de Poitiers, Saint-Julien de Brioude, d'autres encore sont dans le jeu des marquis des atouts décisifs. C'est là que la mainmise des laïcs sur l'institution ecclésiastique, ce mouvement capital qui s'accélère dans les deux dernières décennies du siècle, se fait d'abord sentir. Depuis le règne de Louis le Pieux, les clercs dénoncent cette appropriation, ces rapines, dont le roi, qui attribue des biens d'Église en rémunération de ses fidèles, se fait trop souvent le complice. Dans les *Annales de Saint-Bertin*, Hincmar n'est pas loin de se réjouir de la mort de Robert le Fort et de Ramnulf, en 866. S'ils ont péri à Brissarthe de la main des Normands, instrument aveugle de la volonté divine, c'est qu'ils avaient osé s'attribuer l'un, Saint-Martin de Tours, l'autre, Saint-Hilaire de Poitiers. Voilà qui doit ouvrir les yeux de tous les usurpateurs, y compris ceux du roi qui, à Saint-Quentin ou à Saint-Vaast, ne se conduit pas mieux.

8. Bilan de l'agression normande.

Sans doute, en concentrant leurs attaques sur les établissements ecclésiastiques, en les ruinant et en mettant en fuite les communautés, les Normands ont-ils considérablement affaibli, matériellement et spirituellement, bien des monastères, que les grands, en les prenant sous leur protection, en les reconstruisant, ont pu accaparer plus facilement. De plus, les églises ont été les premières et les plus sollicitées pour acquitter les sommes exigées par les barbares pour leur départ. Ces tributs les ont certainement appauvries, d'autant qu'ils ont été régulièrement imposés durant un demi-siècle. En 882 encore, relèvent les *Annales de Saint-Bertin,* le roi Charles le Gros achète le bon vouloir des Normands en faisant prélever « plusieurs milliers de livres d'argent et d'or sur le trésor de Saint-Étienne de Metz et d'autres saints ». Nul doute que le temporel ecclésiastique ainsi écorné est devenu plus vulnérable.

Dissociation relative du royaume au profit de grands chefs,

Le roi qui mourut d'être empereur (843-877)

affaissement de l'autorité publique, choc intellectuel, prédation matérielle, les agressions normandes, par leur caractère répétitif et durable plus sans doute que par leur violence même, ont fait mal au système carolingien hérité de Charlemagne. Leur impact demeure malaisé à apprécier, et le débat historiographique à leur sujet n'est pas clos. A coup sûr, le royaume occidental n'a pas été, par quelques coups de boutoir, désarticulé. La production intellectuelle, par exemple, et aussi artistique, est, à l'échelle de ce temps-là, florissante. L'activité économique n'a pas été brutalement désorganisée. A Saint-Bertin, à Saint-Remi de Reims, autour de 860, on établit les derniers grands polyptyques, à l'instar de celui de Saint-Germain-des-Prés, quarante ans plus tôt. Les populations attachées à la terre se sont rarement dispersées, si elles l'ont fait ici ou là, au plus fort du péril. Sans doute les grands domaines ont-ils été les plus affectés par une fuite de main-d'œuvre. Profitant de la panique et des bousculades, des non-libres ont pu partir, se faire recruter ailleurs dans des conditions moins contraignantes, tandis que les maîtres du domaine abandonné installaient, au prix de redevances et de services moins lourds, de nouveaux exploitants. L'assouplissement des contraintes domaniales, une exploitation moins rude des hommes seraient alors à porter au crédit des Normands. Un tel processus émancipateur, s'il a bien eu lieu, est en fait presque indiscernable. Comment faire la part entre un mouvement impulsé par la pression extérieure et la fuite à la brune, aussi ancienne que la servitude ?

Les communications ont-elles été profondément entravées ? Certes, signalent Loup de Ferrières et d'autres, les routes ne sont pas sûres, les voyageurs et ce qu'ils transportent sont toujours exposés à un coup de main. Mais quand les routes ont-elles été jamais sûres ? En revanche, la circulation sur les voies d'eau devient périlleuse, ou au moins coûteuse. A leurs débouchés, certains ports, comme Duurstede et Quentovic, les premiers et trop souvent pillés, ne se relèveront pas. Les échanges, cependant, n'ont pas disparu, loin de là. Le capitulaire de Pîtres, en 864, fait une large place aux questions économiques et monétaires. Naturellement, un dispositif de nature législative et normative est d'interprétation délicate : reflète-t-il et accompagne-t-il la réalité, en faisant allusion aux marchés existant et à leur fonctionnement ? Ou tend-il au contraire à imposer des conceptions purement théoriques à une réalité tout autre ? Le roi, en tout cas, affirme sa prérogative dans le domaine monétaire, en désignant les neuf ateliers possédant le monopole de la frappe. En imposant, ou en tâchant d'imposer un denier d'argent plus léger, Charles prend-il acte d'un développement des échanges, ou veut-il le susciter ? Le métal précieux, en tout cas, circule par nécessité, du fait des ponctions opérées au profit des Normands. Cette mobilisation a pu avoir des effets induits : pirates, les Vikings sont aussi consommateurs et marchands, qui achètent et vendent ; on ne peut pas piller tout le monde tout le temps. Certains groupes de Nordiques se sédentarisent, notamment au débouché des vallées. A Bayonne, à Nantes, sur la basse Seine, ils trafiquent, et pas seulement de ce qu'ils ont volé. Coup de massue sur les têtes, les agressions normandes ont sans doute, dans certains secteurs, donné aussi un coup de fouet à l'activité. Des transferts culturels, forcés, ont pu à terme provoquer des rencontres fécondes. Ainsi, l'Auvergne et la Bourgogne, lieux de refuge privilégiés des communautés ecclésiastiques en fuite, bénéficièrent de l'apport de reliques et de manuscrits dont les églises locales firent leur profit. L'exemple le plus connu, mais il est loin d'être unique, est la longue errance des reliques de saint Philibert, parties de Noirmoutier en 836, et installées définitivement à Tournus, après de longues étapes dans le Poitou, puis en Velay.

Cette mise en branle est à coup sûr conséquence directe de la présence viking. Mais pour le reste, comment discerner, dans leurs effets et même dans leur mise en œuvre, la violence venue du dehors et la rapine, le brigandage intérieurs ? Le « normandisme » est un comportement prédateur qui n'est pas le fait des seuls envahisseurs. Des laïcs du royaume, effrénés, s'abattent aussi sur les pauvres et les églises, les accablent et les persécutent *more normannico,* disent les clercs outragés, « à la façon des Normands ».

Le roi, lorsqu'il est à l'écoute de Dieu et de ses serviteurs,

Le roi qui mourut d'être empereur (843-877)

peut seul rétablir l'ordre et la paix. Qu'il tienne les engagements que lui impose sa mission, et l'autorité ni la victoire ne lui manqueront : c'est Charles le Chauve, entre 860 et 873, avant qu'il se laisse détourner de son devoir par le mirage italien et l'ambition impériale, c'est Louis III, son petit-fils, vainqueur inoubliable des barbares à Saucourt-en-Vimeu, en août 881, et, l'année suivante, son tout jeune frère Carloman. Mais ces deux-là sont morts trop tôt, à vingt et dix-sept ans, laissant un royaume que Charlemagne, leur arrière-arrière-grand-père, ne reconnaîtrait plus tout à fait. Le dernier capitulaire des rois de Francie occidentale qui nous soit conservé, celui de Ver, nous vient de l'enfant roi Carloman. C'est en mars 884, et les mesures arrêtées à l'issue de ce plaid sont destinées à lutter « contre le mal de la rapine et de la destruction », « ce venin qui s'est répandu partout [...]. Cette infection mortifère qui ronge le corps et l'âme ». « Quoi d'étonnant, conclut le préambule, si les païens et les peuples étrangers s'imposent à nous et nous prennent nos biens temporels, puisque chacun ôte à son voisin le plus proche ce dont il doit tirer sa vie ? »

Barbarie, destruction, impuissance. Le monde chrétien, à la fin du IXe siècle, est aux yeux de ceux qui réfléchissent en proie aux tourments. La stabilité, vertu spirituelle et sociale, est mise à mal. Hincmar, en 882, est mort à Épernay, ayant fui les Normands. Peu auparavant, il a dicté pour Carloman, qui tient seul à présent l'héritage de Charles le Chauve, son œuvre ultime, le *De ordine palatii*. Alors que les Normands, tout autour, se déchaînent, que des forces de dissociation travaillent puissamment les royaumes, que les grands, à présent, se font rois, le très vieil archevêque de Reims parle une dernière fois de ce qui compte vraiment : le règne de Dieu, et ses reflets terrestres.

3
Savoir, comprendre, concevoir
(814-882)

Pour le IXe siècle, pour le royaume de Francie occidentale depuis l'avènement de Louis le Pieux jusqu'à la mort, en 888, de son petit-fils Charles le Gros, dernier Carolingien à la fois empereur d'Occident et roi des Francs, la vie de l'esprit est ce que nous connaissons le moins mal. Tout au moins l'esprit qui s'exprime par l'écrit, privilège d'un petit nombre durant toute cette période, monopole absolu de l'Église à partir de la seconde moitié du siècle, et pour très longtemps. Sans doute, de l'écrit à l'oral, des passerelles existent. Les vies de saints, les récits de miracles, dont la production se développe considérablement, sont vraisemblablement lus en public, alimentent sermons et homélies, nourrissent une christianisation toujours en cours, à mesure notamment que naissent des églises rurales. Cette littérature abondante, qui fournit la majeure partie des textes carolingiens, est liée au développement et à la propagande des églises épiscopales et des grands monastères, soucieux de magnifier leur patron éponyme et de faire connaître la vertu des reliques qu'ils possèdent, et dont la vénération s'intensifie.

Ces textes hagiographiques, qui dévoilent parfois, comme à la dérobée, des pans de la société civile, sont d'interprétation difficile, d'autant qu'ils reprennent souvent, en les enrichissant, des versions plus anciennes, remontant aux VIe et VIIe siècles. Mais leur présence croissante témoigne de l'effort de l'Église pour imposer ses modèles et promouvoir ses images. Déjà, nous avons vu, en diverses circonstances, comment l'idéologie informait l'exercice de l'autorité royale et interprêtait les rapports politiques et sociaux. Roi, évêques, abbés, comtes sont partie prenante de structures mentales, intellectuelles et spirituelles, artistiques aussi, qui à la fois déterminent et éclairent la marche du siècle.

A la mort de Charlemagne, le monde occidental est, d'apparence évidente, tout entier chrétien. C'était la mission, c'est le mérite de l'empereur défunt d'avoir, en repoussant toujours plus loin les limites de l'Empire, dilaté la chrétienté. Sans doute demeure-t-il, très loin au nord et à l'est, des populations barbares encore hors d'atteinte de la parole de Dieu et de l'épée des Francs. Surtout, dans les régions ibériques, se sont imposés les musulmans, qui sont païens d'autre sorte. A Louis le Pieux revient d'évangéliser les uns, de repousser ou de contenir les autres. Mais, enfin, jamais tant de peuples n'avaient confessé le nom du Christ. C'est par le baptême que l'individu devient membre du corps du Christ, de son troupeau vivant ; baptême des adultes, parfois en masse, pour les nouveaux convertis, baptême des enfants, de plus en plus petits. Tous les enfants, dans l'Empire, sont-ils baptisés ? Il serait téméraire de l'affirmer. Du moins devraient-ils l'être, s'ils sont nés libres. Pour les esclaves, le baptême est signe, et motif suffisant, sinon nécessaire, d'affranchissement. L'Église, qui a la gestion exclusive du baptême, est ainsi pourvoyeuse d'identité, du plus humble des rustres jusqu'au roi.

Ce dernier, depuis deux générations, reçoit une autre onction. En 754, l'évêque de Rome Étienne s'est rendu à l'abbaye de Saint-Denis, où, devant les chefs ecclésiastiques et laïques, il a enduit de l'huile sainte la tête et les membres du roi Pépin, aussi de la reine Berthe et des enfants rois Carloman et Charles, jetant l'anathème, dit-on, sur quiconque oserait dépouiller de la royauté franque les descendants de cette lignée. Par la suite, le premier des évêques a renouvelé ce geste à plusieurs reprises. Pour des raisons politiques, assurément ; mais la politique n'a-t-elle pas pour fin ultime, comme son nom l'indique, l'achèvement de la cité de Dieu ? Ainsi, du haut en bas de la société, Dieu, ses saints et son Église fournissent à tous les principes nécessaires d'organisation et de comportement. Que chacun les comprenne et s'y conforme, c'est là tout le sens et tout l'enjeu des vicissitudes du siècle.

1. L'espace et le temps.

Pour concourir, chacun à sa place, à l'œuvre commune qui plaît à Dieu, encore faut-il savoir où l'on se trouve. Dans le royaume des Francs de l'Ouest, l'espace paraît assez bien structuré. Charles le Chauve, qui, surtout au début de son règne, doit faire front de tous côtés, se déplace rapidement et parvient à destination, pour autant que les chevaux ne manquent pas et que, grosse affaire, les rares ponts soient en état ou les gués praticables. Les voies romaines demeurent inscrites dans le sol et, au moins aux abords des palais et des cités, sont sans doute entretenues. De même, la localisation des biens fonciers repose sur des circonscriptions bien définies. Lorsque, en 868, Charles le Chauve confirme les privilèges accordés par le comte Girard de Vienne au monastère de Vézelay, qu'avec sa femme Berthe il a fondé cinq ans plus tôt, la chancellerie royale situe précisément l'établissement : « Dans notre royaume de Bourgogne, dans le comté d'Avallon, dans la paroisse de la cité d'Autun, dans le lieu qui s'appelle Vézelay. » De même, l'archevêque de Reims, dont l'église, à l'égal des anciennes et grandes métropoles, possède des biens dans tout le royaume — Aquitaine, Auvergne, Provence — et même en dehors, en Thuringe, paraît, dans les années 860, savoir à peu près exactement où ils se trouvent. Bref, là où l'emprise romaine fut la plus profonde et reste vigoureuse, là l'espace est le mieux maîtrisé. Les frontières entre diocèses, comtés, royaumes aussi, dont les partages successifs à partir de 843 requièrent une délimitation précise, sont apparemment bien connues de ceux qui en ont l'usage, c'est-à-dire, une fois encore, l'aristocratie. Pour les autres, l'horizon, sans doute, est bien plus circonscrit, la cité épiscopale ou quelque abbaye considérable constituant, pour la masse, le nombril du monde.

Le décompte du temps doit tout autant à la culture antique. Le nom des mois et celui des décades qui les divisent

— calendes, nones et ides — ont survécu à tout, notamment aux tentatives de christianisation et aussi, par Charlemagne, de germanisation. L'attribution de certains jours à quelques grands saints, la célébration des fêtes liturgiques — Nativité, Pâques —, la progressive consécration du dimanche se sont insérées dans un système pour longtemps indéracinable, et qui se prête aussi bien aux cycles agraires qu'aux nécessités de l'administration laïque et ecclésiastique. Au demeurant, l'exigence de datation paraît faible. Les événements s'ordonnent les uns par rapport aux autres, et non pas sur une échelle universelle et absolue. Un intellectuel aussi actif, raffiné et scrupuleux que Loup de Ferrières ne date à peu près jamais ses lettres, bien que les références à la succession du temps y soient nombreuses. En outre, sauf pour les circonstances capitales — sacre d'un roi ou d'un évêque, convocation d'une assemblée générale ou d'un concile, passage d'une comète —, personne n'est à quelques jours près. Encore s'agit-il là du temps présent, ou tout proche. Le repérage dans le passé est beaucoup plus incertain. La conviction de ceux qui s'y intéressent est que le monde est très vétuste et que, en proie à une dégénérescence imparable, il s'écoule de plus en plus vite. Le vieil Hincmar de Reims prend un malin plaisir, en 881, à faire remarquer au jeune roi Louis III, pour son édification, que ses prédécesseurs Charlemagne, Louis le Pieux, Charles le Chauve et Louis le Bègue ont eu une existence de plus en plus courte, et que lui-même n'en a sans doute plus pour longtemps. Et lui, le grand vieillard archiépiscopal, s'émerveille et s'inquiète à la fois d'avoir connu quatre générations de rois. « De tous ceux qu'au temps de notre seigneur l'empereur Louis j'ai vus à la tête du palais et du royaume, aucun, je le sais, ne survit », écrit-il non sans orgueil, dans le *De ordine palatii,* son ultime ouvrage. Étant jeune, insiste-t-il tant c'est incroyable, « j'ai vu, de mes yeux vu » le grand Adalard de Corbie, le cousin de Charlemagne. Et voilà le lecteur, ou plutôt l'auditoire, médusé, plongé dans un passé fabuleux, où Pépin, Dagobert et Clovis font bloc dans une mémoire indifférenciée. « De sa naissance, de ses premières années et même de son enfance, écrit Éginhard dans sa biographie de Charlemagne, dont il fut un proche, rédigée peu avant 830, il serait absurde à moi de vouloir parler, car il n'en est question chez aucun auteur et il ne se rencontre plus personne aujourd'hui qui se dise informé de cette période de sa vie. » De fait, nous ignorons, au mois près, la date de naissance exacte de Charlemagne. Ne comptons pas davantage sur le rédacteur des annales royales pour indiquer l'année où vint au monde Louis le Pieux, bien qu'il tienne la chronique des événements contemporains. En revanche, Éginhard, comme tous ses confrères en histoire, prend le plus grand soin de faire connaître le moment précis de la mort du prince : « En sa 72e année, et la 47e de son règne, le 5 des calendes de février, à la 3e heure du jour. » De même, dans son *Histoire des fils de Louis le Pieux,* Nithard ne dit rien de l'année où Louis épousa Judith ni de celle où naquit Charles le Chauve, alors que les difficultés qui font l'objet même de son récit commencent là. En revanche, Nithard se garde bien d'omettre que l'empereur mourut le 12 des calendes de juillet. Encore se trompe-t-il de six mois dans la durée de son règne. Bref, le seul anniversaire qui compte, car il donnera lieu, dans les églises et les monastères royaux, à commémoration, est celui de la mort, moment où l'existence prend tout son sens, où la vraie vie commence. Là sont les points d'appui les plus sûrs du passé, ceux qui nourrissent le calendrier. De ce fait, le jour revêt une importance bien plus grande que l'année. En soi, la chronologie ancienne n'a guère de valeur ; ce qui compte, c'est la signification. De l'annalistique romaine, les chroniqueurs ont retenu les formules, non la méthode. En vérité, dans une culture orale pour l'essentiel, au-delà de deux générations en arrière tout se mêle et s'embrouille, à nos yeux du moins, tant sont différentes les questions posées au passé et les représentations du temps. De l'avenir, il n'est à peu près jamais question. Seul Dieu en a connaissance et maîtrise. Pour le reste, du monde tel qu'il va, rien de bon à attendre.

2. Parler, écrire.

Pris dans un espace et un temps aux mesures diverses et parfois incertaines, les hommes et les groupes s'identifient aussi par leurs langues. De celles-ci ne nous est parvenu que ce qui en fut transcrit, à savoir d'infimes lambeaux, qui ont donné lieu à des gloses infinies. Il faut se résigner à tourner autour de cette société carolingienne, faute de pouvoir y entrer par cette voie royale que sont les idiomes réellement pratiqués. Ce ne sont pas les serments de Strasbourg, adaptation sans doute de formulaires officiels latins, qui peuvent combler cette absence irréparable. Tout au plus peut-on avancer quelques généralités que les situations locales viendraient sans doute aussitôt nuancer ou contredire. Le territoire du royaume franc occidental, dans ses limites de 843, a été presque tout entier, pendant des siècles, immergé dans le parler latin, à l'exception des langues celtique et basque, qui n'ont pas été recouvertes. De tout temps support de l'administration et instrument de la christianisation, le latin parlé s'est fortement altéré, au nord de la Loire sans doute plus qu'au sud. Pour la dynastie carolingienne, venue des régions mosanes et rhénanes, le latin fait figure, pendant longtemps, de langue étrangère. Leur idiome, c'est le francique. Charlemagne, précise Éginhard, prit soin d'apprendre le latin, jusqu'à le parler à la perfection. Mais de quel latin s'agit-il ? De ce que, bientôt, on appellera la *lingua romana rustica,* issue du latin oral adultéré en profondeur, et en cours d'évolution, ou d'un latin régénéré grâce à un travail savant qui s'amorce dans la seconde moitié du VIIIe siècle ? Trois grands groupes linguistiques, en tout cas, sont repérables au IXe siècle, se distinguent de plus en plus, et distinguant les groupes humains entre eux : un latin reconstitué, le roman, et la *lingua theotisca,* appellation générique pour des parlers germaniques dont le francique est, des Francs de l'Ouest, encore le mieux connu ; plus pour longtemps, semble-t-il. Si Louis le Pieux et Charles le Chauve le pratiquent aisément, tout comme le roman, Loup de Ferrières l'ignore et n'a guère envie de l'apprendre. Dès les années 840, le bilinguisme romano-germanique n'est sans doute plus un fait de civilisation. Il répond à une nécessité pratique : se faire comprendre de ceux qui, d'une certaine manière, font figure d'étrangers. A l'inverse des serments de Strasbourg en 842, Louis le Germanique et Charles le Chauve, lors de la rencontre de Coblence en 860, s'adressent respectivement en francique et en roman à leurs propres fidèles. La langue tudesque paraît fixée plus précocement que le roman. Dès le début du IXe siècle, elle donne lieu à des transcriptions, voire à des œuvres liturgiques ou même littéraires. Le premier texte en roman un peu consistant dont nous disposons est la séquence de sainte Eulalie, texte liturgique donc, d'une trentaine de vers, composé en dialecte roman picard à l'abbaye de Saint-Amand, alors centre culturel considérable, vraisemblablement peu après 880. Cette langue ainsi consignée n'est à coup sûr plus du latin. Celui-ci, pour autant, même après la régénération dont il a fait l'objet, n'est pas devenu une langue morte ou d'usage purement intellectuel et ecclésiastique. Certes, le concile de Tours, en 813, a bien invité les évêques à traduire leurs sermons, que pour la plupart ils ne composent pas eux-mêmes, mais prennent dans des recueils, en langues romane ou germanique, afin d'être entendus de leurs fidèles. Cependant, lorsque, vers 860, Hincmar s'adresse à ses ouailles, il semble qu'il puisse le faire en latin en étant compris au moins des hommes libres de la région rémoise qui l'écoutent. Semble-t-il... En vérité, la seule langue qui nous soit accessible est celle qui s'écrit, et s'écrira si longtemps, un latin purifié. C'est aussi celle qui s'enseigne et par laquelle on enseigne.

3. *L'action culturelle.*

Ordinatio, renovatio, consecratio. De Pépin le Bref à Charles le Gros, les princes carolingiens et leurs entourages ont tenté de mettre en œuvre ce programme, qui répond à une exigence simple et immense : placer le monde terrestre, la société des hommes en état de se conformer au mieux au projet divin, d'assurer à Dieu un service d'une qualité telle que l'articulation, l'harmonie entre les deux mondes se réalisent pour le plus grand bien du peuple chrétien. Travailler à mettre le monde en ordre conformément au plan céleste, contribuer à l'accomplissement des Écritures, faire connaître plus et mieux le nom de Dieu requièrent des instruments adéquats. Pour diriger, encadrer, amender les populations, une compétence, une science sont nécessaires. Il entre dans la mission du roi et de l'Église, conjointement, de développer les moyens de mieux savoir, pour mieux servir. Plus grand, plus prestigieux est le roi qui s'engage le plus loin dans cette voie, plus rayonnants, plus proches de Dieu sont les établissements ecclésiastiques qui élaborent et répandent les mots et les formules qui plaisent à Dieu.

De là, ce développement des lettres en tous domaines qui, même cantonné dans des lieux et à des milieux relativement étroits, va grandissant tout au long du IXe siècle, touchant de très près la personne et l'image du prince. Le modèle inégalé, pour les contemporains, c'est Charlemagne. Mais son petit-fils Charles le Chauve ne lui est guère inférieur. Heiric, l'illustre logicien qui enseigne à Auxerre dans les années 860 à 875, le lui écrit en dédicace : « Ce qui vous assure le plus une mémoire éternelle, c'est que vous égalez et dépassez même par votre ferveur incomparable le zèle de votre célèbre aïeul Charles pour les disciplines immortelles. » C'est pourquoi les foyers littéraires, intellectuels et artistiques les plus actifs se trouvent là où le roi exerce le plus directement son influence et son autorité, où lui-même et les siens sont le plus fortement possessionnés : pays de Loire, Ile-de-France, Picardie, Champagne, Lorraine, Nord de la Bourgogne, là fleurit un savoir renouvelé, autant que possible, de l'Antiquité mise au service de l'Évangile. En Normandie, en Aquitaine, en Provence, rien de tel. La Bretagne, de Nominoé à Salomon, fait meilleure figure, au moins sur ses franges orientales.

Savoir lire et, beaucoup plus difficile, écrire, aussi compter et chanter, ou du moins psalmodier, voilà qui est indispensable au service de Dieu et de l'Église, et aussi du roi. Tout commence donc par l'existence d'écoles en nombre et de qualité. Le roi, dans ses capitulaires et ses lettres, les chefs de l'Église, dans les canons de leurs conciles, s'en inquiètent.

Savoir, comprendre, concevoir (814-882)

Les textes distinguent entre écoles monastiques, en principe réservées, depuis le concile d'Aix en 817, à la formation des futurs moines, et les écoles publiques, dont la responsabilité incombe à l'évêque et à son chapitre. Encore que la recommandation adressée à Louis le Pieux par le concile de Paris en 829 d'ouvrir des « écoles publiques » dans trois lieux de l'Empire laisse songeur quant au statut ou à la réalité de ces écoles, que le concile de Savonnières encourage plus explicitement le roi à répandre. Dans tous les cas, bien entendu, l'enseignement est exclusivement aux mains des ecclésiastiques. Sans doute les laïcs y sont-ils longtemps intéressés, à l'image du palais royal, où chapelle et chancellerie s'entremêlent. C'est principalement à la cour, auprès des chapelains comme des notaires, que les grands laïques peuvent recevoir l'instruction nécessaire à leur fonction, notamment lire et s'exprimer en latin. Beaucoup plus rares sans doute sont les enfants d'aristocrates qui ont fréquenté l'école monastique ou cathédrale. Ce qu'ils savent, ils l'ont appris chez eux, de parents instruits, ou de l'entourage éclairé de ceux-ci, ou encore à la cour, où se forment quelques jeunes gens triés sur le volet, destinés à occuper les plus hautes fonctions laïques ou ecclésiastiques. En tout cas, le nombre de laïcs sachant à coup sûr écrire paraît s'amenuiser. Les derniers à manifester leur savoir sont Nithard, un très proche parent du roi, et la comtesse Dhuoda, qui tous les deux rédigent entre 840 et 843. Le cas de Dhuoda, si souvent invoqué, est évidemment exceptionnel. Cette femme, dont certains ont cherché l'origine en Austrasie, et qui serait en fait sœur de Sanche Sanchez, le prince gascon, est l'épouse de Bernard de Septimanie, filleul et chambellan de Louis le Pieux. Elle appartient donc au premier anneau du cercle princier. Le manuel qu'elle écrit, du fond de sa retraite méridionale, ou plus vraisemblablement qu'elle dicte, car tracer les lettres requiert un tour de main particulier, à l'usage de son fils aîné Guillaume parti rejoindre Charles le Chauve, reflète des lectures assez profuses, le montage de citations tenant lieu, comme presque toujours, de démonstration. Guillaume, sans doute, est en mesure d'apprécier, outre le fond même du message, parfois émouvant, que lui adresse sa mère, les allusions scripturaires, ou même le poème acrostiche placé en tête de l'ouvrage. Il pourra le lire, escompte Dhuoda, à son jeune frère. De très grands laïcs continueront donc, vraisemblablement, de savoir lire au long du IXe siècle. Pour deux d'entre eux, mais deux seulement après 850, perpétuellement cités, nous savons qu'ils eurent commerce avec les livres : par le testament, rédigé en 864, d'Évrard de Frioul, de la puissante dynastie des Unrochides, et gendre de Louis le Pieux ; par celui du comte de Mâcon Eccard, un Carolingien de pure souche, mort en 877. S'y trouve consigné l'inventaire de tout ou partie de leur bibliothèque ; quelques dizaines de titres qui parcourent sommairement la totalité du savoir utile : liturgie, patristique, grammaire, histoire ecclésiastique, agronomie, art militaire. Évrard et Eccard savent-ils réellement lire ? Ou ces livres font-ils partie du mobilier précieux au sein duquel ils sont dénombrés ? Le plus probable est qu'ils se font lire des textes par des clercs de leur entourage, et qu'ils sont donc en mesure de les comprendre. Mais, à eux ou à leurs descendants, et surtout dans les couches moins élevées de l'aristocratie, le latin des lettrés devient peu à peu inintelligible.

Ce latin-là procède, lui aussi, de l'exigence d'un excellent service. La langue de communication avec le divin doit être purgée des scories que les siècles y ont accumulées, afin d'être à la fois universelle et parfaite, comme le deviendront l'Église, la chrétienté elle-même, telles que l'empereur Charlemagne travaille à les rénover. Dans la pure tradition inaugurée par saint Jérôme, et inégalement poursuivie sous la royauté franque, amour des lettres et désir de Dieu déjà se conjuguent. Le latin à retrouver, à prendre pour modèle est celui de la littérature romaine à son apogée. Cicéron et Virgile prennent ainsi pied dans la culture ecclésiastique, sont admis, comme dit Loup de Ferrières, dans la société des élus. Avec eux, grâce à eux, il est possible à la fois de mieux lire l'Écriture sainte et de rédiger correctement les textes liturgiques, canoniques, hagiographiques, agréables à Dieu et profitables à ses serviteurs. Renouer avec l'Antiquité classique est donc faire œuvre de piété. Si, par surcroît, l'étude des belles-lettres procure un plaisir propre, ce n'est pas là péché. Cette entreprise de restauration, entamée dans la seconde moitié du VIIIe siècle, est loin d'être achevée. La génération d'intellectuels qui suit celle d'Alcuin s'y adonne avec vigueur et conviction. La correspondance de Loup de Ferrières est remplie de ces consultations entre érudits sur la quantité, la prononciation et la signification des mots latins. « *Locuples* au génitif, indique ainsi Loup à son ancien élève à Fulda le moine Altuin, a l'avant-dernière syllabe accentuée, comme le prouve Priscien au livre V »... Posséder la grammaire, c'est s'ouvrir le chemin de la vérité. De même, l'exigence est impérieusement ressentie de se procurer le plus de textes possible, dans la meilleure leçon possible, car un texte altéré est un péché contre l'esprit. Entre intellectuels, entre établissements religieux, prêts et échanges de livres vont bon train, même si leurs heureux possesseurs répugnent toujours un peu à faire courir à leurs précieux exemplaires l'aventure des grands chemins. Loup de Ferrières, là encore, est une mine de renseignements, presque la seule à vrai dire, sur les pratiques culturelles dans le deuxième quart du IXe siècle. Citons un peu longuement sa lettre à Éginhard, écrite sans doute à la fin de 829, et dont le tour maniéré est typique de ce genre épistolaire : « Mais, ayant une fois franchi les bornes de toute retenue, je vous demande encore de me prêter quelques-uns de vos livres pendant mon séjour ici : solliciter un prêt de livres, c'est infiniment moins audacieux que de réclamer le don de l'amitié. Ce sont : le traité de Cicéron sur la rhétorique (je le possède, il est vrai, mais plein de fautes en de nombreux endroits ; c'est pourquoi j'ai collationné mon exemplaire sur un manuscrit que j'ai découvert ici : je croyais celui-ci meilleur que le mien ; il était plus fautif)... »

L'effort d'édition, déjà entamé par la génération précédente, s'intensifie. La quantité de textes transcrits au IXe siècle dans les *scriptoria* monastiques, principalement au nord de la Loire, est au total considérable, tant en ouvrages profanes que sacrés. La qualité, encore que bien supérieure à ce qui restait de littérature aux trois siècles précédents, est plus inégale. La méconnaissance du grec se fait douloureusement sentir. Lorsqu'en 827 l'empereur Michel de Byzance envoie à son confrère Louis un exemplaire, présent inestimable, de la *Hiérarchie céleste,* le grand traité du prétendu Denys l'Aréopagite, l'abbé Hilduin de Saint-Denis s'offre à le traduire, avec son équipe monastique dans laquelle figure le jeune Hincmar. Las ! Le résultat est à peu près inintelligible. Jean Scot Érigène, immense savant, donnera une nouvelle traduction trente ans plus tard, moins mauvaise, et pourtant confuse. Le texte d'origine est lui-même, il est vrai, des plus abscons.

4. *La nécessaire discipline.*

Ce désir de savoir, cet acharnement à apprendre dans les textes anciens, qui valent au moindre scribouillard du Bas-Empire d'être considéré comme un géant du style et de la pensée, ne prennent tout leur sens que rapportés à l'idéologie que sert et développe l'Église. Partant du domaine qui lui est propre, le service divin au sens strict, l'action de l'Église et les conceptions qui la portent tendent, jusqu'à la fin du IXe siècle, disons, pour fixer les idées, jusqu'à la mort d'Hincmar en 882, à s'étendre de proche en proche à l'ensemble de la culture, de la civilisation et de la société occidentales. C'est que la lutte contre les forces du mal ne se divise pas. La gloire de Dieu et de son Église, la justice et la paix sont à défendre, et mieux encore à répandre, en toutes circonstances et en tout lieu. Ne cherchons pas à l'œuvre, bien entendu, un plan globalement et précisément concerté, même si les grands ecclésiastiques tiennent fréquemment assemblée. Mais les efforts des uns et des autres, en tout cas des meilleurs, vont dans le même sens. En outre, en la puissante personnalité et en l'activité inlassable d'Hincmar, archevêque de Reims de 845 à 882, peuvent se lire, en un résumé sans doute abusif, les caractères principaux de l'entreprise en cours.

Celle-ci, sachons-le d'entrée, n'a pas, au total, abouti. La force des choses, sous ses multiples formes, lui a opposé d'insurmontables obstacles. La situation de l'Église, l'état de la société, l'exercice du pouvoir, notamment royal, ne sont pas, dans les années 880-890, ce que les clercs avaient rêvé, ce pour quoi ils avaient travaillé, bien au contraire. Cependant, de façon souvent chaotique, un corps de doctrines s'est constitué, des références se sont enracinées, de nouvelles articulations entre mondes laïque et ecclésiastique se sont dessinées, qui se révéleront, parfois beaucoup plus tard, singulièrement fécondes.

L'une des notions à laquelle les clercs carolingiens ont montré le plus d'attachement, qu'ils ont inscrite dans leurs textes, au respect de laquelle ils ont inlassablement rappelé les puissants, à commencer par le roi, est la loi. En elle se rencontrent les exigences d'ordre, de justice et de paix. Le travail législatif mené au IXe siècle, destiné à organiser les pratiques et les comportements selon des règles puisées aux sources de la religion, a revêtu une ampleur considérable, au moins quant aux définitions et aux prescriptions. Hincmar a puissamment contribué à cette entreprise de mise en correspondance, en conformité, de la loi divine et de l'ordre terrestre. Tout au long du siècle, et surtout après 830, de nombreuses « affaires », parfois canoniquement et disciplinairement très compliquées, mettent en question ces notions de loi, d'ordre, d'autorité. Ainsi, la question dite des clercs d'Ebbon empoisonna une grande partie de l'épiscopat d'Hincmar. Entre sa déposition par un concile à Thionville pour trahison, à la demande de Louis le Pieux, et son remplacement par Hincmar en 845, Ebbon de Reims avait ordonné quelques prêtres, dont certains très agités, comme un nommé Vulfade, d'autant que la déposition de l'archevêque était jugée, ici et là, irrégulière. Le sort à réserver à ces clercs, leur place même dans l'Église posaient un grave problème, qui troubla durant de longues années la communauté épiscopale, Rome et le roi Charles. Surtout lorsqu'il fut question, en 866, de nommer Vulfade à l'archevêché de Bourges, à la faveur d'une négociation entre Charles le Chauve et le pape Nicolas Ier.

L'affaire Gottschalk, qui défraya la chronique ecclésiastique vingt ans durant, met davantage encore en évidence les connexions entre le politique, le social et le sacré. Gottschalk, moine et prêtre, jadis élève du grand Raban Maur, abbé de Fulda, esprit indépendant, développe à partir des années 845, dans des prédications itinérantes, en particulier dans la province rémoise, des thèses favorables à la prédestination, qu'il pousse à ses plus extrêmes conséquences. Ce débat renouvelé de celui d'Augustin et de Pélage est intéressant à bien des titres. D'une part, parce qu'il provoque, à l'intérieur du monde clérical, de vives oppositions entre Hincmar de Reims et Prudence de Troyes ; d'autre part, à cause de l'acharnement mis par Raban Maur, devenu archevêque de Mayence, et surtout Hincmar à réduire Gottschalk au silence. De fait, ce dernier mourra en 868 après de longues années de détention dans une dépendance de l'abbaye de Hautvillers, non sans avoir ameuté sur son cas les chefs de l'Église occidentale. Des intellectuels aussi considérables que Loup de Ferrières, Ratramne de Corbie, Jean Scot Érigène, consultés, prennent position. C'est que, au-delà de la querelle théologique, qui est en effet d'importance et sur laquelle l'Église n'a pas, et n'aura en fait jamais, de religion clairement arrêtée, l'enjeu est de nature culturelle, sociale et politique. Les idées développées par Gottschalk apparaissent, aux yeux des défenseurs de la loi, propres à susciter le désordre et la déréliction. D'abord, Gottschalk est un moine gyrovague, un instable, qui ne parle qu'en son nom personnel, sans l'autorité que confèrent la fonction et l'appartenance à une collectivité régulièrement constituée ; en outre, il soulève publiquement des questions complexes qui, mal comprises, risquent d'ébranler dans le peuple chrétien, et souvent imparfaitement christianisé, des valeurs mal enracinées. Si, en effet, les fidèles viennent à croire que l'homme n'est pour rien dans son salut, que ses œuvres ne lui serviront de rien, comment exiger d'eux qu'ils se conforment aux exigences de la morale chrétienne, fondement de la société stable et ordonnée voulue par Dieu et garantie par la coresponsabilité du pouvoir royal et de l'autorité ecclésiastique ? Bref, la lutte contre le péché, seul combat qui vaille, s'en trouve entravée, minée à la base. Même si, théologiquement, l'enseignement de Gottschalk n'est pas irrecevable, il est moralement et socialement désastreux, et par là même hérétique. La discipline et l'unité nécessaires au bon état du monde et à la qualité du service divin imposaient de rejeter Gottschalk dans le néant. Hincmar, non sans difficulté, y parvint, au prix d'une extrême violence.

5. *Les assises matérielles de l'Église.*

Soucieuse d'unité dogmatique et disciplinaire en son propre sein, et dans cette voie beaucoup reste à accomplir, l'Église cherche dans un même mouvement à grandir et à se fortifier matériellement et spirituellement. La défense du patrimoine ecclésiastique est, pour les évêques et les bons abbés, une obsession grandissante, face aux usurpations des laïcs et aux prélèvements opérés par la puissance royale. La distinction de plus en plus fréquente, à l'intérieur du temporel monastique, entre la mense abbatiale, attribuée au maître de l'abbaye, souvent un laïc, et la mense conventuelle, qui toujours demeure acquise à la communauté, permet de limiter les dégâts. Ainsi, vers 850, à Saint-Amand, la mense conventuelle est composée de trente-huit domaines, contre quinze pour la mense abbatiale. Hincmar, on l'a vu, se distingue par son effort inlassable pour recouvrer les biens usurpés de son église. Il en vient à soutenir le caractère sacré des biens ecclésiastiques, qu'il est du devoir de la puissance publique de garantir. Il le rappelle vivement à Charles le Chauve à l'occasion du différend qui, en 868, oppose le roi à l'évêque de Laon Hincmar, neveu de l'archevêque de Reims, au sujet de la possession de certains domaines diocésains. A l'issue de procédures souvent longues, les établissements ecclésiastiques parviennent, ici et là, à faire valoir leurs droits. Prenons le temps et le plaisir d'en suivre une parmi d'autres, pas très nombreuses il est vrai en l'état de la documentation, et dont la modestie est en soi instructive. C'est en décembre 866, à Lux, en Bourgogne. Deux *missi dominici,* l'évêque de Langres Isaac et le comte Eudes, qui sont en réalité les deux puissances locales, reçoivent la plainte d'Alcaud, avoué de l'évêque, contre un certain Hildebert, qui, avec ses hommes, a mis la main sur une partie de la forêt de Cessey appartenant à l'abbaye Saint-Bénigne de Dijon et, beaucoup plus grave, a fait couper deux chênes, *malo ordine,* irrégulièrement, fautivement. Les échevins, ces hommes sages, instruits de la loi et de la coutume, qui composent le tribunal, le *mallus,* renvoient l'affaire à la prochaine session, qui se tiendra quarante jours plus tard. Toujours prendre le temps de la réflexion, de la méditation. Alcaud, alors, pourra produire ses témoins. En février 867, Hildebert est là, se défend, affirme qu'il est injustement accusé. Alcaud jure le contraire, par serment. C'est grave. Ne précipitons rien. Les échevins, en leurs prudence et sagacité, enjoignent à Hildebert de se présenter au prochain mallus, à Coton, soit pour prononcer à son tour un serment, signe qu'il est bien sûr de lui, soit au contraire pour se soumettre à la loi et procéder à la restitution. Mais à Coton Hildebert ne vient pas. Le défaut est constaté par écrit, ce qui suppose l'intervention d'un greffier, et Alcaud en reçoit la notification — *carta.* Puis chacun s'en va. Un nouveau plaid se tient à Coton quelques mois plus tard. Alcaud tient à la main le document qui fait foi. Hildebert est incapable de fournir la moindre justification de ses actes. Aussi les échevins le condamnent-ils à payer une amende compensant l'abattage des deux arbres et à rendre la terre usurpée. Il se rend alors sur place : arrachant une motte d'herbe, il la remet à Alcaud, en signe de restitution. Saint-Bénigne a gagné, au moins cette fois. La règle, la loi, tout ce qui fait que le corps du Christ se tient, ne sont pas restées lettres mortes. Bien entendu, les clercs de l'abbaye prennent grand soin de transcrire le détail de cette procédure et de l'insérer dans leur cartulaire en voie de constitution, où elle prendra valeur d'exemple et de titre de propriété.

Non contentes, en bons propriétaires, de récupérer ce qu'elles estiment, preuves à l'appui, leur avoir appartenu de tout temps, les églises du royaume occidental travaillent à se développer. Des établissements monastiques se fondent, avec le concours intéressé de la puissance laïque. Ainsi, en 832, l'abbé Conwoion, de concert avec Nominoé, fonde le monastère de Redon, important point d'appui matériel et idéologique pour les princes de Bretagne. Voici encore qu'est

Savoir, comprendre, concevoir (814-882)

consacré, en 860, le monastère de Beaulieu, en Limousin, fondé à l'initiative de Rodulfe, archevêque de Bourges, membre de la puissante dynastie locale des Turenne, dont le chef, Godefroid, figure en première position, avant même le comte Raimond de Toulouse, dans la charte de dédicace. Presque au même moment, le comte Girard de Vienne fait don de deux de ses domaines, situés dans le royaume de Charles le Chauve ; Vézelay reçoit une communauté de moniales, consacrée à sainte Marie, tandis qu'à Pothières, au bord de la Seine, se crée un monastère masculin, dédié à saint Pierre et à saint Paul. De ces abbayes très nobles et très pures, puisque, pour les préserver de l'emprise du siècle, Girard les offre au siège apostolique, qui leur accorde un privilège d'exemption complète, le premier sans doute de cette espèce, monteront des prières à l'intention des fondateurs Berthe et Girard, et de leurs parents ; Berthe et Girard, qui, vingt ans plus tard, seront inhumés à Pothières, près de leur fils Thierry, mort à un an, et dont la stèle funéraire existe encore. De même que Salomon, prince de Bretagne, et son épouse reposeront au milieu de la communauté monastique de Redon.

Plus diffus, moins visible est le développement des églises rurales, qui accompagne la christianisation des campagnes. Ces églises sont créées à l'initiative de personnalités locales, qui en sont les propriétaires, les desservants étant choisis dans leur entourage direct ou même leur domesticité, et demeurant à leur service, ce que dénonce vigoureusement Agobard de Lyon. Les populations, qui ont ainsi un lieu de culte à proximité, y trouvent leur compte. Face à ce processus on perçoit, au sein de la hiérarchie ecclésiastique, des hésitations. Hincmar de Reims se montre très hostile à ce qui pourrait aboutir à la création de nouvelles paroisses. Pour lui, la carte des paroisses, telle que la tradition l'a dessinée et transmise, est immuable. Ces églises ont leur histoire, leur patrimoine, leurs défunts, enterrés alentour, leurs reliques, indéplaçables. Au mieux peut-on accepter la création de simples oratoires, les actes majeurs de la vie chrétienne, comme le baptême, étant réservés à l'église traditionnelle, celle de la cité. D'autres évêques, comme Prudence de Troyes, adoptent une attitude moins figée, acceptant que les grandes paroisses puissent être divisées en églises nouvelles, ce qui permet de mieux les contrôler qu'en les abandonnant à l'initiative individuelle. Autre manière d'éviter une dispersion anarchique, les grands établissements religieux tâchent d'obtenir que les églises privées leur soient cédées par aumône. Ainsi voit-on, en 876, un certain Gilbert donner à Saint-Bénigne de Dijon l'église de Savigny-le-Sec, qui lui appartient en propre, avec son cimetière, les bâtiments et le domaine d'exploitation, car l'église rurale est aussi une unité économique, et un couple d'esclaves qui y est attaché.

Si, en effet, les établissements religieux subissent depuis longtemps des amputations et des usurpations, ils s'efforcent aussi de susciter à leur profit des donations, biens matériels convertis, grâce à la liturgie et aux prières des moines et des chanoines, en richesses spirituelles gageant le salut des donateurs. Ce mouvement, dont la puissance royale est sollicitée de donner l'exemple, s'aperçoit à travers la documentation lacunaire qui nous vient soit de la chancellerie royale, soit des plus anciens cartulaires. Il prendra, au Xe et surtout au XIe siècle, une ampleur considérable, jusqu'à constituer sans doute le flux le plus important de l'économie occidentale.

6. La propagande ecclésiastique.

Reconstituer un patrimoine, s'attirer les aumônes, obtenir des privilèges d'immunité et d'exemption appellent de la part de l'Église un effort pour se faire connaître, rayonner, s'imposer. Cette action revêt des formes multiples et concordantes. Voici Aldric, un fidèle de Louis le Pieux, évêque du Mans de 832 à 857. Soucieux d'établir la prééminence de son siège épiscopal, notamment sur les établissements religieux de son diocèse, il fait rédiger des *Actus pontificum* qui montrent l'ancienneté, et donc l'excellence, de la cité épiscopale du Mans et des prédécesseurs d'Aldric, justifient son autorité et authentifient son patrimoine, dont Aldric s'efforce par ailleurs de récupérer les éléments distraits au profit de laïcs, ou même de monastères concurrents, comme celui de Saint-

Calais. Dans un même mouvement, l'évêque, bientôt promis à la sainteté, rénove et étend les sanctuaires de sa ville, les plaçant volontiers sous l'invocation du Christ-roi, le saint Sauveur ; pareillement est lancée une vaste entreprise hagiographique destinée à valoriser les saints régionaux. Comme on fait aussi à l'abbaye de Fontenelle/Saint-Wandrille vers 850, à celle de Redon vingt ans plus tard. *Gesta abbatum, gesta pontificum* se multiplient. A Auxerre, entre 850 et 880, grande est l'activité : récupération des biens accaparés par les comtes, rédaction de *Gesta episcoporum* par les chanoines, surtout construction sous l'église d'une crypte dont les peintures sont encore en partie visibles, afin d'accueillir dignement et d'offrir à la vénération des fidèles les reliques de saint Germain, solennellement transférées en 859. Un peu plus tard, non loin de là, l'église abbatiale de Flavigny est aménagée de la même façon. Les reliques, voilà le véritable trésor des églises, sans lequel aucun établissement ne peut véritablement exister, encore moins se développer. Dans le royaume franc, elles sont peu nombreuses, on n'en découvre plus guère, et on répugne encore à morceler les corps saints. Aussi est-ce vers Rome qu'on se tourne pour s'en procurer. Conwoion, fondateur de Redon, a reçu des mains de Léon IV quelques débris de saint Marcellin. En 858, Usuard, moine de Saint-Germain-des-Prés, plus tard auteur, à la demande de Charles le Chauve, d'un martyrologe qui fera autorité tout au long du Moyen Age, s'en va jusqu'à Cordoue chercher des reliques. En 863, le comte Girard et la comtesse Berthe, flanqués de l'archevêque Remi, reçoivent en grande pompe, aux portes de Lyon en liesse, les corps des saints Eusèbe et Pontien envoyés par Nicolas Ier pour garnir les autels de Vézelay et de Pothières.

Naturellement c'est à Reims, sous le magistère d'Hincmar, que la promotion du patron local, et de ses serviteurs, prend le plus d'ampleur. Déjà, Ebbon avait obtenu de Louis le Pieux l'autorisation d'utiliser les murs de la cité à la réfection de la cathédrale, le diplôme impérial précisant, à cette occasion, que « ce n'est point diminuer le bien public que d'y prélever pour subvenir à des actes pieux, à l'entretien des lieux saints, aux besoins des églises de Dieu et aux commodités de ses serviteurs ». Hincmar, à partir de 850, se place résolument au service de saint Remi, qui souffre alors d'un déficit de prestige, notamment par rapport aux deux autres grandes figures de la Gaule franque, Martin, à Tours, et Denis, à Paris. Moine, Hincmar avait participé au renforcement de ce dernier. Emmenée par l'abbé Hilduin dans les années 830, une équipe avait travaillé à la traduction des œuvres de Denys l'Aréopagite, confondu avec le premier évêque de Paris, et aussi à la rédaction des *Gesta Dagoberti*, qui montraient le lien privilégié établi entre Denis et la royauté franque, incarné et magnifié par le grand monastère parisien, déjà nécropole royale, et où Charles le Chauve sera lui-même inhumé. A côté de saint Denis de Paris, saint Remi de Reims fait encore pâle figure. C'est à Saint-Denis qu'un roi franc avait été sacré pour la première fois. Saint-Remi, au milieu du IXe siècle, tente de faire passer cette fonction de son côté. La promotion de saint Remi emprunte de multiples canaux. Ainsi, le moine rémois Raduin voit en vision la Vierge prendre Remi par la main : « Voici celui à qui toute autorité a été donnée à toujours par Jésus-Christ sur l'empire des Francs. Comme il a reçu la grâce de retirer par sa doctrine cette nation de l'infidélité, c'est lui aussi qui possède le don inviolable de lui constituer un roi ou un empereur. » En octobre 852, en présence du roi Charles, de sa famille et de la cour, se déroule en grande cérémonie la translation des reliques de saint Remi depuis l'église Saint-Christophe jusqu'à la crypte aménagée au cœur de l'église de Saint-Remi rénovée. Le chef du saint repose sur un coussin brodé de la propre main d'une tante du roi, et l'inscription en est encore lisible. Les ossements sont enveloppés dans des linges très précieux, d'origine byzantine, voire iranienne, qui subsistent en partie. Ainsi sont célébrés avec éclat les mérites et les vertus de celui qui, jadis, baptisa et sacra dans un même geste le premier roi catholique d'Occident, Clovis, dont des moines généalogistes affirment, pièces en main, que le roi des Francs de l'Ouest descend directement. De fait, au couronnement de Charles, à Metz, en 869, Hincmar insiste sur cette glorieuse et admirable filiation, rappelle que Clovis reçut des mains de saint Remi le saint chrême « dont nous possédons encore », et souligne que Louis le Pieux fut couronné empereur à Reims par le pape Étienne. Afin que le saint patron de la monarchie franque soit complètement connu et convenablement glorifié, Hincmar rédige, entre 875 et 880, une *Vita Remigii,* qui intègre des éléments plus anciens, notamment un testament du saint, peut-être en partie authentique, propre à affirmer le temporel de la province ecclésiastique. La légende de la sainte ampoule, apportée sur l'autel de la basilique par la colombe du Saint-Esprit, est dès lors établie, support des prétentions rémoises à monopoliser l'opération du sacre. C'est à Reims enfin que sont consignées, à partir de 861, les annales du royaume franc.

7. *Un monde pour les laïcs.*

En agrandissant et en enjolivant les lieux de culte, en unifiant et en magnifiant la liturgie, en offrant des reliques meilleures et plus abondantes à la vénération des fidèles, en présentant à ceux-ci, par des écrits hagiographiques repris dans les sermons, des modèles de sainteté à vrai dire inaccessibles, l'Église s'efforce d'attirer le peuple chrétien, et d'abord ses élites, dans les voies du salut. Ce faisant, elle développe elle-même une conception de la société compatible avec le projet divin. Au IXe siècle, les classifications sociales, la distinction entre différents *ordines* et leurs fonctions ne sont pas théorisées et raffinées comme elles le seront au tournant des Xe et XIe siècles. Une ligne de partage, toute simple, sépare nettement les laïcs et les clercs. Parmi ces derniers, les évêques tendent à s'imposer comme les patrons, même si, de plus en plus, ils sont issus du monde monastique, que les chanoines, du moins les mieux réglés, participent des deux catégories, et que les fonctions abbatiales sont parfois exercées par des évêques, et aussi des laïcs. C'est que, jusque dans les années 880, les évêques sont politiquement, socialement, culturellement plus actifs que les abbés, du fait notamment de leurs fonctions d'autorité et de leur organisation conciliaire. Jonas d'Orléans apporte ainsi, sous forme de souhaits, des précisions nouvelles : « A l'ordre laïque de se mettre au service de la justice, et de défendre par les armes la paix de la sainte Église ; à l'ordre monastique de choisir le calme et de s'adonner à la prière ; quant à l'ordre épiscopal, qu'il les surveille eux tous. »

Aux yeux des clercs, le propre des laïcs est d'avoir accès au mariage. *Conjugati*, voilà ce qui définit les hommes libres qui n'ont pas pris d'engagement religieux. Le mariage, régulateur des liens sociaux, constitue, selon l'expression de Georges Duby, l'« assise maîtresse de la paix publique ». Du moins lorsque la conjugalité est bien ordonnée. Or, constatent les ecclésiastiques avec effroi, l'anarchie, la violence, la rapine sont à l'œuvre, dans ce domaine comme dans tant d'autres, et surtout de la part des puissants, ces *potentes* qui ont les moyens de satisfaire leurs scandaleux appétits. L'appropriation des femmes, leur circulation aussi, le concubinage lié à la conception traditionnelle selon laquelle seule la mère d'un fils est considérée comme véritable épouse, tous ces comportements vont à l'encontre de l'immobilisme social auquel l'Église est attachée, à cette stabilité nécessaire au service de Dieu. Aussi les évêques, et Hincmar au premier chef, dénoncent-ils avec vigueur ces bandes organisées qui se livrent à des rapts sur la personne de moniales ou de jeunes fiancées. En 853, sous l'impulsion des clercs, le capitulaire de Soissons édicte des peines sévères contre les ravisseurs de vierges et de veuves, consacrées ou non, proies particulièrement tentantes pour des impies comme ces frères Nivin et Bertric, coupables, dans la province de Reims, d'enlèvement, d'adultère et d'inceste. Que la sauvagerie des mœurs soit réellement ce qu'en dit l'Église, on peut en douter. Reste que, au début du IXe siècle, le mariage chrétien n'est pas clairement défini, et moins encore pratiqué. Sur les devoirs de l'état conjugal, les clercs entreprennent donc d'éclairer les laïcs. C'est ainsi que, vers 825, l'évêque d'Orléans Jonas rédige, à la demande du comte Matfrid, son traité *De institutione laicali*. A mesure que le siècle avance, les clercs s'efforcent d'intervenir de plus en plus dans cet acte fondamental de la vie sociale qu'est le mariage, afin, là encore, d'y faire prévaloir les règles de droit, la loi inspirée de l'Écriture. Hincmar, toujours lui, prend la tête de ce bon combat. La tâche, à vrai dire, est surhumaine. Certes, le siège apostolique, au siècle précédent, avait élaboré une législation relative aux unions prohibées selon le degré de parenté, que le concile de Paris, en 829, déclare applicable au royaume franc. Mais ces interdictions demeurent tout à fait lettre morte, tant elles bouleversent les usages en cours, tant leur extension est excessive ; de plus, la parenté ne se calcule pas de la même façon dans les civilisations romaine et germanique. Cependant, dans la seconde moitié du siècle, l'Église se saisit, ou est saisie pour consultation, de cas qui la conduisent à prendre position, sans d'ailleurs que les évêques se prononcent de façon unanime. L'affaire du divorce de Lothaire II, pour être la plus connue, et la plus lourde d'implications, n'est pas la seule. Comment, par exemple, définir exactement, en termes canoniques, la situation conjugale de cet Étienne, aristocrate qui, en 857, a été fiancé à la fille du comte Raimond de Toulouse ? Après avoir longtemps différé son mariage, une fois conclu il ne le consomme pas. Le comte Raimond, scandalisé, cite son mauvais gendre devant le plaid royal ; l'affaire est ensuite portée devant le synode de Douzy en 860, car les lumières des évêques devraient permettre d'y voir clair. Hincmar conclut à la nullité de l'union, car, visiblement, Étienne n'y a pas consenti. Or le libre consentement est, avec la copulation, l'une des conditions de validité du mariage, ce qui confère aux femmes, théoriquement, une égalité avec les hommes dont, en réalité, elles sont loin de disposer. Tout l'effort des clercs, et d'Hincmar en particulier, qui consacre à la question conjugale, en 860, son traité *De divortio*, tend à rendre le mariage indissoluble, la séparation n'étant concevable que si ce qu'on croyait être un mariage n'en est en réalité pas un : inceste, pour cause de consanguinité, union manifestement forcée et non consommée, la stérilité et l'adultère n'étant en aucun cas des motifs de divorce. Cependant, s'agissant de la sexualité et de la reproduction, les clercs les mieux instruits font preuve d'une ignorance abyssale et même, à les lire, surprenante, qui rend leurs prescriptions encore plus inopérantes. En fait, ce domaine mystérieux, à certains égards répugnant pour les hommes d'Église, demeure commandé par la sorcellerie, la divination, les amulettes, que le christianisme refoule avec peine, avec lesquelles sans doute il compose largement, en dépit des dénonciations virulentes de Raban Maur, d'Agobard de Lyon, de conciles comme celui de Paris en 829, et de l'ordre donné par Charles le Chauve, à Quierzy, en 873, de mettre hors d'état de nuire les « hommes maléfiques et les sorcières ».

La lutte contre l'esprit de rapine, contre la violence et le désordre qui livrent la société au Malin, tous ces comportements peccamineux propres à l'ordre des laïcs et dont Hincmar dresse la liste accablante dans son ouvrage *De cavendis vitiis* — des vices dont il faut se garder —, promis à une diffusion considérable, requiert la collaboration, l'assistance de l'autorité publique, qui trouve dans cette action purificatrice sa légitimité.

8. *Le ministère royal.*

C'est pourquoi le ministère royal fait l'objet, de la part des clercs, d'une réflexion approfondie, d'autant que le rite du sacre crée entre l'Église et le roi un lien particulier, en même temps qu'il fait du roi un personnage à part, voué, comme les hommes d'Église eux-mêmes, à un ministère particulier. Ce sont ces deux fonctions qu'il s'agit d'articuler harmonieusement. Encore faut-il, insistent de plus en plus les clercs, que le roi se montre digne de sa misssion. Inconcevable du temps de Charlemagne, la question a été posée sous le règne de Louis le Pieux, en 833. La tentation grandit, chez les intellectuels, de subordonner la légimité royale à des critères élaborés par l'Église, bref, de contrôler la royauté. Les textes théoriques, sur ce sujet, vont bon train. Sur la coexistence des deux pouvoirs, la référence fondamentale se trouve chez Gélase, pape de 492 à 496 : « Le monde ici-bas est essentiellement régi par deux éléments, l'autorité sacrée des évêques et la puissance royale. Mais la charge des prêtres est plus

Savoir, comprendre, concevoir (814-882) 99

lourde que celle des rois, car ils auront à répondre des rois eux-mêmes devant le jugement divin. » Des degrés sont ainsi placés dans l'échelle des responsabilités, d'autant que si la royauté est instable, si les royaumes terrestres suivent les mouvements de la roue de fortune, selon l'image introduite pour la première fois vers 850 par Sedulius Scotus, l'Église, elle, reste éternellement elle-même.

L'origine divine du pouvoir royal ne fait aucun doute pour personne. Jonas d'Orléans, dans son *De institutione regia*, rédigé en 831, l'affirme. La laïque Dhuoda, dans son *Manuel*, le rappelle comme allant de soi à son fils Guillaume. Hincmar ne dit pas autre chose, même si, sur la fin, sa pensée se nuance. Le sacre, s'il n'est sans doute pas indispensable, manifeste visiblement le choix de Dieu, et lui donne toute sa mystérieuse portée. « L'onction très sainte, écrit Hincmar en termes saisissants, se répand sur la tête du roi, descend dans son intérieur et pénètre le fond de son cœur. » Le roi possède ainsi une vertu surnaturelle, en correspondance avec les forces qui mènent le monde. Le roi élu de Dieu est garant, admet par exemple le concile de Paris, de la fécondité de la terre, de celle des animaux domestiques et de la population elle-même. Cette qualité exceptionnelle caractéristique du roi, il appartient aux hommes d'Église de la lui conserver. Les moines les plus purs, dans les meilleurs des monastères, ceux que le roi, notamment, a dotés de biens et de privilèges, ont là, par leurs offices et leurs prières, un rôle particulier à jouer : Thieuthilde, abbesse de Remiremont, fait savoir à Louis le Pieux qu'elle-même et ses sœurs ont, au cours de l'année écoulée, récité mille fois le psautier et fait célébrer huit cents messes pour sa santé et celle de sa famille, la défaite de ses ennemis et son salut éternel.

Au roi, voulu par Dieu, chacun doit obéissance et soumission, pour autant qu'il exerce comme il convient sa mission. De ce ministère royal, les définitions et l'interprétation se précisent au cours du siècle. L'étymologie même les commande : est *rex* celui qui agit *recte*, avec rectitude. Reprenant les canons du concile de Paris, Jonas d'Orléans est clair : « S'il dirige [*Regit*] avec piété, justice, compassion, il mérite d'être appelé roi [*rex*]. Mais s'il manque à ces vertus, il perd le nom de roi. » Et Jonas poursuit, en communion avec ses collègues en épiscopat : « Le propre du ministère royal est de gouverner le peuple de Dieu, de diriger avec équité et justice, en tâchant d'établir la paix et la concorde. Lui-même doit être en effet le défenseur des églises et des serviteurs de Dieu. » Les défendre contre quoi ? « Contre les puissances du siècle et de la richesse », les laïcs rapaces, précisent les *Fausses Décrétales*, rédigées au milieu du siècle ; au contraire, « les laïcs, dans l'exercice de leur ministère, doivent obéissance aux évêques pour gouverner les églises de Dieu ». Autrement dit, l'agent du roi doit aider l'évêque dans sa tâche pastorale. C'est que les évêques, s'ils doivent fidélité aux rois, s'ils leur prêtent serment d'aide et de conseil, comme le firent les évêques lotharingiens envers Charles le Chauve en 869, avant de le consacrer, ne tirent pas leur légitimité de la puissance royale. Sans doute le roi, surtout s'il est fort, a-t-il voix au chapitre. L'élection d'Hincmar lui-même en 845, telle que la rapporte l'évêque Thierry de Cambrai, le montre suffisamment : les évêques de la province de Reims « obtinrent du glorieux roi le seigneur Charles, avec l'accord de l'archevêque de Sens et de l'évêque de Paris et le consentement de tous les coévêques de la province rémoise, quelqu'un qui était de la province de Sens et du diocèse de Paris, le moine Hincmar ». Mais à mesure que l'autorité effective du roi diminue, surtout après la disparition de Charles, Hincmar lui-même insiste sur la séparation des deux offices et sur l'indépendance de l'Église. Aux évêques, écrit-il au jeune Louis III en 881, d'élire un clerc « qui se montrera utile à la sainte Église et au royaume, fidèle et dévoué coopérateur à l'égard du roi ». Au roi de placer à sa disposition, ainsi que l'exige sa fonction, « les biens et les richesses de l'Église que le Seigneur vous a confiés pour les défendre et les protéger ». Enfin, mais enfin seulement, et formellement, le roi donnera son consentement par lettre. Chargé de défendre la justice et la paix, le roi est là pour garantir la tranquille jouissance et transmission du patrimoine ecclésiastique, et si possible l'accroître. Car, selon Hincmar qui n'y voit nulle contradiction, si le roi doit se garder de prendre, de s'enrichir, notamment sur les biens ecclésiastiques, il est bon qu'il donne largement. Associé à l'autorité royale pour guider le peuple vers le salut, le ministère épiscopal n'en est pas pour autant dans la main du roi. Dans la lettre des évêques de Francie adressée à Louis le Germanique en 858, Hincmar souligne avec gravité que les églises, confiées par Dieu aux évêques, n'ont rien à voir avec les bénéfices et les biens propres que le roi peut à son gré donner ou ôter. « Et nous, évêques consacrés au Seigneur, nous ne sommes pas destinés comme les hommes qui vivent dans le siècle à nous engager dans les liens de la vassalité. » Bien plus, poursuit Hincmar dans sa lettre étonnante à Louis III, « ce n'est pas vous qui m'avez élu à la direction de mon église, mais moi qui, avec mes collègues et les autres fidèles à Dieu et à vos ancêtres, vous ai élu pour diriger le royaume à condition de respecter les lois établies ». A cet effet, le roi doit s'entourer du conseil des hommes éclairés et vertueux, dont les évêques constituent l'élite. Alors, royauté conditionnelle ? C'est à quoi tendent sans doute la réflexion et le désir des clercs. N'est-ce pas par les évêques que le choix de Dieu s'exprime, n'est-ce pas à eux de dire si le roi s'écarte du bon chemin, s'il cesse, selon l'expression d'Hincmar, de placer le gouvernement de ses pensées, de ses paroles et de ses actes sous le commandement de Dieu ? Cette compétence ecclésiastique, le roi lui-même paraît l'admettre. Au concile de Savonnières, en juin 859, après avoir surmonté la grande crise des deux années précédentes où son règne fut menacé, Charles le Chauve déclare qu'il ne devait être « supplanté ni exclu par personne de la majesté du règne, du moins sans qu'aient été entendus et se soient prononcés les évêques par le ministère desquels j'ai été consacré comme roi ». En effet, ajoute Charles, « c'est par eux que Dieu fait connaître ses décisions ». C'est bien ainsi que Dieu, dix ans plus tard, a procédé en indiquant, sans aucun doute possible, à Advence de Metz et à ses collègues que Charles était appelé à recevoir le royaume de Lothaire II.

A cette désignation divine, révélée par le truchement des évêques, Charles répond par un engagement solennel de

« conserver la loi et la justice ». L'élection n'est pas subordonnée à cette déclaration qui, cependant, est considérée comme « convenable et nécessaire ». Déjà, à Quierzy, en mars 858, Charles avait échangé des serments avec ses fidèles, mais dans des conditions toutes différentes, hors de tout rite d'élection et de consécration. A Metz, en 869, commence, ou du moins se fait jour, le processus qui conduira, moins de dix ans plus tard, à la profession du couronnement et au serment du sacre prononcés à Reims par Louis le Bègue le 8 décembre 877, et souscrits de sa main. Le nouveau roi reconnaît être établi « par la miséricorde de Dieu et l'élection du peuple », s'engage à conserver leurs privilèges et leurs droits aux évêques et à tous les clercs, et à garder au peuple, « dont par la miséricorde de Dieu le gouvernement m'a été confié en l'assemblée générale de nos fidèles », les lois et statuts en vigueur, à ne rien changer ni bouleverser. Ces paroles, ou d'autres à peu près semblables, tous les successeurs de Louis au royaume des Francs de l'Ouest les reprendront à leur avènement. Elles feront partie des mots, des gestes et des objets constitutifs de la fonction royale, les *regalia*.

Tout au long du siècle, la communauté des évêques rappelle ainsi le roi à ses devoirs, tâche d'enserrer son action dans des règles de droit, tendant pour l'essentiel à la protection et à l'accroissement des églises. Car le comportement du roi n'engage pas seulement l'ordre, la justice et la paix du peuple qui lui est confié, mais aussi son propre salut, comme Loup de Ferrières le signale avec insistance à Charles le Chauve. Pour bien se faire comprendre, l'Église fait circuler de saisissants récits, empruntés à la riche tradition des rêves et des visions recueillis à des fins édifiantes. Ainsi, en 824, le moine Wetti de Reichenau a raconté, à la veille de sa mort, son voyage dans l'au-delà, où il a vu Charlemagne en proie à de vifs tourments pour cause d'amours illicites, première allusion à ce qui deviendra le « péché de Charlemagne ». Walafried Strabon, précepteur de Charles le Chauve, mettra en vers, un peu plus tard, cette vision appelée à une grande notoriété. Plus impressionnante encore pour les rois est la vision d'Euchaire, évêque d'Orléans, témoin des souffrances infernales de Charles Martel, damné pour avoir usurpé des biens d'Église : Hincmar, dans sa lettre de 858, rappelle à Louis le Germanique, lui aussi usurpateur, ce qu'il en a coûté à son aïeul. De même, à la fin de 877 ou au début de 878, un certain Bernold, laïc, raconte avoir vu en rêve Charles le Chauve, dans un lieu sombre, dévoré par les vers et réduit à l'état de nerfs et d'os. Le roi se tourne vers Bernold : « Va trouver l'évêque Hincmar et dis-lui que je n'ai pas su respecter ses conseils et ceux de tous mes fidèles ; pour cette raison je supporte, à cause de mes péchés, les tourments que tu vois. » Bernold intercède pour le roi auprès d'Hincmar, dont les prières et celles de ses clercs libèrent Charles. Un tel récit, à l'évidence inspiré par Hincmar lui-même cherchant à prendre barre sur le successeur de Charles, est éloquent.

Mais le vieil archevêque, de plus en plus tenté par la nostalgie, prend ses désirs pour des réalités. L'idée d'une royauté entourée, conseillée, inspirée par une haute Église inoculant à l'ensemble du peuple chrétien les vertus de justice, d'ordre et de paix demeure pour l'essentiel dans le domaine des conceptions et des prescriptions. La société reste sourde aux injonctions épiscopales. La vérité est que la sécularisation de l'Église, de ses structures et de ses biens progresse ; qu'évêchés et surtout abbayes, longtemps contrôlés par le roi, tendent à passer dans le patrimoine des grands ; que la diversité, le conflit l'emportent, comme toujours, sur l'unité et la stabilité ; qu'après la disparition de Charles le Chauve les images glorieuses d'une idéologie magnifiant à la fois le roi et l'Église s'effondrent, ces images que portent les splendides peintures des livres précieux exécutés pour la majesté divine et l'honneur du roi : la Bible du comte Vivien, réalisée à Tours en 846, le Psautier de Reims, qui date de 860, ou encore le somptueux *Codex aureus*, intact en sa reliure d'ivoire, calligraphié et décoré en 870 au sein de la chancellerie royale, tous ouvrages dans lesquels figure le roi en sa magnificence.

Ultime geste de l'empereur Charles, le dernier grand roi des Francs, la chapelle du palais royal de Compiègne, construite sur le parfait modèle du sanctuaire octogonal d'Aix-la-Chapelle, consacrée à Notre-Dame le 5 mai 877, édifice très précieux par la richesse des matériaux et l'élévation des symboles, conçu pour recevoir cent desservants. A cette occasion, Jean Scot Érigène adresse à Charles des vers mystérieux : « Lui-même siégeant sur le trône élevé, le roi étend sur tous son regard, portant d'un chef sublime le diadème de ses pères, la main comblée de sceptres portant les bâtons d'or. Que ce héros magnanime vive de longues années et parvienne au grand âge[1] ! » Quelques mois plus tard, Charles était mort, emportant avec lui ce qui demeurait de puissance royale effective et efficace. Mais la construction idéologique lui survivrait.

---

1. Cf. M. Foussard, « *Aulae Sidereae*, vers de Jean Scot au roi Charles », *Cahiers archéologiques*, XXI, 1971. M. Vieillard-Troïekouroff, « La chapelle du palais de Charles le Chauve à Compiègne », *ibid*.

2

Le roi d'entre les princes
(877-987)

1

La royauté à prendre
(877-898)

« Comte de Vannes par la grâce de Dieu », s'intitule le chef de la Bretagne Alain, en 878. « Moi Boson, qui suis ce que je suis par la grâce de Dieu », déclare, à l'autre extrémité du royaume, le comte Boson de Vienne, en juillet 879. Roi par la grâce de Dieu, et aussi par l'élection du peuple, comme l'a reconnu Louis le Bègue en l'église Sainte-Marie de Compiègne, le 8 décembre 877, voilà qui est connu et légitime ; mais comte ? L'agent public, le titulaire par délégation du ban royal, nommé et révocable par le roi descendant de Pépin et de Charlemagne, tirerait à présent son autorité et sa dignité directement du Ciel ? Boson à Charles le Chauve, naguère, Alain, tout récemment, à Louis le Bègue ont certes prêté serment de fidélité. Mais, enfin, Boson et Alain étaient en place avant le roi régnant et le seront encore après lui. Le cœur de la royauté franque, entre Seine et Meuse, est très, et de plus en plus, éloigné. Alain et Boson, ce dernier époux d'une fille d'empereur, comme il le fait savoir avec orgueil, se maintiennent par leurs vertus propres autant et plus, beaucoup plus, que par l'agrément et la confiance d'un roi.

1. Rois en tutelle.

C'est que le roi des Francs de l'Ouest n'est plus ce que longtemps il avait été, ni même ce qu'hier encore il paraissait être. La décennie qui court de la mort de Charles le Chauve à l'avènement d'Eudes, très accidentée, laisse voir une redistribution du commandement au sein de la société politique, où les partenaires grossissent en nombre et en importance respective. La royauté, en fonction de qui le jeu toujours s'ordonne, change de main, se répartit sur plusieurs têtes, se confine dans des domaines plus étroitement circonscrits. Sans doute le système carolingien, en dépit des soubresauts, est-il loin d'avoir dit son dernier mot. Mais les beaux jours, désormais, sont derrière lui.

Hâtons le pas, à l'instar des événements et des hommes de cette fin de IXe siècle. Une double conjoncture les presse : les accidents dynastiques et l'agression normande, saisie d'un ultime paroxysme. De 877 à 885, quatre Carolingiens se succèdent au royaume des Francs de l'Ouest, soit autant qu'en cent vingt-cinq ans, depuis que leur ancêtre Pépin avait été couronné et sacré, le premier de sa lignée. Comme naguère son père Charles, qui semble-t-il ne l'aimait guère mais dont il était le seul fils survivant, comme, depuis une génération, tous les rois prenant possession de leur fonction, Louis le Bègue, sitôt qu'il apprend la disparition de l'empereur, « se concilia tous ceux qu'il put, dit l'annaliste, leur donnant des abbayes et des comtés et des villas, selon ce que demandait chacun ». Le roi, ce faisant, se trompe d'époque. Cette circulation des fonctions et des biens que Charles le Chauve avait, en son temps, bien des difficultés à mettre en œuvre, Louis est hors d'état d'y procéder. La désignation aux fonctions comtales, la nomination à la tête des grandes abbayes réputées royales relèvent à coup sûr de la prérogative du souverain. Mais ceux qui les détiennent, souvent du chef d'un père ou d'un parent, ne sauraient dorénavant en être dépouillés sans raison. Parmi ceux-là se trouvent les plus proches compagnons de Charles le Chauve, qui l'ont accompagné dans son expédition d'Italie, qui n'en sont pas encore revenus. C'est sur eux que le roi, qui, aussi bien, n'est pas encore proclamé ni couronné, entend se servir, en leur absence. En vérité, Louis, coincé comme il est, ne peut guère s'y prendre autrement. Il a besoin de s'assurer des fidélités, d'acheter des soutiens, des amitiés, face, peut-être, aux ambitions de ses cousins de Germanie. Prélever sur ce qui lui reste de domaines patrimoniaux serait s'affaiblir davantage. Il ne s'y résout pas, pas encore du moins. Mais, en remettant à certains les biens détenus légitimement par d'autres, le roi paraît agir par caprice, arbitrairement, au mépris de toutes règles et de toute équité ; sans même prendre conseil, les bons conseils s'entend. C'est bien là ce que les grands outragés lui reprochent. Hincmar, gardien des tables de la loi, s'indigne et chapitre, en une longue missive, le nouveau prince. Les grands chefs, eux, font en sorte de ramener Louis à une conscience plus exacte de ses devoirs et de ses possibilités. Parmi ces chefs, deux occupent le tout premier rang et, naturellement, se disputeront bientôt la première place. Ils sont eux-mêmes à la tête de clans lignagers et de groupes d'intérêts dont les contours et la substance sont difficiles à apprécier.

Voici d'abord Gauzlin, archichancelier, très proche de Charles le Chauve, qui lui avait confié à Quierzy la garde de sa famille. Maître des fortes abbayes de Saint-Amand, de Jumièges et de Saint-Germain-des-Prés, il est le fils du comte Rorgon du Mans, et donc le demi-frère de Louis, petit-fils de Charlemagne, mort dix ans plus tôt archichancelier et abbé de Saint-Denis. Gauzlin est aussi l'oncle du redoutable Bernard de Gothie, et cousine de très près avec les Ramnulf de Poitiers. Au vrai, que signifient, sur quoi débouchent ces généalogies, ces parentèles patiemment reconstituées par les érudits ? À quoi bon savoir que le second personnage qui pèse très lourd dans ces années-là, le Welf Hugues, est le neveu de l'impératrice Judith par son père, de l'impératrice Ermengarde par sa mère, et aussi du comte de Paris Girard, qui meurt précisément en 877 ? Qu'il est, peut-être, le demi-frère du futur roi Eudes, s'il est vrai que sa propre mère, Aélis, a épousé Robert le Fort en secondes noces ? Ces alliances sont loin de déterminer des comportements. Les rivalités traversent les groupes familiaux aussi violemment qu'elles les opposent entre eux. L'important est que Hugues l'Abbé, dont l'assise patrimoniale se trouve dans la région d'Auxerre, ait succédé à Robert le Fort dans la mission de défendre l'Ouest du royaume contre Bretons et Normands, qu'il soit comte de Tours et d'Angers, abbé de Saint-Martin de Tours, de Saint-Aignan d'Orléans, de Cormery, de Saint-Vaast, ainsi que de Sainte-Colombe de Sens et, bien entendu, de Saint-Germain d'Auxerre. Depuis dix ans, il s'est fait connaître comme un chef de guerre efficace, subrogeant le roi dans la lutte contre les païens, et comme un conseiller avisé.

Gauzlin, Hugues et les leurs sont forts, bien plus que Louis et ce qui lui reste de moyens, acquis comme on sait. Le roi, s'il veut régner, et de l'avis de tous il le doit à l'exclusion de tout autre, doit composer avec eux. Certes, l'impératrice Richilde a remis à son beau-fils, de la part de feu l'empereur, « l'épée de saint Pierre, le manteau et la couronne des rois, ainsi que le bâton rehaussé d'or et de pierres précieuses », ces objets magiques et consacrés qui constituent le fourniment propre au roi, ces *regalia* décrits pour la première fois à cette occasion. Nul doute que Louis en soit le légitime destinataire. Encore faut-il, pour que la virtualité se transforme en acte, obtenir le consentement de ces *primores regni* sans lesquels le roi n'est riche que de symboles. Ce que veulent ces premiers personnages du royaume, laïques et aussi ecclésiastiques, c'est d'abord rester ce qu'ils sont et conserver ce qu'ils ont, hors de toute menace de changement, et recevoir, s'il se peut, davantage. La négociation s'engage, le roi en passe par les conditions des grands — c'est ainsi que Gauzlin gagne l'abbaye de Saint-Denis — et, les choses ainsi conclues, Louis peut alors être couronné et recevoir le serment de fidélité de son aristocratie, après, on l'a vu, s'être lui-même engagé auprès d'elle. Engagement coûteux, idéologiquement d'abord, matériellement aussi ; sur Saint-Denis, par exemple, dont Charles le Chauve s'était, après la mort de l'archi-chancelier Louis, attribué l'abbatiat, où il était enseveli auprès de Charles Martel et de Pépin le Bref, sur ce haut lieu de la royauté franque que la dynastie tenait depuis bientôt deux siècles, les Carolingiens ne remettront plus jamais la main. Pour acheter son avènement, le roi a dû consentir d'onéreux sacrifices. Alors que le serment reçu en contrepartie est impondérable.

Or le roi a plus que jamais besoin d'assistance. Pour mater la révolte de Bernard de Gothie qui, dit l'annaliste, se comporte en roi. De fait, Hugues l'Abbé, Boson, le chambrier

La royauté à prendre (877-898) 111

Thierry, Bernard Plantevelue réduisirent le rebelle au nom du roi, et aussi de l'Église qui l'a excommunié, mais pour leur profit personnel, car ils récupérèrent, les deux derniers surtout, une bonne partie des comtés et des dignités tenus par le marquis de Gothie. Louis a besoin aussi de prévenir des difficultés possibles venant de ses trois cousins de Germanie, Carloman, Louis et Charles. Le pape Jean VIII, venu à Troyes pour un concile au cours duquel il a sacré à nouveau le roi, pousse à la concorde. Gauzlin mène la négociation avec Louis le Jeune et, au début de novembre 878, est conclu le traité de Fouron, dont les *Annales de Saint-Bertin* nous ont conservé les clauses, tendant à garantir la succession dans les deux royaumes et à redonner corps au système de la fraternité. Mais déjà Louis le Bègue, depuis longtemps malade, comme sont malades ses cousins Carloman et Louis, et bientôt Charles, est au terme de sa course. Son fils Louis III, depuis quelques mois, le supplée, avec le soutien de Boson et surtout de l'archichapelain Hugues l'Abbé, qui a éliminé provisoirement son concurrent Gauzlin. Le 10 avril 879, le roi des Francs de l'Ouest est mort. Il est inhumé, premier de sa race, sous les dalles de la chapelle impériale de Sainte-Marie de Compiègne, inaugurée à peine deux ans plus tôt. Les conditions de sa succession marquent un degré supplémentaire dans la participation des grands à la dévolution du règne, autant dire dans les rivalités, la confusion, la violence. Hugues l'Abbé cherche à obtenir qu'advienne seul Louis, son protégé, le fils aîné. Désir de préserver l'unité du royaume par l'unicité du règne ? Peut-être ; plus sûrement, volonté de conserver son leadership, de maintenir la prédominance d'un groupe dont les points d'appui se trouvent sur la Loire et en Auxerrois, plus au sud aussi, car Bernard Plantevelue se place du côté de l'archichapelain. Pour lui faire échec, Gauzlin et les siens invoquent la convention de Fouron, qui prévoyait le double règne des fils de Louis le Bègue, et font appel à Louis le Jeune de Germanie, qui s'avance jusqu'à Verdun. S'agit-il simplement de faire pression sur le groupe neustrien, ou les grands de France mineure comptaient-ils sur un changement de branche dynastique pour se faire grassement rémunérer leur soutien ? On ne sait pas. Reste que Gauzlin souhaite récupérer Saint-Germain-des-Prés, qui lui a été ôté au profit d'un certain Hilduin, qu'il est possessionné au nord de la Seine, abbé de Jumièges et de Saint-Amand, que sont avec lui le comte Thierry, puissant en Picardie, et Conrad, comte de Paris, un Welf pourtant, proche parent d'Hugues l'Abbé. Tous ceux-là, qu'habite la coutume franque du partage, veulent un roi à eux, dans ce pays d'entre Seine et Meuse où les Carolingiens sont le plus chez eux.

Quoi qu'il en soit, Hugues négocie le retrait de Louis le Jeune, d'ailleurs à l'affût de la Bavière où son frère Carloman, les nerfs malades, se meurt, moyennant l'abandon au roi de Germanie de la partie du royaume de Lothaire obtenue par Charles le Chauve à Meersen, en août 870. Toute la Lorraine, foyer de la dynastie pippinide, est ainsi entre les mains de la branche aînée. Le fait est capital : le royaume de l'Ouest issu du partage de Verdun, la part de Charles le Chauve, s'occidentalise un peu plus, se rééquilibre au profit de la région entre Seine et Loire ; là où était possessionné, où commandait Robert le Fort, là où se trouve à présent Hugues l'Abbé. Ce dernier, tout aussitôt, fait sacrer Louis III et, concession nécessaire, également Carloman, à l'abbaye de Ferrières, celle que tint jadis l'abbé Loup, par l'archevêque de Sens Anségise. Anségise, et non pas le vieil Hincmar, dont le siège se trouve trop à l'est et qui, cependant, reprend du magistère auprès des deux jeunes rois, Louis surtout. Des rois qui, dans cette partie compliquée, ne paraissent avoir joué aucun rôle propre. Les grands ont agi au nom de la royauté, mais de leur initiative personnelle. Si la fonction et sa nécessité demeurent intactes, la médiatisation du pouvoir royal est en cours, de plus en plus nettement. A preuve, le rôle éminent joué par Hugues l'Abbé depuis 877, et surtout 879, jusqu'à 884 au moins. Le marquis de Neustrie exerce auprès du roi ou des rois des Francs de l'Ouest un véritable principat. Il est l'aristocrate le plus proche du roi, celui sans qui ce dernier ne peut rien, intermédiaire obligé entre la couronne et la noblesse laïque, et lui-même fortement appuyé sur sa collection d'abbayes. Les textes, toujours en retard sur la réalité des choses, qu'ils entérinent après coup, cherchent l'expression qui convient pour rendre compte de cette fonction nouvelle. Les *Miracles de Saint-Benoît* parlent du « très noble abbé Hugues, gouvernant l'État tant par les armes que par le conseil ». Le roi Carloman, dans un diplôme d'août 883, le désigne comme son tuteur, et le principal défenseur de son règne. *Tutor, defensor.* Voilà des termes inédits. Réginon de Prüm, un peu plus tard, fera allusion au « duché qu'avait tenu Hugues ».

2. Carolingiens à bout de souffle.

De défenseur les rois, en cette fin d'été 879, ont bien besoin. Quelques semaines à peine après leur couronnement, ils apprenaient en effet que le comte de Vienne Boson, beau-frère de Charles le Chauve, fidèle de Louis le Bègue pour lequel il avait combattu et qui lui avait confié le soin d'escorter le pape Jean, d'ailleurs bien disposé à son égard, dans ses déplacements à l'intérieur du royaume, s'était résolu à l'inimaginable. Certes, bien des grands se comportaient comme des princes indépendants et même, disait-on de Ramnulf de Poitiers et de Bernard de Gothie, comme des rois. Du moins était-il admis, même par fiction, qu'ils tenaient leurs fonctions de l'autorité publique, qui les leur avait, jadis ou naguère, déléguées. En revanche, ce qui se passe le 15 octobre 879 au palais de Mantaille, non loin de Vienne, ne ressemble à rien de connu en Occident depuis des décennies : là, en présence de six archevêques, d'une douzaine d'évêques et d'aristocrates de la Bourgogne méridionale, qu'on appelle aussi la Provence, Boson et son épouse Ermengarde, fille de l'empereur Louis II, sont acclamés et reçoivent la couronne. Ainsi, un homme certes considérable, mais dans les veines duquel ne coule pas la moindre goutte de sang carolingien, a pris un titre, s'est chargé d'une mission dévolue, de toute tradition, à la lignée de Pépin le Bref, alors aussi que la Provence fait partie, sans aucun doute, du royaume de Francie occidentale, dont les fils de Louis le Bègue sont, sans contestation possible, les rois légitimes. Dans le Nord du royaume, on crie à l'usurpation. « Boson, duc en Provence, s'arroge le nom de roi par un acte de tyrannie et s'empare d'une partie de la Bourgogne », déclare l'annaliste de Saint-Vaast. Hincmar dénonce la pression et la corruption dont Boson a usé à l'égard des évêques. De fait, Rostaing d'Arles ou Ratfrid d'Avignon ont reçu en récompense de bonnes abbayes. Cependant, au-delà de l'ambition personnelle de Boson et de son clan bourguignon qui met la main sur la Provence, au-delà de la complaisance ou de la soumission des évêques, instruments apparents de l'élévation du comte de Vienne, on peut voir dans l'accession de ce dernier à la royauté le terme d'une évolution déjà signalée, qui ajuste le pouvoir politique à la dimension des réalités sociales et territoriales. Plutôt que le Carolingien lointain, mieux vaut un roi qui, sur place, exerce plus efficacement sa mission de chef de guerre, de dispensateur de biens et de protecteur de l'Église. Tout semble indiquer que l'aristocratie locale, celle qui est depuis longtemps implantée dans cette vieille terre romaine, a prêté la main à cette opération, si même elle ne l'a pas suscitée. Ainsi, résultat peut-être d'un mouvement particulariste, est formé un royaume regroupant les provinces d'Arles, d'Aix, de Vienne, de Lyon à l'exception de Langres, de Besançon et d'Uzès. Ainsi advient le roi Boson, qui prend lui aussi le titre de « très glorieux », qui se dote d'une chancellerie dirigée par Adalgaire, abbé de Flavigny, qui s'attribue des patronages sanctifiants ; c'est à lui, par exemple, qu'est dû le buste somptueux de saint Maurice de Vienne, premier exemplaire connu de ces statues reliquaires qui, avec sainte Foy de Conques, fleuriront quelques décennies plus tard.

Le concile de Mantaille provoqua, dans l'aristocratie franque, une vive réaction. Peut-être par esprit de fidélité et scrupule de légitimité, sans doute parce qu'une victoire sur le « tyran » vaudrait accroissement de leur position et de leurs biens, les *primates regni*, avec à leur tête Hugues l'Abbé, Bernard Plantevelue, et un peu plus tard le comte Richard d'Autun, propre frère de Boson, se rangèrent du côté des rois légitimes. Ces derniers se sont organisés, de concert avec leurs

La royauté à prendre (877-898)

cousins de Germanie, comme si la dynastie carolingienne, face à l'usurpation, retrouvait un réflexe lignager, presque patrimonial : d'urgence, colmater la brèche ouverte par Boson dans leur monopole de la fonction royale. Louis III et Carloman rencontrèrent Louis le Jeune à Ribemont au début de 880, où ils firent amitié en dépit des manœuvres de Gauzlin et de son équipe, puis les deux frères, à Amiens, se partagèrent le royaume de Louis le Bègue, « selon que le déterminèrent leurs fidèles », précisent les *Annales de Saint-Vaast*, témoignant ainsi du rôle décisif des grands dans les affaires du règne. A Louis revinrent la Francie et la Neustrie, à Carloman, la Bourgogne et l'Aquitaine. Sans aucun doute, l'aîné était le mieux pourvu. Mais le cadet avait auprès de lui le puissant soutien d'Hugues l'Abbé. Les rois carolingiens tinrent conseil à nouveau en juin, à Gondreville, au bord de la Moselle. Sont là Charles le Gros, roi d'Alémanie, Louis III et Carloman. Louis le Jeune, malade comme souvent ses frères, a envoyé des représentants. Un dispositif est arrêté pour contrer Boson, et aussi pour réduire Hugues, un pur Carolingien celui-là, fils de Lothaire II et de Waldrade, qui tente de se rétablir dans le royaume de son père. Après avoir liquidé, provisoirement, la menace d'Hugues en lui tuant son beau-frère Thibaud, les rois et leurs fidèles partirent vers le sud mater le roi de Provence. Pour commencer, Mâcon, qui appartenait à Boson, fut pris et donné à Bernard Plantevelue. A l'approche des armées royales, Boson quitta Vienne, y laissant sa femme Ermengarde. Tandis que Carloman, s'efforçant de conquérir son royaume, pousse jusqu'à Narbonne, et que Charles le Gros va chercher en Italie un royaume de plus et le sacre impérial, en février 881, Louis III remonte vers le nord à la rencontre des Normands.

Là est le second péril, plus menaçant encore que la sécession des grands, et qui fait ressortir plus encore l'insuffisance des rois, leur impuissance à intervenir sur tous les fronts, et le recours nécessaire à des chefs qui, se rendant indispensables, travaillent ainsi pour leur propre gloire plus que pour le compte du roi.

A partir de 880, et pendant une décennie, les Vikings lancent en effet une ultime vague de raids, les plus dévastateurs sans doute depuis leur arrivée en Occident. Depuis leurs bases de Gand et de Louvain, ils se propulsent en Rhénanie, en Flandre et en Picardie, où, cette fois, ils font très mal. Gauzlin échoue dans une tentative pour les arrêter ; eux et lui se retrouveront un peu plus tard. La victoire remportée par Louis III à Saucourt-en-Vimeu, en août 881, montre sans doute ce que peuvent le courage et l'esprit de décision, mais demeure sans suite, car l'action du roi n'est relayée par personne ; il ne peut rester sur place. Aussi bien, un an plus tard, Louis III, rare Carolingien à n'être pas malade, était-il victime de sa vitalité, s'éclatant la tête, dit-on, au linteau d'une porte alors qu'il coursait une fille. Les Normands, entretemps, attaquent Metz, que l'évêque défend jusqu'à la mort, ont dévasté Corbie, joyau des abbayes carolingiennes, ainsi que Saint-Vaast et Stavelot, ont pris Amiens, menacent Reims, d'où Hincmar se sauve. Sous l'autorité d'Hugues l'Abbé, Carloman, âgé de seize ans, est reconnu comme seul roi des Francs de l'Ouest par les grands, à l'exception notable de Bernard Plantevelue, sans doute mécontent de n'avoir pas obtenu le comté d'Autun, si considérable, au cours de la campagne contre Boson, deux ans plus tôt. Carloman et ses fidèles engagent le combat contre les Normands quand ils le peuvent, ou, selon une tradition déjà bien établie, achètent leur repli, voire simplement une trêve. Plus à l'est, sur la Meuse, Charles le Gros, roi de toute la Germanie depuis la mort de son frère Louis le Jeune, en janvier 882, ne fait pas mieux. Pour actif qu'il soit, Carloman, qui s'appuie sur un Hugues l'Abbé déclinant, usé, malade, n'est pas en état de faire face. Ne disposant plus des *honores* que dans des régions très circonscrites, essentiellement entre Seine et Meuse, dépendant du bon vouloir des marquis, le fisc royal considérablement réduit, Carloman achève d'épuiser un système de gouvernement qui fit longtemps illusion. C'est sous son règne qu'est élaboré et rédigé, à Ver, en mars 884, le dernier capitulaire émanant de la puissance publique, à la manière de ses très glorieux ancêtres, qui ont tenu le royaume des Francs depuis cinq générations. Et pour que rien ne man-

La royauté à prendre (877-898)

que à la déconfiture, le jeune roi meurt d'un accident de chasse dans les derniers jours de l'année. Des petits-fils de Charles le Chauve ne subsiste qu'un enfant posthume de Louis le Bègue, un petit Charles à peine âgé de cinq ans.

Aussi est-ce à un autre Charles, l'oncle, qu'il est fait appel. Ce Charles-là réunit toutes les conditions pour régner sur les Francs de l'Ouest : déjà roi de toute la Germanie, de l'Italie, il est empereur de surcroît, comme ses deux glorieux homonymes et prédécesseurs, dont il paraît concentrer les vertus : courage, savoir, piété. Charles est un homme de grande dévotion, à l'écoute de Dieu et des hommes d'Église. Ce prince actif et chanceux depuis la mort de Louis le Bègue, qui a travaillé à la paix en Francie en prenant sa part de la lutte contre Boson, a auprès de lui, depuis la demi-retraite d'Hugues l'Abbé, le meilleur chef de guerre du temps, le comte Henri, qui va réduire et détruire, au début de 885, les Normands installés en Frise. Aùssi est-ce dans l'accord général, avec celui notamment d'Hugues l'Abbé, que, rééditant, mais avec succès, l'opération tentée en 879, Gauzlin, depuis peu évêque de Paris, fait appel, par l'intermédiaire du comte Thierry, ancien chambrier de Louis le Bègue, à Charles le Gros. Parmi ceux qui soutiennent la candidature de Charles se remarquent Bernard Plantevelue et aussi un nouveau venu, Eudes. Depuis la fin de 882 ou le début de 883, le fils aîné de Robert le Fort est comte de Paris, où il a succédé au Welf Conrad, naguère associé à Gauzlin. Grâce, sans doute, au patronage de ce dernier, et vraisemblablement avec l'agrément d'Hugues l'Abbé, Eudes prend donc pied dans une région qui n'a jamais fait partie des honneurs tenus par son père. Il rééquilibre ainsi vers le nord, vers la France mineure, l'assise des robertiens. Paris, « capitale de la Francie, clé des royaumes de Neustrie et de Bourgogne », écrira en 886 l'archevêque Foulques de Reims à Charles le Gros, Paris, point d'appui déterminant pour le groupe dont Eudes est à présent le chef. Les circonstances procurent bientôt au jeune comte l'occasion de s'implanter inexpugnablement en Ile-de-France.

En juin 885, Charles le Gros a reçu à Ponthion les serments

de fidélité des grands ecclésiastiques et laïques du royaume des Francs de l'Ouest. A-t-il été couronné et sacré au cours d'une cérémonie particulière ? Nous l'ignorons. Toujours est-il qu'en sa personne impériale est réuni, pour la dernière fois, l'ensemble de l'Occident chrétien tel que l'avaient tenu Charlemagne et Louis le Pieux. Le moine Notger de Saint-Gall célèbre alors, dans ses *Gesta Karoli*, la chaîne des temps apparemment renouée, d'un Charles à l'autre, du *Magnus* au *Krassus*. Écoutons-le, sans y croire : à l'idée d'une réunification des royaumes sous un empereur gouvernant effectivement par l'intermédiaire de fonctionnaires fidèles, dans le respect de la justice et de la loi, s'oppose toute l'évolution qui travaille la société politique de Francie occidentale depuis deux générations. Les pouvoirs réels ne sont plus aux mains du roi carolingien, même si son prestige, fondé sur une mémoire et une légitimité très anciennes, demeure considérable. De plus, à peine intronisé, Charles a déjà mal à la tête.

Or la fonction royale est gravement sollicitée sitôt après l'assemblée de Ponthion. De Charles, en effet, on attend qu'il prenne le commandement de la lutte contre les païens. De fait, un fort parti de Normands, dirigé par le chef Siegfried, remonte la Seine durant l'été. Rouen, à nouveau, est pris. L'objectif paraît être la région de Sens et d'Auxerre. En novembre, les Normands, pour la première fois depuis 866, sont en vue de Paris, point de passage obligé. Ici commence le merveilleux épique, grâce aux six cents vers déployés par le moine Abbon de Saint-Germain-des-Prés, qui a vu ce qu'il relate, et aussitôt transfigure. Sept cents bateaux, dit-il, chiffre bien entendu rhétorique, comme tous ceux qui parsèment et animent le récit. Siegfried demande le passage. Pour quelles raisons le chef de la cité, son évêque Gauzlin, refuse-t-il ce qui, ailleurs, fut si souvent accordé ? Sans doute parce que Paris, c'est-à-dire les quelques milliers de mètres carrés qu'enferme l'enceinte, est fortifié, ainsi que ses deux ponts. On l'a vu, le pont fortifié est, contre les Normands, la réponse la mieux adaptée. Fortification de bois plutôt que de pierre, cela suffit, apparemment, pour soutenir un siège. Sans doute la volonté de résister est-elle, en ce combat, l'arme décisive.

La royauté à prendre (877-898)

Cette volonté habite à coup sûr l'évêque et ses associés, l'abbé Ebles de Saint-Denis et de Saint-Germain-des-Prés, fils de Ramnulf Ier de Poitiers et donc cousin germain de Gauzlin, et le comte de Paris Eudes ; le clerc, le moine, si du moins Ebles l'est effectivement, le laïc ; l'évêque, l'abbé, le comte ; l'armature sociale du monde franc ; la société d'ordres. Mais il y manque le roi, normalement garant de l'ensemble. Charles, déjà, est reparti en Bavière. Ce sont les chefs locaux qui le suppléent, le remplacent, bientôt le supplanteront. A eux la peine, à eux, plus tard, bientôt, la reconnaissance. C'est qu'ils mènent le très bon combat, le seul, à vrai dire, que Dieu et l'Église apprécient et soutiennent : la défense du peuple chrétien contre les ennemis du Christ. Aussi n'est-il pas étonnant que la reine vierge Marie, à qui la cité est consacrée, que les reliques des saints, qui eux aussi ont beaucoup de prestige à gagner dans cette affaire, déploient largement leurs vertus. Promenés le long des remparts, les ossements de sainte Geneviève, qui elle aussi, en son temps, fit face aux païens, ceux de saint Germain d'Auxerre, dont les Normands occupent le sanctuaire à quelques pas de là, tiennent en respect les assaillants. C'est dit : grâce à l'action conjuguée des forces divines et terrestres, Paris ne tombera pas. L'empereur Charles n'y est pour rien. Ce n'est pas qu'il reste sans réaction. Il envoie le comte Henri tenter de rompre le siège ; mais ce dernier, malgré quelques coups sensibles portés à l'ennemi en mars 886, n'y parvient pas. Charles, à présent, est en Italie. Bavière, Italie, Ile-de-France, comment l'empereur pourrait-il tout tenir ? Mieux que jamais, tout montre que l'unité, l'universalité, le gigantisme territorial sont impraticables. Parce qu'il devrait être partout, le roi n'est plus nulle part, que dans les esprits ; et là, même, de moins en moins. Charles n'est plus l'homme de la situation, parce que la situation n'est plus pour un seul homme, un roi unique tenant plusieurs royaumes. Un seul roi pour tout un royaume, sans doute est-ce encore trop, sauf si la royauté change de contenu.

Le comte Eudes, lui, s'élève. Il le peut d'autant mieux que, par chance, Gauzlin meurt, de maladie, en avril 886, et Hugues l'Abbé en mai. Avec eux, toute une génération s'efface, celle qui s'est élevée sous Charles le Chauve, et grâce à lui, et a prospéré sous Louis le Bègue et ses fils. Cette même année disparaissent aussi de puissantes figures comme Bernard Plantevelue, dont le fils Guillaume le Pieux recueille l'héritage, Vulgrin d'Angoulême, en 887 Boson, auquel son frère Richard, comte d'Autun, avait repris Vienne en 882 pour le compte du roi Carloman, et dont le résidu de royaume provençal passe sous le contrôle du roi de Germanie. Guillaume, Richard, Eudes, Baudoin II, prince en Flandre depuis 879, Ramnulf de Poitiers, bientôt Herbert qui, en Vermandois, va regrouper les honneurs de son père Pépin de Péronne et ceux de Thierry le chambrier, voilà les grands laïques, tous des héritiers, dépositaires par succession de l'autorité publique, qui, à l'extrême fin du siècle, occupent le terrain, on verra comment.

Apprenant la mort d'Hugues l'Abbé, Eudes s'échappe de Paris. Envoyé pour requérir le secours de Charles le Gros, il tient surtout à s'assurer de la succession du marquis de Neustrie, qui détenait les honneurs de son père Robert. Le comte Henri est mort, tué lors d'une nouvelle tentative pour rompre le siège de Paris. Charles le Gros, alors, prend la tête d'une armée qui campe à Montmartre. On escarmouche, on palabre et, tout logiquement, l'empereur achète le départ de Siegfried et des siens pour sept cents livres d'argent, ce qui n'est pas cher. Les Normands obtiennent ainsi ce qu'ils voulaient, leur entrée en Bourgogne. Sens, aussitôt, est investi, la basilique de Saint-Germain à Auxerre est incendiée, le frais tombeau d'Hugues l'Abbé, qui s'y trouve, saccagé, le comte Teutbert, frère du nouvel évêque de Paris Anscher, tué en défendant Meaux. Charles le Gros, lui, est depuis longtemps reparti vers l'est, son pays. A la veille de son départ, il a remis à Eudes les honneurs que tenait Hugues l'Abbé : abbayes de Saint-Martin de Tours, de Marmoutier, de Cormery, comtés de Tours, de Blois et d'Angers, autrement dit le marquisat de Neustrie, le plus important commandement de Francie occidentale. Se sachant perdu, sans doute l'empereur veut-il mourir chez lui. Son pauvre crâne le fait atrocement souffrir. Les chirurgiens, mortifères, s'en mêlent ; on le trépane.

La royauté à prendre (877-898)

L'empereur Charles, à présent, n'est plus lui-même. Contre ce roi empêché, dont il n'y a plus rien à attendre, les grands se soulèvent. Pour mieux dire, à l'automne de 887, ils le lâchent, au profit du dernier Carolingien présentable, son neveu Arnoul, fils de son frère Carloman. Trois mois plus tard, le petit-fils de Louis le Pieux, déchu en Germanie, absent en Francie, meurt pitoyablement. C'est en janvier 888.

3. *Floraison de royaumes.*

Cette année 888 pèse lourd. Elle précipite et cristallise des mouvements en cours depuis longtemps. Les symboles viennent à profusion coiffer les réalités. D'un coup, les changements diffus prennent corps. Les contemporains, du moins quand ils s'expriment, s'en ébahissent et, parce que la nouveauté trouble et inquiète, se lamentent ou s'indignent. D'une suite confuse d'événements, que nous ne lisons qu'à travers les allées et venues d'un petit nombre de chefs, retenons, pour tâcher d'y voir un peu clair, quelques lignes de fond.

D'abord, l'Occident chrétien se découvre multipolaire ; en vérité il l'était déjà, mais aucune fiction, aucun discours, à présent, ne peut masquer ce fait. Les trois grands royaumes se disjoignent : Italie, Germanie, Francie. Entre les deux derniers, surtout, la séparation se creuse. Plus jamais ils ne seront réunis sous un seul sceptre. A leur jointure, terre disputée, la Lorraine, où la royauté germanique, dès à présent, prévaut. Cette dernière, de fait, prévaut partout. L'histoire du royaume de France, qu'on peut faire commencer, non sans vraisemblance, dans ce dernier tiers du IXe siècle, est commandée, dominée par la présence et l'action de la puissance germanique. Gaule, Germanie, la terminologie ancienne, réinterprétée, retrouve toute sa pertinence. De tous les rois qui, en Occident, fleurissent, Arnoul est de beaucoup le plus fort. C'est que la partie orientale de l'héritage de Charlemagne demeure plus compacte qu'à l'Ouest. Le processus d'éclatement et de territorialisation de l'autorité publique s'y est moins développé, et le système carolingien persiste, vigoureux, efficace. Arnoul dispose des vestiges importants et imposants du patrimoine carolingien, sur la Meuse et le Rhin, et aussi en Bavière. Surtout, il contrôle, beaucoup plus directement que le roi occidental, un large réseau d'abbayes, et mieux encore d'évêchés, qui lui procurent ressources matérielles et soutien idéologique : les monastères de Lobbes, d'Echternach, de Corvey, de Reichenau, de Fulda ou de Prüm, les métropoles de Cologne, de Trèves, de Mayence, de Magdebourg, les sièges de Metz, de Liège, de Worms, de Paderborn, autant de solides points d'appui.

Dans le royaume de l'Ouest, en revanche, les sous-ensembles, encore flous mais déjà visibles, se précisent : Neustrie, Aquitaine et Gascogne, Bourgogne, Flandre aussi, et encore Bretagne. Là où s'activent, avec des succès divers, de grands chefs régionaux, l'institution ecclésiastique, que le pouvoir royal ne protège plus, commence à passer entre leurs mains. Abbayes, bientôt évêchés entrent dans la sphère d'influence, voire dans le patrimoine des grands, qui disposent en fait des nominations, s'approprient les revenus. L'Église, les églises plutôt, subjuguées par la puissance laïque, grande et aussi petite, voilà encore un trait dominant la période qui s'ouvre.

Territorialisation, laïcisation, telles sont, à l'Ouest, les données majeures. Dès lors que l'autorité publique se délite, d'autant plus que la dynastie qui l'incarne depuis si longtemps s'éclipse, l'armature sociale se fonde davantage sur les engagements personnels, la reconnaissance mutuelle, l'échange de services ou la simple subordination, la possession foncière aussi, surtout. Revanche, après des décennies de transfiguration, de la force des choses. Ces tendances, naturellement, n'affectent pas également les diverses régions du royaume et ne touchent pas semblablement tous les groupes sociaux. C'est que l'imprégnation carolingienne demeure très forte, dans les structures politiques, dans les mentalités aussi. Pour longtemps encore, les noms et les règnes de Charlemagne et de Charles le Chauve, peu à peu confondus, restent des références indépassables. Toujours en esprit et, quand c'est possible, en fait, la légitimité carolingienne l'emporte sur les autres. Mais, à partir de 888, elle n'est plus la seule. Dix ans

La royauté à prendre (877-898) 123

plus tôt, Boson, déjà, lui avait porté un premier coup. L'ébranlement de 888 est bien plus violent : implosion de l'Empire, floraison de royaumes. Comment ne pas citer, même si c'est après tant d'autres, les deux textes qui donnent la mesure de la secousse ? Le premier, le continuateur, à Ratisbonne, des *Annales de Fulda*, exact contemporain, voit les choses en serviteur de la royauté germanique, alors seule détentrice de la légitimité carolingienne : « Au temps du roi Arnoul, une foule de roitelets surgirent : Bérenger, fils d'Évrard, se proclama roi en Italie ; Rodolphe, fils de Conrad, s'installa comme roi en haute Bourgogne ; Gui, fils de Lambert, aspira à la royauté en Gaule Belgique ; Eudes, fils de Robert, usurpa la monarchie au nord de la Loire ; enfin, Ramnulf se proclama roi. » Écrivant une vingtaine d'années plus tard, l'abbé de Prüm Réginon prend de la hauteur. N'a-t-il pas, au reste, l'ambition « d'expliquer les actions humaines et les causes des événements » ? De fait, son analyse tient lieu, depuis mille ans, d'interprétation de ce moment décisif. Faisons-lui l'hommage de la reproduire encore une fois : « Les royaumes qui ont obéi à la domination [de l'empereur], privés d'héritier légitime, se désagrègent et se séparent les uns des autres selon leurs frontières. Ils n'attendent pas leur seigneur naturel, et chacun d'eux se dispose à choisir un roi tiré de ses entrailles. Il en résulta de grandes guerres, non point qu'il manquât de princes francs dignes, par leur noblesse, leur courage et leur sagesse, de commander à ces royaumes. Mais comme ils étaient égaux les uns aux autres par la race, les dignités et la puissance, la discorde en était augmentée, aucun ne l'emportant assez sur les autres pour qu'ils voulussent se soumettre à sa domination. » Que Réginon, homme de culture, s'inspire ici de très près du passage où Justin, auteur au IIe siècle des *Histoires philippiques*, commente le partage de l'empire d'Alexandre par les diadoques n'ôte rien à ses mérites. Le métier d'historien, aujourd'hui comme hier, ne consiste-t-il pas à transcrire et à adapter les auteurs qui ont précédé ? Après tout, Justin lui-même résumait Trogue-Pompée...

Des roitelets, en vérité des personnages très puissants, qui accèdent à la couronne en 888, le premier, pour les territoires qui nous intéressent, est le marquis Rodolphe, fils de Conrad, le frère cadet d'Hugues l'Abbé, un Welf par conséquent. Maître, par héritage paternel, des cités de Lausanne, de Sion, de Genève, abbé du considérable monastère de Saint-Maurice d'Agaune, il exerce un grand commandement dans ce qu'on appelle la Bourgogne transjurane. En janvier, dans l'abbaye de Saint-Maurice, les aristocrates ecclésiastiques et laïques possessionnés dans la région l'ont acclamé. Il a reçu le sacre et les insignes royaux. Son royaume s'étend bientôt à l'ouest, incluant la province de Besançon, ainsi détachée des anciennes possessions de Boson. Rodolphe se croit assez fort pour reconstituer, au moins en partie, le royaume de Lothaire II, dont l'abbaye de Saint-Maurice était précisément l'un des joyaux. De fait, il est sacré roi de Lorraine par l'évêque de Toul au printemps 888, avant qu'Arnoul de Germanie ne le contraigne à réduire ses prétentions. Riche du produit des péages aux cols des Alpes et du Jura, des ressources que lui procurent les mines de sel de Salins, battant monnaie à son sigle, entouré d'une cour où brillent de bons évêques, Rodolphe est à l'origine d'une royauté qui ira s'accroissant et que tiendront, pendant un siècle et demi, son fils, son petit-fils et son arrière-petit-fils. Autant dire que la principauté que lui avait laissée son père Conrad n'était pas dépourvue de consistance, même si le royaume bourguignon fait figure, tout au long de son existence, de satellite de celui de Germanie. Autant qu'on puisse le voir, la tentative réussie de Rodolphe fut facilement acceptée par ses voisins : Louis, fils de Boson, au sud, au nom duquel sa mère Ermengarde exerce une régence que lui a reconnue Charles le Gros, le très puissant marquis Richard d'Autun, maître de la Bourgogne occidentale, et naturellement Arnoul de Germanie. Peut-être le petit-neveu de l'impératrice Judith, membre d'un prestigieux lignage indéfectiblement fidèle aux Carolingiens, était-il considéré comme naturellement éligible. Et puis son royaume à lui n'était pris sur la part de personne.

4. Eudes, autre roi des Francs.

Tout autre est, sur ce point, la situation en Francie. Plus que de Charles le Gros, c'est la succession de Charles le Chauve dont il s'agit. De toute urgence, il faut un roi. L'idée de se passer de la fonction, ou du moins de ne point la pourvoir, ne vient à personne. Le monde, sans roi, est proprement impensable. La nécessaire hiérarchisation de la société, son ordonnancement requièrent ce personnage en qui des principes et des vertus consacrés s'incarnent. Le roi, toujours, est attendu : *Christo regnante, regem sperante,* sous le règne du Christ, dans l'espérance d'un roi, lit-on au bas des chartes en guise de datation quand, surtout dans le Sud du royaume, on ne sait pas, ou qu'on ne veut pas savoir, qui au juste exerce l'indispensable ministère. Et puis, si loin que remonte la mémoire des hommes du IXe siècle, les Francs, toujours, se sont donné un roi. Cette coutume-là, en vigueur depuis cinq siècles, est imprescriptible : au roi Clovis, dont les clercs de l'église de Reims entretiennent et magnifient le souvenir à travers la figure de leur saint patron Remi, il faut, sans tarder, désigner un successeur. En 888, ce que commande impérieusement l'idéologie est relayé par l'intérêt matériel et politique. Après tout, s'il ne s'agissait que de remplir une fonction abstraite, liturgique, de combler un vide juridique et institutionnel, l'enfant Charles, petit-fils d'empereur, fils et frère de trois rois, pouvait faire l'affaire. Qui mieux que ce descendant direct de Pépin et de Charlemagne, n'eût-il que huit ans, était propre à incarner, par la qualité de son sang, la légitimité pérenne de la monarchie franque ? Mais, en 888, la royauté conserve un contenu substantiel. Au roi appartient, en principe, la nomination aux plus hautes fonctions, ecclésiastiques et laïques, à lui reviennent les produits de la justice et de la fiscalité. Ces prérogatives attachées à la fonction royale, les derniers Carolingiens de l'Ouest ne sont plus en état de les faire valoir ; surtout pas Charles le Simple, *Karolus Minor*, qui ne dispose ni de biens propres pour acheter les concours nécessaires ni de fidèles à la tête desquels il puisse se placer. Au contraire, de la force de l'âge, d'hommes et de possessions foncières, d'une parentèle active, d'une clientèle nombreuse et dévouée, un homme est exceptionnellement bien pourvu : le comte Eudes. Maître d'abbayes et d'évêchés considérables, il est mieux que personne en position d'accéder à la royauté pour au moins trois raisons. La première est le prestige que lui a valu son héroïque défense de Paris ; la lutte contre les païens, la protection du royaume contre les ennemis du Christ ne sont-elles pas au cœur du ministère royal ? En second lieu, il exerce, au cœur du royaume, de l'Anjou à la Picardie, un commandement particulier, ce *ducatus* dont il s'est assuré à la mort d'Hugues l'Abbé, et qui fait de lui le premier des grands après le roi, à côté du roi, voire à la place du roi si ce dernier est empêché. Or, au début de 888, l'empêchement est total, puisque Charles le Gros est mort et que Charles le Simple n'existe pas vraiment, alors que la menace normande n'a pas cessé. La dernière raison, et sans doute pas la moindre, est qu'Eudes et son clan ont décidé d'assumer la royauté, faisant correspondre le droit au fait : le comte Eudes ne tient-il pas déjà le *regnum* de Neustrie, depuis l'Anjou jusqu'au Valois ? Lesquels parmi les grands, le 29 février 888, acclament Eudes comme leur roi et assistent à son sacre par l'archevêque de Sens Gautier en l'église Sainte-Marie de Compiègne, sanctuaire impérial et royal par excellence, nous l'ignorons. A coup sûr, les plus puissants des marquis, équivalents en force et en dignité à Eudes dans leur région propre, ne sont pas là : ni Guillaume d'Auvergne, ni Ramnulf de Poitiers, ni, bien sûr, Guifred de Cerdagne, pas plus sans doute que Richard d'Autun, Baudoin de Flandre ou Herbert de Vermandois ne participent à la cérémonie. Manquent aussi les puissants d'entre Seine et Meuse, là où l'empreinte carolingienne demeure très forte : l'archevêque Foulques de Reims, ses suffragants de Laon, de Thérouanne ou de Châlons, bien d'autres encore. Indifférence ici, hostilité là, sans oublier la part des circonstances et des empêchements. On voit mieux, en tout cas, sur quoi se fonde le dispositif robertien : des vicomtes entrés dans l'étroite fidélité de leur comte et marquis, Atton à Tours, Foulques à Angers, Garnegaud à Blois ; des évêques dont

La royauté à prendre (877-898)

Eudes s'est assuré la nomination, et donc le soutien, comme Gautier d'Orléans et son neveu Gautier de Sens, ou encore Adalald de Tours et son frère Rainon d'Angers, au cœur des domaines robertiens. C'est à ceux-là, ses proches, ses amis, qu'Eudes renouvelle le serment royal, à présent rituel, de conserver aux églises leurs droits et privilèges, et de les défendre contre leurs oppresseurs, « selon mon ministère et autant que Dieu m'en donnera le pouvoir ».

Un dernier élément explique sans doute qu'Eudes se soit résolu à franchir le pas : l'existence et la présence de son frère Robert, qui lui est, depuis les débuts, étroitement associé. Robert a brillamment participé à la défense de Paris et seconde son aîné en toute occasion. Dès lors qu'Eudes devient roi, il doit renoncer, au moins directement, à l'exercice de ses fonctions publiques et à la possession des honneurs et des biens qui s'y attachent, et qui sont entrés dans le patrimoine familial. Mais quelqu'un est là, bien placé pour les recevoir, le nouveau roi pouvant continuer à en disposer par personne interposée. L'héritage de Robert le Fort et d'Hugues l'Abbé passe donc à Robert, investi des comtés de Neustrie et d'ailleurs, des grands abbatiats naguère détenus par Eudes, et aussi du *ducatus,* cette fonction tacite qui fait de son titulaire le plus proche conseiller du roi, son bras séculier le plus actif. Robert exercera cet office et ce commandement pendant près de trente-cinq ans, le portant à un très haut niveau de puissance et de rayonnement, dotant ainsi sa lignée de moyens et d'un prestige particuliers qui produiront un jour tous leurs effets, puisque Robert est le grand-père d'Hugues Capet.

De l'avènement du comte Eudes, quelle signification se dégage ? D'abord, et à l'évidence, qu'un comte soit devenu roi. En 888, le principe de réalité s'impose enfin. C'est le plus fort qui est désigné ; ou plutôt qui s'autodésigne. A Compiègne, ce n'est pas l'élection qui l'emporte, c'est l'hérédité qui, momentanément, s'efface sous la pression des circonstances, de la force des choses incarnée par ce groupe et son chef. La place était à prendre. Beaucoup pouvaient y prétendre. L'un des grands tente l'aventure, Gui, petit-fils de ce Lambert jadis comte de Nantes et installé à Spolète en 834. Le duc de Spolète, de souche royale à en croire son parent et allié l'archevêque Foulques de Reims, qui manigance l'opération, est même sacré à Langres par l'évêque Geilon au tout début de 888. Mais, chez les Francs de l'Ouest, Gui ne possède plus ni clientèle ni points d'appui. Ni vraiment Carolingien ni prince territorial, il retourne bientôt en Italie se chercher un destin impérial. Le mieux placé pour reprendre la succession de Charles le Gros paraît être son neveu Arnoul, que Foulques de Reims, après l'échec de Gui, démarche à cet effet. Pour des raisons qu'on pourrait imaginer mais qu'en vérité nous ne connaissons pas, Arnoul ne répond pas à l'appel rémois. Dans le système occidental, il y a lui, Arnoul, le grand roi, et les petits rois, comme les appelle l'annaliste de Fulda, comme cela existait du temps de Charlemagne et de Louis le Pieux. Sans doute, signe des temps, les détenteurs des ces *regna* ne sont-ils pas de la famille. Mais enfin, ils remplissent un ministère nécessaire dont Arnoul, bon gré mal gré, leur reconnaît l'exercice. Il a laissé advenir Rodolphe en Bourgogne, le contenant dans certaines bornes, il abandonne l'Italie à la rivalité mortelle de Gui et de Bérenger, deux ans plus tard il ne fait pas obstacle au couronnement du fils de Boson, Louis, le protégé de Charles le Gros, le neveu du très puissant Richard d'Autun. C'est sous les auspices de ce dernier, mais aussi et surtout en présence de deux émissaires d'Arnoul, qu'à la fin de 890 Louis est sacré roi de Provence à Valence. C'est qu'un roi, ici comme ailleurs, est nécessaire pour mettre fin aux discordes entre les puissants locaux « que la verge d'aucun maître ne contraignait plus », dit le procès-verbal de l'élection, et refouler les païens, Normands et Sarrasins. Personne mieux que lui n'a paru aux évêques et aux grands laïques « propre à devenir roi, puisqu'il est de souche impériale [par son grand-père maternel Louis II d'Italie] et qu'il est d'un bon naturel, même s'il est encore un peu jeune pour lutter contre les barbares ». La lutte contre les barbares qui demeure encore, pour cette génération, une des sources de la légitimité royale. Aussi bien est-ce après sa victoire de Montfaucon en Argonne, en terre lointaine, caro-

La royauté à prendre (877-898)

lingienne, le 24 juin, qu'Eudes est définitivement assis dans sa nouvelle fonction. Quelques semaines plus tard, il rencontre Arnoul à Worms, qui admet sa royauté en échange d'un serment d'allégeance. Foulques de Reims, sans aucun plaisir, Baudoin de Flandre, d'autres puissances du Nord de la Seine reconnaissent le roi Eudes qui, le 13 novembre, est à nouveau couronné, à Reims cette fois, grâce au matériel — couronne, manteau, sceptre — prélevé sans doute à Aix-la-Chapelle, qu'Arnoul lui a envoyé. Reims, sans l'aveu de qui, depuis Hincmar, le roi n'est jamais tout à fait en possession de la royauté.

Un autre fait que le règne d'Eudes permet de distinguer, c'est la dissociation, encore à ses débuts, entre le ministère royal et la capacité physique du roi à le remplir. Comme titulaire de la fonction monarchique, Eudes est à peu près partout accepté dans le royaume, surtout lorsqu'il combat les Normands. Là les grands veulent bien le suivre, sans toutefois lui prêter réellement leur concours. En revanche, ils ne conçoivent plus que le roi intervienne effectivement dans les ensembles territoriaux qu'ils ont constitués à leur profit. C'est que, de son côté, Eudes agit à la fois comme roi et comme chef de clan. Ses tentatives en Aquitaine témoignent de cette ambivalence. En 889 Eudes, à la tête d'une armée, rencontre à Orléans Ramnulf de Poitiers, alors maître d'une grande partie de l'Aquitaine, qui est venu avec ses troupes, et aussi le jeune Charles le Simple qu'il élève à sa cour. C'est la palabre. Ramnulf condescend à faire les gestes et à dire les mots qui conviennent à la majesté royale. Eudes, ainsi roi en Aquitaine, s'en tient là. Mais lorsqu'un peu plus tard, après la mort de Ramnulf en 890, il tente de reprendre les honneurs poitevins pour les remettre à son frère Robert, et donc de s'assurer une emprise lignagère au sud de la Loire, l'échec est rapide. Si le tout jeune fils de Ramnulf, Ebles, se sauve, ce n'est pas Robert de Neustrie qui s'empare de ses honneurs, mais, au début de 893, le comte Adémar, chef de la famille des comtes d'Angoulême, cousine et rivale de la dynastie poitevine. Eudes ne réussit pas mieux face à Guillaume le Pieux. Le roi a ôté à Guillaume le comté de Bourges pour le donner à un de ses fidèles, Hugues. Guillaume tue ce dernier au combat. Eudes retire alors tous ses honneurs à Guillaume. Une bataille s'ensuit, en juillet 893. Guillaume retrouve ses charges et ses biens, qu'en vérité il n'avait jamais réellement perdus. Au sud de la Loire, le roi des Francs ne dispose plus et ne disposera plus, pour très longtemps, des honneurs comtaux ni même, en fait, des droits régaliens. Des fonctionnaires royaux du Midi qui conservent une fidélité personnelle au roi, la célèbre figure de Géraud d'Aurillac est l'un des tout derniers représentants. Signalons aussi le comte de Nîmes auquel Eudes, à la prière de l'évêque, ordonne avec succès de régler une affaire d'usurpation de biens ecclésiastiques. Encore ce Raimond, sans doute fils du comte Eudes de Toulouse, est-il beaucoup plus qu'un simple agent à la discrétion du roi. Le rôle de ce dernier se borne désormais à confirmer des privilèges aux établissements religieux, souvent fort éloignés, à la demande des grands, à sanctionner des nominations épiscopales et abbatiales décidées presque toujours par d'autres, même s'il parvient, comme à Saint-Hilaire de Poitiers ou à Saint-Julien de Brioude, à faire prévaloir occasionnellement son candidat. Être roi dans le Midi, où du fisc il ne reste à peu près rien, c'est cela. Sinon, c'est en prince dynastique qu'on tente d'intervenir, et les puissances locales y font alors obstacle. A l'est, le marquis Richard, fortement enraciné dans son comté d'Autun, construit sa principauté. Il a mis la main sur le comté d'Auxerre et sur l'abbaye de Saint-Germain. Le voilà qui, grâce à son fidèle Manassès, comte de Chalon, contrôle l'évêché de Langres dont l'évêque Thibaud, un parent de Charles le Simple, est aveuglé, déposé et remplacé par un ami des Bosonides. En 895, il entre à Sens, emprisonne l'archevêque Gautier, s'octroie l'abbatiat de Sainte-Colombe, naguère détenu par Eudes lui-même, et installe comme vicomte son fidèle Garnier. Il étend son influence jusque sur le siège épiscopal de Troyes, cité dont le même Garnier est également comte depuis la mort d'Adalelme, cousin et fidèle du roi Eudes. Richard ne conteste pas à Eudes sa qualité de roi, qui le place au-dessus du comte qu'il est, et dont il conserve le titre et les fonctions. Mais, dans la douzaine de comtés qu'il contrôle, Richard fait en sorte que ne s'exerce aucune autre autorité que la sienne. Il y parvient de mieux en mieux, et bientôt complètement. Baudoin de Flandre, lui aussi, s'accroît, vers le nord jusqu'à l'Escaut, au sud moins facilement, car il rencontre d'autres puissances : celle d'Herbert de Vermandois, qui se développe à partir de Péronne et de Saint-Quentin, celle aussi du roi qui, proche de ses bases parisiennes et neustriennes, est en mesure d'agir. Ainsi, à la mort du fils d'Évrard de Frioul, le puissant abbé Raoul de Saint-Vaast et de Saint-Bertin, en 892, si Baudouin parvient à obtenir Saint-Vaast, Eudes lui refuse l'accès de Saint-Bertin, qui revient à Foulques de Reims, son ancien abbé. De même, le roi reprend le contrôle de Laon, dont le comte Gautier, allié de Baudoin, s'était emparé. Après la disparition d'Ebles de Saint-Denis, en octobre 893, Eudes n'a aucun mal à conserver pour lui l'illustre abbaye, qu'il transmet un peu plus tard à son frère Robert, et qui plus jamais ne sortira de sa lignée.

Ainsi, surtout dans la première partie de son règne, Eudes compense un certain déficit de légitimité par une forte activité, utilisant ses puissants moyens personnels et familiaux pour conforter sa fonction royale. Roi des Francs de l'Ouest, encore capable de franchir la Loire, il se montre à Chalon, chez Richard de Bourgogne, à Brioude, au cœur du domaine auvergnat de Guillaume le Pieux, à Périgueux, à Limoges, à Poitiers. On le voit, « selon la coutume royale », chasser dans la forêt de Compiègne, entouré « d'évêques, de comtes et de vassaux royaux », certains venus de loin, puisque sont là, en ce milieu de 889, l'évêque Gibert et le comte Raimond de Nîmes. Dans la meilleure tradition franque, il convoque ou préside des assemblées : à Saint-Mesmin de Micy, près d'Orléans, en juin 889, où se rendent les abbés de Beaulieu et de Solignac, l'évêque d'Urgel, le comte Sunyer d'Ampurias, entre autres. A Meung-sur-Loire, un concile tenu en présence du roi réunit notamment les évêques d'Orléans, Chartres, Tours, Sens, Auxerre, Autun, Nevers, Bourges, Clermont, Béziers, Narbonne, Girone... A l'été 892 encore, Eudes rassemble à Verberie un contingent non négligeable de grands du royaume. De la chancellerie royale émanent des actes assez nombreux, dont nous avons conservé une quarantaine. Surtout, la fonction d'archichancelier continue, comme sous les grands Carolingiens, à être tenue par des personnages très considérables : successivement Ebles de Saint-Denis, l'évêque Anscher de Paris, Adalgaire, un Aquitain qui fut homme de confiance de Charles le Chauve, puis de Boson, évêque d'Autun et abbé de Flavigny, assassiné par un moine au début de 894, enfin l'archevêque Gautier de Sens.

5. *Légitimités concurrentes.*

Reste que le roi, s'il occupe une place à part de celle des grands aristocrates dont il fut naguère le pair, ne les domine pas. Sa fonction lui sert d'abord à fortifier les intérêts de son propre groupe. Il cesse bientôt d'exercer efficacement l'office pour lequel il avait été en partie désigné, ou accepté : la lutte contre les païens. Lorsque, dès 889, les Normands mettent à nouveau le siège devant Paris, lui, l'ancien comte, le glorieux défenseur de la cité trois ans plus tôt, achète leur départ à la manière d'un Charles le Gros. L'année suivante, en Picardie, il ne peut rien contre la mise en coupe réglée de la région. En 891 encore, il est écrasé par un fort parti de Normands, en Vermandois. En vérité, ce sont les princes locaux, Judicaël et Alain en Bretagne, Richard en Bourgogne, qui luttent victorieusement.

Affaiblir Eudes, c'est, pour les marquis, se renforcer eux-mêmes, parvenir à s'emparer des honneurs qu'ils convoitent, affermir leurs réseaux de fidélités, obtenir, pour les établissements religieux qu'ils contrôlent, davantage de privilèges au détriment du fisc royal, ne pas laisser non plus le dispositif robertien prendre trop d'ampleur. Un roi prestigieux, tant qu'on voudra, mais un roi démuni de véritables moyens d'action à l'intérieur des *regna* qui composent l'ensemble franc, voilà à quoi tend, consciemment ou non, le comportement des grands laïcs. Eudes, peut-être, est victime de sa relative réussite. S'y ajoute sans doute, entre Seine et Meuse, un maintien durable de la légitimité carolingienne,

La royauté à prendre (877-898)

là où de tout temps la dynastie des Charles est le mieux implantée. Foulques de Reims, nourri du souvenir et de la pensée d'Hincmar, désireux sans doute, face à Gautier de Sens, de retrouver la fonction rémoise de faiseur et de conseiller des rois, attentif à l'unité de sa province dont certains diocèses se trouvent dans le royaume d'Arnoul, travaille à rendre le règne à son détenteur naturel, le petit-fils de Charles le Chauve, puisque Arnoul lui-même n'en a pas voulu. Précisément, à la fin de 892, tandis qu'Eudes s'active en Aquitaine, Charles va sur ses quatorze ans, l'âge « où il peut se ranger à l'avis de ceux qui lui donnent de bons conseils », relève Foulques qui s'autodésigne ainsi. Le 28 janvier 893, à Saint-Remi de Reims, l'archevêque peut enfin sacrer un roi. Participent à l'opération les suffragants de Foulques à l'exception d'Honoré de Beauvais, Herbert de Vermandois et son frère Pépin, comte de Senlis, Carolingiens de pure souche, sans doute les vassaux de l'église de Reims et ceux des comtes vermandisiens, bref, beaucoup de ceux qui n'étaient pas à Compiègne au couronnement d'Eudes. S'y ajoutent les évêques Anscher de Paris et Thibaud de Langres. Intellectuel autant qu'homme d'action, Foulques justifie le retour de Charles le Simple dans ses lettres au roi Arnoul, car c'est d'Arnoul, le chef de la dynastie, et le maître du jeu dans ce que l'annaliste de Fulda appelle « l'Europe, le royaume de son oncle paternel Charles » (le Gros), que dépend le succès de l'entreprise. Foulques tient le discours de la légitimité héréditaire, qu'il pense être agréable au roi de Germanie : « Eudes, étranger au sang royal, a abusé tyranniquement de sa puissance royale [...]. C'est la coutume des Francs d'avoir les rois héréditaires [...]. Vous devez empêcher que les rois étrangers au sang royal qui existent déjà, ou ceux qui pourraient s'élever dans l'avenir, prévalent contre ceux à qui leur naissance donne droit à la couronne... » De quel poids pèse réellement, à l'extrême fin du IXe siècle, le « légitimisme » carolingien ? Les sources dont nous disposons, émanant soit de la Germanie arnulfienne, soit du milieu rémois, lui font la part belle. Cependant, si Richard d'Autun et Guillaume d'Auvergne paraissent se rallier à Charles au printemps 893, sans doute est-ce d'abord pour porter un coup d'arrêt à l'extension de la puissance robertienne. A la différence d'Eudes et des siens, Charles, dont les quelques biens et fidélités qui lui restent se trouvent dans le Nord-Est du royaume, n'est pas pour eux un concurrent. Le plus commode pour eux est de jouer d'un roi contre l'autre ; ce à quoi Richard s'entend particulièrement bien, à preuve son extension territoriale vers l'ouest. La charte de novembre 893 par laquelle Ava, sœur de Guillaume d'Auvergne, cède à son frère le domaine de Cluny est datée de « la première année de la lutte des deux rois pour le règne, à savoir Eudes et Charles ». Arnoul de Germanie, qui reconnaît Charles en 894, mais confirme Eudes en 895, moyennant serments d'allégeance et de magnifiques cadeaux tels que le *Codex aureus* de Charles le Chauve, qui passe ainsi de Saint-Denis à Ratisbonne, n'agit pas autrement. Au total, Eudes, qui tient Laon, s'empare de Reims et réussit des incursions en Flandre, contraint Charles à la défensive, au retrait en Lorraine, et même à envisager l'aide des Normands, ce dont Foulques le semonça durement. Pour finir, Eudes, en position de force matérielle, mais peut-être de faiblesse idéologique, accorde à Charles, en 897, la possession de Laon. Surtout, il négocie avec lui sa propre succession, qui s'opère en effet sans difficulté sitôt la mort d'Eudes, le 1er janvier 898. Ainsi, proclama l'annaliste de Saint-Vaast, Charles était rétabli sur le trône de ses pères.

Pourquoi Eudes n'a-t-il pas transmis le règne à son frère, et surtout pourquoi Robert a-t-il accepté si promptement cet arrangement, c'est ce qu'il est difficile de préciser. Les sources rémoises et germaniques mettent en valeur le principe dynastique. « Charles, fils de Louis fils du roi de Francie occidentale Charles, neveu du roi Arnoul », comme le présente le continuateur des *Annales de Fulda,* est roi par identité, qu'il dispose ou non d'un royaume. Peut-être les grands, principalement Richard de Bourgogne, Herbert de Vermandois et aussi les princes méridionaux Guillaume d'Auvergne et Adémar de Poitiers, n'ont-ils pas voulu voir s'installer et prospérer durablement la puissance robertienne. De plus, Eudes et Robert, en perpétuant la royauté au sein de leur lignage,

La royauté à prendre (877-898)

allaient au-devant de beaucoup de difficultés, coincés entre le roi carolingien et les autres marquis, et surtout contre leurs intérêts. En 897, en effet, Eudes n'a pas d'enfant. Robert, qui a deux filles d'un premier mariage, vient d'épouser en secondes noces, cette même année, Béatrice, fille d'Herbert de Vermandois, ce qui lui vaut, soit dit en passant, d'ajouter à sa collection d'abbayes Sainte-Marie de Morienval, tenue jusqu'alors par les Vermandisiens. Son fils Hugues naîtra au plus tôt en 900, probablement un peu après. Autrement dit, si Robert accédait à la royauté, personne ne serait en mesure de recueillir les honneurs, les fidélités et les biens que possèdent les robertiens, et que le règne d'Eudes a permis de renforcer encore. Que vaut, face à l'aliénation ou à la perte de tant de comtés, d'abbayes et de cités, une monarchie dont les marquis, à supposer qu'ils laissent Robert en disposer, borneraient l'autorité effective ? Ici se marque pour la première fois la condition nécessaire au maintien et à l'élévation de la dynastie robertienne, et qui déjà la pousse à se constituer en un lignage organisé verticalement selon un axe masculin : disposer au moment opportun d'au moins un fils sorti de l'enfance. Telle n'est pas, en 897, la situation. Charles le Simple tire profit de cette conjoncture. Du moins doit-il payer au prix fort le ralliement et l'indispensable soutien du clan neustrien : Robert est confirmé dans ses fonctions de marquis entre Seine et Loire, son autorité étant même étendue en direction du Mans. Dans l'ensemble de cette région, Robert médiatise le pouvoir royal ; le roi ne communique plus avec les fonctionnaires locaux que par l'intermédiaire du marquis qui, en réalité, dispose de leur nomination. En outre, rien d'important pour le royaume ne peut être décidé sans l'avis de Robert et des siens. Cette éminente position, reconnue avec emphase dans les diplômes royaux par de flatteuses épithètes, confère au clan robertien un prestige tout particulier, en même temps qu'il conforte sa position matérielle et stratégique. Le roi Eudes, solennellement enseveli à Saint-Denis, que possède désormais sa famille, à côté du très illustre Charles le Chauve, occupe une place à part entière dans la succession au royaume des Francs. La chancellerie carolingienne le désigne tout naturellement comme le prédécesseur du roi régnant. Ainsi, dans un diplôme de 904 en faveur de Saint-Martin de Tours, Robert est qualifié d'« homme tout particulièrement vénérable, frère de notre prédécesseur et seigneur le roi Eudes ». Ce n'est qu'à la fin du Xe siècle qu'une propagande impériale, hostile aux premiers Capétiens, tentera d'accréditer l'image d'une royauté intérimaire, en sous-ordre des Carolingiens très provisoirement empêchés. Ainsi, à côté des Carolingiens, une autre dynastie a vocation à régner sur les Francs de l'Ouest et tient désormais, dans le royaume et auprès du roi, une place particulière, que ses titulaires sauront faire valoir.

2
Les princes en marche
(898-936)

Le long règne de Charles le Simple — près d'un quart de siècle — se caractérise par trois réalités et une apparence, qui est d'ailleurs, surtout au Xe siècle, une forme de réalité elle aussi.

1. L'apparente restauration.

L'apparence, c'est le retour à la plus glorieuse des traditions : le nouveau Charles a renoué la chaîne des temps. Restaurée, la puissance de Charles le Chauve ; oubliée, la dégénérescence de ses successeurs débiles, Louis le Bègue, Louis III, Carloman, Charles le Gros. En 899, Arnoul de Germanie, empereur depuis 896, disparaît. En 911, c'est le tour de son fils Louis l'Enfant, roi de peu. Dès lors, Charles est, en Occident, le seul Carolingien régnant. Depuis ses palais de France mineure, encore assez nombreux, et aussi de Lorraine, Charles, dont la chancellerie est dirigée par Foulques de Reims, puis, à partir de 900, par le vigoureux et actif archevêque Hervé, émet, principalement au début de son règne, des diplômes en quantité considérable — nous en conservons plus de cent vingt — qui concernent parfois des domaines et des églises situés à l'autre bout du royaume, en particulier en Septimanie et en Catalogne. En juin 899, il accorde l'immunité au monastère d'Aurillac, que vient de fonder l'« homme illustre et bien-aimé comte Géraud ». Ainsi le nom du roi est connu et reconnu dans les plus lointaines contrées du royaume, où les actes publics et privés sont régulièrement datés des années de son règne. Dans le domaine de la justice et du droit, il demeure la référence suprême.

Au nord de la Seine, Charles exerce une autorité directe sur un grand nombre de comtés. Aucun marquis, ici, n'est encore parvenu à les regrouper sous une seule main. Amiens, Beauvais, Reims, Soissons, Châlons, Noyon, Laon, Senlis, Saint-Quentin, Montreuil... ont chacun des comtes différents, ce qui réduit d'autant leur poids face au pouvoir royal. En 899, Charles parvient même à faire reculer Baudoin de Flandre, lui ôtant le comté d'Arras qu'il remet à son fidèle Altmar, ainsi que l'abbaye de Saint-Vaast confiée à Foulques de Reims, qui l'échange bientôt avec Altmar contre Saint-Médard de Soissons. En France mineure, le roi est en mesure d'intervenir dans la désignation des évêques, qu'il continue à confirmer formellement dans l'ensemble du royaume. En février 906, Charles, renouant avec les pieuses coutumes de ses plus glorieux ancêtres, prélève sur les biens de son fisc de Corbeny pour fonder un monastère consacré à saint Marcoul, dont il a reçu le corps en dépôt à l'occasion d'une attaque normande. Saint-Marcoul de Corbeny jouera plus tard, on le sait, un grand rôle dans la liturgie royale.

Vraiment, en ces premières années du Xe siècle, le roi des Francs de l'Ouest, le petit-fils de Charles le Chauve, fait honneur à son ministère et à sa lignée. Roi de beaucoup de royaumes, ces *regna* que tiennent les grands marquis, Charles en convoite un autre, qu'il n'a pas, et auquel le rattachent des liens idéologiques et dynastiques très forts : la Lorraine, berceau de sa famille, où fut couronné son grand-père trente ans plus tôt, royaume plein de souvenirs glorieux, d'églises et de monastères que les ancêtres de Charles avaient possédés, fondés parfois, comblés de biens, et qui toujours avaient appuyé les Carolingiens de leurs prières, de leurs travaux intellectuels et artistiques, de leurs services militaires et politiques. En Lorraine aussi existait et s'ébrouait une puissante aristocratie, bien pourvue en domaines et en guerriers fidèles. L'un des chefs lotharingiens parmi les plus grands s'appelle Rénier, plus tard surnommé au Long Col. Petit-fils par sa mère de l'empereur Lothaire, comte en Hainaut, Hesbaye et Lim-

Les princes en marche (898-936) 139

bourg, abbé d'Echternach et de Stavelot, Rénier, à qui Réginon de Prüm donne le titre de duc, était le plus proche conseiller du roi Zwentibold, bâtard d'Arnoul qui l'a installé en Lorraine, jusqu'à ce que ce roi, pour des raisons que Réginon déclare ignorer, le dépouille de ses honneurs et de ses biens propres, et lui enjoigne de quitter le royaume sous quinzaine. Charles, depuis quelques mois, règne seul à l'ouest. Rénier et les siens l'appellent fort opportunément à la rescousse, l'assurant de leur fidélité. Aussitôt Charles, comme mû par un ressort atavique, mais aussi politique, s'élance vers Aix où, sans doute, il contemple pour la première fois le tombeau de son aïeul Charlemagne, puis gagne Nimègue en passant par Prüm, où Réginon dut voir l'équipage royal. Les armées se trouvent bientôt face à face. Les rois, après avoir tenté chacun d'impressionner l'autre mais peu soucieux d'en découdre réellement, palabrent et concluent une trêve. Charles s'en retourne alors en Francie. Moins de deux ans plus tard, alors que Louis, fils d'Arnoul, était devenu roi de Germanie et appelé en Lorraine pour remplacer Zwentibold, ce dernier était tué au combat en août 900 par un parti d'aristocrates lorrains. Événement rare, la mort violente d'un roi, carolingien de surcroît !

Cette courte intervention de Charles le Simple dans le royaume de Lothaire II, que les pactes antérieurs avaient soustrait à la domination des successeurs de Charles le Chauve, méritait d'être rapportée. D'abord, parce qu'elle témoigne de la volonté et de la capacité d'action du jeune prince hors de son royaume ; d'autre part, parce qu'elle est la première manifestation de ce qu'on pourrait appeler la tentation lorraine, qui devait habiter Charles et ses trois successeurs carolingiens de l'Ouest, et peser très lourd dans les destinées du royaume franc jusqu'à la fin du Xe siècle, précipitant l'élimination de la dynastie. Une Lorraine qui, rappelons-le, s'étend sur les bassins de la Meuse et de la Moselle, englobe l'Alsace et tout le territoire s'étendant entre l'Escaut et le Rhin, jusqu'à la mer : le cœur de l'Occident chrétien, impérial et royal depuis plus de deux siècles, depuis que les Pippinides ont assumé et étendu l'héritage de Clovis.

De fait, la question lorraine devait se poser à nouveau rapidement. En effet, les royaumes de Germanie et de Lorraine étaient dirigés, à travers Louis l'Enfant, par le groupe franconien des Conrad, renforcé de l'archevêque de Mayence, rival de celui de Trèves. Gebhard, frère du duc de Franconie Conrad, fut désigné par Louis l'Enfant comme duc en Lorraine. Il reçut, à ce titre, la prestigieuse abbaye de Saint-Maximih de Trèves, que convoitaient les grands lorrains, parmi lesquels Rénier au Long Col. La mainmise franconienne en Lorraine, insupportable pour l'aristocratie locale, conduisit cette dernière à se tourner vers le clan rival des Franconiens, celui des Otton et Henri de Saxe. Or Charles avait épousé, en 907, Frérone, aristocrate saxonne dont Henri, plus tard surnommé l'Oiseleur, épousa la sœur Mathilde deux ans plus tard. Henri lui-même devint duc de Saxe en 912. C'est ainsi au beau temps de Charles le Simple que se nouent des liens entre les dynasties carolingienne et saxonne qui, là encore, jouèrent un rôle capital dans le sort de la royauté occidentale.

Beau temps, en vérité, car deux disparitions vinrent favoriser les visées de Charles sur la Lorraine : en 910, le duc Gebhard fut tué dans un combat contre les Hongrois ; l'année suivante, Louis l'Enfant, dernier Carolingien régnant, si l'on peut dire, en Germanie, mourut, à peine âgé de dix-huit ans. Personne en Germanie ne songea, semble-t-il, à faire appel à Charles le Simple, cousin du défunt, issu comme lui de Charlemagne. 911 renouvelle, en sens inverse, 888. La séparation historique entre Francs de l'Ouest et Francs de l'Est, ou pour dire comme bien des contemporains, entre Gaulois et Germains, est à présent définitive. Aussi est-ce le neveu de Gebhard, Conrad de Franconie, le plus puissant des ducs, qui fut proclamé roi. Pour la première fois en Germanie depuis la nuit des temps, un étranger à la race carolingienne recevait le sacre.

Ainsi, à l'exception du cas particulier de Louis de Provence, couronné roi d'Italie et sacré empereur par Benoît IV au début de 901, mais détrôné et les yeux crevés par son concurrent à Pavie, Bérenger de Frioul, dès 905, Charles demeure le seul

Les princes en marche (898-936) 141

roi descendant par les mâles de Charlemagne. Or, on le verra, le resserrement du lignage sur la tige masculine, avec prédominance de la primogéniture, commence, discrètement encore, à se manifester dans les couches très supérieures de la société, au début du Xe siècle ; les robertiens ont été les premiers à s'engager nettement dans cette voie.

Si donc il ne fut pas question, en 911, de regrouper sous un seul roi l'ensemble des royaumes francs, l'occasion, néanmoins, était bonne pour Charles le Simple de reprendre pied dans celui de Lotharingie. Sans doute à l'appel de Rénier qui, dans les dernières semaines de Louis l'Enfant, s'était déjà mis en mouvement, Charles entra en Lorraine tout à la fin de l'année. Là où Charles le Chauve lui-même avait échoué, remettre la main, durablement, sur la totalité du royaume de Lothaire II, avec Liège, Cambrai, Metz, Strasbourg, Trèves, Cologne, Toul et naturellement Aix-la-Chapelle. Et voilà Charles qui, comme à la meilleure époque de Charles Martel et de Pépin le Bref, séjourne, chez lui, dans ses palais retrouvés de Herstal, de Gondreville, de Thionville. Il y délivre des diplômes, souscrits par son archichancelier l'archevêque de Trèves Ratbod. Les deux chancelleries, à l'ouest comme à l'est, précisent, à partir de décembre 911, au bas des actes royaux, que le roi est en possession d'un héritage agrandi : « *Largiore indepta hereditate.* » Charles, désormais, s'intitule non plus seulement *rex*, comme c'était depuis longtemps la coutume, mais *rex Francorum*, comme s'il avait reconstitué l'ensemble du domaine franc. De fait, pour la première fois depuis près d'un siècle, la province ecclésiastique de Reims, celle du patron particulier de la dynastie, n'était plus traversée par une frontière politique. L'archevêque Hervé, actif et indéfectible soutien de Charles, en tirait un surcroît d'influence.

Naturellement Rénier, en Lorraine, bénéficia au premier chef de l'avènement de Charles, qui en particulier lui remit l'abbaye Saint-Maximin de Trèves, lui reconnut le titre de marquis et lui conféra en Lorraine une position équivalente à celle de Robert en Neustrie. Son fils Gilbert, en 915, lui succéda dans ses titres, ses honneurs et ses biens. Avec l'appui des seigneurs lorrains, mais aussi des grands de l'Ouest, notamment Robert, Charles tient Conrad en respect et soutient même indirectement le duc Henri de Saxe dans sa lutte endémique contre le roi franconien de Germanie. Comment, entre 910 et 920, Charles ne ferait-il pas figure de principal souverain dans l'Occident chrétien, restaurateur de la monarchie franque dans tout son antique éclat ?

D'autant que, sous son règne, s'apaise, voire se règle, la lancinante question normande. Depuis trois générations, les attaques n'avaient pas cessé. Celles de l'extrême fin du IXe siècle n'avaient pas été les moins dures, même si les cités et surtout les monastères avaient appris à s'en prémunir par des fortifications ; même si, parfois, l'affrontement en rase campagne tournait en faveur des Francs, comme Richard d'Autun l'avait prouvé, à Argenteuil-sur-Armançon, à la fin de 898. Dans les basses vallées de la Loire et surtout de la Seine, des groupes vikings, vers 900, se sont installés de façon durable, partant de temps à autre pour des raids vers l'intérieur. Ainsi, en 903, l'abbaye de Saint-Martin de Tours est mise à sac. A l'été 911, les Normands de la Seine, conduits par le Norvégien Rollon, mettent le siège devant Chartres. Aux appels de l'évêque Jousseaume, les armées franques répondent en nombre et, le 20 juillet, les païens sont défaits comme jamais ils ne l'ont été.

Ce qui s'est passé dans les semaines suivantes et que l'historiographie a enregistré sous le nom de traité de Saint-Clair-sur-Epte nous est à peu près inconnu. Que Rollon et Charles se soient ou non rencontrés importe assez peu. Ce qui compte, c'est que le roi des Francs, sur le conseil et avec l'appui des archevêques Gui de Rouen et surtout Hervé de Reims, et aussi d'accord, semble-t-il, avec les marquis, à commencer par Robert de Neustrie, le premier concerné, a remis solennellement au chef normand et à son clan l'administration et la défense des cités de Rouen, d'Évreux et de Lisieux, contre un serment d'allégeance et une promesse de conversion. De fait, Rollon, déjà sexagénaire, fut baptisé des mains de Gui de Rouen l'année suivante, sous le nom, dit-on, de Robert. Le nouveau comte entre ainsi dans la fidélité du roi des

Les princes en marche (898-936) 143

Francs, et voit reconnaître sa prééminence sur les populations locales, quelles qu'elles soient, devenant l'égal d'un Richard d'Autun ou d'un Guillaume d'Auvergne. Ce qui reste, dans la région, d'institutions carolingiennes fonctionne désormais à son profit. Le succès de cette principauté territoriale créée pour ainsi dire *ex nihilo*, et de la pleine volonté des deux partenaires, devait être considérable et rapide, en grande partie grâce à une christianisation réussie. En intégrant dans le système franc des étrangers longtemps menaçants et même dévastateurs, en leur concédant officiellement des territoires qu'il ne contrôlait pas, et en les faisant passer du côté du vrai Dieu, Charles était dans son rôle de défenseur du royaume, de restaurateur de la paix et de serviteur de la foi et de l'Église. Même si la menace normande sur la Loire, et ailleurs, n'avait pas disparu du jour au lendemain, l'affaire de 911 renversait les perspectives. Le roi des Francs était capable, comme naguère ses ancêtres les plus prestigieux, de s'acquérir de nouvelles fidélités, et d'accroître le troupeau du Christ. En Normandie comme en Lorraine, Charles est heureux dans ses entreprises.

2. La répartition des rôles.

Ce succès, au moins d'estime et de prestige, ne s'explique pas par les vertus personnelles de Charles ni par la seule bonne fortune. Il est dû avant tout à un nouvel exercice de la fonction royale et à une nouvelle distribution des pouvoirs réels au sein du royaume. L'un des intérêts du règne de Charles est d'en avoir pris acte et, d'une certaine manière, longtemps tiré parti. Le fait essentiel se trouve dans les rapports établis entre le roi et les marquis, et d'abord avec le premier d'entre eux, Robert. Pendant plus de vingt ans, Robert et les siens gardèrent au roi une fidélité à peu près sans défaut, l'appuyant dans ses entreprises à l'est et à l'ouest. En contrepartie, le roi reconnaît au clan neustrien une autonomie absolue entre Seine et Loire : comtés, évêchés, fidélités sont contrôlés par Robert. En vérité, sauf la titulature, qui de fait n'est pas rien, le comte de Paris, de Tours, de Blois, d'Angers... est roi en Neustrie. En 914, Charles reconnaît à Hugues, fils de Robert, la capacité à succéder à son père dans ses honneurs. Du consentement du roi — mais peut-il, veut-il faire autrement ? — le marquisat de Neustrie devient héréditaire. Ce qui est vrai en Neustrie l'est aussi en Bourgogne. Le comte Richard gouverne seul, avec sa parentèle et ses amis, au premier rang desquels Manassès de Vergy, comte de Chalon, bientôt son gendre, un ensemble de comtés que, fait remarquable, il ne tient pas tous lui-même directement. Des dix-huit comtés bourguignons, seul le Mâconnais lui échappe. L'un des tout premiers parmi les grands, Richard, à la fin de sa vie, reçoit, se donne, dans certains actes, le titre de duc ; dans ses actes à lui, jamais dans ceux du roi.

De Guillaume le Pieux qui, avant même Richard, se pare lui aussi du nom de duc, et dont la principauté, écartelée entre Gothie, Auvergne, Berry, Lyonnais et Limousin, est sans doute moins fortement structurée que celles de Robert et de Richard, à un moindre degré d'Ebles Manzer de Poitiers qui, en 902, a récupéré les honneurs de son père Ramnulf, on peut en dire autant. Dans les *regna* que les marquis-ducs gouvernent, le roi n'intervient qu'à la demande, pour confirmer, honorer, non pour décider, imposer. Au reste, si les grands se rendent parfois à la cour, et souvent dans le cas de Robert qui accompagne notamment Charles dans ses campagnes en Alsace et en Lorraine, le roi ne met pas les pieds chez eux. A la différence de ses frères Louis et Carloman, et bien entendu d'Eudes, Charles ne semble avoir jamais franchi la Loire, et guère souvent la Seine. C'est parce que l'autorité royale est médiatisée, accaparée par Robert, Richard, Guillaume et les autres que ces derniers garantissent au roi, si longtemps, un règne paisible et honorable. Leur fidélité, c'est-à-dire leur consentement au règne, est indispensable à la pérennité du système, car ce sont eux qui possèdent la réalité des forces matérielles et, de plus en plus, spirituelles, puisqu'ils sont autant abbés et faiseurs d'évêques que comtes et marquis. On l'a vu clairement à Chartres en 911 : ce sont les armées conjointes de Robert, de Richard et d'Ebles qui ont mis en déroute les Normands. Charles, lui, n'était pas là. Et quand, la victoire acquise, il apparaît, c'est au fond pour étendre à la Normandie le dispositif qui fonctionne pour la Neustrie, la Bourgogne, l'Aquitaine, la Catalogne, et même la Flandre : reconnaître en droit une puissance de fait. En vérité, Charles achète sa paix aux grands. Le roi ne brille d'un éclat si vif que parce qu'aux marquis il ne porte, jusqu'en 920, aucune ombre. Pas même en Lorraine, son autre royaume, il n'exerce la réalité du commandement, que détient en fait Rénier. Charles ne dispose du pouvoir effectif, comme un marquis dans sa région, que dans un quadrilatère dont les piliers sont Laon, Noyon, Soissons, Reims surtout. Là, il possède encore des domaines, quelques abbayes, des guerriers en petit nombre ; il perçoit des tonlieux, des revenus, frappe monnaie ; il contrôle les élections épiscopales et les fonctionnaires publics.

Le roi carolingien, au plus fort de la rénovation à laquelle, avec son fidèle Hervé de Reims, il travaille activement, est une clef de voûte. Les murs ne sont pas à lui, et l'édifice ne tient qu'autant que personne n'y apporte aucun dérangement. Or, pour des raisons de fond qui bien entendu demeurent indéchiffrables, mais dont les péripéties nous sont connues, le dispositif, dans les années 920, se dérègle. La royauté semble sortir des limites qui lui sont consenties. En Lorraine, où le fidèle Rénier est mort en 915, son fils, le marquis Gilbert, paraît moins attaché au roi et davantage attiré par les Saxons dont le duc Henri devient roi de Germanie en 919. En vérité, comme tous les autres, il apporte son appui au plus offrant. Il crée à Charles des ennuis considérables, notamment au sujet de l'évêché de Liège, qui obligent le roi à de multiples interventions. Ici comme ailleurs, dès lors que les grands se dérobent ou contestent, le roi est sur la défensive et bientôt perd la main.

C'est bien ce qui, à l'ouest aussi, se produit. Si l'on comprend bien ce que rapporte le chanoine rémois Flodoard, dont les annales, pour partie perdues, commencent en 919, et qui est la seule source un peu solide pour la première moitié du Xe siècle, l'élément perturbateur du jeu s'appelle Haganon, un Lorrain. Sa personnalité, son rôle exacts importent peu. Ce sont les griefs que sa présence vaut à Charles, tels du moins que Flodoard les rapporte, qui comptent : Haganon est de naissance médiocre ; la faveur de Charles fait de lui un comte puissant ; plus grave, le roi écoute de plus en plus cet homme de rien, suit ses conseils, l'associe, sans aucun droit, aux affaires du royaume ; le jour de son anniversaire, des moines, à la demande du roi, prient pour lui. Trop bien en cour, Haganon attire sur lui les cadeaux de Charles. A Laon, place de sûreté de la monarchie carolingienne, il les entasse, s'en constitue un trésor. Bref, Haganon incarne au plus haut point la figure du mauvais conseiller qui s'est emparé, à des fins scandaleuses, de l'esprit du roi, le détournant des voies de la justice. En vérité, s'appuyant sur un clan qui lui doit tout, Charles, fort de ses succès depuis dix ans, tente sans doute de s'émanciper. Alors, d'un coup, les forces vives du royaume se mettent en branle. Au plaid de Soissons, au début de 920, les grands de Francie enjoignent à Charles de se séparer d'Haganon. Il faut toute l'adresse et l'autorité d'Hervé de Reims pour sortir le roi de cette première crise. Le roi, l'année suivante, s'en va chercher des appuis du côté de l'est, propres à neutraliser l'agitation hostile de Gilbert de Lorraine : à Bonn, en novembre 921, Henri l'Oiseleur et Charles le Simple reconnaissent leur mutuelle royauté, y compris, pour ce dernier, sur la Lorraine. A l'autre bout du royaume, Robert de Neustrie exerce ses fonctions de marquis, défenseur des marges de la chrétienté : aux Normands de la Loire, qui multipliaient les attaques en direction de son domaine propre, Robert concède la Bretagne, où ils se sont en fait déjà installés, et aussi le comté de Nantes, moyennant allégeance et conversion. Mais, différence de taille, ce que le roi avait luimême conclu en 911, le marquis le décide seul, dix ans plus tard. Ainsi, Robert exerce le ministère proprement royal de protecteur du royaume et de défenseur de la foi.

Coincé entre les séditions lorraines et l'abandon des princes de Francie, Charles, en tentant de faire front, multiplie les fautes. D'abord, soucieux sans doute d'implanter Haganon en Francie et donc de lui donner voix au chapitre dans

Les princes en marche (898-936)

le royaume des Francs de l'Ouest, il lui attribue l'abbaye très ancienne et très considérable de Chelles. Or, d'un bien si important, Charles n'est pas pas en mesure de disposer sans le consentement des grands. Car ce n'est pas Charles qui tient alors le monastère, mais Rothilde, fille de Charles le Chauve, femme du comte du Maine Roger, un fidèle de Robert de Neustrie, un parent aussi, puisque la fille de Rothilde et de Roger, une petite-fille de Charles le Chauve donc, vient d'épouser Hugues, fils et successeur du marquis. Voilà donc que Charles, en faveur de sa créature, remet en question des honneurs qui sont en fait considérés, à présent, comme possessions patrimoniales. Il faudrait des raisons très graves et une délibération collective pour que le roi soit habilité à y porter atteinte. Le geste du roi constitue, pour les grands, une menace intolérable. A ce point, le système des principautés territoriales se heurte à la prérogative royale. Celle-ci n'est guère assise que sur des mots, des images et des souvenirs. Celui-là représente l'état réel des forces à l'intérieur du royaume. Royaume et royauté sont à présent disjoints. Cette fracture désormais visible demeure ouverte pour longtemps.

L'aristocratie réagit vite et fort. Au groupe neustrien emmené par Robert et Hugues s'adjoint le nouveau prince de Bourgogne Raoul, dont le père Richard le Justicier est mort à la fin de l'été 921, et qui est le gendre de Robert. Plus significatif, les vassaux de l'église de Reims, soutien traditionnel du Carolingien, se mettent à la disposition de Robert, sans que l'archevêque Hervé, à bout de souffle, puisse ou veuille les retenir, et Herbert II de Vermandois, lui aussi décisif en France mineure, ne tardera pas à rejoindre les révoltés. Enfin Hugues a négocié l'alliance de Gilbert de Lorraine. En quelques semaines, Charles perd ses deux points d'appui principaux, Reims et Laon. De toute évidence, il perd aussi la tête. Pour reprendre Reims, n'engage-t-il pas le combat le dimanche de la Pentecôte, jour entre tous consacré à Dieu, donc à la paix ? Naturellement, il est défait, car la majesté divine ne saurait se laisser ainsi offenser. Tandis que, déconfit et abandonné, Charles se retire en Lorraine, « les Francs, rapporte Flodoard, élurent pour roi le seigneur Robert et se donnèrent à lui ». Et c'est à Saint-Remi de Reims, en grand arroi, mais des mains de Gautier de Sens, éternel concurrent de l'archevêque de Reims alors à l'article de la mort, que le dimanche 30 juin 922 le marquis Robert, déjà sexagénaire, est enduit de l'huile sainte. Élection, couronnement, sacre dans les lieux mêmes où, jadis, le saint patron de la monarchie franque avait, dit-on, baptisé et consacré dans le même geste le premier des rois francs chrétiens, la procédure mise en œuvre pour Robert était impeccable. Le pape Jean, le roi Henri de Germanie, que Robert alla rencontrer aux confins du royaume, reconnurent le nouveau roi. Charles, *ipso facto* dépossédé du règne, même si son identité royale, portée par son sang, demeurait, n'était pas au bout de sa déchéance. Dans un ultime sursaut, le Carolingien tenta un rétablissement. Rassemblant ce qui lui restait de fidélités lorraines, il s'élança de la Meuse vers l'Aisne et s'arrêta non loin de Soissons. C'est le samedi 14 juin 923. Neustriens et Lorrains sont alors face à face. Tout est réuni pour faire du lendemain une très mauvaise journée. D'abord, les Lorrains ont violé une trêve conclue peu auparavant avec Robert ; ensuite, Charles attaque à l'improviste, encore une fois un dimanche, à l'heure du repas ; enfin, le combat est meurtrier. Ce fut l'une des batailles du haut Moyen Age où le sang coula le plus entre chrétiens. Fait rare, inouï même, un des deux rois trouva la mort, tandis que l'autre, pour finir, était mis en fuite. Ceux qui, beaucoup plus tard, réfléchirent sur cet événement considérable conclurent que Dieu s'était prononcé contre l'usurpateur sans, pourtant, prendre le parti du Carolingien. Signe que les péchés s'étaient, au royaume des Francs, démesurément accumulés. Charles, pourtant, y rajouta encore. Dans son désarroi, il fit appel, contre les Francs chrétiens, aux Normands païens, ceux de la Loire, bientôt renforcés de ceux de la Seine, dont le christianisme de fraîche date était encore imparfait. Charles, par ce geste, avait porté atteinte à son propre ministère, à la mission pour laquelle, le jour de son couronnement, il s'était engagé par serment. Ce fut le duc Raoul de Bourgogne qui barra la route aux agresseurs. Ce fut Raoul aussi qui, le 13 juillet, fut élu et sacré roi à Saint-

Médard de Soissons. Gautier de Sens, pour la troisième fois en trente-cinq ans, officiait. Et, pour la seconde fois en quelques mois, un roi des Francs advenait du vivant même d'un roi lui aussi sacré, qui plus est descendant direct des rois et empereurs d'Occident les plus glorieux, les Charles dont il portait le nom, un roi auquel l'aristocratie du royaume tout entier avait, jadis ou naguère, prêté serment, auquel elle était à peu près complètement restée fidèle pendant plus de vingt ans. Pour que rien ne manque à l'abaissement du Carolingien, Herbert II de Vermandois s'assura de sa personne et l'enferma sous bonne garde dans sa forteresse de Château-Thierry, quitte à le remettre en selle en cas de besoin, ou du moins à l'agiter comme un épouvantail devant le roi Raoul.

3. *Roi à la demande.*

L'avènement de Robert et celui, plus significatif encore, de Raoul, contre Charles le Simple, et presque sous ses yeux, sanctionnent une évolution en cours depuis plusieurs décennies. En premier lieu, la royauté, sa localisation, le choix de son titulaire concernent la portion du royaume située entre la Loire et la Meuse. A l'élection des deux rois, ni le comte de Normandie, ni celui de Flandre, ni le duc d'Aquitaine, ni aucun des grands du Midi n'est partie prenante. Aussi trouve-t-on dans le Sud, entre 923 et la mort de Charles en 929, des actes datés du règne de ce dernier, ignorant Raoul, et même une charte du duc Acfred, neveu de Guillaume le Pieux, datée de « la cinquième année après que les Francs infidèles eurent privé de son honneur leur roi Charles et élu Raoul au principat ».

L'affaire se joue à présent à trois : les clans de Neustrie et de Bourgogne, de plus en plus liés, et la puissance montante, celle d'Herbert de Vermandois et des siens, à quoi s'ajoute le parti carolingien, quant il est en état de reprendre pied. L'accession à la couronne est désormais, et pour longtemps, entre les mains d'un très petit nombre de grands chefs. En second lieu, la royauté, échappant pour un temps à la dynastie carolingienne, subit à coup sûr une perte de prestige. Qu'attend-on du roi, dans ces années-là ? La masse des exploitants ruraux, rien ; sans doute ne connaît-elle même pas le nom du roi régnant. Quant aux marquis, ceux qui contrôlent l'élection comme ceux qui, loin de la Francie, s'en désintéressent, s'ils ne conçoivent pas la société chrétienne sans un roi à sa tête, c'est à condition qu'il n'intervienne en rien dans leurs affaires terrestres, qu'il se borne à incarner un principe, et qu'il régule aussi les relations entre les princes, afin qu'aucun ne prenne à l'excès l'avantage sur l'autre. Lui incombait enfin la mission, essentielle, de lutter contre ce qui restait de païens. Raoul, de fait, infligea de sérieux revers aux Normands de la Loire et négocia la tranquillité de ceux de la Seine. A la différence de la génération des années 880, celle qui, en 920, est dans la force de l'âge n'est pas prête à tout pour recevoir le sacre. Comme jadis son frère Eudes, Robert a choisi de devenir roi parce qu'il avait un héritier direct, son fils Hugues, en position de conserver l'ensemble de ses possessions. L'année suivante, Hugues était sans doute le mieux placé pour succéder à son père, encore qu'il fût très jeune. Mais il n'avait ni fils ni frère à qui remettre comtés et abbayes, à placer à la tête de son puissant réseau de fidélités et d'alliances. Aussi laissa-t-il advenir son beau-frère Raoul, pourvu, lui, d'au moins deux frères, dont l'aîné, Hugues le Noir, le remplaça immédiatement dans son principat bourguignon, formellement au moins, car Raoul conserva le contrôle effectif de ses comtés.

La candidature de Raoul, soutenue par les Neustriens, ne pouvait que convenir au comte de Vermandois, car le Bourguignon était quasi étranger à la Francie, au sein de laquelle, le Carolingien délogé, Herbert devait chercher, pendant vingt ans, à s'agrandir par tous les moyens. Soutien actif de Raoul entre 923 et 926 dans sa lutte contre les Normands qui, il est vrai, menacent sur l'Oise ses propres domaines, et barré au nord-ouest par Arnoul de Flandre qui a succédé à son père Baudoin en 918 et qui va lui-même s'étendre vers l'Artois, il obtient du roi la forteresse de Péronne puis, à la mort de l'archevêque Séulf en 925, le siège de Reims pour son fils Hugues, âgé de cinq ans. Cette rémunération vraisemblable-

Les princes en marche (898-936)

ment forcée est, pour le comte de Vermandois, vraiment royale, puisqu'il dispose ainsi des vassaux nombreux et des revenus considérables de l'archevêché, sans compter le prestige politique et spirituel. Pas suffisamment royale pourtant, aux yeux d'Herbert qui, deux ans plus tard, exige Laon, dont le comte Roger vient de mourir. Après un chantage qui le conduit à prêter allégeance à Henri de Germanie, puis à menacer de rétablir Charles le Simple, il parvient en 929 à ses fins. Ce descendant de Charlemagne tient ainsi les deux centres vitaux du dispositif carolingien en Francie.

Ici se lit clairement le système qui fait du roi, prince territorial lui-même, un obligé des marquis. Un roi est pour eux intéressant s'il peut servir à leur propre développement, ou si au moins il ne le contrarie pas. Ainsi, dès 923, Hugues le Grand s'est fait accorder le vaste comté du Maine. Guillaume le Jeune, successeur de Guillaume le Pieux en 918, prête un hommage de principe au roi au début de 924 et s'en fait rétribuer par la rétrocession du Berry, que Raoul avait conquis sans doute en 919 avec l'aide de Robert. A l'ouest, Rollon échange en 924 sa soumission, toute provisoire, contre Le Mans, concédé par Hugues, et Bayeux. En 933, son fils Guillaume Longue Épée, qui s'était soulevé, obtient du roi le Cotentin et l'Avranchin. Le roi des Francs Raoul se met lui-même au service du prince des Bourguignons Raoul, puisqu'il parvient en 931 à obtenir l'allégeance du comte de Vienne Charles-Constantin, son petit-cousin, le fils de Louis l'Aveugle mort trois ans plus tôt, augmentant ainsi, plus que le royaume, sa propre principauté du côté du Lyonnais.

En revanche, quand le roi n'a rien à donner, quand le rallier ne présente aucun avantage, les grands se tournent ailleurs. Ainsi, Gilbert de Lorraine, désireux d'asseoir sa suprématie, se heurte au frère de Raoul, le comte Boson, solidement implanté au sud de la Lorraine, où il contrôle notamment les abbayes de Gorze, de Remiremont et de Moyenmoûtiers. Du coup, Gilbert fait appel à Henri de Germanie qui, non sans résistance armée de la part de Raoul, s'impose en Lorraine où Gilbert est reconnu comme duc. En 935, Raoul et son frère Boson acceptent définitivement la prépondérance germanique dans l'ancien royaume de Lothaire que Charles le Simple avait tant tenu à posséder.

Si le roi doit composer avec les princes, accepter et garantir le libre jeu de leur puissance croissante, c'est à condition qu'au total un certain équilibre soit observé. Qu'un marquis s'étende à l'excès, menaçant les autres dans leurs œuvres vives, voilà le roi requis d'intervenir. Ainsi, l'expansion foudroyante d'Herbert de Vermandois à partir de 925 dépasse bientôt les bornes acceptables par le marquis Hugues de Neustrie. Herbert, outre Reims et Laon, a mis la main sur l'Amiénois, le Vexin, sans doute Arras ; Beauvais et Senlis sont dans sa zone d'influence. Il est le maître de puissants évêchés comme Noyon, Soissons, Châlons-sur-Marne. Le voici qui fait entrer dans sa fidélité le châtelain de Douai, le comte Hilduin de Montdidier et Herluin de Montreuil. Or les robertiens considèrent ces trois hommes, et les places qu'ils gardent, comme relevant de leur autorité. Le gigantesque ensemble, en vérité très hétéroclite, constitué, à n'importe quel prix, par Herbert, de la Marne et la Meuse jusqu'à la Somme, devenait redoutable. Toute la Francie allait-elle tomber sous la coupe des Vermandisiens ? A partir de 930, Hugues et Raoul, les deux beaux-frères, s'entendirent pour réduire Herbert, qui est aussi leur beau-frère, et oncle de surcroît. Profitons-en pour noter que les liens familiaux, et les obligations et alliances qu'ils pourraient entraîner à l'intérieur du groupe aristocratique, sont à considérer avec beaucoup de circonspection.

En 931, Raoul et Hugues prennent Reims, en expulsent les Vermandisiens et installent comme archevêque le moine de Saint-Remi Artaud. La cité de Laon tombe ensuite, à l'exception de la tour que la femme d'Herbert tient pour son mari. Puis les principaux points d'appui d'Herbert, au cœur de ses domaines propres, lui sont enlevés : Saint-Médard de Soissons, Amiens, Saint-Quentin, Châlons, Château-Thierry. La prise d'autant de gages contraint pour finir Herbert à faire sa paix, en 935, avec Raoul, qui bien entendu lui en restitue la plus grande partie. Henri l'Oiseleur a joué dans ce règlement un rôle décisif. A partir de ces années-là, l'interven-

Les princes en marche (898-936)

tion des rois de Germanie dans le royaume des Francs de l'Ouest va grandissant, jusqu'à prendre la forme d'une véritable tutelle. C'est que la royauté franque, à la mort de Raoul en janvier 936, paraît en voie de dépérissement. Soixante ans après la disparition de Charles le Chauve, lorsque son arrière-petit-fils Louis IV accède à la dignité de ses ancêtres, sixième génération depuis Pépin, le fondateur de la lignée royale, les princes occupent tout l'espace territorial, politique, culturel aussi des royaumes dont Louis est l'impuissant mais incontestable titulaire.

4. Le système des principautés.

Des principautés, telles qu'elles apparaissent et s'installent dans la première moitié du Xe siècle, il est impossible de tracer une description qui leur soit commune. En effet, parce qu'elles n'ont aucune existence institutionnelle, la situation, de l'une à l'autre, varie considérablement. Elles sont à la dimension, et aussi en partie à l'image, de ceux qui les contrôlent. La titulature des princes ne donne nullement la mesure de leur autorité. Le maître de la Flandre sera toujours appelé comte, et celui de la Normandie n'est longtemps connu que comme comte de Rouen, alors que le comte d'Autun est bientôt désigné comme duc des Bourguignons. C'est que la Bourgogne est tenue pour un royaume, un regroupement particulier de comtés. Il en est de même de l'Aquitaine, dont la définition territoriale est imprécise, mais qui a ses traditions et son identité propres. Aussi le titre de duc y est-il fortement disputé entre les comtes de Clermont, puis de Toulouse, et ceux de Poitiers, qui finissent par l'emporter.

L'ethnographie ne rend pas davantage compte de la consistance des principautés. Sans doute la Gascogne, sous son prince Garsie Sanche, a-t-elle un caractère national. Garsie, petit-fils de Sanche Mitarra, est comte de Fézensac depuis 871. Il s'emploie à reconstituer un héritage très délabré, privé des comtés de Bordeaux et de Bigorre, mais agrandi un peu plus tard de celui d'Agen. L'encadrement ecclésiastique est particulièrement dégradé, notamment dans son pivot épiscopal, normalement situé à Bazas, en vérité disparu à la fin du IXe siècle. Garsie Sanche qui, geste important dont nous retrouverons l'équivalent ailleurs, fonde vers 900 le monastère de Saint-Pierre de Condom, prend possession de sa principauté par ses propres forces. Vers 905, comte et marquis, il se donne le titre de *dominus*, ce qui le hausse au niveau des rois. A lui la nomination exclusive des comtes entre Garonne et Navarre. Le voilà assez considérable pour faire passer les comtes de Bordeaux et de Bigorre dans son alliance. A sa mort en 920, Garsie remet à ses trois fils un ensemble de comtés dont l'aîné reçoit les plus importants et contrôle les autres par l'intermédiaire de ses frères, et qui, du roi, n'ont au mieux qu'une connaissance abstraite. Seul Loup Aznar, s'étant déplacé loin vers le nord, prêtera serment à Raoul en 932. En vérité, la totalité de l'autorité royale est assumée par le dynaste local, qu'il s'agisse de l'exercice des fonctions publiques, appropriées au sein de la famille et de ses proches, de la frappe de la monnaie, quand elle existe, de la protection des églises, même accaparées et démembrées, de la lutte contre les Normands, actifs tout au long du siècle. Depuis deux générations au moins, la royauté n'intervient, ici, absolument plus.

On peut en dire à peu près autant de la Bretagne, que ne concerne aucun document royal de la fin du IXe au début du XIe siècle. En 878, le comte de Vannes Alain le Grand avait prêté serment au roi Louis le Bègue, avant de revendiquer pour lui-même, à l'extrême fin du siècle, le titre royal, au moment où les rois, de fait, se multipliaient en Occident. Ses victoires sur les Normands légitimaient cette élévation. A la veille de sa mort en 907 ou 908, le comte-roi Alain, maître d'une Bretagne très élargie, appuyé sur l'abbaye de Redon, sur la cité de Nantes et son remarquable évêque Foucher, règne sur une principauté dont la base celtique est certes essentielle, mais où l'élément franc est important. A Nantes, qui fait de plus en plus figure de capitale bretonne, c'est le roman qui est en usage, et, depuis Rennes notamment, des courants d'échange économique et culturel, à l'échelle des réalités du

Les princes en marche (898-936)

temps, s'organisent vers les autres royaumes, et jusqu'en Italie. Puis, pendant près de trente ans, la Bretagne est en proie à de violentes convulsions, renforcées par des raids vikings de plus en plus dévastateurs. Coincée entre les Normands de la Loire et ceux de la Seine, auxquels Raoul, en 933, concède le Cotentin et l'Avranchin, cette « terre des Bretons située sur les bords de mer », qu'il ne contrôle du reste en aucune manière, la principauté d'Alain se désagrège. Nantes est mise à sac. Le gendre du duc défunt se réfugie, avec son tout jeune fils Alain, auprès du roi de Wessex Athelstan. Mus par un réflexe qui a fait ses preuves, les moines se sauvent. Ceux de Landévennec, avec les reliques de saint Guénolé, trouvent abri à Montreuil-sur-Mer, ceux de Saint-Gildas de Rhuys s'établissent dans une île de l'Indre, près de Châteauroux. Entre 937 et 939, le duc Alain Barbe-Torte, venu d'Angleterre en même temps que le Carolingien Louis IV, mettant à profit l'opposition entre les Normands chrétiens de la Seine et ceux de la Loire, ainsi que des soulèvements de la population bretonne, parvient à éliminer les Normands. L'image forte, et très exagérée, d'un chroniqueur le montre se frayant un chemin à travers les ronces qui auraient envahi la cathédrale de Nantes, symbole de trois décennies d'abandon. En 939, à l'issue de la victoire de Trans remportée de concert avec le comte Bérenger de Rennes, le duc Alain, comte de Vannes et de Nantes, prince de Bretagne, qui a fait acte d'allégeance au roi des Francs, qui aussi s'est utilement marié avec la fille du comte de Tours Thibaud l'Ancien, figure en bonne place parmi les princes territoriaux.

Autre région périphérique dont l'originalité se dessine nettement, la Catalogne. Ici, au début du Xe siècle, pas de grand chef pour incarner une principauté, mais des comtes, à la tête de petites circonscriptions, qui offrent toutes les apparences de fonctionnaires publics et qui se reconnaissent les fidèles indéfectibles du roi carolingien, à l'exclusion de tout autre. De fait, les successeurs de Charles le Chauve, jusqu'à la fin du Xe siècle, ont plaisir à établir des documents issus de leur chancellerie à l'intention de ces personnages dont, pourtant, une distance immense les sépare. A plusieurs reprises, et jusque tard dans le siècle, des grands de Catalogne se rendent jusqu'au palais royal, à Laon le plus souvent, se faire confirmer des privilèges pour leurs églises et assurer le roi de leur loyauté. Ainsi fait, par exemple, Guifred, frère du comte de Barcelone, en 937, où Louis IV lui accorde un diplôme en faveur de Saint-Michel de Cuxa. Les actes des évêques, abbés et comtes catalans sont toujours soigneusement datés des années de règne des seuls Carolingiens. Il ne s'ensuit pas que Charles le Simple ou Louis IV, si considérés soient-ils en marche d'Espagne, exercent la moindre autorité directe sur les comtes. Voilà belle lurette, depuis qu'en 878 a disparu le dernier comte franc nommé par le roi, que les comtes se recrutent et se succèdent à l'intérieur du même groupe indigène, tout entier issu de Bellon, comte de Carcassonne et de Conflent sous Charlemagne. Tous ces comtes Guifred, Sunyer, Sunifred, Mir, Oliba, qui se partagent dans une apparente harmonie une petite dizaine de comtés de part et d'autre des Pyrénées orientales, sont frères ou cousins et, avec leur nombreuse parentèle, occupent toutes les hautes fonctions locales. Entre 948 et 992, Borrell, comte de Barcelone, de Gérone, d'Ausone et d'Urgel, fait figure de chef de file de la dynastie.

Parmi les principautés pourvues, dans la première moitié du Xe siècle, d'une certaine consistance, figurent encore la Bourgogne, tôt constituée sous son duc Richard, la Normandie tenue à partir de 932 par le comte Guillaume Longue Épée, fils de Rollon, et, moins nettement, la Flandre, dont le comte Arnoul, advenu en 918, est une des figures montantes en Occident. En revanche, après la disparition de Guillaume le Pieux en 918, et surtout celle de ses neveux et successeurs Guillaume le Jeune, puis Acfred, mort en 927, la grande Aquitaine est disputée et partagée entre le comte de Poitiers Ebles Manzer puis, à partir de 934, son fils Guillaume Tête d'Étoupe, et celui de Toulouse, Raimond-Pons de 923 à 940, puis son cousin Raimond de Rouergue jusqu'en 961. Les premiers s'étendent de la Loire à la Garonne et se développent vers le Nord de l'Auvergne, les autres rassemblent les comtés depuis Cahors et Rodez jusqu'à Narbonne, ce qui les pare du titre, ancien, de marquis de Gothie.

Les princes en marche (898-936)

Chacun de ces ensembles territoriaux, même si certains sont assis sur des royaumes ou des grands commandements dont le souvenir demeure vivant, possède des caractères propres et des évolutions différentes, voire contrastées, parce qu'ils sont le produit de circonstances particulières, notamment la capacité de certains clans à s'approprier les grands honneurs publics quand la royauté n'est plus en état de les contrôler. La constitution de la principauté normande, fruit d'une agression et d'une occupation allogènes, n'est guère comparable à celle de la Flandre voisine, dont le véritable fondateur, Baudoin II, est le petit-fils de Charles le Chauve. La Bretagne, elle, paraît venir du fond des âges et, dans le dispositif occidental, Alain Barbe-Torte ne joue pas un rôle très différent de celui de son lointain prédécesseur Judicaël, prince des Bretons au temps du roi Dagobert. Enfin, certaines tentatives princières ne réussissent pas durablement ; c'est le cas de l'ensemble réuni par Bernard Plantevelue et tenu par son fils Guillaume le Pieux, et plus encore par l'amas hétéroclite rassemblé par Herbert de Vermandois, qui se dissocie dès 942, à la mort de l'entreprenant personnage, en raison d'une pléthore d'héritiers et de l'usage ancien d'une répartition égale du patrimoine entre les ayants droit, alors que les robertiens, déjà, désignent un sucesseur principal, l'aîné des garçons.

De cette petite dizaine de grandes entités, principautés de la première génération si l'on peut dire, à la tête desquelles s'affairent comtes, marquis, ducs, et où la Neustrie, parce que sa dynastie a été et sera à nouveau royale, occupe une place particulière, quelques traits généraux se dégagent en dépit de multiples particularités. D'abord, la présence d'impressionnantes figures de proue : Richard le Justicier, Alain le Grand, Arnoul le Grand, Hugues le Grand. Beaucoup de « Grands » ; même si surnoms et sobriquets ne sont pas tous contemporains, ils témoignent du prestige dont leurs détenteurs sont pourvus. Alain Barbe-Torte, Guillaume Tête d'Étoupe, Guillaume Longue Épée, encore des noms propres à frapper les imaginations, à la limite de la légende, qui parfois les utilisera. Ces personnages occupent à présent le devant de la scène, leurs gestes nourrissent de plus en plus les chroniques, qu'ils commencent parfois de susciter eux-mêmes, même si, derrière cette apparence de domination, et parfois contre elle, d'autres forces travaillent et se déploient, encore dans l'ombre de la documentation. Dans leurs résidences, parfois des abbayes, parfois des palais royaux appropriés, mais presque toujours en ville, les marquis tiennent leur cour, équipée d'une administration plus ou moins développée. Une charte de 901 nous montre, à Pouilly-sur-Saône, « le seigneur Richard, très noble marquis, avec ses très illustres fils les comtes Raoul, Hugues et Boson, issus de la lignée la plus distinguée ». Richard est un Bosonide, sa femme Adèle une Welf, tous deux tenant de très près aux Carolingiens. Ses principaux fidèles, tels les comtes Manassès de Vergy ou Rathier de Nevers, armature de sa principauté, lui font cortège.

A Poitiers, auprès du comte Guillaume, paraissent Savari, vicomte de Thouars, et ses trois collègues de Melle, Aunay et Châtellerault, d'autres quand il peut les attirer, comme celui de Limoges, ou l'avoué de Charroux[1].

Le plus puissant des princes, le marquis de Neustrie, réunit lui aussi, de loin en loin, des plaids ; autour de lui se rangent les vicomtes des comtés qu'il possède personnellement : Orléans, Blois, Chartres, Paris, Poissy, Sens ; les comtes qu'il contrôle directement : Dreux, Étampes, Melun par exemple, et plus rarement mais au premier rang les comtes d'Angers et du Mans, personnalités considérables. Comtes, vicomtes, plaids : les structures franques, carolingiennes demeurent à peu près partout vivantes. La justice est rendue dans le cadre des circonscriptions traditionnelles, et selon les procédures accoutumées. Même en Normandie, région qui a subi bien des bouleversements, le prince territorial, comte de Rouen comme l'était, au moins jusqu'en 906, son prédécesseur carolingien, a conservé une administration fondée sur le *pagus*. S'il est lui-même le seul comte de sa principauté, les comtés sont tenus par des vicomtes qui dépendent étroitement de lui.

---

1. Cf. M. Garaud, « Les circonscriptions administratives du comte de Poitou et les auxiliaires du comte au Xe siècle », *Le Moyen Age*, 69, 1953.

Les princes en marche (898-936)

Ainsi, les princes territoriaux ont tout naturellement utilisé à leur profit l'organisation ancienne de l'autorité publique. De même, ils se sont emparés des domaines royaux existant dans leur province ou, plus souvent, se les sont fait remettre, à eux-mêmes ou à leurs fidèles, directement par le roi, quand ce dernier communique encore avec eux. Ainsi, en 897, Eudes, à la demande de Richard d'Autun, a concédé en pleine propriété à son fidèle Gilbert des biens fiscaux situés en Atuyer, soit quinze manses, une église et la moitié d'une autre ; encore, le 21 juin 914, est donné au jeune comte Hugues, fils de Richard, le domaine de Poligny, jusque-là propriété royale affectée à l'honneur comtal. Ce bien, désormais approprié par la dynastie, circule : en 922, la comtesse Adèle, à laquelle son fils Hugues a remis Poligny, en fait don à l'église d'Autun. Le domaine reste en fait dans le cercle de la puissance princière. L'aliénation et la privatisation du fisc nourrissent ainsi le développement des princes territoriaux. Si l'origine publique de ces biens n'est généralement pas oubliée, ils sont à présent définitivement incorporés au patrimoine de la puissance locale. L'émission monétaire, manifestation par excellence de l'autorité royale, échappe elle aussi au contrôle du roi, soit qu'il l'ait concédée, souvent à des institutions ecclésiastiques elles-mêmes dans la main de grands laïques : ainsi en use, en 915, Charles le Simple pour Saint-Philibert de Tournus, à la demande de Richard le Justicier, ou, en 924, Raoul, en faveur de l'évêque Adalard du Puy, selon le vœu de Guillaume le Jeune ; soit que le prince territorial batte monnaie à son propre usage et surtout profit. Ainsi des monnaies, d'ailleurs de très médiocre qualité, sont frappées à des types immobilisés d'Eudes ou de Charles le Simple, sans référence au roi du moment, durant des décennies, dans des ateliers locaux. Beaucoup plus rarement dans la première moitié du Xe siècle, certains princes ont la hardiesse de faire figurer leur nom à la place de celui du roi, ainsi évincé sur le plan même des symboles, le dernier où il tenait encore une large place. Guillaume le Jeune, à Brioude, dans les années 920, Guillaume Longue Épée, à Rouen, au cours de la décennie suivante, ouvrent la voie à une usurpation qui, plus tard, gagnera tous les centres de pouvoir constitués au sein du royaume.

De même, les institutions judiciaires sont utilisées par les marquis pour conforter leurs positions. Ils rendent la justice, personnellement ou par l'intermédiaire de leurs vicomtes, dans les formes les plus traditionnelles. C'est même là que leur prestige et leur autorité s'affirment le mieux, que le caractère public d'un pouvoir qu'ils se sont en fait approprié se maintient sans aucune contestation. A eux aussi, appoint non négligeable, le produit des amendes qui naguère allait pour partie au trésor royal, devenu le leur. Ce pouvoir d'arbitrage, notamment entre intérêts laïques et ecclésiastiques, les princes s'y montrent très attachés. Dans sa cité ou en déplacement, et toujours dans le cadre normal du comté, le dynaste, entouré de ses fondés de pouvoir et d'hommes connus pour leur expérience et leur sagacité, écoute les arguments, fait enregistrer le résultat des enquêtes, invite le tribunal à dire le droit, assiste au duel judiciaire qui, parfois, est prescrit, se range enfin à la sentence rendue par ceux qui siègent autour de lui, et la fait respecter, même s'il arrive qu'elle soit défavorable à lui-même ou à l'un des siens. Au moins jusqu'au milieu du Xe siècle, parfois bien au-delà, l'institution judiciaire est l'une de celles qui conserve le plus longtemps son origine et sa forme anciennes, comme au temps, lointain déjà, où le comte, fonctionnaire révocable et rémunéré, n'agissait que par délégation de l'autorité royale.

5. La mainmise sur les églises.

Bien entendu, la justice princière et l'ensemble du pouvoir laïque s'arrêtent en principe là où commence l'immunité accordée, jadis ou naguère, par le roi à des établissements ecclésiastiques qui prennent soin, à chaque règne, d'en obtenir confirmation. De façon générale, le réseau ecclésiastique — évêchés dont les titulaires étaient nommés par le roi et utilisés par lui comme fonctionnaires à l'égal des comtes, abbayes royales dont les chefs étaient eux aussi impliqués dans le service public — avait représenté au IXe siècle l'un des instruments de gouvernement les plus efficaces. Aussi les princes consacrent-ils des efforts particuliers pour s'en assurer le contrôle, tandis que la résistance royale est, là, le plus sensible, et parfois efficace. Contrôler l'élection épiscopale, mettre la main sur une abbaye, soit en en devenant soi-même abbé laïque, soit en l'attribuant à un parent ou à un proche de confiance, est indispensable pour affirmer les bases du pouvoir princier, en garantir l'homogénéité. Ce sont les monastères que les princes ont le plus tôt et le plus complètement accaparés. Dans cette entreprise, les robertiens ont été précoces et opiniâtres, on l'a vu : de la vallée de la Loire au Bassin parisien et jusqu'à la Picardie, de Saint-Martin de Tours à Saint-Riquier en passant par Saint-Aignan d'Orléans, Saint-Germain-des-Prés et Saint-Denis, le marquis de Neustrie tient personnellement des établissements nombreux, riches, prestigieux. Richard de Bourgogne, maître de Saint-Germain d'Auxerre, de Saint-Martin d'Autun et, plus disputée, de Sainte-Colombe de Sens, se range lui aussi dans cette importante catégorie des comtes-abbés, où le robertien demeure néanmoins sans égal. Les dynasties princières tâchent de s'ancrer dans des abbayes qui passent ainsi dans leur patrimoine à la fois matériel et spirituel, où ils se font enterrer : les comtes de Poitiers à Saint-Hilaire et Saint-Cyprien, ceux de Toulouse à Saint-Gilles, ceux d'Angoulême à Saint-Cybard, Guillaume le Pieux à Saint-Julien de Brioude, tandis qu'Herbert de Vermandois fait de Saint-Médard de Soissons le cœur de son dispositif. L'enjeu, il est vrai, est considérable. Les biens d'Église sont à la disposition du prince pour rémunérer les fidélités dont il a besoin pour se maintenir. Abbé laïque, il garde tout ou partie de la mense abbatiale, qui lui permet de soutenir son train de maison. La louange et les prières qui montent des églises en sa faveur ne sont pas non plus négligeables. C'est pourquoi la possession de monastères est disputée avec acharnement. Baudoin de Flandre, à la fin du IXe siècle, convoite l'abbaye de Saint-Bertin qu'avait tenue son père. En 892, l'abbatiat est disponible. Baudoin le demande à Eudes. Mais les moines, peu soucieux de tomber sous la coupe d'un laïc, démarchent le roi. C'est Foulques de Reims qui obtient le monastère. Baudoin, méditant sa vengeance, fait assassiner Foulques par un homme à lui, en juin 900, et met enfin la main sur l'abbaye qui, avec Saint-Vaast d'Arras, Saint-Pierre et Saint-Bavon de Gand, constitue le meilleur des possessions de son fils

Arnoul. Ainsi, pour le contrôle d'un temporel, il est vrai fort bien pourvu, le petit-fils de Charles le Chauve n'a pas hésité à répandre le sang du successeur de saint Remi ; tout comme les hommes de Richard de Bourgogne ont mis à mal, en 894, l'évêque de Langres, qui n'était pas des leurs, et coffré l'archevêque de Sens l'année suivante. L'accession du petit Hugues au siège de Reims en 925 n'est pas un moindre scandale. La chronique de Flodoard, dans sa sécheresse, est pleine de notations accablantes : en 928, « Bennon, évêque de Metz, attiré par des embûches, fut châtré et aveuglé ». Adalelme, comte d'Arras, cherche à s'emparer du comté de Noyon en 932, en imposant son candidat à l'épiscopat. Les habitants résistent, et le comte est tué devant l'autel de la cathédrale, au mépris de la majesté divine. Un hagiographe décrit crûment, au début du Xe siècle, les manigances du vicomte Renard d'Auxerre, agissant pour le compte du duc de Bourgogne : « Il médite le projet de mettre à la tête de l'église d'Auxerre un évêque qu'il pût soumettre à son autorité et qui se tairait s'il tentait d'envahir les bénéfices de la maison de Dieu. »

Cet accaparement, parfois violent, des fonctions, des pouvoirs et des biens d'Église par la puissance laïque est un fait largement attesté pour la fin du IXe siècle et tout le Xe. Ce qui est vrai des évêchés et des grands monastères l'est aussi, encore que de façon moins visible, des établissements plus petits et des églises rurales. Qu'ils se les soient appropriés, qu'ils les aient reçus d'un seigneur ou qu'ils les aient fondés pour leur service personnel, les petits chefs locaux, voire de simples alleutiers, détiennent à présent églises et oratoires comme des biens propres qui, parfois, sont divisés au gré des héritages. Le desservant, alors, est un domestique choisi dans l'entourage direct. Il s'ensuit, naturellement, un dépérissement du culte, un appauvrissement de la liturgie, une altération de la qualité des prières, aggravés par la dilapidation et la sécularisation du patrimoine ecclésiastique. Il y a beau temps que les meilleurs des clercs dénoncent cette dégradation. Durant ces décennies-là, il semble que leurs lamentations soient plus justifiées que naguère. Conciles généraux et même synodes provinciaux, il est vrai, ne se réunissent plus guère, et c'est en soi un signe. L'assemblée de Trosly, en 909, présidée par l'archevêque Hervé de Reims, dénonce les faux chrétiens et constate, pour s'en affliger, la ruine des monastères, qui n'est pas due aux seuls Normands. Scandale que ces abbés laïques qui, flanqués de femme, d'enfants, de guerriers et de chiens, s'abattent sur les églises de Dieu pour les piller, les démembrer, les souiller ; que ces puissants qui, poussés par « le brandon de l'envie et la rage du siècle », comme s'en indigne une charte de l'abbaye de Nouaillé, en 904, s'emparent de force, en toute iniquité, de ce qui appartient au patrimoine ecclésiastique. La même année, Eudes, jeune chanoine de Saint-Martin de Tours, car à Saint-Martin comme beaucoup ailleurs les moines ont fait place aux chanoines, dont la règle de vie est plus souple et davantage ouverte sur le monde, prêche la repentance et la purification, stigmatisant le désordre des esprits et des comportements : Eudes, le futur grand abbé de Cluny.

Tout au long du Xe siècle, l'accaparement des biens d'Église, notamment monastiques, par l'aristocratie laïque, avec le relâchement spirituel qui s'ensuit, principalement faute de moyens de fonctionnement, ne fait aucun doute. De ce mouvement général, il est difficile de mesurer l'intensité. D'abord, parce que nous ne le connaissons que par des sources très engagées : hagiographies qui noircissent à plaisir le tableau pour mieux faire ressortir l'action réparatrice de leur héros, chartes ecclésiastiques consignant des jugements faisant droit à leurs revendications, donations où églises et oratoires apparaissent en nombre considérable ; ensuite, parce que, selon les lieux et aussi les périodes, la mainmise des laïcs et ses conséquences sur la société religieuse varient considérablement, et que de ces cas particuliers, en effet impressionnants, il est aventureux de conclure pour l'ensemble. Le Sud de la Loire paraît plus précocement et plus profondément atteint que le Nord et l'Est du royaume. Alors que jusque vers 940 l'abbaye de Saint-Amand semble conserver l'essentiel de ses biens et aussi de son rayonnement intellectuel, le célèbre Hucbald y enseignant jusqu'à sa mort en 930, en Auvergne le patrimoine de Saint-Julien de Brioude est dévasté par le vicomte Dalmas, qui s'est emparé de l'abbatiat dès la mort d'Acfred, le dernier Guilhelmide, en 927. Saint-Chaffre, Sauxillanges ne sont pas mieux traités. En Provence, ce ne sont pas seulement les Sarrasins, mais aussi les querelles intestines entre grandes familles qui ruinent, parfois jusqu'à la disparition, évêchés et monastères : Toulon, Fréjus, Antibes, Vence n'ont plus de titulaires au début du Xe siècle ; Saint-Césaire d'Arles, Saint-Victor de Marseille, Lérins, vieux établissements dont l'histoire se confond avec la christianisation de la Gaule, sont réduits à rien. Dans la seconde moitié du siècle, les fauteurs de scandale se recrutent davantage dans le Nord ; Archambaud, à Saint-Pierre-le-Vif de Sens, et Mainard, à Saint-Maur-des-Fossés, installent leur meute et leurs oiseaux de proie, auxquels tant ils ressemblent, dans le logis abbatial, et mènent en tout point la vie des princes du siècle ; l'évêque Herbert d'Auxerre, bâtard d'Hugues le Grand, chef de guerre actif, distribue à ses camarades les biens diocésains, tandis que celui du Mans, Sigefroi, s'affiche en son palais avec son épouse, l'*episcopissa*. Vers 980, sous l'impulsion de l'archevêque Adalbéron, les abbés de la province de Reims tiennent une assemblée où fleurit l'autocritique : mœurs débauchées — moines et moniales vivant en « compères » et « commères » —, allées et venues individuelles injustifiables, luxe du vêtement, « en particulier les tuniques coûteuses qu'ils serrent sur les deux côtés et qu'ils garnissent de manches et de tournures flottantes, si bien qu'avec leurs tailles serrées et leurs fesses tendues ils ressemblent de derrière à des prostituées plutôt qu'à des moines ». En vérité, le sort de l'Église suit celui de la puissance publique, à laquelle elle était si étroitement associée : appropriation des biens et des fonctions, dont s'emparent les princes, qui les retiennent pour eux ou s'en servent pour acheter des soutiens et rémunérer des services ; désagrégation, plus rapide ici que là, ou du moins détournement des institutions traditionnelles. S'y ajoute, dans la situation propre à l'Église, un affaissement de la vie spirituelle et de l'activité culturelle.

Le processus, cependant, n'est pas sans nuance. Car, alors qu'ici on accapare, on pille, on scandalise, un peu plus loin, un peu plus tard, on restitue, on reconstitue, on réforme. Parfois ce sont les mêmes, princes et seigneurs, qui donnent et retiennent, purifient et dégradent. Pour la commodité de l'exposé, je traiterai dans un prochain chapitre, à part, de la réforme en cours dès le deuxième tiers du Xe siècle, car elle ne prendra toute sa portée qu'à la fin du siècle et surtout au XIe. Mais, dans les faits, tout s'entremêle. « L'Église au pouvoir des laïcs », expression reçue, signifie bien que les grands se servent de l'Église et surtout de son patrimoine pour des intérêts qui leur sont propres. Mais il apparaîtra bientôt, et de plus en plus, que ces intérêts-là ne contredisent pas nécessairement les fins que poursuit la société ecclésiastique. De sorte que désordre et réforme, déviation et rectification sont parfois intimement associés, le besoin des unes naissant de l'excès des autres. Reste que, pour les unes comme pour les autres, les princes demeurent les maîtres du jeu.

3
D'une dynastie à l'autre
(936-987)

Sur ce point, la restauration carolingienne, en 936, sous les traits de l'adolescent Louis IV, ne doit pas tromper : elle est entièrement leur fait. La royauté, si vaillante et entreprenante qu'elle se veuille, est liée au système et subit ses aléas. C'est pourquoi l'histoire du règne des trois Carolingiens qui se succèdent de père en fils jusqu'en 987 est si complexe et agitée, du moins en surface. C'est pourquoi aussi il convient d'en simplifier le récit, en y repérant, s'il se peut, quelques lignes de force. Car la force est, ouvertement, le mode de règlement normal des rapports politiques et sociaux.

1. Le roi du duc.

Pour mettre un peu de clarté raisonnée dans des événements d'une obscure confusion, d'autant plus qu'à partir de 966 s'arrêtent les *Annales* de Flodoard, source qui, pour partielle et orientée qu'elle fût du fait de son origine rémoise, est au total assez fiable, retenons les éléments constitutifs des cinquante années de « vie politique », terme en réalité tout à fait inapproprié, que parcourt la royauté des Francs de l'Ouest, jusqu'à ce qu'elle change définitivement de mains, sans toutefois changer vraiment d'identité. Faiblesse matérielle du roi, puissance considérable du marquis de Neustrie, capacité du Carolingien à profiter des conflits entre les princes pour se fortifier au moins en France mineure, tentative royale de reprendre pied en Lorraine, enfin, mise en place progressive d'une suprématie germanique qui s'impose à l'ouest dans la

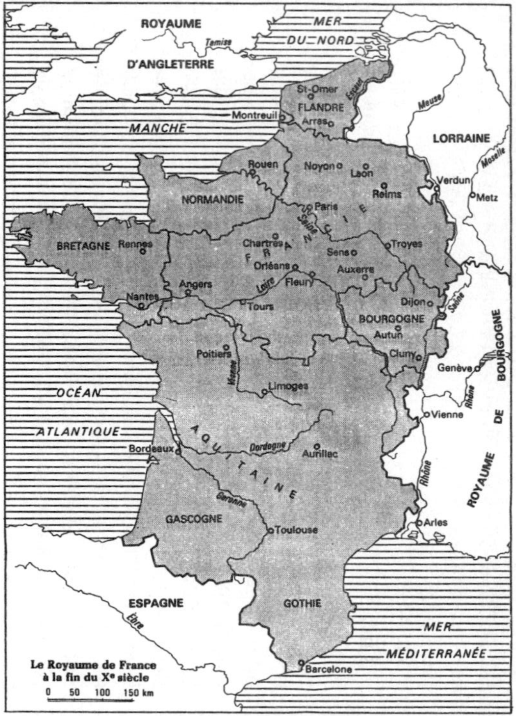

Le Royaume de France à la fin du X{^{e}} siècle

L'Empire à la fin du X{^{e}} siècle

seconde moitié du siècle et oriente le cours des choses de façon décisive.

Le transfert en France de Louis d'Outre-Mer, cet enfant qui ne parle ni le latin ni le roman, est l'œuvre d'Hugues le Grand, qui l'a négocié avec les puissants intéressés à l'affaire, ceux du Nord de la Loire : Guillaume de Normandie, Herbert de Vermandois, Arnoul de Flandre, accessoirement le Bourguignon Hugues le Noir. Retour en force du principe de légitimité carolingienne ? Il serait très exagéré de l'affirmer. Filiation et élection, ce double processus d'accession à la couronne, jouent en faveur du Carolingien, dont tous les ancêtres mâles ont régné sur les Francs depuis deux siècles. Cependant, Louis est appelé beaucoup plus pour ce qu'il n'est pas que pour ce qu'il est. De son royaume il ne sait rien, et n'y possède à peu près rien. Si Hugues le Grand a choisi Louis, c'est sans doute, comme en 923, parce qu'il n'a toujours pas d'héritier à qui remettre ses commandements au cas où il déciderait d'assumer lui-même la royauté ; du coup, son principal compétiteur, Herbert, risquerait de se développer à loisir. Sans doute aussi le marquis Hugues, maître de toutes choses dans une si large portion du royaume, croit-il pouvoir tenir le futur roi sous sa coupe et profiter de sa situation exceptionnelle pour s'accroître encore.

De fait, au moment de son sacre à Laon, le 19 juin 936, des mains d'Artaud de Reims, Louis IV est à peu près complètement démuni. Matériellement, il tire quelques ressources de la petite douzaine de domaines qu'il possède encore en propre, tous situés, bien sûr, en France mineure, et dont les noms éveillent les échos sonores et glorieux d'un passé révolu : Compiègne, Quierzy, Verberie, Ver, Ponthion. Louis est aussi maître de quelques abbayes, comme Notre-Dame de Laon, Saint-Corneille de Compiègne, Corbie et même, très excentrée, Fleury-sur-Loire. Il peut s'appuyer sur les revenus et les équipes de la province de Reims, que gouverne le fidèle Artaud, bientôt archichancelier. Là, le roi nomme directement les évêques, à commencer par celui de Laon ; Laon, véritable réduit de la légitimité carolingienne, où le roi, quand il est malheureux, vient se refaire, loin d'Orléans et même de Paris. En effet, ce n'est qu'en prenant ses distances avec le pays d'entre Seine et Loire, la terre d'Hugues, que Louis IV peut espérer exister, voire prospérer.

A Hugues, le roi, dès son avènement, reconnaît le titre de *dux Francorum*, « le second après nous dans tous nos royaumes ». Une telle fonction, Robert l'avait occupée, au moins au nord de la Loire, du temps de Charles le Simple, de l'aveu des chroniqueurs. Mais la chancellerie royale ne l'avait jamais officialisée. A présent, Hugues est mis à part du concert des princes territoriaux. Il n'est plus seulement comte de telles cités, abbé de tels monastères, titulaire de commandements localisés, il participe de cette autorité sur les Francs dont le roi était, jusque-là, le seul détenteur. *Rex Francorum, dux Francorum*, ils sont deux à présent habilités à conduire ce peuple excellent, dont on sait de mieux en mieux qu'il descend, à l'égal des Romains, d'un fils de Priam, et que Dieu l'a distingué pour dominer l'Occident chrétien, en la personne de rois très pieux et très forts, Clovis, Dagobert, Charlemagne, tous, en fait, de la même lignée. *Dux Francorum*, n'est-ce pas aussi le nom porté jadis par Charles Martel, puis par son fils Pépin, qui, à côté du roi, bientôt à sa place, ont dirigé effectivement, puis augmenté le royaume des Francs ? Fils d'un roi des Francs, duc des Francs lui-même, Hugues le Grand, visiblement, cherche à subroger le roi dans sa royauté. Cela, Louis IV n'y semble pas disposé. Surtout, les autres princes n'ont pas laissé faire la restauration carolingienne pour que Hugues l'utilise à son profit exclusif, c'est-à-dire à leur détriment. C'est bien à quoi Hugues s'est aussitôt employé en mettant la main sur Sens et Auxerre, pris à Hugues le Noir. Chacun à sa place : un petit roi, certes, mais garant d'une répartition acceptable des pouvoirs réels au sein du système. Pour Louis, le seul espoir de se constituer, à l'instar des princes, une base territoriale et un réseau de fidélités lui assurant une capacité de survie et même d'intervention se trouve dans la perpétuelle rivalité entre les grands, attentifs à se barrer réciproquement la route ; attentifs, aussi, à ce que le roi ne se renforce pas au point de se mêler de ce qui, depuis longtemps, ne le regarde plus.

Dès 937, Louis tente de desserrer l'emprise robertienne, en s'appuyant sur l'archevêque de Reims, aussi sur Hugues le Noir lésé par le duc des Francs, et sur le lointain Guillaume de Poitiers, qu'une expansion excessive d'Hugues le Grand menace directement. Ce dernier riposte en s'alliant avec Herbert de Vermandois, dont les possessions s'entremêlent dangereusement avec celles du roi : à preuve la cité de Laon, dont la tour, toujours tenue par le clan vermandisien, est cernée par le dispositif carolingien. Ce n'est qu'en 938 que Louis parvient à mettre la main sur la forteresse, après un siège en règle. Herbert, de son côté, s'empare de places fortes appartenant à l'archevêque de Reims.

Dans cette configuration mouvante, où le roi n'est pas toujours à la traîne, s'introduit alors la force montante et bientôt dominatrice en Europe. Depuis 936, Otton, le fils d'Henri, est roi de Germanie. A la différence du Carolingien, Otton assoit sa royauté sur un système beaucoup plus consistant, et qu'il fortifiera encore grandement : quelques duchés, qu'il s'efforce avec succès de faire entrer dans sa famille, de puissants évêques auxquels il confie souvent l'autorité comtale, un réseau fidèle de monastères considérables, aussi une capacité d'expression culturelle et idéologique beaucoup plus forte, alors, qu'à l'ouest. En vérité est en cours la captation de l'héritage de Charlemagne que Louis, pourtant, convoite aussi, au moins dans sa partie lotharingienne. De fait, au début de 939, Gilbert de Lorraine est partie prenante dans une révolte des ducs de Saxe et de Franconie contre Otton, dont la prise en main vigoureuse est mal ressentie. Gilbert, selon un processus qui n'est pas sans précédent, offre la royauté au Carolingien, possibilité toujours ouverte en Lorraine. Voilà Louis qui reçoit quelques hommages à Verdun, étape, croit-il, sur la route d'Aix-la-Chapelle, où l'appelle la voix du sang, de la tradition, de l'intérêt aussi, car la Lorraine pourrait lui offrir une assise qu'il a tant de mal à trouver à l'ouest et au sud. Cette tentation lorraine, poursuivie opiniâtrement par Louis et son fils Lothaire, tout en témoignant de leur énergie, devait coûter très cher aux Carolingiens, car, pour la royauté germanique, elle était insupportable. De fait, Otton, qui a reçu l'alliance d'Hugues et d'Herbert, reprend bientôt pied en Lorraine, dont le duc Gilbert meurt accidentellement. L'année suivante, Louis subit un coup encore plus sensible. Hugues et Herbert, flanqués de Guillaume de Normandie, qui hier encore jurait fidélité au roi, entrent dans Reims, ôtent Artaud de son siège et y replacent Hugues, le fils d'Herbert, qui, depuis son expulsion en 932, a appris à lire et à psalmodier auprès de l'évêque Gui d'Auxerre. Pour le roi, la perte est énorme. Herbert tient à nouveau le patrimoine de saint Remi qui, dans un texte étonnant émanant des milieux rémois et connu sous le nom de *Visions de Flothilde*, constate que la Francie est en passe de perdre son prestige et sa puissance, reproche à Artaud d'avoir délaissé le service divin, ce qui entraîne son expulsion et même sa consumation dans le feu, et se demande enfin « ce que les Francs veulent faire de leur roi, qui a franchi la mer à leur demande, auquel ils ont juré fidélité et qui ont menti à Dieu ainsi qu'à ce même roi ». Quatre ans plus tôt, saint Martin, lui aussi au moyen d'une vision, avait fait savoir qu'il allait assister en personne au couronnement de Louis. A présent, l'autre patron, avec Denis, de la monarchie franque, paraissait désespérer du règne, faute d'un soutien divin clairement affirmé.

De fait, le Carolingien était au plus bas. En effet, Hugues et Herbert, une fois Reims soustrait à l'influence royale, ont juré allégeance à Otton, installé — éloquent symbole — dans le palais royal d'Attigny, et qui pousse même jusqu'à la Seine avant d'aller mettre le siège devant Laon, d'ailleurs sans succès. En 941, les deux princes taillaient en pièces l'armée du roi. Presque aussitôt, Artaud se soumettait personnellement à Hugues et à Herbert. Ni en Francie ni en Lorraine aucun développement n'était permis à Louis. Bienheureux s'il pouvait conserver sa cité de Laon. Otton jugea que son beau-frère Louis était suffisamment réduit. Il le rencontra, se déclara son ami et le réconcilia avec Herbert et Hugues, son autre beau-frère, le roi et le duc ayant jugé politique d'épouser chacun une sœur d'Otton. L'arbitre en Occident est à présent le roi de Germanie, qui veille à ce que, à l'intérieur du royaume occidental, aucun parti ne l'emporte durablement sur l'autre. Suivons encore un moment Louis IV dans les aléas de son existence, car la première moitié de son règne est instructive. Avec l'année 943 s'ouvrent en effet pour le roi d'intéressantes perspectives. Le comte de Rouen Guillaume vient de périr dans un guet-apens, sans doute à l'instigation d'Arnoul de Flandre, pour des motifs indéchiffrables. Le 23 février disparaissait, de mort naturelle, Herbert de Vermandois. L'héritier de Normandie était un très jeune garçon, Richard. Au contraire, Herbert laissait quatre fils, sans compter l'archevêque Hugues. Dans les deux cas, l'opportunité était à saisir. En Normandie, la succession fut prétexte à des troubles, des Danois païens s'infiltrant en terre à vrai dire encore incomplètement chrétienne. Le roi entra en Normandie, prit le jeune prince Richard sous sa tutelle, séjourna à Rouen, à Évreux, remporta des victoires militaires, le tout de concert avec Hugues auquel il confirma le *ducatus Franciae*, en y ajoutant le titre de duc des Bourguignons. Bref, en Normandie, Louis IV exerce, autant qu'il le peut, son autorité, sans intermédiaire, au point qu'il confie la garde de Rouen à un sien fidèle, le comte Herluin de Montreuil, pourtant vassal, en principe, d'Hugues le Grand.

De l'autre côté, la mort d'Herbert débarrasse le roi d'un dangereux perturbateur, dont les possessions encerclaient littéralement la cité royale de Laon. Selon la tradition, qui bientôt fera figure d'archaïsme, les quatre fils se partagèrent l'héritage. Eudes conserva le comté d'Amiens, dont le roi s'empara d'ailleurs presque aussitôt ; Herbert III, l'aîné, eut Château-Thierry et la puissante abbaye de Saint-Médard de Soissons, Albert devient comte de Vermandois et abbé laïque de Saint-Quentin, tandis que Robert tient le comté de Meaux. Louis IV, à la faveur de cette succession, se fit remettre l'abbaye Saint-Crépin de Soissons, qu'il concéda au comte Renaud de Roucy, naguère fidèle d'Hugues le Grand, et désormais très proche de la dynastie carolingienne. Il gagnera aussi, un peu plus tard, la fidélité d'Albert de Vermandois qui, pour une fois, se révéla solide et durable. Ainsi, à l'Est comme à l'Ouest du royaume, Louis IV avait tourné la situation à son avantage. Ce faisant, il était sorti du rôle qu'Hugues le Grand lui avait consenti. Le duc passa alors du gangstérisme couramment en usage au grand banditisme. En juillet 945, Louis, chevauchant alors en Normandie, tomba dans une embuscade non loin de Bayeux. Herluin de Montreuil y laissa la vie, tandis que le roi parvenait à s'enfuir à Rouen. Ce fut pour y être coffré par des Normands, peut-être partisans d'Hugues le Grand, peut-être heureux simplement de réussir un coup qui pouvait leur rapporter gros. Peut-être manipulés par Hugues, qui s'octroya le rôle fructueux d'entremetteur, ils exigèrent de la reine Gerberge, contre remise du roi au duc des Francs, qu'elle leur donne en otages ses deux fils, Lothaire et Charles. Gerberge parvint à ne laisser partir que le cadet, en y ajoutant les évêques de Soissons et de Beauvais. Louis passa alors entre les mains des émissaires du robertien. Apparemment contre toute attente, ce dernier, au lieu de ramener le roi en grande pompe, le fit arrêter et le donna à garder au comte de Tours Thibaud. A vingt ans de distance, Hugues rééditait le coup d'Herbert de Vermandois contre Charles le Simple.

L'incarcération de Louis dura bien plusieurs mois, le temps sans doute pour Hugues de lui faire sentir qu'il n'était rien sans lui. Après quoi, le duc, flanqué d'Hugues le Noir et avec l'aval d'autres grands chefs, en particulier ses neveux de Vermandois, qu'il avait réunis, « restitua au roi Louis, écrit Flodoard, la fonction [*honor*] des rois, ou plutôt le nom ». Ainsi, le duc des Francs, à la tête et au nom de l'aristocratie dont il est l'incontestable meneur, est en position de déchoir et de relever l'héritier de Charles le Chauve. Encore n'y consent-il que sous bénéfice d'une amputation à son profit : la reine Gerberge, personnalité active et déterminée, doit remettre Laon à Hugues, qui confie aussitôt le gouvernement de la cité royale au redoutable Thibaud de Tours. Louis peut bien dater l'un des premiers diplômes postérieurs à sa libération, à la fin de juin 946, de la onzième année de son règne, « quand il eut recouvré la Francia », le roi, à ce moment, ne tient plus ni Reims, ni Laon, ni rien.

2. L'intervention germanique.

Rien, c'est trop. En vertu du principe d'équilibre déjà signalé, Otton de Germanie ne pouvait pas laisser son royal beau-frère réduit à ce point de débilité, ni le duc des Francs insulter à la majesté royale et accaparer toute l'autorité en Francie. Aussi Otton, de concert avec le roi Conrad de Bourgogne, fils et successeur de Rodolphe II mort en 937, pénétrat-il dans le royaume occidental à la tête d'une armée que Flodoard décrit comme considérable. Les trois rois se présentèrent devant les murs de Reims. Sur les conseils de son beau-frère Arnoul de Flandre, l'archevêque Hugues préfère décamper. Artaud fut aussitôt rétabli, « Robert, archevêque de Trèves, et Frédéric, archevêque de Mayence, le prenant chacun par la main ». On ne peut pas mieux manifester que Reims entrait dans le système germanique, qui, de plus en plus, faisait figure d'héritier de la gloire impériale. Louis IV, par la grâce du roi de Germanie, retrouvait ainsi l'un de ses points d'appui. Mais il était clair à présent qu'Otton et les siens étaient, en Occident, les maîtres du jeu. C'est entre la Meuse et le Rhin que les décisions se prennent. Là, de la fin de 947 à la fin de 948, se tiennent quatre synodes, à l'initiative d'Otton et de son Église, pour délibérer des affaires rémoises, et plus généralement de la situation en Francie. La plus importante de ces assemblées se réunit en juin 948 à Ingelheim, ce palais proche de Mayence où les empereurs Louis et Lothaire, cent ans plus tôt, séjournaient fréquemment, où Otton, qui tend à les rejoindre en prestige et en autorité, réside volontiers. Sont venus, outre un légat apostolique, plus de trente archevêques et évêques, principalement de Germanie, aussi du royaume de Conrad. A l'exception d'Artaud et de son suffragant de Laon, aucun évêque du royaume de l'Ouest n'est présent. Le duc des Francs, sans doute, y a veillé de près. Le roi Louis, « avec la permission d'Otton », expose ses griefs contre Hugues le Grand. Sans doute le fait-il en tudesque, en saxon plus précisément, afin qu'Otton le comprenne bien, aucun des deux rois n'entendant le latin. Le concile, dont nous avons conservé les actes, rend alors sa sentence : « Que nul n'ose à l'avenir porter atteinte au pouvoir royal, ni le déshonorer traîtreusement par un perfide attentat. Nous décidons, en conséquence, que Hugues, envahisseur et ravisseur du royaume de Louis, sera frappé du glaive de l'excommunication, à moins qu'il ne se présente, dans le délai fixé, devant le concile, et qu'il ne s'amende en donnant satisfaction pour son insigne perversité. » Ainsi, l'assemblée d'Ingelheim, où le roi des Francs et l'archevêque de Reims avaient paru en posture quelque peu subalterne, renouait avec la grande tradition du IXe siècle, quand les prélats réunis en nombre et en qualité indiquaient à la société le chemin à suivre, conformément à la loi.

Hugues le Grand, naturellement, ne tint aucun compte de l'injonction. Au contraire, il dévasta Soissons, ravagea des biens rémois, profana des églises. C'est pourquoi le synode de Trèves, en septembre, l'excommunia. Comment l'intéressé pouvait-il ressentir une telle condamnation ? N'étaient présents à Trèves qu'une demi-douzaine d'évêques, ce qui atténuait sans doute la portée d'une sanction dont il est impossible de savoir si elle fut réellement suivie d'effet. Hugues apparut-il comme réellement retranché de la communauté des fidèles ? On peut en douter. En revanche, les conciles ont une grande importance pour le fonctionnement interne de l'Église : les évêques, en effet, doivent rendre des comptes et peuvent aller jusqu'à perdre leurs fonctions. Ainsi, Gui de Soissons, qui avait ordonné Hugues de Reims, dut faire amende honorable pour conserver son siège. Les évêques Thibaud d'Amiens et Yves de Senlis, que l'archevêque Hugues avait naguère consacrés, furent excommuniés. Nul doute que ces censures contribuèrent à lier au roi et au système carolingien, et aussi ottonien, les évêques de Francie. Ainsi, au début de 949, Louis IV, de concert avec Arnoul de Flandre, expulsa Thibaud de sa cité d'Amiens, et fit consacrer son successeur, Raimbaud, par l'archevêque Artaud, qui récupérait ainsi un évêché suffragant, pour le plus grand profit du roi. La même année, le roi rentra dans sa ville de Laon, dont Thibaud de Tours lui livra la tour quelques mois plus tard, sur ordre du duc des Francs. En 950, le roi et le duc se réconcilièrent. Hugues conservait sa situation prééminente, et avait accru sa zone d'influence jusqu'à la Normandie, et surtout la Bourgogne. En effet, le dernier descendant direct de Boson, Hugues le Noir, était mort en 952, laissant la plus grande partie de ses honneurs à son gendre Gilbert, fils de Manassès de Chalon. Le comte Gilbert reconnut bientôt la suprématie d'Hugues le Grand, qui fit épouser une fille de Gilbert à son fils Otton. A la mort du comte, en 956, le clan robertien mit la main sur l'héritage bourguignon.

Louis IV, appuyé sur Reims et Laon, fort de l'alliance solide d'Arnoul de Flandre et d'Albert de Vermandois, et disposant de quelques revenus et de fidélités durables, exerce une autorité réelle sur une partie de la France mineure, et sa légitimité ne paraît plus contestée : petit roi, vrai roi, qui se risque à sortir de sa région d'élection, pour recevoir, à la lisière de la Bourgogne et de l'Aquitaine, les serments de fidélité de Létaud, comte de Mâcon, du comte de Vienne Charles-Constantin, de l'évêque de Clermont Étienne, du comte de Poitiers Guillaume. Déjà, en 941, le roi s'était rendu à Vienne, puis à Poitiers. Le Carolingien apporte ainsi, de loin en loin, la preuve vivante de son existence à des populations pour lesquelles le roi n'est plus, en fait, qu'une appellation désincarnée. Louis IV et Lothaire son fils seront les derniers rois des Francs à se montrer au sud de la Loire, chacun une fois ou deux. Après eux s'installe une interminable absence.

Jeune encore, Louis meurt accidentellement en septembre 954. Il est enseveli à Saint-Remi de Reims, au plus près des saintes reliques du patron de la royauté franque. Le duc des Francs assura aussitôt à la reine Gerberge que « son fils entrerait en possession du royaume ». De fait, Artaud, le 12 novembre, sacrait Lothaire à Saint-Remi, « avec l'aide du prince Hugues, de l'archevêque Brunon et des autres évêques et grands de Francie ». Le très long règne de Lothaire, trente-deux ans, presque autant que celui de Charles le Chauve, est donc placé dès l'origine sous une double tutelle : celle du duc des Francs, qui patronne l'avènement du jeune roi, celle aussi du roi de Germanie, représenté par l'archevêque Brunon de Cologne, frère d'Otton qui lui a confié le gouvernement de la Lorraine. Tout l'effort de Lothaire tendra à jouer l'une contre l'autre pour se conserver une sphère d'autonomie. A la fin, la conjonction des deux puissances entraînera la disparition du Carolingien.

Au début, c'est le duc des Francs qui prend le roi sous sa coupe, en contrepartie de son soutien à l'avènement de Lothaire. Il se fait accorder la souveraineté sur l'Aquitaine, c'est-à-dire qu'il veut en réalité faire reconnaître sa suprématie par le comte de Poitiers, qui lui-même tente de s'étendre en Auvergne. Au printemps de 955, après avoir fastueusement traité le roi à Paris, où le duc est chez lui, Hugues emmènera Lothaire dans une chevauchée à l'assaut de Poitiers, en traversant les possessions robertiennes entre Seine et Loire, le vieux prince cornaquant le jeune roi. L'échec de la campagne poitevine fut total. C'est alors que Guillaume Tête d'Étoupe se donne le titre de duc d'Aquitaine, naguère porté par les comtes de Toulouse. Jamais les robertiens ne réussiront à prendre véritablement pied au sud de la Loire. Les derniers Carolingiens, quand ils s'y essaieront à leur tour, n'y parviendront pas davantage. En vérité, la séparation entre le Nord et le Sud est presque complètement consommée.

C'est peu après qu'il eut reçu et transmis à son fils cadet Otton la succession bourguignonne que Hugues le Grand, duc des Francs, des Bourguignons, des Bretons et des Normands, mourut en juin 956, après trente-trois ans de principat. Son fils aîné Hugues, et lui seul, devait entrer en possession de tous les honneurs de son père. Il est âgé d'une quinzaine d'années, comme son cousin Lothaire. Les deux principaux personnages du royaume passent alors sous le contrôle de leur oncle le roi de Germanie, frère de la reine Gerberge et de la duchesse Hathuide, l'archevêque Brunon faisant fonction de véritable régent. Sa mission est de protéger, dans sa partie occidentale, le royaume de Germanie, en empêchant toute tentative carolingienne d'entrer en Lorraine, et d'éviter que, entre ses deux neveux, l'un se développe à l'excès au détriment de l'autre. Peut-être est-ce pour que Lothaire prenne un bon départ que Hugues Capet ne fut investi du *ducatus Franciae*, et symboliquement du Poitou, qu'en 960, en même temps que son frère Otton, encore plus jeune, se voyait confirmer la Bourgogne, non sans que Lothaire, avec l'aval de Brunon, eût au préalable pris pour lui la cité de Dijon, qui dépendait de l'évêché royal de Langres, et qu'il put conserver. Cette minorité d'Hugues ne fut pas sans conséquence, je le montrerai plus loin, sur le sort de la principauté robertienne.

L'équilibre fut maintenu entre le roi et le duc jusqu'à la mort d'Otton Ier, en 973. Empereur depuis 962, Otton, souverain de Rome et d'Aix, a mis ses pieds dans les traces de Charlemagne. Il a purgé l'Occident des païens hongrois. Sa parentèle tient fermement duchés, évêchés, abbayes. Le rayonnement de la royauté germanique, fondée sur un socle politique et matériel impressionnant, éclipse toute autre puissance en Occident. De ce système, le royaume des Francs de l'Ouest, ou du moins son roi, fait partie intégrante. En juin 965, à Cologne, Otton paraît dans toute sa gloire, entouré des plus considérables spécimens de l'aristocratie de l'Europe septentrionale. Lothaire est venu reconnaître ce qu'il doit au maître de la chrétienté, défenseur des églises, tuteur des rois, rénovateur de l'Empire. Sur la Meuse et sur le Rhin, tout comme en Italie, les foyers culturels, au service de l'idéologie impériale, brillent de feux renouvelés. Là retrouve vigueur la tradition carolingienne de l'évêque, aristocrate du sang et du savoir, au service d'une Église dont les intérêts se confondent avec ceux de la dynastie. Le siège épiscopal de Metz est l'un des plus actifs de ces centres attelés à l'œuvre de rénovation. Autour de la cathédrale, où règne l'évêque Adalbéron, fils de Wigeric, comte d'Ardenne et fondateur d'une très puissante lignée lorraine, dont le frère Frédéric de Bar, bientôt duc de haute Lorraine, a épousé la sœur d'Hugues Capet, des chanoines de qualité s'activent. L'un d'eux, Odelric, est choisi par Brunon pour succéder à Artaud de Reims, mort en 962. Reims commence ainsi d'être attiré dans l'orbite ottonienne. Cette tendance se renforce encore lorsque, à la mort d'Odelric en 969, le neveu d'Adalbéron de Metz, qui porte le même nom que son oncle, et a été instruit par lui dans le monastère de Gorze alors en cours de réforme, est installé comme successeur de saint Remi. Son frère Godefroid est comte de Verdun, cité située dans le royaume de Lorraine et dont l'évêque est suffragant de celui de Reims. Personnalité exceptionnelle, Adalbéron de Reims est engagé, avec son groupe, dans le dispositif lotharingo-germanique. Face au système des principautés territoriales, à la fragmentation croissante des pouvoirs de commandement, il représente un type de culture où l'unité de l'Occident chrétien, sous l'égide impériale, prévaut sur les divisions et les distinctions politiques. Ce schéma universaliste commande les conceptions et les choix du nouvel archevêque. Il occupera son siège avec éclat vingt ans durant lesquels bien des choses, au royaume des Francs, se seront accomplies. Tant que Lothaire entrera dans ces vues, il parviendra à régner assez fortement. De fait, adossé au réseau épiscopal de la province de Reims, où les évêques de Beauvais, de Châlons, de Laon, de Noyon et, un peu à l'écart, celui de Langres exercent, directement ou non, l'autorité comtale, soutenu aussi par l'archevêque Archambaud de Sens, garanti par la prépondérance ottonienne, Lothaire est en mesure de s'étendre là où ni le roi de Germanie ni le duc des Francs, son trop puissant partenaire, n'ont d'intérêts directs, le Nord-Est du royaume.

En 965, en effet, décède Arnoul de Flandre, un fidèle des Carolingiens. A-t-il, avant de mourir, confié sa principauté au roi jusqu'à la majorité de son petit-fils Arnoul ? Toujours est-il que, dans des circonstances obscures, Lothaire fait valoir militairement sa prérogative et s'empare d'Arras, de Douai et de Saint-Amand. Si nous y voyons de moins en moins clair dans des situations déjà passablement embrouillées, c'est que, à partir de 956, la chronique de Flodoard s'amenuise, et s'arrête complètement en 966. L'*Histoire* de Richer, qui écrit après 990, est beaucoup moins sûre, l'amour des belles-lettres, un ardent désir de bien faire le conduisant parfois à modifier la chronologie pour ménager ses effets, surtout à couler ses personnages et leurs discours supposés dans des modèles antiques, où la rhétorique prend le pas sur l'exigence d'exactitude. De plus, son attachement à l'église de Reims conduit ce moine de Saint-Remi à tourner toute chose à la gloire de ses maîtres Adalbéron et surtout l'écolâtre Gerbert, qui, de 991 à 997, lui succéda, et sous l'épiscopat duquel écrit son élève et adorateur Richer. Ce que l'on perçoit cependant, à travers le récit amphigourique de Richer, à travers les actes assez nombreux de la chancellerie royale, aussi les diplômes des princes ainsi que les chartes et les chroniques locales que, depuis une vingtaine d'années, le travail opiniâtre des médiévistes exhume ou réexploite, c'est que le roi carolingien, vigoureux d'apparence, attire vers lui, à nouveau, certains aristocrates qui trouvent intérêt à le servir. Thibaud de Tours, Foulques d'Angers, qui normalement dépendent du duc des Francs, mènent ainsi, dans les années 960, la lutte contre Richard de Normandie, pour le compte de Lothaire. Leurs fils respectifs, Eudes et Geoffroi, se comporteront, à l'occasion, de la même façon. Le roi enrôle également les comtes vermandisiens, en quête d'un patron qui les conforte dans leurs possessions picardes et champenoises, et les aide à se développer vers l'est en contournant le barrage tendu par la puissance rémoise : Albert de Vermandois, surtout Herbert III, comte de Château-Thierry et de Vitry, abbé de Saint-Médard de Soissons, qui est orné, dans au moins deux chartes de l'abbaye de Montierender, datées de 968 et de 980, du titre de « comte des Francs », et dans un diplôme royal de celui de comte du palais, ce qui le place, au moins verbalement, au sommet d'une hypothétique hiérarchie comtale, et surtout en concurrence directe avec le duc des Francs Hugues. Confiant dans un dispositif qui paraît en effet impressionnant, comparé à ce dont avait pu disposer son père, poussé par des alliés entreprenants, tranquillisé du côté d'Hugues Capet qui semble se confiner au cœur de sa principauté, d'Orléans à Senlis, et dont le frère Eudes-Henri a succédé à Otton au duché de Bourgogne, en 965, avec son accord, le roi regarde à nouveau vers l'est, vers la Lotharingie de ses aïeux, et se sent les moyens de secouer la tutelle impériale. La mort d'Otton le Grand, en 973, offre une occasion.

3. La tentation lorraine.

Avec Otton II, déjà associé à l'Empire depuis six ans, jeune homme qui a plus vécu à Rome qu'en Germanie, le centre de gravité du système ottonien se déplace vers le sud. Marié à une princesse byzantine, Théophano, il se pose en concurrent de l'empereur d'Orient, dont les possessions italiennes demeurent considérables. Alors, au nord-est de l'Empire, une agitation se développe. Brunon de Cologne, duc en Lorraine, avait écarté et dépossédé la descendance de Rénier au Long Col, dont les deux arrière-petits-fils s'étaient, vers 970, réfugiés auprès du roi Lothaire. A partir de 973, ils tentent de recouvrer leur héritage et leurs positions familiales, jadis très fortes, en Hainaut. Une première entreprise, en 974, est vigoureusement contrée par l'empereur, qui remet le Hainaut à l'un de ses fidèles, le comte de Verdun Godefroid, frère d'Adalbéron de Reims. Contre les trublions venus de Francie, la famille d'Ardenne est au premier rang dans la défense de l'Empire et des vertus qui s'y attachent.

Le second essai, deux ans plus tard, est de plus grande ampleur. Rénier et Lambert ont recruté dans la dynastie de Vermandois, dont les rejetons surabondants se sentent à l'étroit. Eudes, fils du comte Albert, l'ami de Lothaire, s'associe à la chevauchée que préparent les princes de Hainaut. La main du roi des Francs paraît alors bien visible ; d'autant que prend part à l'expédition le frère cadet de Lothaire, Charles. Ce dernier, deux ou trois générations plus tôt, eût été roi, puisque fils de roi. Pourtant, ni en 954 ni plus tard, il n'a obtenu aucun royaume, ni même de grand commandement. Encore moins a-t-il été sacré par quelque évêque, comme l'ont pourtant été, depuis Pépin le Bref, tous les enfants royaux légitimes. Lothaire, de l'héritage royal, a tout gardé pour lui seul. Cette spoliation sans précédent marque un resserrement de la succession lignagère, qui se rencontre aussi dans d'autres dynasties princières. Dans les années 960, chez les Francs de l'Ouest, elle surprend. L'étrange situation de Charles, prince sans emploi, presque sans identité, est bientôt mise par les chroniqueurs, des gens d'Église, sur le compte d'une nature et d'un comportement vicieux qui le rendraient impropre à régner. En tout cas, le coup de main en Lorraine peut lui offrir d'intéressants développements. Lothaire, sans doute, encourage l'équipée. N'est-ce pas pour lui l'occasion de reprendre pied en Lorraine, dans ce royaume si cher à sa dynastie, et dont il porte lui-même le nom ?

L'attaque, en tout cas, faillit réussir. Un engagement très violent eut lieu sous les murs de Mons, au cœur du Hainaut. Godefroid de Verdun y fut blessé, son armée, défaite, mais la cité ne fut pas prise. Les agresseurs allèrent se défouler en Cambrésis. Arrêtons-nous un instant, puisque, pour une fois, tout pourrait sembler clair : d'un côté, le roi carolingien veut reconquérir la Lorraine et utilise pour cela complices et comparses : les comtes de Hainaut et de Vermandois, et son propre frère Charles, tous jeunes gens agités qui cherchent à s'établir, l'homme fort du royaume, le duc Hugues, ne s'opposant pas à cette entreprise très éloignée de ses bases ; de l'autre côté, l'empereur Otton II, bien plus fort que son rival, et s'appuyant sur un groupe très puissant, la famille d'Ardenne, dont les chefs sont le duc de haute Lorraine Frédéric et ses neveux, l'archevêque Adalbéron et le comte Godefroid, tous ennemis mortels des Rénier de Lorraine.

Las ! Contre cette admirable construction géopolitique, aléas, soubresauts, volte-face, tels qu'ils nous apparaissent mille ans plus tard, s'inscrivent en faux. A quoi s'empresse en effet l'empereur ? A rendre le Hainaut à Rénier et à Lambert... Bien plus, il confère à Charles, son agresseur, le duché de basse Lorraine, c'est-à-dire l'essentiel de la Belgique, moyennant, bien entendu, serment de fidélité. Pourquoi ce revirement ? Parce que Lothaire vient de chasser de son entourage son frère cadet, au seul motif, paraît-il, qu'il aurait outragé la reine Emma en la soupçonnant publiquement d'adultère avec le nouvel évêque de Laon, Adalbéron, chancelier du roi depuis deux ans. C'est que Lothaire vient de nommer, de son plein gré semble-t-il, au siège épiscopal sans doute le plus important pour les Carolingiens, celui qu'occupait son oncle Roricon, un bâtard de Charles le Simple, un membre de la famille d'Ardenne, le propre neveu d'Adalbéron de Reims et de Godefroid de Verdun, qu'un homme du nouveau duc de basse Lorraine avait rendu boiteux à vie quelques semaines auparavant. Ainsi, Reims et Laon sont aux mains de représentants d'un clan dont la mission est de s'opposer à l'expansion franque en direction de la Lorraine.

Cette succession d'événements accumulés peut bien entendu être réinterprétée en termes politiques rationnels et cohérents. Cela n'a pas manqué ; après tout, on fait bien danser les ours ! En vérité, tels qu'ils nous sont livrés par les sources — isolés, tronqués —, ils sont indéchiffrables. Comment, par exemple, expliquer le coup de sang de Lothaire à l'été de 978 ? A coup sûr, la tentation lorraine ne cesse plus d'habiter le roi. Richer de Reims, sur ce point, paraît convaincant : « Comme Otton possédait la Belgique », c'est-à-dire la Lorraine, car Richer utilise la terminologie de Salluste et de César, « et que Lothaire cherchait à s'en emparer, les deux rois tentèrent l'un contre l'autre des machinations très perfides et des coups de force, car tous les deux prétendaient que leur père l'avait possédée. » De plus, le roi de Francie se sent, à ce moment de son règne, particulièrement sûr de lui. En mars et avril, il s'est déplacé, en grand arroi, jusqu'en Bourgogne. A Dijon, il est en effet chez lui. L'accompagne un impressionnant cortège d'évêques, conseillers écoutés et fidèles, dans la grande tradition des ancêtres de Lothaire. Parmi eux, les plus fermes soutiens de la royauté : Gibuin de Châlons, frère du comte Richard de Dijon, Liudulf de Noyon, nommé l'année précédente, fils d'Albert de Vermandois et neveu du roi, l'archevêque Seguin de Sens, lui aussi tout nouvellement consacré ; Adalbéron de Laon est là aussi. Le maître de la Bourgogne, Henri, frère du duc des Francs, paraît avoir reçu le roi comme il convient. Lothaire apprend alors qu'Otton réside en famille à Aix-la-Chapelle, là où gît son plus illustre ancêtre. Est-il envahi de réminiscences ? Se prend-il pour une réincarnation de Charles le Chauve en 869 ? Un rêve de gloire, un besoin d'exister par soi-même semblent traverser cet homme pourtant plus que mûr : bientôt quarante ans. A l'instar de ses prédécesseurs les plus considérables, il réunit à Laon, sans doute en mai comme jadis, « le duc des Francs et les autres grands du royaume pour leur demander conseil ». Son idée est de lancer un raid sur Aix et de s'emparer du couple impérial. Impulsion dénuée de tout bon sens, étant donné l'état des forces respectives. A supposer même que le coup de main réussisse, que pourrait-il en résulter ? Se faire reconnaître la Lorraine ? Tout le système ottonien s'était construit à l'ouest pour interdire cette perspective et, notamment grâce au clan d'Ardenne, s'en était donné les moyens. Comment, enfin, le petit roi de Laon pourrait-il s'assurer de la personne de l'empereur d'Occident, sacré à Rome des mains du pape ?

Alors, comment rendre compte de l'incompréhensible, et notamment de ce que les robertiens aient accueilli ce projet avec faveur, aient accepté, sans discussion apparente, de marcher avec Lothaire ? Les historiens les plus récents et les plus compétents soutiennent qu'Otton, en faisant de Charles, calomniateur de la reine, un duc de basse Lorraine, et en le recevant dans sa fidélité, avait gravement offensé Lothaire et toute l'aristocratie du royaume. L'hypothèse est intellectuellement irrecevable. Les Francs du Xe siècle n'ont pas lu les traités de chevalerie et les manuels de courtisan. Ce n'est pas une raison suffisante pour l'écarter. Elle nous montre simplement que les ressorts des comportements, à cette période, nous échappent à peu près complètement. Admettons simplement que Lothaire et les siens sont allés là où les entraînait leur libido : vers la Lorraine, vers Aix, vers l'empereur, Charlemagne autant qu'Otton. Il fait beau, on chevauche ensemble, on voit du pays, on espère du butin. Que la guerre est jolie ! A deux doigts fut-on de réussir, tant l'empereur ne pouvait imaginer semblable chimère. Les Francs entrèrent dans le palais d'Aix au moment même où Otton s'en sauvait à bride abattue. On mangea le brouet encore chaud et, scène bien connue, on orienta à nouveau vers, ou plutôt contre l'est, comme l'avait voulu Charlemagne, l'aigle de bronze fichée au sommet du toit. Après ces hauts faits, il fallut bien s'en retourner.

Quelques semaines plus tard, Otton organisa une vigoureuse action de représailles qui le mena avec son armée jusque sur la Seine, en face de Paris. En passant, on ravagea tant qu'on put. A Laon, Charles de Lorraine, qui participait à l'opération, fut proclamé roi par l'évêque de Metz Thierry, apparenté aux Ottoniens. Lothaire se réfugia à Étampes, au cœur du domaine robertien. Hugues Capet, exerçant son ministère de duc des Francs, et protégeant aussi ses propres domaines, barra à Otton le passage de la Seine à Paris. Il prenait ainsi, à l'égal de ses ancêtres Robert et Eudes, la posture avantageuse de sauveur du royaume et de la royauté. Henri de Bourgogne, Geoffroi d'Angers, le roi lui-même vinrent à la rescousse, et Otton, l'hiver approchant, rentra en Germanie, non sans encombres.

De cet épisode, la royauté carolingienne conçut un grand plaisir. La gloire parut en rejaillir sur l'ensemble des Francs. Établi peu après les faits, un acte de l'abbaye de Marmoutier, qui dépend du duc Hugues, est daté de « la deuxième année du grand roi Lothaire, quand il attaqua les Saxons et mit en fuite l'empereur ». Plus tard, l'*Histoire sénonaise des Francs*, rédigée vers 1015, montre un empereur défait et confus, qui plus jamais ne s'avisa d'entrer dans le pays des Francs. Jamais depuis longtemps — deux générations, au moins — la situation du Carolingien n'est apparue meilleure. Roi et duc des Francs font bloc, le premier fort d'un lot relevé d'évêques dévoués, y compris, à ce moment, ceux de Reims et de Laon, l'autre, riche de son chapelet d'abbayes, tous deux bien pourvus en fidèles, du moins le croient-ils. La chaîne des temps serait-elle renouée ? Lothaire, en tout cas, s'emploie à fortifier la royauté. Comme jadis ses plus illustres ancêtres, il décide d'associer au règne son héritier, Louis, âgé de douze ans. La procédure est solennelle. Lothaire demande au duc, chef de file et porte-parole de l'aristocratie du royaume, d'ordonnancer l'opération. Hugues répond qu'il s'en chargera volontiers, à bref délai. Il convoque alors les *principes regnorum*, les princes des royaumes, c'est-à-dire, vraisemblablement, de Francie, de Neustrie, de Bourgogne et d'Aquitaine. Qui vint réellement, c'est ce que nous ignorons. Toujours est-il que les grands élisent alors Louis par acclamation, selon le rite traditionnel, et qu'Adalbéron de Reims le sacre roi des Francs. C'est à Compiègne, tout plein de la mémoire de l'empereur Charles le Chauve, le jour le plus saint de l'année, le dimanche de la Pentecôte 979, quand souffle le mieux l'Esprit saint, que se déroule l'admirable cérémonie qui consacre la pérennité du royaume et de la dynastie indissolublement liés, et solidement appuyés sur le duc des Francs qui, en ces instants bénis, se confond en protestations de dévouement, « exaltant sans cesse la dignité royale et paraissant en posture de suppliant envers les rois ». Tel est le récit de l'événement rapporté par Richer. Il est tentant d'y ajouter foi, encore que Richer n'en ait sans doute pas été le témoin direct, et surtout qu'il le place en 981, deux ans trop tard. Mais le moine de Saint-Remi, on le sait, ne se soucie guère des divisions conventionnelles du temps.

Reste que les rois, à présent, sont deux, ce qui garantit l'avenir et écarte définitivement, pense-t-on, Charles de Lorraine. Le duc des Francs, ordonnateur de l'élévation royale, fait figure d'homme indispensable. Il en profite pour s'emparer, en 980, de Montreuil-sur-Mer, importante place militaire et commerciale, que le comte de Flandre avait jadis enlevée à son père. Lothaire craignit-il alors de tomber sous la coupe des robertiens, après avoir secoué la tutelle ottonienne ? Toujours est-il que, dans ce déroutant jeu triangulaire, le roi repassa du côté impérial, sans doute sous la pression du clan rémois. A l'été 980, les ennemis irréconciliables de 978, Lothaire et Otton, se rencontrent près de Sedan, « s'embrassent affectueusement et se jurent amitié ». Lothaire renonce explicitement à la Lorraine, et Otton part tranquille pour l'Italie, dont il ne reviendra pas. Presque aussitôt, Hugues entreprend le long voyage pour Rome, creuset de toutes les légitimités, accompagné de ses deux plus proches amis, l'évêque Arnoul d'Orléans et le comte Bouchard de Vendôme. Lui aussi se soucie de faire amitié avec Otton, pour empêcher un tête-à-tête entre le roi des Francs et l'empereur dont il serait exclu. Il semble y parvenir, au grand déplaisir de Lothaire. Ce dernier tente alors de renouer avec une tradition depuis longtemps abandonnée, et en vérité parfaitement caduque : faire du fils aîné un roi d'Aquitaine. Comme si un royaume d'Aquitaine existait encore, comme si un roi des Francs y avait encore quelque place. Le cerveau de l'opération était Geoffroi d'Angers, désireux de tailler des croupières à son puissant voisin du Sud, Guillaume Fièrebrace, comte de Poitiers et duc d'Aquitaine, beau-frère d'Hugues Capet dont la principauté serait ainsi prise en tenaille entre la royauté de Lothaire et celle qu'allait tenir, pour son père, Louis V. L'instrument est tout trouvé dans la personne d'Adélaïde, ou Azalaïs, sœur de Geoffroi. Cette dernière est dépositaire de deux puissances considérables : l'une lui vient de son premier mariage avec Étienne de Gévaudan, maître de l'Auvergne du Sud, de Brioude à Mende, l'autre, de ses noces avec Raimond de Toulouse, marquis de Gothie. En outre, le frère d'Azalaïs et de Geoffroi est l'évêque du Puy Gui, dont les assises matérielles et idéologiques sont substantielles. Au sud de la Loire, assurément, dans tout le royaume, sans doute, il n'est pas de plus beau parti que cette double veuve, acquisition splendide pour qui saura s'en emparer. Morceau de roi, en vérité. Que pèsent, face à ce trésor, ses trente-cinq ans révolus, pour Louis qui n'en a pas quinze ? Alors, on fait les bagages, on entasse sur des chariots tous les oripeaux, les objets, le matériel nécessaires à un couple royal, et la magnifique chevauchée s'ébranle. Le duc des Francs, paraît-il, fut informé à la dernière minute de cette entreprise, qui n'avait rien pour lui être agréable. On arrive à Saint-Julien de Brioude : épousailles, couronnement d'Azalaïs, réjouissances. Les nouveaux époux s'installent. Quelques mois plus tard, Lothaire ramène précipitamment en Francie son fils éperdu et ruiné. Mésentente conjugale, dit-on. En réalité, l'idée même d'un royaume d'Aquitaine n'avait plus aucun sens. Louis et son entourage étaient, en Auvergne, un corps parfaitement étranger. Ce fut le comte Guillaume d'Arles, maître de la Provence, qui s'octroya Azalaïs, disponible pour la troisième fois.

La perspective méridionale ainsi bouchée, Lothaire regarde à nouveau vers la Lorraine. Otton II meurt à Rome, en pleine jeunesse, et son fils, le tout petit Otton III, est couronné roi de Germanie à la Noël 983, dans la chapelle palatiale d'Aix.

Nouvelle occasion, pour le roi carolingien, d'intervenir à la faveur d'une minorité dont le contrôle est très disputé. Ce qu'il ne réussit pas à obtenir par la négociation, car la famille d'Ardenne, dont deux Adalbéron venaient de recevoir les évêchés de Verdun et de Metz, veillait à contrecarrer toute intrusion franque, Lothaire le tenta encore une fois par la force. Il trouve, chez ses alliés habituels pour ce genre d'affaires, deux soutiens de poids : Eudes de Blois, fils de Thibaud le Tricheur, qualifié dans un diplôme royal de « très illustre comte, notre fidèle et entre tous particulièrement aimé Eudes », et le comte Herbert de Troyes, fils de Robert de Vermandois. Lothaire, en effet, a investi les deux cousins, jeunes gens entreprenants, des honneurs d'Herbert l'Ancien, comte du palais, mort deux ou trois ans plus tôt. Cet héritage jouxte la province rémoise et la haute Lorraine, que tient alors la sœur d'Hugues Capet Béatrice, veuve du duc Frédéric de Bar. Comme chaque fois, la première cible est la cité de Verdun. L'attaque, après un premier essai infructueux, réussit : en mars 985, Lothaire entrait dans Verdun, où il capturait d'un coup quatre représentants qualifiés de la famille ennemie : le comte Godefroid avec son fils Frédéric, et leurs cousins Sigefroi de Luxembourg et Thierry de haute Lorraine, le fils de Béatrice. La résistance rémoise et lorraine à l'extension carolingienne vers l'est était ainsi sérieusement entamée. L'Empire, gouverné par l'impératrice Théophano entourée d'un conseil d'évêques, paraissait lui-même vulnérable. L'idée vint alors à Adalbéron de Reims et à son fidèle Gerbert, dont la correspondance protéiforme et confuse révèle l'état d'esprit de la faction impériale en Francie, de rechercher l'appui du duc des Francs pour contrer un roi trop actif : toujours cette configuration des deux contre un. Hugues prit en effet quelques dispositions dans ce sens. Il n'eut pas à faire davantage. En mars 986, Lothaire mourut de maladie, à quarante-cinq ans. Il était sur le point, semble-t-il, de mettre le siège devant Liège et Cambrai, avec des forces importantes, non sans s'être assuré auparavant contre les « trahisons », si ce mot a alors un sens, d'Adalbéron de Reims. En trente-deux ans d'un règne mouvementé, l'arrière-arrière-petit-fils de Charles le Chauve avait tiré un certain parti des moyens pourtant faibles dont il disposait. Coincé entre les deux puissances réelles du moment, le duc des Francs et l'empereur de Germanie, il avait évité d'être neutralisé par leur conjonction. Pour cela, il s'était appuyé sur son atout le plus sûr, le réseau d'évêchés royaux dont il disposait, de Noyon jusqu'à Langres. Son dynamisme lui avait également permis de mettre de son côté des princes territoriaux comme le comte de Flandre et les Vermandisiens. Écartant son frère Charles, il avait resserré le lignage royal, associant le plus tôt possible à la couronne son fils Louis. Même si l'ensemble était fragile, comme on devait le constater l'année suivante, l'image de la royauté carolingienne restait forte. C'est somme toute derrière un grand roi que l'aristocratie du royaume, c'est-à-dire en fait du Nord de la Loire, processionne jusqu'à Saint-Remi de Reims, où Lothaire est enseveli en grande pompe près de son père Louis. En vérité, ce cortège funèbre accompagne la disparition définitive de la race la plus glorieuse du monde, celle de Charlemagne.

4. L'avènement d'Hugues Capet.

Quatorze mois plus tard, Louis V était prestement mis en terre à Saint-Corneille de Compiègne. Roi depuis plus de six ans, il avait pourtant succédé à son père sans aucune difficulté, et avait reçu le serment des grands que les funérailles de Lothaire avaient rassemblés. Il leur tint le discours qu'ils souhaitaient entendre : il gouvernerait avec le conseil des princes, et d'abord du premier d'entre eux, le duc des Francs. Ce qui s'est passé entre le printemps 986 et celui de 987 est d'une extrême confusion. Louis V chercha sans doute à reprendre le contrôle de ses deux principales cités, Laon et Reims, en faisant rentrer sous son autorité leurs évêques, les deux Adalbéron, trop liés au parti impérial. Apparemment, le duc Hugues ne le laissa pas aller aussi loin qu'il l'eût voulu, et s'attacha, ainsi que son rôle le lui prescrivait, à rétablir la concorde, indispensable à la bonne santé du royaume des Francs, entre le roi et l'archevêque de Reims, qui accepta de

D'une dynastie à l'autre (936-987)

venir se justifier à Compiègne, au cours d'une assemblée royale. A peine cette dernière était-elle réunie que Louis mourut des suites d'un accident de chasse, dans la forêt de Senlis, qui appartenait à Hugues. C'est le 22 mai 987.

Ici, notèrent par la suite la plupart des chroniqueurs, s'éteignit la race des Charles — le Grand, le Chauve, le Simple. Certes, il en restait bien un, Charles de Lorraine, l'oncle du roi défunt, mais l'assemblée de Senlis qui, au début de juin, acclama le nouveau roi Hugues l'écarta : mal marié, au service d'un roi étranger, déclara Adalbéron de Reims, grand ordonnateur de l'élévation du robertien. En vérité, Charles, pauvre en biens matériels et en fidélités, ne disposant d'aucun réseau propre à le soutenir en Francie, n'avait rien à offrir aux princes dont dépendait le choix du roi. De plus, ce Carolingien pourvu d'un honneur ducal en Lorraine risquait de reprendre la politique lotharingienne de ses prédécesseurs, et les Ottoniens, représentés par Adalbéron et son assistant Gerbert, entendaient bien être tranquilles de ce côté-là. Sans leur agrément, Charles n'avait aucune chance d'accéder à la royauté franque. Hugues Capet, lui, offrait toute garantie. Il n'avait rien à faire en Lorraine. Il rassurait. Au reste, l'assemblée de Senlis, réunie au cœur d'un comté à lui, était sans doute largement composée des alliés, des fidèles et des clients du duc. Aucun prince un peu éloigné, tel qu'Arnoul de Flandre ou Guillaume de Poitiers, n'aurait pu ni vraisemblablement voulu se rendre à Senlis à si bref délai. Enfin, nous ignorons absolument qui, alors, se trouvait là, sinon l'archevêque de Reims et le duc lui-même.

Ce dernier, petit-neveu, petit-fils et neveu de rois, avait choisi d'être roi lui-même. Il le devint complètement lorsqu'à Noyon, le dimanche 3 juillet, il prononça le serment du sacre et reçut l'onction des mains d'Adalbéron. Il le fut encore davantage après avoir imposé l'association à la royauté de son fils Robert, sacré le jour de Noël 987 dans l'église Sainte-Croix d'Orléans, au cœur du dispositif capétien. Sa dynastie tint définitivement le règne quand Charles de Lorraine, après une tentative extrêmement sérieuse, puisque le Carolingien réussit à s'emparer de Laon et de Reims, où Adalbéron était mort au début de 989, et à faire entrer dans son camp des puissances aussi considérables qu'Eudes de Blois, Herbert de Troyes et Gilbert de Roucy, fut enfin éliminé grâce à la trahison d'Adalbéron de Laon qui, nouveau Judas, livra le prince auquel il venait de jurer sa foi, le dimanche des Rameaux 991. L'arrière-arrière-petit-fils de Charles le Chauve, dont il portait le nom, devait finir ses jours peu après, en prison, et l'histoire de sa race avec lui.

Après un siècle de concurrence et beaucoup de péripéties, le lignage robertien l'emportait sans retour sur celui des Pippinides. Victoire du principe de réalité sur la rémanence de l'idéologie ? C'est ce que nous examinerons tout à l'heure en montrant pourquoi, dans la course à la royauté — mais laquelle ? —, le duc des Francs était à la fin du Xe siècle particulièrement bien placé. Reste que l'élévation d'Hugues Capet et son maintien ne doivent pas être investis d'une signification excessive. D'abord, parce qu'ils sont le produit d'un concours de circonstances dont la nécessité n'apparaît pas nettement établie ; ensuite, parce que le changement de dynastie n'entraîna aucune modification perceptible ni dans les structures ni dans les esprits ; enfin, parce que l'événement ne prit sens et importance que rétrospectivement, et assez tardivement. En réalité, il semble que ce qui s'est passé au début de l'été 987 entre Senlis et Noyon n'ait pas intéressé grand monde. Sur les sept rois qui s'étaient succédé en un siècle au royaume des Francs de l'Ouest, trois, déjà, n'étaient pas des Carolingiens. L'avènement d'Hugues Capet couronne, si j'ose dire, une évolution, sanctionne le déplacement d'un rapport de forces. Le duc des Francs, fort d'une légitimité propre déjà ancienne, a pris acte, à son profit, d'une vacance de la royauté. Rien de plus. Osons le mot : cet incident dynastique n'est pas un événement, c'est, comme on dit, un épiphénomène. Rien de plus neutre que cette péripétie, rien de plus terne que cet antihéros. La royauté franque, en 987, demeure d'une immense importance, puisqu'on y pourvoit aussitôt. Le roi Hugues, lui, existe à peine, personnalité évanescente, qui disparaît en 996, sans faire de bruit, après avoir surmonté sans gloire les difficultés que lui créèrent successivement Charles de Lorraine, Eudes de Blois, qui tentait de s'étendre au détriment du domaine royal et complota peut-être contre Hugues de concert avec Adalbéron de Laon, enfin son propre fils Robert, pressé de s'affranchir. Le duc des Francs avait de la consistance, le roi des Francs incarne un principe. En 987, le principe d'autorité apparut à Hugues plus séduisant que ses attributs réels. Son père, cinquante ans plus tôt, avait fait le choix inverse.

Redistribution de la puissance effective, développement de l'idéologie, voilà le double mouvement qui, disparues les splendeurs impériales, anime, autant qu'on puisse voir, la société du Xe siècle. En observant ce qui, sans doute, se transforme, gardons-nous d'oublier que ce qui ne change pas pèse bien plus lourd encore : la force d'inertie, le plus communément, l'emporte.

3

La société en travail

(vers 930-autour de l'an mil)

L'accession d'Hugues à la royauté, sa transmission à son fils Robert, pour chanceuses qu'elles soient, ne sont pas incompréhensibles. Risquons-en une triple interprétation, qui n'en exclut pas d'autres, à commencer par le consentement impérial. Hugues advient d'abord parce qu'il est matériellement moins puissant que son père Hugues le Grand vers 950, et donc plus facilement acceptable par ses pairs ; ensuite, il a mis de son côté cette force montante qu'est la rénovation, encore très partielle, du monde ecclésiastique, et d'abord monastique ; enfin, les débuts des Capétiens sont liés à un remuement intellectuel, à des conceptions du monde, de la société et de la royauté qui s'expriment en termes renouvelés. Explorons à présent, autant que possible, ces trois directions.

1
La transformation des puissances laïques

La notion et la pratique de l'autorité publique, tout au long du Xe siècle, et même en son extrême fin, sont loin d'avoir disparu. Le roi en incarne le principe, et l'on se souvient qu'il en fut la source. Mais ceux qui l'ont reçue, le plus souvent comme un héritage, la détiennent et l'exercent sont en quantité croissante. Les signes, dans le paysage comme dans les textes, se multiplient de cette désagrégation du pouvoir de commander et de punir, de sa circulation, de sa répartition entre des mains de plus en plus nombreuses : ces tours et enceintes qui se dressent ou se redressent en ville et, plus frappant, dans la campagne, ces personnages qui font irruption dans les chroniques et dans les chartes, occupant toujours plus de terrain, se rendant à la fois autonomes et indispensables, le Xe siècle, à partir de son deuxième tiers, s'en gonfle. La documentation, tant archéologique qu'archivistique, demeure fragile et lacunaire, et nous laisse à la merci d'erreurs de perspective. D'une région à l'autre, les faits et ce que nous croyons en connaître varient intensément. Tout de même, dans les mots et dans les choses, un frémissement, de bons historiens disent une « germination », se décèle. Ultime avertissement méthodologique, cependant : ne rabattons pas sur le Xe siècle ce que nous savons assurément du XIe et surtout du XIIe ; les châteaux, les seigneurs, les chevaliers, les manants asservis, l'élan démographique, les villages au cœur de terroirs en cours de défrichements intenses, les chantiers d'églises ouverts à foison, que sais-je encore, bref, le grand essor de l'Occident médiéval, tout cela a sans doute commencé un jour. Le XIe siècle, écrit-on souvent, ne peut pas être saisi d'un tel dynamisme sans que le Xe le préfigure. Et si, à l'inverse, le XIe siècle, surtout en sa seconde moitié, n'apparaissait si vigoureux et éclatant que par contraste avec un Xe siècle encore largement immobile et, quoi qu'on en dise, obscur ? Le débat historiographique, depuis quelques années, a été relancé. Le Xe siècle revient à la mode. Pourquoi pas, si cela peut susciter de nouvelles recherches ? Encore que les plus récentes, comme celle, exemplaire, de Ch. Lauranson-Rosaz sur l'Auvergne, n'incitent guère à exalter cette période. En vérité, examiner l'histoire du haut Moyen Age selon la division par siècles n'a aucun sens. Le Xe, encore moins qu'un autre, n'existe. Dans la Provence de l'an mil, l'Antiquité n'a pas épuisé ses effets ; sur les côtes flamandes, à la même date, la prémodernité n'est pas loin. A mi-chemin, en Mâconnais, Guy Bois n'hésite pas à identifier une révolution en marche. Presque partout, c'est l'adaptation d'un ordre ancien, solide encore, à des réalités en cours d'émergence, qui sollicite l'attention ; réalités locales, donc disparates et discontinues.

1. L'émancipation des brillants seconds.

Voici, au début du Xe siècle, Foulques le Roux. Cet homme n'est pas un inconnu. Sans doute descend-il directement d'Adalard, le tout-puissant sénéchal de Louis le Pieux. Avec l'accord et sous le contrôle du marquis Robert de Neustrie, Charles le Simple l'a nommé vicomte d'Angers, dont le comte est Robert lui-même. Le marquis, à la tête de son immense principauté, et par les fonctions éminentes qu'il occupe auprès du roi, n'est pas en mesure d'exercer lui-même les fonctions comtales, c'est-à-dire l'autorité publique. Le vicomte en est chargé. Foulques s'est étendu, notamment du côté de Loches. Il est en possession, à titre d'abbé laïque, des monastères de Saint-Aubin et de Saint-Lézin, qui font partie de l'honneur comtal. Le titre de comte, qui le placerait à parité avec la fleur de l'aristocratie, avec son propre seigneur Hugues le Grand, lui manque seul. En 920, puis en 929, il tente, dans

La transformation des puissances laïques

une charte, de se l'octroyer. Aussitôt, Hugues, dans un diplôme, lui donne du vicomte, et rien d'autre. Ce n'est que peu avant sa mort, en 942, que Foulques le Roux sera reconnu comme comte par Hugues, qui lui-même est à présent investi du titre de duc des Francs. Son fils Foulques le Bon, qui hérite de la plénitude de ses fonctions et de ses biens, le porte sans aucun doute. En 966, son petit-fils Geoffroi Grisegonelle s'intitule « comte des Angevins par la grâce de Dieu et la générosité de mon seigneur Hugues ». Dieu, qui pendant longtemps ne s'était occupé que des rois, légitime, à présent, l'autorité d'un comte. Face à un tel partenaire, le duc Hugues Capet, si généreux soit-il, passe au second plan. De fait, en octobre 989, l'arrière-petit-fils de Foulques le Roux, Foulques Nerra, se déclare « comte des Angevins par la grâce de Dieu », et de lui seul. S'il se reconnaît par ailleurs le vassal du roi Hugues, il n'en est plus le fondé de pouvoir. Au reste, à cette date, sa richesse matérielle, son poids politique égalent sans doute ceux du roi. Quand il a succédé à son père Geoffroi deux ans plus tôt, son seigneur et roi, fraîchement promu, n'a pas eu à en connaître. Il n'est pas sûr, même, qu'il y ait songé. Aussi bien les relations entre le duc puis roi des Francs et les comtes d'Anjou sont-elles généralement excellentes. Le comte des Angevins, qui a fait passer le Nantais dans son orbite, tient également Thouars et Loudun, qui relèvent en principe de Guillaume d'Aquitaine. A Angers même, il a nommé, de son propre chef, un vicomte, Renaud le Thuringien. Hors de son domaine initial, la dynastie pousse ses pions. Le frère de Foulques le Bon, Gui, devient évêque de Soissons, et celui de Geoffroi Grisegonelle, également nommé Gui parce qu'il a, comme son oncle, une destination épiscopale, reçoit, on l'a vu, l'évêché du Puy.

Une telle montée en puissance, le voisin et rival du comte d'Angers l'a également réussie, davantage même. Au début du Xe siècle, le vicomte de Tours s'appelle Thibaud. Peut-être est-il le fils du vicomte de Blois Garnegaud. Sa femme Richilde est fille, sans doute, du comte Hugues de Bourges et, par sa mère, petite-fille de Charles le Chauve. Pas plus que Foulques le Roux, Thibaud ne sort de rien. Vers 936, il s'est emparé du comté de Blois. Un peu plus tard, il essaie de se faire reconnaître comme comte de Tours. Hugues le Grand s'y oppose avec succès. Son fils Thibaud, dit « le Tricheur », lui succède tout naturellement, peu après 940. Le voilà qui met la main sur les comtés de Chartres et de Châteaudun. Hugues Capet devra lui concéder le titre comtal qui correspond à son pouvoir véritable à Tours, vers 970. Comme le fera plus tard Foulques Nerra à Langeais, à Chaumont, à Montreuil-Bellay ou à Château-Gontier, Thibaud signale qu'il est le détenteur de l'autorité publique en relevant ou en construisant une tour dans les cités de Blois, de Châteaudun, de Chinon, de Chartres aussi pour contrer l'évêque qui relève directement du roi. A Doué-la-Fontaine, il restaure et fortifie, pour son usage propre, une ancienne résidence de l'empereur Louis le Pieux. Son mariage avec Liégeard, fille d'Herbert de Vermandois, lui procure motif à intervenir très loin de ses bases ligériennes. En 948, il édifie une forteresse à Montaigu, défiant le Carolingien de Laon, qu'il avait retenu quelques mois prisonnier. La même année, il s'empare de la forteresse de Coucy, possession de l'archevêché de Reims, ce qui lui vaut l'excommunication. Il ne rend la place qu'en 965, à la suite d'un arrangement, puisque l'archevêque Odelric la concède immédiatement, moyennant allégeance, au fils du comte, Eudes. Exerçant la tutelle du fils d'Alain de Bretagne, Thibaud s'assure une influence persistante sur le comté de Rennes. Enfin, soucieux lui aussi de relais ecclésiastiques, il a fait asseoir successivement son frère et son fils, de 955 à 985, sur le siège métropolitain de Bourges. Le fils aîné de Thibaud, Eudes, recueille seul, en 977, l'héritage déjà considérable, et agrandi, à la mort de son oncle Herbert le Vieux, vers 980, d'une partie de la succession vermandisienne en Champagne. Eudes, marié à Berthe, fille du roi Conrad le Pacifique et petite-fille de Louis IV d'Outre-Mer, a atteint vers 985 un niveau de puissance exceptionnel, peut-être supérieur à celui de son seigneur le duc des Francs, qu'il ne fréquente à peu près pas. Devenu roi, Hugues subira de sa part les avanies les plus graves. Eudes tient sa cour, frappe monnaie à son nom, il a nommé vicomte à Chartres son fidèle

La transformation des puissances laïques

Arduin, peut-être le fils de cet Arduin auquel Thibaud le Tricheur avait confié à garder la citadelle de Coucy, en 948.

Ainsi, à l'intérieur de la principauté neustrienne, à mesure que son titulaire s'élevait vers des fonctions toujours plus hautes, ducales puis royales, deux nouveaux ensembles se constituaient, de plus en plus vigoureux et autonomes, leurs maîtres se faisant reconnaître, de gré ou de force, comme des comtes héréditaires, indélogeables. C'est que le domaine rassemblé par Hugues le Grand était trop vaste pour un seul dynaste. Peu à peu, le contrôle direct des comtés échappe à son successeur, dont les possessions se rétractent entre Orléans et Senlis. L'indépendance à peu près totale vis-à-vis de toute puissance laïque conquise par les comtes d'Anjou et ceux de Blois-Champagne, la pérennité des principautés de seconde génération, si l'on peut dire, qu'ils ont construites assignent à ces deux lignages une place toute particulière. Mais, au sein de l'héritage robertien, le retrait du duc est visible ailleurs. Dès 942, le vicomte Teudon de Paris assume la charge et le titre comtaux ; en 948, c'est le tour de Fromond de Sens et de son fils Renard, qui le remplace la même année. A Bouchard de Vendôme écherront successivement les comtés de Paris, de Corbeil et de Melun. A la veille de l'avènement du duc des Francs, seul Orléans, apparemment, n'est pas pourvu d'un comte, qui demeure Hugues Capet lui-même. Et c'est bien plus par fidélité personnelle que par subordination hiérarchique que Foulques d'Angers et surtout Bouchard de Vendôme, l'ami et le soutien sans faille, lui-même beau-frère de Foulques, assurent à Hugues des moyens d'action qui demeurent appréciables. Vers 985, la consistance, toute relative, de la principauté d'Hugues le Grand a vécu. Le noyau homogène d'entre Loire et Seine s'est démembré. La parcellisation gagne.

Ce mouvement s'observe, bien entendu, en dehors de la Neustrie. Entre Seine et Meuse, à côté ou à l'intérieur des honneurs tenus par l'abondante famille de Vermandois, de nouvelles circonscriptions se font jour, contrôlées par des hommes qui ne sont certes pas nouveaux, mais qui accèdent à une existence beaucoup plus autonome, s'appuyant sur des forteresses, usurpant tout ou partie de la puissance publique, passant des alliances lignagères qui les haussent au sein de l'aristocratie, vendant leurs services militaires au plus offrant des princes et travaillant sans cesse à leur augmentation personnelle. Voici, vers 940, un certain Renaud, vassal important de l'église de Reims, peut-être vicomte de la cité, en tout cas pourvu, à l'origine, d'une fonction publique. Ses racines sont inconnues de nous. Il a réussi une très belle affaire en épousant Aubrée, la fille de Gilbert de Lorraine et de Gerberge de Saxe, qui devint en secondes noces reine des Francs. En 948, il fait bâtir à Roucy, entre Reims et Laon, une forteresse. En a-t-il reçu l'autorisation, puisque la construction de fortifications relève exclusivement de l'autorité royale ? Rien n'est moins sûr, encore que Renaud soit l'un des fidèles les plus actifs de Louis IV et de l'archevêque Artaud. Appuyé sur son bastion qui donne naissance à un comté de fait, Renaud de Roucy participe aux chevauchées du début du règne de Lothaire, son demi-frère. Son fils aîné Gilbert reprend les honneurs paternels, passant non sans hésitation du côté du roi Hugues, tandis que le cadet Brunon reçoit le considérable évêché de Langres. A la génération suivante, la famille de Roucy met la main sur l'archevêché de Reims.

En Champagne encore s'élève dans les années 970 la tribu de Ramerupt, bientôt alliée des Roucy. Sans doute Hilduin, frère de l'évêque de Troyes Manassès, est-il comte d'Arcis-sur-Aube. Mais c'est le château de Ramerupt qui constitue le point fort de son honneur. Du très pieux Hilduin, qui, paraît-il, fit le pèlerinage à Jérusalem en 992 avec l'illustre abbé Adson de Montierender, est issue une très forte dynastie comtale qui, comme celle de Roucy, a non seulement survécu à la désagrégation du système carolingien, mais en a tiré parti, notamment grâce à la possession d'une très puissante forteresse.

A la fin du Xe siècle, le comté demeure presque partout la circonscription indissoluble. C'est à ce niveau que l'autorité, accaparée, appropriée, patrimonialisée, continue de s'exercer.

En Mâconnais, le comte Aubry est totalement indépendant.

La transformation des puissances laïques

Il tient son comté de son père Létaud, qui le tenait lui-même de son père Aubry. Létaud a connu le roi Lothaire, lui a prêté serment. Aubry II n'ignore pas qu'il lui est apparenté, puisqu'il a épousé Ermentrude, la fille, précisément, de Renaud de Roucy ; petit monde ! Le comté de Mâcon a dépendu successivement de Guillaume le Pieux d'Aquitaine et d'Hugues le Noir de Bourgogne. Situé à la lisière du royaume des Francs et de celui des Bourguignons, il ne relève, en 980, d'aucun autre pouvoir que de celui d'Aubry. Certes, le comte en connaît l'origine publique et tâche avec succès de la maintenir dans sa plénitude. « Le comté de Mâcon, écrit Georges Duby, est une principauté autonome où commande sans contrôle une dynastie souveraine. » Sans modification apparente, le système carolingien a changé de contenu : la délégation d'autorité est devenue lettre morte. Le dispositif, bien adapté à la dimension réelle des activités humaines et des rapports sociaux, fonctionne sans heurt. Le comte, secondé par son vicomte et assisté par l'évêque, bat monnaie, préside personnellement les plaids de justice, qui se tiennent dans sa cité, lève les tonlieux. Les institutions traditionnelles tournent ainsi à son profit exclusif. Chef des hommes libres du comté, le comte, ou plutôt son père et son grand-père, a donné à garder ses forteresses aux plus puissants des seigneurs locaux. Ces personnages, une douzaine à peu près, forment l'entourage du comte, le conseillent, lui obéissent. A la même période, la situation du comte de Provence Guillaume, dans sa cité d'Arles, est très comparable, en plus grand, à celle d'Aubry, dont le grand-père est d'ailleurs d'origine provençale.

Plus à l'ouest, d'autres groupes profitent eux aussi de leurs fonctions publiques pour étendre leur domination de fait. Ainsi font, en Poitou, les très puissants avoués de la prestigieuse abbaye de Charroux. Ils se constituent, dans la Marche, un véritable domaine comtal. Au milieu du siècle, l'un des plus entreprenants, Boson, construit le château de Bellac. En 958, il se donne, contre toute raison, le titre de marquis. Vers 970, son fils Hélie hérite du comté de Périgueux, qui lui vient de sa mère Emma, et s'attaque au vicomte de

Limoges, puis à Arnaud d'Angoulême. Guillaume de Poitiers use des dissensions entre ses vassaux pour tenter de mieux les contrôler. Les comtes de la Marche, néanmoins, ont fait durablement souche. Le frère d'Hélie, Audebert, deviendra comte de Périgord et acquerra quelque célébrité sous les rois Hugues et Robert. Le comte d'Angoulême, lui, s'étend largement au-delà du comté traditionnel et, appuyé sur ses abbayes de Saint-Jean d'Angély et de Saint-Cybard, se montre de plus en plus autonome par rapport au duc d'Aquitaine. En Gascogne, dans la seconde moitié du Xe siècle, la principauté, dont l'évolution paraît décalée par rapport au reste du royaume, s'organise en vicomtés, bien contrôlées par le duc Guillaume Sanche : celles de Lomagne, Béarn, Marsan, Dax, Oloron. Dans ces deux dernières cités, le vicomte tient une forteresse urbaine au nom du prince.

L'émancipation et le développement des comtes, des vicomtes, bien observés, après 930, à Clermont ou à Brioude, aussi au Mans où la famille vicomtale tient l'évêché, des avoués, même des simples vicaires, beaucoup moins repérables et qui sont peut-être à la racine des seigneurs de Lusignan, de Châtelaillon ou de Talmond en Poitou, par exemple, attestent un profond mouvement de morcellement des pouvoirs de commandement au sein de la société laïque. Mais l'origine en est, insistons-y, la possession passée d'une fonction publique. Très rares, semble-t-il, sont les usurpations pures et simples. Si elles existent, c'est en Berry sans doute qu'elles se manifestent d'abord, là où l'organisation comtale traditionnelle a été le plus tôt battue en brèche, où surtout le système judiciaire ancien, si longtemps maintenu ailleurs, a disparu. Plus trace, après 925, de comtes de Bourges. Dans cette région, ce qu'on appellera plus tard les seigneuries châtelaines commencent, montre Georges Devailly, dès le premier tiers du Xe siècle.

2. Châteaux à l'horizon.

Ce processus est marqué, dans le paysage, par l'émergence de fortifications. C'est du moins ce qui ressort de la lecture des pauvres textes dont nous disposons. L'archéologie, en cours d'immenses progrès, renforce cette impression, bien que les datations soient malaisées à quelques décennies près. Sans doute ces *castra, castella, munitiones, turres* aussi, existent-ils en Occident depuis la fin de l'Antiquité. Mais ils se concentraient dans les cités, ou immédiatement alentour. Les cités de Provence et de Septimanie, qui conservent d'importants vestiges antiques, en sont abondamment pourvues. Au Xe siècle, on en trouve à présent dans la campagne, à des endroits réputés stratégiques. Bien souvent, ce sont d'anciens ouvrages romains qui sont relevés ; ou encore, les constructions nouvelles sont dressées sur des biens naguère appartenant au fisc royal. Car l'érection d'un château relève normalement, et le plus souvent en fait, de l'exercice du ban royal, de l'autorité publique. Les rois, les abbés immunistes sont les premiers constructeurs de remparts et de fossés. Les archevêques Hervé et surtout Artaud de Reims s'y emploient aussi. Herbert d'Auxerre, pour défendre son diocèse, fait élever les *castra* de Toucy et de Saint-Fargeau entre 971 et 995. A Aurillac, au tout début du Xe siècle, c'est en tant qu'agent public que le comte Géraud tient un château. Au milieu du siècle, Herbert et Robert de Vermandois élèvent le château de Montfélix, entre Château-Thierry et Châlons, leur neveu Eudes celui de Warcq. En Champagne, Michel Bur a ainsi dénombré plus de quarante forteresses à la fin du Xe siècle, souvent à l'intersection des limites entre différents comtés carolingiens, qu'ils menacent ainsi de dissolution.

Puissance publique, initiative personnelle, il est difficile de démêler l'origine des forteresses dont, à l'évidence, le nombre grandit tout au long du Xe siècle. Les constructions nouvelles paraissent plus abondantes en France mineure pour laquelle, il est vrai, la documentation est mieux fournie. Là où l'autorité du prince demeure forte, le mouvement semble à la fois limité et contrôlé. C'est le cas en Normandie et en Flandre, où aucun château n'échappe au gouvernement du comte : châteaux urbains, enceintes monastiques y sont plus nombreux que les mottes, elles-mêmes d'ailleurs dans la main du prince. A Fécamp, le marquis Richard, à Arras, le comte

Arnoul ont combiné, en une même construction, palais et forteresse. A Arles, à Avignon, le comte Guillaume de Provence n'est pas autrement logé. Dans le Sud, les places fortes sont situées en des lieux sans doute occupés de toute antiquité. Ainsi d'Ennezat, ancien fisc royal, de Polignac, de Mercœur, en Auvergne, d'Istres, de Fos, d'Ansouis ou de Forcalquier, en Provence. Dans les pays de la Charente, relève André Debord, sur douze châteaux attestés avant l'an mil, un seul est presque certainement une fortification privée. Il est vrai que le *pagus,* dans cette région, est particulièrement consistant, et que les puissances locale, le comte d'Angoulême, et régionale, le duc d'Aquitaine, conservent vigoureusement les attributs de la puissance publique.

En revanche, en Provence, vers la fin du siècle, la militarisation de l'aristocratie s'accroît, et les châteaux d'origine privée se développent, encore en petit nombre, il est vrai. Parmi eux, citons les Baux, Bonnieux ou Roussillon. Il en est de même en Auvergne, où la violence va grandissant, et en Gascogne, où les *castella,* châteaux à motte, sont de plus en plus souvent signalés. Le testament du vicomte de Béziers Guillaume, en 990, fait état de nombreux domaines fortifiés, dont il est peu probable qu'ils soient tous d'origine fiscale. Au reste, la mention de tours incontestablement allodiales, parfois divisées, déjà, entre plusieurs héritiers, est attestée en Languedoc dans le dernier quart du Xe siècle.

Ces fortifications diffèrent autant par leur apparence et leur dimension que par leur origine. Sans doute est-il difficile d'en juger, car ces édifices, où le bois tient probablement la première place, ont été maintes fois reconstruits, quand ils n'ont pas disparu, et les dater est ainsi malaisé. Entre Loire et Rhin, la plus ancienne motte castrale encore debout est celle de Chantereine-lès-Mouzon, en Ardenne, tenue par le comte Goëran entre 940 et 971. Elle mesure cinquante mètres de diamètre, pour quatre mètres de hauteur. Mais comment comparer, à travers les textes, l'impressionnant ensemble fortifié de Coucy, qui comporte, vers 960, une tour, une forteresse et une enceinte complète, avec cette *municiuncula,* ce minuscule château que possède le chevalier Burchard à Bray, dans le comté de Sens, à la même époque, ou, cinquante ans plus tôt, l'*oppidulum,* la petite place forte, de Saint-Céré qu'occupe frauduleusement, face au domaine de l'excellent comte Géraud d'Aurillac, ce brigand nommé Arland, que Géraud met hors d'état de nuire ?

Au-delà des querelles, légitimes mais insolubles, relatives à l'origine et aux fonctions des châteaux, interrogeons-nous sur la signification de ce processus d'érection, encore ténu mais déjà bien sensible.

Sans doute l'idée de placer un obstacle, sous forme de mur, entre l'ennemi et soi est-elle aussi vieille que la guerre elle-même. La présence de forteresses, là où le besoin matériel s'en fait sentir, n'est donc nulle part une nouveauté. Les attaques normandes ou sarrasines en ont redoublé la nécessité ; des murailles anciennes ont été restaurées, d'autres édifiées, sous l'impulsion ou du moins avec l'aveu de la puissance publique.

Cependant, les châteaux qui s'élèvent, de plus en plus nombreux, à mesure qu'avance le siècle, répondent-ils uniquement à un impératif de défense ? Leur développement est à coup sûr à rapporter à une évolution, encore ténue, des structures et des comportements. Il est un signe de l'éparpillement et de l'appropriation des pouvoirs de commandement. Plus qu'un ouvrage défensif, le château, nouveau ou renouvelé, est un instrument d'affirmation et de conquête, polarisant et organisant des forces nouvelles. L'incontestable recul du droit et des moyens de le faire respecter fait de la force, souvent transformée en violence, le mode régulier de règlement des conflits. Non pas que les guerres privées fussent absentes des siècles précédents. Mais enfin, le roi et ses agents avaient pour fonction de faire prévaloir la paix entre chrétiens, et leur puissance leur permettait, dans bien des cas, d'y parvenir. De plus, surtout peut-être, la capacité militaire, l'exploit guerrier ne sont pas des valeurs propres à l'aristocratie, qui n'a d'ailleurs pas le monopole de cette activité. Savoir se battre, au IXe siècle, n'est pas une vertu sociale et morale. Ce peut être, au mieux, une nécessité, quand l'intérêt commun l'exige, quand le roi appelle à la mobilisation pour une juste cause.

Au Xe siècle, et surtout dans sa seconde moitié, la dissolution de l'autorité publique conduit les plus forts à s'en emparer là où ils le peuvent, à l'exercer et à la conserver à leur profit. Le château est à la fois l'instrument et le signe de cette présence qui s'impose aux hommes et au pays d'alentour. La motte et la tour qui la couronne s'enracinent dans le sol, se dressent droit au cœur du district qu'elles commandent, tout comme le lignage qui les possède s'est implanté dans la région, y a grandi, en tire des forces pour se développer mieux encore. Les princes les plus considérables confient les forteresses qui, de plus en plus, structurent leurs domaines à leurs hommes les plus fidèles : Arduin garde Coucy pour le compte de Thibaud de Tours, Gautier Melun, au nom de Bouchard de Vendôme. La trahison de Gautier, en 991, au profit d'Eudes de Blois, fut considérée comme un tel scandale que non seulement le châtelain lui-même fut pendu, mais que, fait exceptionnel, sa femme avec lui. Trente ans plus tôt, le jeune homme auquel le roi Lothaire avait remis sa forteresse de Dijon, et qui s'était laissé acheter par Robert de Troyes, avait été décapité en présence de son père. C'est que le château touche à ce que le seigneur a de plus précieux.

3. Qui sont ces « milites » ?

Signe de fortune et de pouvoir, la forteresse coagule des fidélités privées autour d'une puissance de fait. L'occupant du château, qu'il s'y trouve par délégation ou de sa propre initiative, s'attache à réunir dans sa main les moyens d'exercer les pouvoirs qui découlent de sa position et de s'emparer de ceux qu'il trouve à sa portée, puisque, de plus en plus, l'autorité est à prendre pour qui s'en sent capable. La possession d'un château permet à la lignée qui en bénéficie de s'élever dans la hiérarchie des puissants. C'est parce que Hugues, fidèle du premier Capétien, tient pour lui, à la fin du Xe siècle, le château d'Abbeville que son héritier obtiendra le titre de comte de Ponthieu. En Bourgogne, la famille qui détient le château de Beaujeu connaîtra elle aussi une fortune considérable. Cette force de frappe et de coercition est constituée au premier chef de guerriers, dont les comtes recherchent les services, et qui sont eux-mêmes en quête d'un patron. Dans les documents de la pratique, aussi dans les chroniques, se rencontre de plus en plus souvent, mais pas encore très fréquemment, le terme de *miles*, au pluriel *milites*. Le mot n'est pas, en soi, une nouveauté. *Militia* appartient au vocabulaire clérical, canonique et théologique, depuis fort longtemps. Les *milites Christi*, les soldats du Christ, sont légion chez les Pères de l'Église. Au Xe siècle, les *milites* sont d'abord désignés collectivement et anonymement. On les voit entourant, à l'église, le comte Géraud d'Aurillac. Eudes de Cluny, le biographe de Géraud, n'utilise certainement pas le terme pour insister sur leur fonction guerrière. Il s'agit là des plus proches compagnons du comte, qui lui sont personnellement attachés. Les *milites* sont des hommes qui se sont engagés à rendre service. Cependant, de plus en plus, le service principal est celui des armes. *Milites*, chez Richer de Reims, qui n'emploie jamais que le pluriel, signifie bien « hommes d'armes ». Il les montre, le plus souvent, derrière des remparts, défendant une citadelle. Fidèles et guerriers sont aussi, à coup sûr, les *milites* qui, peu avant l'an mil, entourent le vicomte Guillaume de Marseille et le poussent à s'emparer des biens de Saint-Victor.

Le passage au singulier est plus tardif et, pour notre époque, encore rare. Son interprétation n'est pas simple. L'homme qui, dans les chartes du troisième tiers du siècle, porte ce titre, n'est certainement pas n'importe qui. Il a les moyens matériels de rendre service efficacement, il fait honneur à la personnalité, généralement considérable, à laquelle il accepte de se lier. A vrai dire, notre échantillonnage demeure limité. Ce *miles* Ansoud, qui demande à l'évêque Gérard d'Autun, vers 970, de lui remettre l'église Sainte-Marie de Vitry, qu'il transmettra, le cas échéant, à son fils et à son petit-fils, moyennant l'exercice du service « synodal », c'est-à-dire à condition que l'église fonctionne régulièrement, paraît avoir la capacité d'exiger de l'institution ecclésiastique qu'elle défère à son désir.

Autour de ce grand prince qu'est le comte Eudes Ier de

Blois, le cartulaire de Saint-Père de Chartres signale aussi des *milites*. Voici, vers 986, Arduin, dont nous savons déjà qu'il est vicomte de Chartres, qualifié, dans un acte, d'« homme noble », de « fidèle » du comte, pourvu par lui d'un « bénéfice ». Il souscrit ensuite ce diplôme immédiatement après le comte, avec la simple mention *Arduinus miles*. *Miles* semble suffire ainsi à rendre compte de la situation éminente de cet aristocrate de tout premier rang qu'est Arduin, lui-même pourvu de fidèles. Le titre de *miles* apparaît ainsi très gratifiant, car il marque une relation quasi charnelle avec le prince, plus forte peut-être que ce qu'indique la mention plus répandue de fidèle. Est *miles* celui auquel le comte a accordé suffisamment de confiance pour lui déléguer une partie de son pouvoir de ban, en particulier dans le domaine militaire. Telle est bien la situation, vers 990, de ce Rotroc, « adonné à la milice du siècle et consacré [*devotus*] à la fidélité du comte Eudes ». La désignation demeure encore mouvante. Ainsi, dans une charte de 984, souscrit un certain Teduin, qui n'est pas autrement désigné, pas plus que son père encore vivant. Dix ans plus tard, c'est comme *miles* qu'il souscrit, juste après Eudes. Sans doute, succédant à son père dans la proximité du comte, a-t-il, engageant sa fidélité, acquis le droit, et le désir, d'être appelé *miles*.

Ainsi, autant qu'on puisse le voir, le *miles* d'avant l'an mil, tel que le désignent les documents, est un noble déjà solidement installé, exerçant auprès du comte, c'est-à-dire auprès d'un personnage lui-même très puissant, détenteur de l'autorité publique, les fonctions que ce dernier, jadis, remplissait pour le compte du roi. Et c'est parce que, entre les princes, aucune instance régulatrice de justice et de paix ne fonctionne plus que leurs fidèles ont de plus en plus pour tâches de contraindre et de combattre, de faire voir leur force et au besoin de s'en servir. Ces *milites*-là, auxquels les princes confient des forteresses, des troupes de cavaliers, des missions de toute sorte — judiciaires, diplomatiques —, sont eux-mêmes des chefs importants, aux origines souvent illustres, en tout cas anciennes et bien repérables.

Mais il est clair que, dès avant l'an mil, existent des guer-

La transformation des puissances laïques

riers, hommes d'armes que ces chefs utilisent dans leurs coups de main, ou pour tenir garnison dans leurs châteaux. Ceux-là, les documents contemporains ne leur donnent jamais, individuellement, le titre de *miles*, bien au-dessus de leur condition. En vérité, ce sont des textes postérieurs, du XIe siècle, qui les appellent ainsi. Richer de Reims, par exemple, ne désigne son père par aucun titre. Pourtant, il apparaît bien, dans l'entourage de la reine Gerberge, comme un spécialiste du combat. C'est à lui qu'est confiée, en 958, la prise de Mons, où il envoie « les hommes qu'il avait formés aux choses de la guerre ». *Miles* type, aussi, mais sans le nom, ce Gautier d'Aubiat, Auvergnat soldat-laboureur, qui rédige, vers 980, son testament, donnant à l'abbaye de Sauxillanges ce qu'il a de meilleur, son pré, sa vigne et son vin, bien sûr, mais surtout son cheval, tandis qu'il cède à son frère Gérard son haubert, estimé à la somme considérable de quinze sous, cent quatre-vingts pièces d'argent que Gérard resdistribuera, dix ans durant, à des prêtres du voisinage. Ce guerrier-là est visiblement issu du monde des travailleurs ruraux, dont il a réussi à s'extraire pour un genre de vie supérieur, caractérisé par la possession d'un cheval et d'un armement. Le *miles* peut aussi provenir d'une famille en décrépitude, ou d'une branche cadette que le resserrement des liens lignagers a marginalisée. C'est le cas du *miles* Airan, que met en scène, vers 1030, le moine de Mouzon rapportant des événements d'au moins cinquante ans antérieurs. Cet Airan « exaltait chez ses ancêtres la valeur d'une race généreuse et la noblesse d'un sang superbe », mais lui-même appartenait, dans cette famille, à « une branche quelque peu inférieure ». C'est pourquoi il se recommande à plus puissant que lui. *Miles*, encore, ce Burchard qui tient, vers 950, à en croire la chronique de Saint-Pierre-le-Vif de Sens, d'un siècle plus tardive, la toute petite forteresse de Bray, déjà mentionnée.

Bref, le terme de *miles*, peu usité au Xe siècle, désigne alors des vassaux de tout premier niveau. Derrière eux nous distinguons, plus obscurément, des hommes, plus nombreux, en état de faire la guerre et pourvus du matériel de base : cheval, épée, cuirasse, ce qui les oblige à disposer de ressources suffisantes, soit en alleux, soit en rémunération fournie par un seigneur, soit les deux à la fois.

Tous ces personnages, bien entendu laïques, ont en commun d'être des hommes libres, échappant aux contraintes que, de plus en plus, les grands qui exercent à leur propre profit la puissance publique font peser sur ceux qui travaillent et produisent. De là, l'idée, sans doute fondée pour la plupart des régions, que ces guerriers, si divers soient-ils, sont en passe de constituer une catégorie sociale à part, une aristocratie de fonction. Soyons, pour le Xe siècle, extrêmement prudents. En Catalogne, par exemple, tous les hommes libres, c'est-à-dire la quasi-totalité de la population masculine, ont le droit, voire le devoir, de porter une arme. Le combat reste, traditionnellement, l'affaire de tous. La passion que portent là-bas les aristocrates à leurs chevaux et à leur équipement ne signifie nullement qu'ils sont voués à la guerre privée, au demeurant très rare dans la Catalogne de cette époque.

4. Présence de l'aristocratie locale.

L'effacement, dans bien des contrées, de l'autorité royale, la redistribution et la parcellisation des pouvoirs de commandement font apparaître plus nettement la présence d'une aristocratie locale que les structures et l'encadrement carolingiens avaient longtemps tenue dans l'ombre.

C'est au sud de la Loire que cette noblesse de souche est le mieux visible. D'abord, parce que les monographies régionales, pour cette partie du royaume, récentes, solides, nombreuses, livrent de précieux renseignements, arrachant au moindre texte tout ce qu'il peut fournir d'informations. Ensuite, surtout, parce que l'aristocratie franque s'est là moins répandue qu'au nord. Quelques dynasties comtales, mises en place par le roi, fortifiées par leurs vertus propres, se sont installées : Guilhelmides, Raimondins, Bosonides, Ramnulfides, quelques autres. Jusqu'au début du Xe siècle, ils tiennent, dans les documents, presque toute la place. Derrière eux pourtant, à côté d'eux bientôt, parfois contre eux, on entrevoit d'abord, on distingue ensuite nettement des personnages, des groupes, qui paraissent installés depuis longtemps, dont les grands princes doivent se faire accepter, qui possèdent une grande partie du sol, qui se réclament d'ancêtres glorieux, qui maintiennent une culture et une civilisation proprement méridionales.

Lorsque le pouvoir royal se délite, lorsque les grands princes eux-mêmes sont ébranlés, alors les puissants locaux, petits et grands, se montrent. D'où vient, par exemple, cet Ebbes qui, en Berry, occupe une situation considérable ? Il ne porte aucun titre particulier indiquant l'appropriation d'une fonction publique lorsqu'il fonde chez lui, à Déols, en 917, un monastère confié à l'abbé Bernon de Cluny. Son père, son grand-père étaient eux-mêmes, semble-t-il, possessionnés dans cette région. Les seigneurs de Déols paraissent ainsi implantés dans la vallée de l'Indre depuis bien plus longtemps que n'est établie, au sud de la Loire, la dynastie de Guillaume le Pieux, dont Ebbes est le fidèle. C'est dans la crypte de l'église de Déols que seront bientôt placées les reliques des saints évangélisateurs du Berry, Léocade et Lucie, auxquels paraît ainsi s'affilier la puissante famille de Déols, qui tient l'archevêché de Bourges pendant deux générations. Aimard de Bourbon, au même moment, n'est ni comte, ni vicomte, ni avoué, ni rien qui le situe dans les fonctions franques de commandement. Il est, simplement, le fils d'Aimard. On l'appelle, au moins une fois, *miles clarissimus*, ce qui le place très près du duc d'Aquitaine, son seigneur. Dans l'Allier, il est chez lui, et c'est en prélevant sur son propre bien qu'il donne à Cluny, dès 915, le domaine de Souvigny. Le comte Géraud d'Aurillac est, lui, un fonctionnaire royal qui, malgré les sollicitations de Guillaume le Pieux d'entrer dans sa fidélité, demeure attaché à son lien personnel avec le roi des Francs. Géraud n'en est pas moins un noble auvergnat de pure souche. Sa lignée est issue, fait-on dire, de saint Yrieix, dont les vertus embaumèrent la région trois cent cinquante ans plus tôt. Par là, il se rattache à l'aristocratie gallo-romaine contemporaine de Grégoire de Tours. Autant dire l'Antiquité la plus prestigieuse, à l'époque où l'Auvergne donnait à la Gaule des empereurs, et surtout des saints à profusion. De cette illustre ascendance, Géraud a reçu des mérites particuliers et aussi des domaines fonciers en quantité considérable. L'abbé Eudes de Cluny, qui écrit la biographie de Géraud vers 925, donc une quinzaine d'années après la mort de son héros, et qui lui aussi séjourna dans sa jeunesse auprès de Guillaume le Pieux, note que le comte pouvait se rendre du Rouergue jusqu'au Cantal, soit un itinéraire d'environ deux cents kilomètres, en faisant chaque soir étape dans un domaine à lui, ce qui en suppose au moins dix sur ce seul trajet, et sans doute beaucoup d'autres ailleurs. Ces biens ne procèdent pas de l'honneur comtal. Géraud, noble auvergnat, les tient en alleux, comme les tiennent, comme en accaparent, aristocrates indigènes eux aussi, les Dalmas, vicomtes-abbés de Brioude après 930, les vicomtes de Clermont, dont provient le grand évêque Étienne II, ou ces seigneurs qui possèdent en Auvergne la terre et l'ancienneté, les Mercœur, dont est issu l'abbé Odilon de Cluny, les Polignac, les d'Huillaux. Dans cette Auvergne du Xe siècle, observe Ch. Lauranson-Rosaz, l'Antiquité romaine, à peine recouverte par une mince pellicule franque, vit toujours : la ville, le droit, la langue, le costume peut-être, les structures foncières, l'origine de la propriété, la mémoire collective, l'organisation ecclésiastique, le type de dévotion en portent profondément l'empreinte. Ici, la société du Ve siècle est plus proche que celle de la Flandre ou de la Normandie contemporaines.

La Provence, sous ce rapport, n'est pas bien différente. Là aussi, de grandes familles traditionnelles se distinguent. Elles ont parfois passé alliance, au IXe siècle, avec les quelques fonctionnaires francs nommés sur place, ou se sont fait attribuer titres et honneurs comtaux et vicomtaux, rapidement tenus comme des biens propres. Ici, la romanité est encore plus forte, lisible dans le paysage urbain, les ouvrages d'art, les routes, l'anthroponymie. Grand alleutier provençal, dont les biens, sis en particulier dans le comté d'Apt, s'organisent le long des voies romaines, Foucher, en 909, épouse selon la loi romaine, c'est-à-dire wisigothique, Raimonde, fille du vicomte Maïeul de Narbonne, sœur de l'évêque de Fréjus Gontard, nièce d'Aubry, le frère aîné de Maïeul marié avec la fille du comte Racoux de Mâcon, dont il héritera un jour les fonctions. Par son contrat de mariage, confié naturellement, en cette région, à l'écrit, Foucher donne à Raimonde plus de cent manses, sans doute la moitié de ce qu'il possède. Au centre de ses domaines, la villa de Valensole, où la famille de Foucher est depuis toujours enracinée. C'est là que naît, l'année suivante, un garçon nommé Maïeul, comme son grand-père maternel. Aux Aubry-Maïeul s'opposent les Sabran, puissamment possessionnés dans la région d'Uzès, et qui fournissent, depuis la seconde moitié du IXe siècle, des vicomtes de Béziers, des évêques d'Uzès et des abbés de Saint-Gilles. Eux aussi sont de vieille souche provençale. Appuyés par les Bosonides devenus rois de Provence, ils contraignent au départ les Aubry de Narbonne. Le futur Maïeul de Cluny se réfugie ainsi avec les siens à la cour des comtes de Mâcon, vers 918. Demeure sur place Eyric, frère de Maïeul, à l'origine d'importants lignages. Car ce ne sont pas les Sarrasins, quoi qu'en dise l'hagiographie, mais les luttes entre clans provençaux qui font, en Provence, le plus de ravages. Ces puissants locaux, assis à la fois sur leur patrimoine foncier et sur leurs forteresses urbaines, qu'ils tiennent le plus souvent au nom du comte de Provence Guillaume d'Arles, disposant de troupes de guerriers que la victoire définitive contre les musulmans, en 972, laisse disponibles, contrôlent solidement les cadres de la société non seulement laïque, mais ecclésiastique. Ainsi, la famille vicomtale de Marseille accapare l'évêché, à partir de 965, pendant plus d'un siècle. En Septimanie, il en va de même. L'évêché est même incorporé à l'héritage personnel du vicomte Guillaume, déjà nommé, qui dans son testament lègue à sa femme Arsinde la cité d'Agde avec l'épiscopat, et à sa fille Garsinde Béziers et son évêché.

Ainsi, dans le Midi, la mainmise des laïcs sur les biens et les fonctions ecclésiastiques, sur les honneurs et les domaines publics est la fois précoce et profonde. Les aristocrates locaux, descendants réels ou supposés de la noblesse galloromaine, déjà propriétaires fonciers considérables, en ont profité. Les quelques hauts fonctionnaires carolingiens jadis mis en place par décision royale se sont fondus dans le paysage social, en passant avec les seigneurs indigènes des alliances de toutes sortes. Ainsi en ont usé, par exemple, les comtes d'Angoulême.

5. *La terre et les hommes.*

Au total apparaissent, dans la seconde moitié du Xe siècle, en Provence, en Auvergne, en Charente, en Mâconnais aussi, une vingtaine de grandes familles concentrant entre leurs mains domaines fonciers et structures de commandement. Quelle que soit l'origine de ces domaines, ils sont tenus en alleux. Des églises y figurent en nombre appréciable. Ces grandes propriétés sont rarement d'un seul tenant. Les patrimoines, par le jeu des successions, des donations, des appropriations, sont le plus souvent dispersés, parfois parcellisés. Alleu : terre tenue en propriété privée, sans aucune contrainte ni restriction. Plus s'affine la recherche historique, plus la propriété privée, petite ou grande, paraît répandue en Occident jusqu'à la fin du siècle. C'est vrai en particulier dans le Sud du royaume. Là, dans ces régions immenses, riches souvent, pas trace, ou si peu, de système domanial, de féodalité, de vasselage même. Le serment que l'on prête, si on en prête, est celui qui est dû au détenteur de la puissance publique : au comte de Mâcon et à ses châtelains, aux comtes de Catalogne, à celui de Provence ou à ses vicomtes. La plupart des gens, sans doute, n'en prêtent à personne. Ces gens-là sont des hommes libres, propriétaires de tout ou partie de leur exploitation. Quand les paysans exploitent la terre du seigneur local, ils acquittent un cens immobilisé, parfois depuis longtemps. Autant dire que la rente seigneuriale rapporte peu, et de moins en moins. D'autant que, en Provence par exemple, le nombre des petits alleutiers paraît s'accroître au Xe siècle, et que les grands propriétaires, l'esclavage ayant à peu près disparu, alors que, jusque vers 930, on le voit encore assez répandu dans cette région, et bien plus encore, selon Guy Bois, en Mâconnais, ne parviennent plus à trouver suffisamment de main-d'œuvre et préfèrent laisser leurs terres en friche.

En Auvergne, si les seigneurs et leurs équipes guerrières se jettent sur les biens ecclésiastiques et aussi paysans, c'est qu'à l'esprit de rapine s'ajoute peut-être l'inquiétude diffuse de se trouver en position économique et foncière défavorable. Là non plus les grands domaines exploités par des armées de rustres asservis n'ont pas cours. A. Debord n'en voit pas davantage en Charente. Il aperçoit, au contraire, « une classe nombreuse et vigoureuse de petits et moyens propriétaires ». Quant aux non-libres, ils ont là aussi presque cessé d'exister. Ainsi, de la Bourgogne à la Gascogne, du Poitou à la Provence, la propriété petite et grande, librement tenue par des hommes, aussi des femmes, généralement par les deux en commun, demeure le fond visible de la structure rurale. Les cartulaires des églises, qui se gonflent de donations au cours du siècle, témoignent abondamment de cette réalité.

On commence à se douter que, en dépit des modèles en circulation depuis tantôt cent cinquante ans, la France du Nord, sans doute à un degré moindre, relève d'une description analogue. Là, certes, se rencontrent davantage de bénéfices, de concessions, de domaines divisés en réserve et tenures, de vassaux empressés à placer leurs mains jointes dans celles de leur seigneur. Mais ces belles images, au moins pour le Xe siècle et peut-être pour plus tard, pourraient n'être que l'exception. R. Fossier, en Picardie, constate que les propriétaires libres et indépendants forment l'armature principale de la société rurale, même si, entre eux, la variété des conditions économiques induit une différenciation sociale grandissante. Aussi bien ne comprendrait-on pas le mouvement de donations envers l'Église, enflant sous nos yeux jusqu'à l'énormité, par l'effet de la documentation sans doute, mais aussi dans la réalité, si les donateurs, de plus en plus souvent de condition modeste, n'étaient pas propriétaires, donc en mesure d'aliéner leurs biens.

La présence et la persistance, un peu partout, d'une masse de paysans libres et alleutiers, exploitant en outre, le cas échéant, la terre d'autrui contre redevances légères, expliquent pourquoi les maîtres de la puissance jadis publique, ceux qui ont pu accaparer, par leurs fonctions, le pouvoir de commander et de contraindre, et au premier chef la capacité judiciaire, augmentée et renforcée d'exactions nouvelles, se sont acharnés à développer leur contrôle sur les hommes beaucoup plus que leur possession de la terre. Celui-là tend en effet à rapporter beaucoup plus que celle-ci : percevoir des amendes, prélever des droits, que l'on commence à appeler, ici et là, « coutumes », contreparties d'une protection, sur tous ceux qui travaillent dans le secteur où le puissant et son équipe font prévaloir leur pouvoir de ban, voilà qui est profitable, puisque tous, libres ou non, alleutiers ou tenanciers, y sont assujettis. Cette volonté, ce besoin d'asseoir sa prédominance sur la matière humaine, pour en tirer tout le possible, donnent à l'histoire du Xe siècle finissant son caractère indéniable de violence. Sans médiation, ou presque, les plus forts, ceux qui détiennent les armes, les signes et les moyens du commandement, tâchent d'étendre leur emprise sur les autres, les contraignent, sans toujours ni partout y parvenir, de beaucoup s'en faut, à se fixer, à être là, à payer de leurs personnes et de leurs biens.

Avant l'an mil, ce processus est encore limité, partiel, inégalement répandu. Pourtant, il est suffisamment perceptible pour pénétrer la conscience collective, les représentations mentales. Ceux qui se préoccupent de la paix et de la justice, nous le verrons, s'en émeuvent. La militarisation de la société, la laïcisation des comportements ne sont pas sans lien, bien au contraire, avec l'évolution économique, au demeurant très lente et irrégulière.

Au travers de documents épars et fragmentaires, l'impression générale est celle-ci : la production agricole, c'est-à-dire la quasi-totalité de la richesse produite, paraît s'intensifier, se densifier, peut-être s'améliorer. L'équipement, peut-être, progresse. Dans les textes, les mentions de moulins se multiplient. Il est question, parfois, de mise en exploitation de terres nouvelles, ou du moins vouées à une exploitation mieux organisée. Ce sont les cartulaires ecclésiastiques, et eux seuls, qui témoignent de cette tendance, et je montrerai plus loin pourquoi et comment l'Église est engagée dans ce processus d'amélioration. Mais les laïcs en sont naturellement partie

La transformation des puissances laïques 219

prenante. L'idée, la capacité d'investir sont de mieux en mieux attestées. Autour de Chartres, à partir des années 930, moines et chanoines passent avec des exploitants des contrats de mainferme, baux de longue durée destinés à faire valoir des terres mal travaillées jusque-là. En Poitou, vers 955, voici Landri et sa femme Letgarde, qui concèdent à Gélon et Gotberge trois œuvres de terre pour les planter en vigne. Ce bail à complant — l'un fournit la terre, l'autre, le travail — viendra à échéance au bout de cinq ans, chacun faisant alors de sa part de récolte ce qui lui plaira. Trois œuvres, ce n'est pas beaucoup, une vingtaine d'ares peut-être. C'est suffisant pour conclure une convention, et pour que les moines de Saint-Cyprien de Poitiers, intéressés à l'opération, en conservent la trace dans leurs archives, déjà bien fournies à cette date. Ainsi les propriétaires valorisent-ils leur patrimoine. Vignes, moulins, pêcheries, tels sont, apparemment, les investissements les plus courants, en tout cas les plus souvent consignés, car ils exigent à la fois du temps, du travail et de la compétence. S'y ajoutent, en bordure de mer, les salines. Vers 970, par exemple, l'abbé Constantin de Saint-Maixent donne à Ucbert, un fidèle de l'abbé, et à sa femme Constance un terrain inculte, en Aunis, pour y aménager cinquante aires de marais salants, dont ils garderont trois cinquièmes du produit leur vie durant. De fait, la production et le commerce du sel tiennent une grande place dans la consommation et les échanges. Il y a là, pour les puissants, une source considérable de revenus. A Marseille, les moines de Saint-Victor, à Arles, le comte de Provence, à Narbonne, l'archevêque contrôlent la redistribution du sel et prélèvent dessus un impôt.

Ce début de revitalisation de la production et des échanges demeure, à mon avis, encore très ténu et circonscrit. Les deux ou trois exemples cités plus haut peuvent être multipliés par quelques dizaines, guère davantage. De quel coefficient, ensuite, doit-on affecter ces documents parvenus jusqu'à nous ?

Le nombre des hommes est-il, dans cette fin du premier millénaire, en sensible augmentation ? Les historiens en disputent. Comment s'en faire la moindre idée ? Si, en Mâconnais, Georges Duby constate que, dans la catégorie la plus aisée, les familles de sept ou huit enfants ne sont pas rares, A. Debord, en Charente, n'observe aucune surcharge démographique sur les tenures. Cependant, là où un démarrage agricole se produit, vraisemblablement les hommes sont plus nombreux, pour produire et pour consommer, sans que l'on puisse établir où est la cause, où la conséquence. Il est certain, en tout cas, que le mode d'occupation du sol, la façon dont les paysans se groupent tendent à se transformer. Le Xe siècle est-il en Occident le temps de l'apparition des villages, dans leur acception et leur configuration modernes, à la fois topographiques, sociales et culturelles ? Il semble bien que oui, même si les hommes, depuis le fond des âges, se sont regroupés, fût-ce en très petit nombre, pour vivre moins mal, et que l'archéologie relève de mieux en mieux des continuités dans l'occupation du sol. Comme jadis certains monastères, les forteresses attirent les masures à leur pied. Les châteaux élevés par Thibaud de Tours, comme Chinon ou Saumur, donnent bientôt naissance à des bourgs ; de même à Loches, Niort, Ruffec, Jarnac... C'est que le village et la collectivité qu'il agglomère, et qui sont autre chose que le hameau informel, ont besoin pour se constituer et se reconnaître d'un établissement fixe : le château, l'église aussi, surtout. Or, avec le Xe siècle, paraît achever de se mettre en place l'essentiel du réseau de paroisses rurales. Le diocèse d'Autun en fournit l'un des meilleurs exemples. Le village, enfin, doit jouer un rôle économique et social par rapport à un terroir. Un village, ce ne sont pas simplement des maisons côte à côte ; ce sont aussi des activités complémentaires, la possibilité de trouver sur place de quoi suffire à la vie, matérielle d'abord, mais pas seulement. Le cimetière, ici, est un agent déterminant de sédentarisation des hommes. Ces hommes que les puissants ont intérêt à voir se fixer, que le premier essor de l'économie, sa concentration conduisent à s'établir plus durablement. Les structures latifundiaires, les grandes unités de culture, exploitées de façon extensive, sont en effet, là où du moins elles existent, en net recul, au même titre et au même rythme que la puissance publique elle-même. Dans les documents, le sens du mot si ancien de « villa » s'infléchit. Du domaine, du centre d'exploitation avec ses dépendances, on passe, dans bien des cas et surtout au nord de la Loire, au village proprement dit. Les textes du XIe siècle enregistrent cette évolution qui, comme il se doit dans le passage de la chose à sa consignation, leur est antérieure de quelques décennies.

De ces villages, l'archéologie ne nous livre guère de vestiges, sauf lorsqu'il s'agit de sites occupés continûment depuis l'Antiquité, en Provence ou en Languedoc, mais aussi en Normandie, par exemple à Mondeville, près de Caen. Voici pourtant, constitué sans doute au Xe siècle, encore en cours de fouilles, le village de La Grande-Paroisse, en Seine-et-Marne, avec son église, son cimetière, un essai de tracé de rues. On y trouve des traces d'activités textiles et métallurgiques, de l'outillage métallique, y compris en fer, en quantité appréciable. Ici, la présence, l'existence d'un village paroissial ne font aucun doute. Qui nous dit pourtant qu'un peu plus loin l'habitat était également structuré de la sorte ?

Concentration, resserrement, regroupement, intensification, plus et mieux. Peut-être ; sans doute. Pas en tout lieu, nulle part au même rythme. L'outillage reste médiocre, le sol est ingrat, les relations sociales, la vie collective, les structures d'encadrement et de contrôle sont encore lâches. La monnaie, dans la vie économique, dans le statut social, ne pèse pas lourd. Pas trace, sauf exception, de fortunes mobilières, de classes d'argent. De commerce professionnel vraiment significatif, guère, sauf en quelques points de la côte flamande et picarde, ou méditerranéenne. Les juifs s'occupent plus d'investissements fonciers que d'échange de denrées et de maniement d'espèces. A Arles, par exemple, où pourtant on trafique, l'atelier monétaire, fermé à la fin du IXe siècle, le demeure presque complètement au Xe. Nulle part la fonction urbaine n'est d'abord commerçante. L'entrepôt marchand signalé par Richer de Reims à Verdun, en 985, a beaucoup excité les imaginations. C'est que ce genre de mention, au demeurant très vague, est d'une insigne rareté.

Au total, la terre, un peu moins mal exploitée, commence à nourrir un peu plus d'hommes, un peu mieux.

2

La purification des églises

Un peu mieux : tel est aussi l'effort auquel se livrent, à mesure qu'avance le siècle, les éléments les plus éclairés du monde ecclésiastique. Peut-on, en la circonstance, parler de réforme de l'Église occidentale ? Depuis qu'elle existe, celle-ci n'a pas cessé de se réformer, de se purifier, d'évoluer. La réforme, toujours, est à l'ordre du jour. Par réforme, il faut entendre non pas progrès, désir de changement, mais retour au passé, à l'origine sainte, à la vérité primitive. Du moins l'affirme-t-on. En fait, ce que cherchent les hommes d'Église, c'est la réponse adéquate au défi que leur lance, perpétuellement, la société laïque et, en son sein, la part aristocratique, celle qui possède et commande. Au Xe siècle, le mal est, par les clercs, nettement identifié et désigné : la violence à l'œuvre dans le monde, qui entraîne la confusion, le trouble, le mélange contre nature, bref, la profanation du sacré, la pollution. Dieu, le Christ, les saints sont de plus en plus mal servis. Ils prennent alors leurs distances d'avec l'humanité pécheresse, et cette dernière, de plus en plus, s'abîme. Comment, au sein de cette sécularisation envahissante, préserver les vertus de l'Évangile ? L'esprit de lucre, de jouissance, de rapine, le diable, en un mot, seraient-ils sur le point de l'emporter, définitivement ?

Une remise en ordre, d'urgence, s'impose. Chacun à sa place, voilà ce que veulent Dieu, la justice, la paix. Distinguer, séparer, telle est la voie du salut, individuel et collectif.

1. Réformes monastiques.

« Toute la religion est dans le refus du monde », écrit Eudes de Cluny. Le monde, bien entendu, c'est celui-ci, charnel, labile, pécheur. Ceux qui ont fait le choix de l'autre, le seul qui vaille, il convient, au plus vite, de les mettre à l'abri, de les préserver de la souillure, afin qu'ils puissent, humblement mais magnifiquement, faire monter vers le Ciel les mots, les chants, les offrandes, les odeurs agréables à la majesté divine qui, en retour, répandra sur eux, et sur tous les hommes, dont ils sont solidaires, sa grâce et ses bienfaits. Ceux-là, professionnels de la louange et de l'office divins, qui ont fait vocation de pauvreté, donc de pureté, qui sont les meilleurs des hommes de Dieu, ce sont, à l'évidence, les moines. Or, sur les monastères, leurs biens, leurs revenus, leurs pouvoirs aussi, les princes laïques ont, dès qu'ils l'ont pu, jeté leur dévolu. Au Xe siècle, la plupart de ces établissements ecclésiastiques sont aux mains des puissants, qui en usent comme de leur patrimoine propre. J'ai dit plus haut à quel prix et comment l'Église, dont bien des chefs sont souvent complices, comme cet Hugues de Jarnac, évêque d'Angoulême, qui, cherchant à s'emparer du comté, distribue des domaines épiscopaux, en a souffert dans son intégrité, dans sa qualité, dans son indentité. Le pillage des biens, le démembrement des temporels, l'appropriation des institutions et des fonctions religieuses ne cessent pas tout au long du siècle, ni par la suite. Le Sud de la Loire paraît plus durablement et plus profondément marqué que le Nord, parce que la protection royale y disparaît plus tôt.

Entrés dans la propriété des princes, les monastères sont devenus un élément de leur fortune et de leur prestige. Contrôler des établissements rénovés, mieux gérés temporellement et spirituellement, ne peut que les servir. Les moines, de leur côté, du moins les meilleurs d'entre eux, ceux qui ont conservé quelque chose des leçons d'Alcuin et de Benoît d'Aniane, y trouvent aussi leur intérêt. Les évêques, qui parfois sont eux-mêmes abbés, qui ont normalement autorité sur les abbayes de leur diocèse, qui sont partie prenante du système aristocratique, auxquels, dignes pasteurs, le désordre répugne, tirent souvent dans le même sens.

C'est tout cela qu'il faut garder à l'esprit pour essayer de comprendre ce dont il s'agit, et qui n'est pas simple. Les

La purification des églises

mêmes qui s'approprient et exploitent les monastères sont demandeurs de réforme, certains moines réclament une purification que d'autres redoutent, des évêques appellent de leurs vœux la remise en ordre que d'autres considèrent avec méfiance.

Dans ce processus compliqué, contradictoire, dispersé à l'extrême, le roi est à peu près totalement absent. Au IXe siècle, ces affaires d'Église le concernaient au premier chef, il y tenait activement la main. Au Xe, le Carolingien, au mieux, confirme et sanctionne, si du moins on veut bien le lui demander. Les grands, à présent, gèrent le renouveau pour leur propre compte et, imitant en cela le modèle royal, pour la légitimation et l'exaltation de leur propre dynastie. Ici, le spirituel, le politique, le matériel sont inextricablement mêlés, indiscernablement confondus. Les princes, auxquels échoient les fonctions de commandement, s'inquiètent, n'en doutons pas, du salut de leur âme. Détenteurs d'un pouvoir d'origine royale, ils doivent, comme les rois eux-mêmes, se distinguer par la qualité de leur vie et de leurs comportements. De ce côté-là, ils le savent, le déficit est grand. Aussi ressentent-ils, car leur piété est vive, la nécessité d'accomplir des gestes réparateurs, surtout au soir de leur existence. Des hommes voués aux choses saintes, dans leur entourage, les encouragent, font pression sur eux. Pour le groupe dont il est le chef, pour lui-même, le prince prélève sur ses biens de quoi alimenter des prières, de très bonne espèce : transformer les biens terrestres en richesses célestes, attirer sur soi et autour de soi la faveur divine, telle est la préoccupation grandissante. Qui, davantage que des bons moines, saurait y parvenir ? Alors, on fonde un monastère ou l'on restaure celui, tombé en décrépitude, que l'on possède déjà. Ainsi, le comte Girard de Vienne avait fondé Vézelay, le comte Géraud, Aurillac, en donnant de leur alleu. Ainsi fait, en 909, le vieux comte Guillaume, duc d'Aquitaine, à Cluny. Le préambule de l'acte de donation décrit à merveille l'opération de transmutation ainsi organisée : « Moi Guillaume, par le don de Dieu comte et duc, après mûre réflexion et désireux de pourvoir à mon salut tant que cela m'est permis, j'ai estimé bon, que dis-je, indispensable, de consacrer au bénéfice [*emolumentum*] de mon âme une partie, si modeste soit-elle, des biens qui me sont échus ici-bas. » Pas seulement de son âme à lui, est-il précisé plus loin, mais aussi de celle de sa femme, de ses parents, frères, sœurs, neveux, « pour nos fidèles qui sont attachés à notre service ». Ce geste personnel met ainsi en jeu le destin de tout un groupe, reliant morts et vivants en une seule communauté.

Le succès, immense, de Cluny, dès la seconde moitié du siècle et surtout au XIe, ne doit qu'assez peu, au fond, aux dispositions de sa charte initiale. Accorder à la papauté la propriété éminente de l'établissement ne revêt, en ces années-là, aucune portée pratique ; soustraire le temporel à toute intervention d'une puissance extérieure relève également du vœu pieux. Le plus important tient d'abord à la nature du bien donné : un domaine en état de marche, avec ses bâtiments, son matériel d'exploitation, et même une église. Capitale aussi est la situation géopolitique de Cluny, à la limite du royaume de Francie et de celui de Bourgogne, où Bernon, abbé désigné, a déjà manifesté ses vertus réformatrices, dans une région où n'existe aucun pouvoir politique imposant, puisque le Mâconnais échappe à la fois au successeur de Guillaume le Pieux et aux ducs bosonides, puis robertiens de Bourgogne. Frontalière, excentrée, l'abbaye est bien placée, mieux que d'autres en tout cas, pour préserver sa liberté : liberté d'élection de l'abbé, inscrite, comme il se doit, dans la charte de 909, indépendance du patrimoine monastique. S'y ajoute enfin l'exceptionnelle personnalité des abbés du Xe siècle, tous dignes, cultivés, énergiques, tous issus aussi, et cela pèse lourd, de l'aristocratie. Bref, des virtualités existant dans la plupart des entreprises rénovatrices du Xe siècle, Cluny a tiré un parti extraordinairement ample et durable, sachant se placer à la charnière exacte entre le visible et l'invisible, entre le siècle et l'éternité, entre les vivants et les morts, entre le dépouillement et la magnificence, exauçant ainsi le souhait du duc Guillaume : « Je crois et j'espère que, même si je ne peux mépriser totalement le monde, en accueillant des hommes qui le méprisent, et que je crois justes, je recevrai la récompense des justes. » Comme l'atteste la *Vie de Géraud d'Aurillac* rédigée par Eudes de Cluny, ami et protégé de Guillaume d'Aquitaine, de Foulques d'Angers, du prince Robert de Neustrie aussi, lui-même de noble origine tourangelle, Cluny propose à l'aristocratie laïque la mieux disposée des perspectives d'épanouissement qui ne vont pas brutalement à l'encontre de son identité propre. Pour régénérer le monde, l'entreprise clunisienne le prend d'abord tel qu'il est, et s'adresse à lui par les gestes et les mots qui conviennent. Elle s'intègre parfaitement dans le nouveau paysage politique et social. La belle époque de l'organisation carolingienne ne lui aurait pas convenu. Au reste, Cluny, et les valeurs qu'elle véhicule, contribuent activement à lui porter le coup de grâce.

Les autres réussites de réforme monastique, sans doute de moindre dimension, ne sont pas pour l'essentiel différentes. La Lotharingie, dans ce mouvement, est bien placée. Gérard de Brogne, aristocrate de la région de Namur, fonde une communauté sur son propre domaine en 919. Un temps moine à Saint-Denis, il réforme, entre 940 et 950, les abbayes du comte Arnoul de Flandre. Remplacer les chanoines par des moines, faire renoncer le comte à l'exercice personnel de l'abbatiat, confié dès lors à un religieux, reconstituer, autant que possible, le temporel, afin que les moines accomplissent dignement leur sainte mission, voilà ce que réformer veut dire. Le comte de Flandre borne nettement ce qui, dans l'œuvre de purification, irait contre ses intérêts propres. Il remet la main sur le temporel quand il en a besoin, n'accepte l'élection à l'abbatiat que du régulier qui lui convient. La protection que, à l'égal, jadis, du roi, il exerce envers ses monastères demeure très vigilante. Régénérée, l'abbaye est destinée à diffuser autour d'elle l'esprit d'ordre qui structure et consolide le pouvoir princier. Dans les années qui suivent immédiatement la réforme de Saint-Bertin par Gérard de Brogne, c'est là, vers 955, qu'est composé par le moine Witger l'éloge des vertus du comte, digne en effet de commander, suivi d'une généalogie reliant directement Arnoul aux rois carolingiens dont il est, pour sa région, le véritable continuateur.

L'antique abbaye de Gorze est rénovée dès les années 930 sous l'impulsion des évêques de Metz. Jean de Vandières en devient abbé en 959 ; il purifie encore davantage le pieux établissement, qui irradie à la fois l'ascétisme et la culture. La famille d'Ardenne ne lui ménage pas son soutien. Là se forment les très remarquables prélats lorrains qui, plus tard, s'illustreront : Adalbéron de Reims, Adalbéron de Laon, Rothard de Cambrai... L'action de régénération, très vigoureuse, menée par Adalbéron de Reims, est tout imprégnée de l'esprit de Gorze. Après Richer de Reims, le moine de Mouzon montre l'archevêque en action, saisi d'une sainte colère contre « les puissants, les tyrans, les grands du royaume », qui ont « usurpé, confisqué, cédé en bénéfices » les biens d'Église. « Avec le même zèle, poursuit le chroniqueur, il entreprit d'arracher à l'ordre des laïcs le monastère de Saint-Thierry et de le vider du ramassis de prêtres qui y menaient une existence bien peu religieuse. » Ainsi agit aussi, en 961, l'évêque Roricon pour Saint-Vincent de Laon, ainsi fera, en 977, Seguin de Sens à Saint-Pierre-le-Vif, mis à mal par ses prédécesseurs.

2. Présence des princes.

La collaboration des princes, des évêques et des bons abbés crée ainsi une sorte de chaîne réformatrice. C'est Eudes de Cluny qui, en 931, à la demande du comte Lisiard d'Orléans, ramène les moines de Fleury-sur-Loire, abbaye royale, à la saine discipline bénédictine, non sans avanie, et y introduit les usages clunisiens, caractérisés notamment par la somptuosité de la liturgie et la qualité de l'office divin. De Fleury partent, dans la décennie suivante, des moines qui rénovent Saint-Remi de Reims et lui fournissent l'abbé Hincmar. L'abbé Vulfade de Fleury réforme lui-même Saint-Florent de Saumur, à la demande du comte Thibaud de Tours, puis Saint-Père de Chartres de concert avec l'évêque Rainfroi.

C'est encore l'évêque Frotier de Poitiers qui, vers 936, revitalise le monastère de Saint-Cyprien, avec le soutien du comte Guillaume Tête d'Étoupe, en lui faisant don de neuf domaines qui lui appartiennent en propre. Devant l'excellence du résultat, Guillaume Longue Épée de Rouen fait appel à Martin, moine de Saint-Cyprien, pour restaurer l'abbaye de Jumièges. Plus tard, son successeur Richard travaillera avec Mainard, disciple de Gérard de Brogne, pour relever Saint-Wandrille et Le Mont-Saint-Michel.

Faut-il poursuivre ? La liste est longue des établissements créés ou reconstitués par la volonté des puissants : Sainte-Énimie, réformée à la demande de l'évêque Étienne de Mende, en 951, par l'abbé Dalmas de Saint-Chaffre, formé à Saint-Géraud d'Aurillac, un clunisien, donc ; Montmajour, fondé en 954, protégé et enrichi par le comte Guillaume d'Arles et son frère Roubaud ; Saint-Césaire d'Arles, reconstruit par les mêmes en liaison avec l'archevêque, en 972 ; Saint-Victor de Marseille, relevé par l'évêque Honorat, d'accord avec le vicomte son cousin ; Saint-Michel de Cuxa, rebâti et embelli par le comte Sunifred de Cerdagne, dédicacé en 975 en présence des évêques d'Elne, de Gérone, de Vic, d'Urgel, de Toulouse, de Couserans et de Carcassonne ; enfin, le monastère de Saint-Sever, refondé et consacré devant une foule immense, en 988, après la merveilleuse victoire de Taller remportée par Guillaume Sanche de Gascogne sur les Normands, encore eux. Longue liste donc, mais pas interminable. Tous les monastères du royaume occidental sont loin d'avoir été durablement et profondément relevés, régularisés, purifiés. Les fondations demeurent assez rares. Au Xe siècle, comtes et évêques contrôlent à peu près complètement le processus. Le mouvement de libération clunisien, notamment à l'égard de l'épiscopat, ne se déploie efficacement qu'à partir de l'extrême fin du siècle.

Arrêtons-nous, pour finir, sur le cas de Saint-Aubin d'Angers, exemplaire, et bien étudié par O. Guillot. Il fait comprendre ce que réforme, alors, signifie. Vers 930, le comte d'Angers est abbé de Saint-Aubin. Abbé laïque, bien entendu, d'autant qu'à Saint-Aubin ne se trouvent que des chanoines. L'abbaye fait partie du patrimoine comtal. Foulques le Roux en dispose comme il l'entend. Il comprend que Saint-Aubin est, dans son dispositif, une pièce maîtresse. Son rayonnement ne peut qu'aider à l'émancipation du comte par rapport à son seigneur, le duc des Francs, qui tarde à reconnaître son titre comtal, à le poser face à son voisin et rival Thibaud de Tours qui, lui, lorgne vers Marmoutier et Saint-Martin. Déjà, vers 950, une première tentative est faite pour remplacer les chanoines par des moines, plus purs. L'élan est donné. Peu après 960, Geoffroi, fils et successeur de Foulques, décide de placer son frère Gui à la tête de Saint-Aubin, comme abbé régulier. Car Gui, moine, est déjà abbé de Ferrières et de Cormery. Mais cet abbé, encore pollué par le monde, est indigne. « Dominé par les soucis du siècle, avoue-t-il dans une charte de 964, j'ai trahi mon ordre monastique par de nombreuses fautes. » En clair, il a pillé les biens dont il a la charge. Il n'est pas le seul dans ce cas. Mais lui, invité à s'amender par son oncle Gui, évêque de Soissons, et par l'abbé Hincmar de Saint-Remi de Reims, restitue les richesses usurpées, qui n'appartiennent qu'à Dieu, à ses serviteurs et aux pauvres. Pour autant, Gui n'est pas l'homme de la situation. L'abbé Hincmar presse alors le comte Geoffroi d'aller jusqu'au bout de sa démarche. Il lui fournira les bons moines dont l'exemple, à Saint-Aubin, entraînera les autres. Alors, le 19 juin 966, Geoffroi, comte des Angevins par la grâce de Dieu, souscrit solennellement la charte qui sanctionne la réforme de son abbaye. La « perfection de l'ordre monastique » remplace définitivement la « congrégation canoniale », moins pure. Les forces du mal seront ainsi mieux tenues en respect. Widbaud, bon moine, libre de toute attache avec le siècle, est désigné par le comte comme premier abbé. Aux moines reviendra le privilège d'élire son successeur avec, bien entendu, l'assentiment du comte. La mense abbatiale est remise à Widbaud, et donc séparée du patrimoine comtal. Le prince ne pourra plus confondre, à son profit, les terres monastiques et les siennes propres. Le système, si répandu, du comte-abbé est clos, comme en Flandre. Pour autant, le comte est loin de rompre avec l'établissement. Tout ce qui est advenu a été voulu et mené par lui. L'honneur et le prestige lui en reviennent entièrement. Au reste, le choix de l'abbé, désormais élu, dépend toujours de lui. Dans l'église de Saint-Aubin, les hommes de Dieu qu'il a lui-même installés mêlent son nom à leurs prières, chantent sa louange, bientôt consigneront ses actes de piété. Là, sous les voûtes, dans la crypte, au scriptorium aussi, se forge l'image du bon prince, qui joint à la noblesse du sang la qualité de l'âme. L'anniversaire de sa mort devient un jour consacré, célébré par une liturgie spéciale à l'emplacement même où il repose, au milieu des moines, proche d'eux, semblable à eux. Car le modèle monastique, proposé notamment par Cluny, s'impose aux princes à la veille de leur disparition : passer saintement, racheter ses péchés par une suprême aumône, renoncer, au moment ultime, à la souillure du siècle, voilà le souci qui, de plus en plus, saisit les grands de ce monde. Dès 943, le comte Létaud de Mâcon prend ses précautions : « Quel que soit l'endroit où je mourrai, que les moines viennent chercher mon corps pour l'ensevelir dans le monastère de Cluny », Cluny où son parent Maïeul vient précisément d'entrer. Deux ans plus tard, le comte d'Angoulême Guillaume Taillefer prend, durablement, l'habit monastique. En 987, son fils Arnaud Manzer entre à Saint-Cybard, à la veille de sa mort. En 990, c'est le vieux duc d'Aquitaine Guillaume Fièrebrace qui se fait moine à Saint-Maixent, et, en 996, le terrible Eudes de Blois, sentant sa fin venue, fait profession à Marmoutier, où il meurt presque aussitôt. Deux années auparavant, Guillaume d'Arles, comte de Provence, n'avait pas voulu rendre son âme sans recevoir la bénédiction de Maïeul que naguère, en 972, il avait arraché aux Sarrasins de La Garde-Freinet. Maïeul, prince des abbés, abbé des princes : le roi Hugues Capet, en octobre 996, alla prier sur sa tombe à Souvigny, très long pèlerinage. Sur le chemin du retour, purifié, le roi mourait pieusement.

C'est à Maïeul de Cluny, en effet, que le duc des Francs avait confié la réforme de ses abbayes les plus considérables : Saint-Germain-des-Prés, Saint-Denis, Saint-Maur-des-Fossés. L'alliance passée entre les robertiens et le mouvement monastique, très étroite dès l'origine, compte certainement pour beaucoup dans le succès de la dynastie. Dès 898, le roi Eudes était inhumé à Saint-Denis, auprès de Charles le Chauve.

C'est là que se rangèrent ensuite, régulièrement, tous les descendants des rois Eudes et Robert. Hugues Capet, bien mieux que les derniers Carolingiens, se montra attentif à soutenir la rénovation de l'Église, et en particulier à faire honneur aux reliques des saints, dont il faisait ainsi passer l'efficace vertu de son côté : le corps du saint breton Magloire fut installé à Paris en l'église Saint-Barthélemy ; Hugues restitua, en payant de sa personne, les ossement des saints Valéry et Riquier à leurs établissements respectifs. Renonçant à ses abbatiats laïques en temps opportun, appelant pour réformer ses monastères l'élite monastique du moment, multipliant les gestes de dévotion, conservant le patronage d'établissements très vénérables et prestigieux comme Saint-Martin de Tours, Saint-Denis, Saint-Aignan d'Orléans, Saint-Riquier, Corbie, Hugues, témoignant ainsi d'un comportement vraiment royal, s'associa des forces montantes qui firent beaucoup pour son élection et surtout pour l'implantation durable de la nouvelle lignée royale.

3. La matière et l'esprit.

Bienfaiteur de l'Église, et en particulier des abbayes, le duc des Francs le fut sans aucun doute. Ce qui demeure aujourd'hui le plus impressionnant dans l'évolution du monde monastique au Xe siècle, c'est le flot grossissant de donations dont les établissements réformés bénéficièrent. Peut-être sommes-nous en partie victimes d'une illusion documentaire. En effet, les monastères les mieux équipés intellectuellement et matériellement prennent au Xe siècle un soin nouveau dans l'établissement et la conservation de leurs archives. Pour les maisons nouvellement créées, comme Cluny, dont le cartulaire est dès le départ d'une richesse et d'une précision exceptionnelles, aussi pour Sauxillanges, d'autres encore, c'est une évidence. Mais les chartes des établissements plus anciens ayant reçu la réforme, comme Saint-Maixent, Saint-Père de Chartres, Saint-Cyprien de Poitiers, Saint-Bertin, Saint-Pierre de Beaulieu, Saint-Victor de Marseille, à mesure que le siècle avance, sont plus nombreuses et plus riches de renseignements, car elles mettent en jeu des personnes et des biens plus humbles. Le cartulaire de l'abbaye de Nouaillé, dépendant de Saint-Hilaire de Poitiers, est à cet égard significatif : petite maison, modestes alleux donnés par des gens ordinaires, que rien, en tout cas dans ces textes bien tenus, ne distingue. Là est peut-être le plus important : l'aumône, qui devient le geste fondamental de piété, tout le monde s'y met. L'esprit de purification appelait le dépouillement, qui rachète de tout : face aux rapines des violents, qui n'ont pas cessé, le renoncement, la donation. Se faire pauvre parmi les pauvres, et s'assurer ainsi une part de la richesse céleste ; cette richesse dont l'enrichissement des saints de Dieu et de leurs églises, sur la terre, est le signe avant-coureur, la merveilleuse promesse. Cette translation de biens en direction de l'Église, qui paraît donc s'accentuer, et qui témoigne peut-être d'une amélioration des conditions d'existence, car on ne donne que ce que l'on a, est sans aucun doute le phénomène économique le plus considérable du Moyen Age, au moins jusqu'à la fin du XIIe siècle. En Mâconnais, Georges Duby oberve que l'affaissement, entre 950 et 1000, de la fortune laïque, qui touche principalement la petite noblesse, est due pour l'essentiel aux donations pieuses. La recherche du salut est ainsi un puissant agent de mutation économique. C'est sans doute pourquoi la région alentour de Cluny paraît emportée dans une mutation brutale à la veille de l'an mil.

Cette accélération et cette extension des donations, qui ne compensent sans doute pas encore, au Xe siècle, les usurpations et les ravages perpétrés par les laïcs armés, témoignent du rayonnement des monastères régénérés, de l'effet de propagande lié aux grandes liturgies, aux processions, aux solennelles translations de reliques, aux récits de miracles qui les accompagnent, à une pastorale plus active que les Clunisiens en particulier, dont beaucoup sont prêtres, développent.

Les réguliers ne sont pas les seuls dans ce combat pour la foi et pour la qualité renouvelée de l'Église. Nombre de bons évêques, qui d'ailleurs soutiennent dans leurs cités la réforme monastique, travaillent aussi à améliorer et à agrandir leurs propres églises : ils réorganisent la vie des chanoines dans un sens plus strict, ils tâchent de défendre, mieux, de reconstituer le temporel de l'évêché, ils maintiennent, voire renforcent parfois, le niveau d'enseignement dans les écoles dont chaque cité épiscopale est normalement et en général effectivement pourvue. L'action d'Adalbéron de Reims, décrite par Richer, est sur ce point exemplaire. Les chantiers ouverts et menés à bien ne sont pas rares. En 948, l'évêque Étienne II de Clermont consacre sa nouvelle cathédrale, dont la crypte subsiste encore. Cet édifice, le diacre Arnaud, dans un sermon d'environ cinquante ans postérieur, s'emploie à le décrire en termes grandioses. En particulier, derrière l'autel, trône sur une cathédre en or une Vierge reliquaire resplendissante, portant le Christ sur ses genoux, à l'instar de celle qui, depuis quelques décennies sans doute, orne le chœur et fait la gloire de l'église Sainte-Foy de Conques, dont Étienne fut naguère l'abbé. Quelques années plus tard, Étienne Ier de Mende inaugure lui aussi sa nouvelle église. En 983, Seguin de Sens en fait autant. A Beauvais, la cathédrale dite de la Basse-Œuvre, édifiée dans la seconde moitié du Xe siècle, sous l'évêque Hervé, subsiste aujourd'hui en partie. Elle atteignait peut-être soixante-dix mètres dans sa plus grande dimension. Dans tous ces édifices, comme pour les nouvelles abbayes de Cluny et de Tournus, achevées en 980, ou celle de Jumièges, de dix ans postérieure, le chevet prend une importance considérable, attestant du renouveau et de l'embellissement de la liturgie, qui nécessite des chapelles rayonnantes, tandis que les cryptes, destinées à recevoir les reliques, deviennent de véritables sanctuaires souterrains.

A l'ombre de ces cathédrales enrichies et sanctifiées, adossée aux établissements monastiques régénérés, l'activité culturelle brille par intermittence. Là encore, nous sommes réduits à des nomenclatures. Hucbald de Saint-Amand, Rémi d'Auxerre poursuivent la grande tradition de leurs devanciers du IXe siècle. Outre Eudes de Cluny, orateur, hagiographe et musicien, deux noms, deux réputations éclipsent toutes les autres : Gerbert d'Aurillac et Abbon de Fleury. Tous deux d'origine modeste, tous deux d'abord moines dans le réseau clunisien, tous deux enseignants exceptionnels, tous deux conseillers des rois et politiquement actifs, en particulier en faveur des deux premiers Capétiens, mais tous deux rivaux, voire adversaires, l'un, Gerbert, tenant de l'épiscopat traditionnel et lui-même, de 992 à 997, archevêque de Reims, la cité à laquelle, vingt-cinq ans durant, il donné le meilleur de son activité, l'autre bataillant en faveur de l'émancipation totale des abbés par rapport aux évêques et désireux de supplanter ces derniers dans leur magistère auprès du roi. Les foyers culturels les plus brillants et les mieux pourvus en maîtres et en livres, principaux producteurs d'histoire, de droit canonique, d'hagiographie, d'épîtres, continuent de se situer dans la partie septentrionale du royaume : Tours, Orléans et Fleury, Chartres, Paris, Reims et Laon surtout, aussi Cambrai et Metz, autant de lieux réputés pour la qualité du savoir qui y est dispensé, pour la richesse de leur bibliothèque. Là sont formés ceux qui, au début du XIe siècle, se distinguent dans les lettres et la connaissance : Fulbert de Chartres, André et Helgaud de Fleury, Gérard de Cambrai, Adalbéron de Laon dont le *Poème au roi Robert*, rédigé vers 1030, jette les derniers feux, à vrai dire assez obscurs, de la tradition carolingienne. Très à l'écart, la Catalogne, liée de près à l'Italie et surtout à l'Espagne arabo-wisigothique, conserve et fait fructifier des pans appréciables de la culture antique, et se signale par un usage surabondant de l'écriture, encore diffusée largement, semble-t-il, à l'intérieur de la société.

3
L'ordonnance idéologique

Dans cette société cloisonnée, durcie, d'où la notion de bien public, et sa pratique plus encore, paraissent s'être retirées, où l'autonomie locale est devenue la règle, où l'Église, elle-même multiple, tente, ici en vain, là avec succès, de se régénérer, de canaliser la violence, d'inoculer l'ordre dans le tumulte néfaste du siècle, que demeure-t-il du royaume, qu'en est-il encore du roi, au moment où le titulaire de cet office vient de changer, où un lignage princier prend la place de la plus glorieuse dynastie du monde, celle des Charles ?

1. Récapitulation.

Il y a les faits, que nous avons essayé d'entrevoir, plutôt mal que bien ; il y a l'interprétation qu'en donnent ceux des contemporains qui réfléchissent, à l'aide de formules et de schémas empruntés à l'Antiquité, sur le monde et sur la société, sur ce qu'ils sont peut-être, sûrement sur ce qu'ils devraient être. Entre la réalité et l'idéologie, le décalage existe. Quelle est son ampleur ? Nous n'en savons pas assez pour y voir clair. Rien ne dit que les clercs du Xe et du XIe siècle étaient plus lucides, ne voyant sans doute que ce qu'ils voulaient voir, écartant, comme toujours les intellectuels, ce qui gêne, ne convient pas à l'ordonnance de leur vision. La réalité, j'ai tâché de la décrire. Morcelée, éparpillée, diverse, contradictoire, contrastée, impropre à la généralisation, rebelle à la synthèse, aux reconstructions intellectuelles qui font, avec raison, tant plaisir à l'œil de l'esprit. Au moment de l'an mil, borne sans doute artificielle, mais qui n'est pas indifférente non plus à ceux qui l'ont alors franchie, récapitulons. Un fort et grandissant contraste entre le Nord et le Sud. Ici, l'empreinte antique se fait encore puissamment sentir, avec l'importance de la ville, la persistance du droit romano-gothique, la présence de l'écriture, l'existence d'une aristocratie locale ancienne et vigoureuse, l'absence de toute esquisse de système seigneurial, la mainmise très prononcée des laïcs sur les structures ecclésiastiques, la disparition du roi. Au nord de la Loire, surtout entre Seine et Meuse, si l'on excepte Bretagne et Normandie, la royauté subsiste avec quelque vigueur. Le comte et l'évêque forment encore l'armature solide du système carolingien, qui se perpétue. L'Église séculière conserve une situation prééminente. Les engagements privés d'homme à homme, la recommandation personnelle se développent.

Mais partout de très grands personnages, bientôt de moins considérables, possèdent les pouvoirs de commandement issus de la prérogative royale comme un bien propre, qu'ils exercent pour leur compte personnel à l'intérieur de la principauté ou de la circonscription qu'ils contrôlent, qu'ils se transmettent héréditairement au sein d'un lignage qui, ici et là, se resserre sur sa tige masculine. Pour conserver et accroître leur position, ils ont besoin d'auxiliaires, de fidèles qui les assistent dans leurs tâches, combattent pour eux, tiennent pour eux leurs tours dans les cités, leurs forteresses, dont le nombre grandit dans les campagnes. Contre les biens d'Église, malgré les réformes encouragées et organisées par les plus puissants, la pression demeure vive. Sur les paysans, alleutiers ou non, dont la condition juridique tend lentement à se niveler, elle commence à s'appesantir. Des énergies libérées, violentes sont à l'œuvre. Peu à peu, la société en mouvement rompt, au prix d'un désordre qui choque, les cadres traditionnels du système carolingien universaliste. Celui-ci demeure une référence vivante et insurpassable, en cours d'idéalisation. Transformée, sapée de l'intérieur par la pratique sociale et politique, l'organisation franque se disjoint, laissant voir de nouvelles structures et des comportements différents. Avec le premier millénaire s'achève, vivement ici, sub-

L'ordonnance idéologique 239

repticement là, mais définitivement partout, l'Antiquité adaptée et prolongée par la royauté franque.

2. *Le retrait du roi.*

L'assise matérielle de cette dernière, en deux siècles, et surtout depuis la disparition de Charles le Chauve, s'est considérablement amenuisée. L'événement de 987 n'a guère influé sur cette évolution. Le renoncement définitif à la Lorraine, prix du consentement impérial, a amputé le royaume d'un foyer vivant de civilisation. Cambrai, Verdun, Metz, Aix conservent une mémoire carolingienne dont ne se soucient plus, au moins pour quelque temps, les premiers Capétiens. Entre Francie et Germanie, la séparation s'approfondit encore. Surtout, le Sud de la Loire finit d'échapper complètement à l'influence royale. Au comte Borrell de Catalogne qui, en 988, appelle au secours son seigneur le roi Hugues, ce dernier adresse une réponse dilatoire, et ne bouge pas. Depuis la disparition des Carolingiens, aucun diplôme royal n'est plus établi en faveur d'églises catalanes. En Septimanie, en Gascogne, en Auvergne, dans l'Aquitaine elle-même disjointe, il n'en va guère autrement. On n'y a pas vu, on n'y verra pas un roi franc de longtemps. La datation des chartes n'enregistre souvent qu'avec retard, quand elle le fait, le changement de règne. Même les plus grands des princes ne prêtent serment à Hugues et à Robert que si les circonstances s'y prêtent. A quoi se sentent-ils engagés par ce rite d'allégeance ? A rien, sans doute, si leur intérêt propre se met en travers. Ils ont appris, depuis assez beau temps, à vivre hors de l'autorité royale.

De quoi le roi dispose-t-il effectivement ? Des comtés et domaines robertiens entre Orléans et Paris, en passant par Étampes et La Châtre, Senlis, Dreux qu'Eudes de Blois s'approprie en 991, Corbeil, Melun et Vendôme, tenus par le très fidèle Bouchard, Montreuil, et un réseau encore consistant d'abbayes, parmi lesquelles Saint-Denis, Saint-Martin de Tours et Fleury. S'y ajoutent, venant du roi carolingien, le contrôle direct de quelques petits comtés sur l'Oise et sur l'Aube, des palais comme Compiègne et Verberie, et surtout la nomination à d'importants évêchés : Reims, Sens, Laon, Orléans, Paris, Beauvais, Langres, Châlons, Noyon, peut-être Chartres. Tout cela n'est pas rien. Le roi est un prince territorial de moyenne importance, aux ressources moindres que celles d'Eudes de Blois, très puissant celui-là, et de plus en plus, de Richard de Normandie, d'Arnoul de Flandre, de Guillaume de Poitiers, comparables sans doute à celles de Foulques d'Angers, et encore... Un roi minoré, un roi cantonné, un roi de peu. En 991, Eudes de Blois, à en croire Richer, exprime la situation sans ambages : « Impuissant à régner, le roi vit sans gloire. » Bientôt, une expression courra : *Imbecillitas regis*, faiblesse du roi, incapacité à agir. La mission de paix et de justice, imposées au besoin par les armes, à peine peut-il l'exercer dans son entourage direct, sur ses domaines propres. Les assemblées de paix qui commencent à se réunir en Auvergne, en Poitou, dans les années 990, en tirent les conséquences : en l'absence complète, face à l'impuissance totale du roi, évêques, abbés et les meilleurs des comtes se substituent à lui pour circonscrire la violence, en préserver les pauvres, c'est-à-dire les gens d'Église, et les hommes libres qui ne font pas profession d'armes. Apprendre à se passer du roi, sans plaisir, par nécessité, pour éviter le chaos et l'effondrement définitif de tout, pour éviter que Dieu se détourne à jamais de son peuple.

3. *La transfiguration du roi.*

L'affaiblissement de la puissance du roi, l'amenuisement de sa capacité d'intervention au profit de forces régionales ou locales expliquent pour partie la facilité du transfert dynastique. La mission dévolue au roi n'est plus, ou est moins, de conduire les hommes libres à la guerre — contre qui ? —, d'imposer la paix à son aristocratie, de la garder en sa main en la comblant de dons — comment le pourrait-il ? Son ministère, indispensable, relève de modalités supérieures, transcendantes. La personne même du roi s'efface derrière son modèle, dessiné par les plus subtils des clercs. Pur comme un moine, savant comme un évêque. Dans la procédure qui confère la royauté, l'importance des gestes successifs se modifie : l'élection, en vérité depuis toujours fictive, moins fictive pourtant lorsque le nouveau roi n'est pas le fils du précédent, se réduit au profit du sacre. Par le sacre, le laïc jeune, vigoureux, beau, intact, qui vient d'être acclamé par les grands, passe du côté des sages, des anciens perspicaces, des évêques, parmi lesquels il prend place, dont, souhaite le vieil Adalbéron de Laon, il prend conseil. Seules certaines races, que Dieu a distinguées, sont propres à accéder à ce statut quasi sacerdotal : les Carolingiens, à l'évidence, et Gerbert, en 989, se demande, à propos de Charles de Lorraine, « de quel droit un héritier légitime a-t-il été dépouillé de son héritage », tandis que, prétend Richer, Hugues Capet « ne se dissimulait pas qu'il avait agi criminellement et contre tout droit en dépouillant Charles du trône de ses pères pour s'en emparer lui-même ». Les Ottoniens sont également aptes à régner et, en 993, Adalbéron de Laon monte avec Eudes de Blois une conjuration tendant à offrir la couronne de Francie à Otton III, Eudes lui-même devenant duc des Francs. Roi élu, roi ordonné, à l'égal des évêques et des abbés, affirme Abbon de Fleury. Mais roi aussi, surtout, par le sang, l'hérédité, qu'Hugues s'empresse de rétablir à la manière de ses prédécesseurs en faisant couronner et sacrer son fils Robert le plus tôt possible.

Ainsi sacralisée, la figure du roi prend le relief et les couleurs du mythe, de la liturgie, développés par le moine Helgaud de Fleury, vers 1030, écrivant la vie de Robert le Pieux, qu'il tire, autant qu'il le peut, vers la sainteté, le roi tentant d'effacer son péché, son union incestueuse avec Berthe de Blois, à force de prières, de chants et de macérations. Car c'est en communiquant de mieux en mieux avec le divin que le roi attirera ses grâces sur le peuple dont il a mystiquement la charge et occupera sa juste place, clef de voûte au sommet de la hiérarchie terrestre, reflet de la cité céleste où les anges font alors une apparition remarquée.

Ainsi pensent et s'expriment, souvent de façon pour nous fort obscure, les hommes les plus instruits. De fait, l'institution royale est largement maintenue et préservée par l'Église, qui tâche de la soustraire à l'empire grandissant et tumultueux des laïcs. Les premiers Capétiens, et surtout Robert, lui-même formé aux choses sacrées à l'école de Gerbert de Reims, condisciple de futurs évêques et abbés, se prêtaient particulièrement à cette transfiguration, mieux que les Carolingiens que leur ascendance immense et prestigieuse avait installés depuis longtemps dans une légitimité se suffisant à soi seule. Vers 1030, l'Aquitain Adémar de Chabannes se fait l'écho d'un sentiment qui paraît répandu : « L'on croit que ce qui jeta la malédiction sur les descendants de Charlemagne, c'est que, depuis longtemps oublieux de la grâce de Dieu, ils négligeaient ses églises plutôt qu'ils ne lui en érigeaient de nouvelles », alors que Hugues était, à l'évidence, « un ami de la sainte Église et un ardent champion de la justice ». Déjà à Reims, vers 990, on justifiait le changement de dynastie par le fait que saint Remi, dans son testament, avait disposé que la lignée régnante devait être déposée si elle opprimait l'Église. Et Charles de Lorraine, plus encore que son frère Lothaire, avait négligé les intérêts divins, si même il ne les avait pas contrariés, se montrant ainsi indigne, affirmait Adalbéron de Reims à Senlis, en juin 987, de la fonction royale, accessible à celui « qui se distingue non seulement par la noblesse corporelle, mais encore par les qualités de l'esprit ». « La force d'âme l'emporte sur celle du corps », fera dire plus tard Adalbéron de Laon au roi Robert. Cette force excellente, d'essence mystérieuse, Charles de Lorraine, transcrit par Richer, Adalbéron de Laon la nomment *virtus*. Un roi vertueux, à la fois David et Christ, plus Christ que David, versé dans les mystères divins, à la fois pauvre et glorieux, moine et évêque, indispensable pour que le monde conserve un sens, le peuple chrétien, un point de repère, la société, un ordre nécessaire.

4. La société d'ordres.

Cet ordre, les clercs, depuis longtemps, cherchent à le décrire idéalement, par des classifications mettant chacun à sa juste place dans la perspective du salut. La distinction ancienne entre clercs et laïcs garde toute sa pertinence. Mais, à l'intérieur de chacune des deux catégories, des nuances s'imposent. Au sein de l'Église, entre réguliers et séculiers, dont les rapports, à la fin du siècle, tournent quelquefois à l'affrontement, comme en témoigne le violent conflit entre l'abbé de Fleury Abbon et l'évêque Arnoul d'Orléans, les moines revendiquant l'indépendance complète par rapport à l'épiscopat, se posant, notamment sous l'abbé Odilon de Cluny, en inspirateurs de la royauté, en guides de la chrétienté, et surtout, plus prosaïquement, refusant d'acquitter les dîmes. Ainsi réapparaissait la vieille hiérarchie entre vierges, les plus purs, et continents, de moindre mérite, davantage exposés aux contaminations du siècle. Les évêques, naturellement, surtout au nord, retournèrent l'argument, soupçonnant les moines de se commettre avec les puissances nouvelles, génératrices de désordre. Surtout, il apparut difficile de continuer à ranger l'ensemble des laïcs sous la même rubrique. La militarisation de la société, la violence exercée par les hommes d'armes, en particulier contre les églises, montraient bien que tous les gens du siècle n'étaient pas du même côté. De ceux-ci les bons esprits, peu à peu, firent deux parts, s'inspirant de la terminologie biblique, et aussi romaine. L'un des premiers, à notre connaissance, à s'engager nettement dans cette voie est le moine Haymon, qui enseigna à Auxerre de 840 à 860 [1]. De même, précise-t-il, que Romulus a réparti le peuple romain en trois catégories, l'Église, elle aussi, est divisée en trois : les prêtres, les guerriers et les agriculteurs. *Milites et agricultores*. Ceux qui combattent, ceux qui travaillent la terre, ceux-là cavaliers armés et cuirassés, ceux-ci désarmés, courbés sur leur champ. Cette partition se fait plus explicite chez Abbon de Fleury, surtout, vers 1030, chez Adalbéron de Laon et Gérard de Cambrai.

---

1. E. Ortigues, « L'élaboration de la théorie des trois ordres chez Haymon d'Auxerre », *Francia*, 14, 1986. D. Iogna-Prat, « Le baptême du schéma des trois ordres fonctionnels. L'apport de l'école d'Auxerre dans la deuxième moitié du IXe siècle », *Annales ESC*, 1986.

Milites, longtemps, garde pour les clercs une acception péjorative, certains jouant sur les mots : *militia, malicia*. De ces hommes turbulents, lâchés sur les pauvres sans défense, vient tout le mal. Soucieux, sans doute, de les intégrer, admettant que, dans l'ordre social, la contrainte est une nécessité, d'autres les appellent, plus noblement, *bellatores*. Ainsi s'articule, par combinaison de schémas divers, repris et arrangés, la célèbre tripartition. En dépit d'exégèses savantes et ingénieuses, les textes, très rares, qui expriment ces conceptions, sont en grande partie hermétiques et relèvent, à grand renfort de virtuosité rhétorique, de l'exercice de style. Face à une royauté qui se délite, à une société politique qui se transforme, ils marquent cependant un désir de remise en ordre, naturellement tout à fait utopique, qui replacerait la collaboration du roi et de l'Église au cœur du dispositif, comme jadis, comme toujours.

Épilogue

En l'an mil, les mots demeuraient les mêmes que deux cents ans auparavant : Dieu, la justice, la guerre et la paix, la loi ; le roi, l'évêque, l'abbé, le comte ; le palais, la cité, la muraille, le domaine ; l'Église et les églises ; les grands, les humbles, le peuple chrétien ; et le royaume des Francs.

Mais la réalité, imperceptiblement, a commencé d'en décoller. Au sein même d'un monde qui continue, un autre a déjà commencé de vivre, ici déjà visible, là encore embryonnaire. Au sein de la chrétienté occidentale, un royaume, morcelé, tronçonné, a pris corps, son centre de gravité logé, confiné entre Loire et Seine, entre Saint-Martin et Saint-Denis : roi des Francs de l'Ouest, puis roi des Francs ; Carolingiens, puis Capétiens. Royauté à son nadir, royauté sacrée ; royauté ignorée ou combattue, royauté indispensable et insubmersible. Pour nous proche et lointaine, indéchiffrable. Prémices, pourtant, d'une royauté française, d'une histoire de la France.

LES CAROLINGIENS

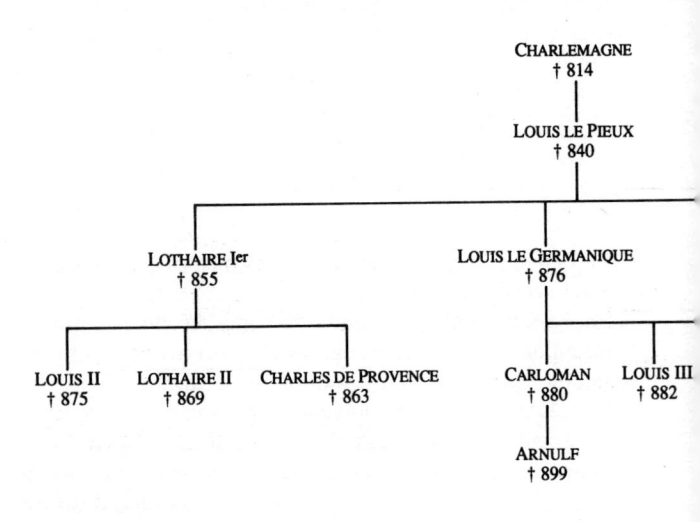

- **CHARLEMAGNE** † 814
  - **LOUIS LE PIEUX** † 840
    - **LOTHAIRE Ier** † 855
      - **LOUIS II** † 875
      - **LOTHAIRE II** † 869
      - **CHARLES DE PROVENCE** † 863
    - **LOUIS LE GERMANIQUE** † 876
      - **CARLOMAN** † 880
        - **ARNULF** † 899
      - **LOUIS III** † 882

ROBERTIENS/CAPÉTIENS

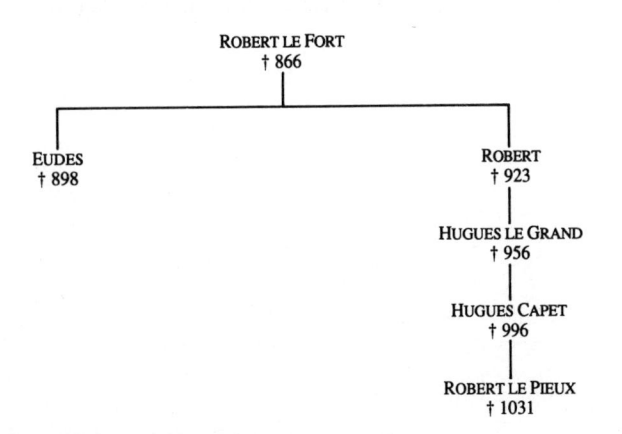

- **ROBERT LE FORT** † 866
  - **EUDES** † 898
  - **ROBERT** † 923
    - **HUGUES LE GRAND** † 956
      - **HUGUES CAPET** † 996
        - **ROBERT LE PIEUX** † 1031

LINGIENS

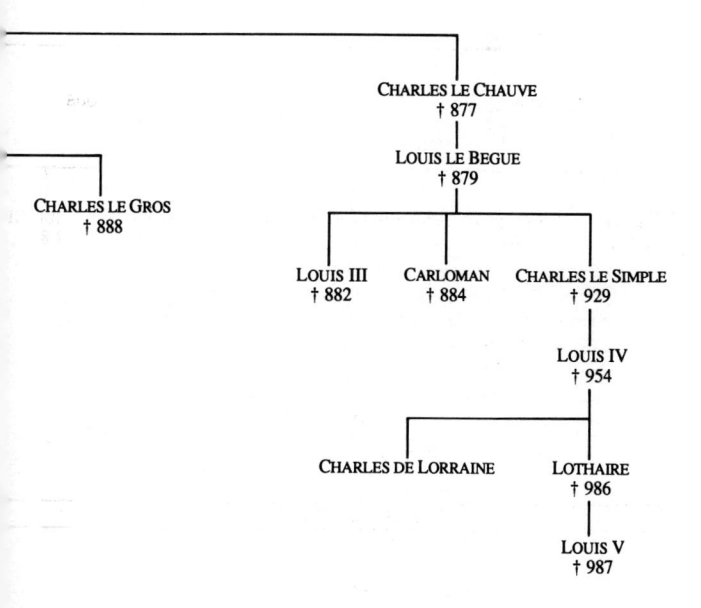

```
                                    CHARLES LE CHAUVE
                                         † 877
                                     LOUIS LE BEGUE
                                         † 879
CHARLES LE GROS
    † 888
                        ┌────────────────┬────────────────┐
                    LOUIS III        CARLOMAN      CHARLES LE SIMPLE
                     † 882            † 884              † 929
                                                       LOUIS IV
                                                        † 954
                              ┌──────────────────────┐
                       CHARLES DE LORRAINE        LOTHAIRE
                                                   † 986
                                                  LOUIS V
                                                   † 987
```

Chronologie

28.1.814	Mort de Charlemagne.
816	Louis le Pieux, sacré à Reims par le pape Étienne V. Agobard archevêque de Lyon, et Ebbon archevêque de Reims.
817	*Ordinatio imperii*. Réforme de Benoît d'Aniane généralisant la règle bénédictine.
822	Pénitence d'Attigny.
13.6.823	Naissance de Charles (le Chauve), à Francfort.
824	Raid normand sur Noirmoutier.
828-830	Éginhard rédige la *Vie de Charlemagne*.
829	Quatre grands conciles francs se tiennent successivement.
831	Jonas d'Orléans dédie à Pépin d'Aquitaine le *De institutione regia*.
832	Fondation de l'abbaye de Redon par Conwoion.
30.6.833	Champ du Mensonge : face à ses fils révoltés, Louis le Pieux est abandonné par ses fidèles.
7.10.833	Destitution de Louis le Pieux.
1.3.834	Restauration de Louis le Pieux.
22.6.840	Mort de Louis le Pieux.
25.6.841	Bataille de Fontenoy-en-Puisaye.
14.2.842	Serments de Strasbourg.
842	Les Normands mettent à sac le port de Quentovic.
Août 843	« Traité » de Verdun. Assemblée de Coulaines.
14.6.844	Mort au combat de l'historien Nithard.
845	Hincmar, archevêque de Reims.
29.6.845	Première prise de Paris par les Normands.
22.11.845	Victoire du Breton Nominoé sur Charles le Chauve, à Ballon.
846	Bible du comte Vivien exécutée à Saint-Martin de Tours.
6.6.848	Charles le Chauve, couronné roi d'Aquitaine.
851	Érispoé, fils de Nominoé, reçoit les comtés de Rennes, de Retz et de Nantes.
852	Robert le Fort, comte de Tours et d'Angers.

855	Fondation de l'abbaye de Beaulieu, en Limousin.
28.9.855	Mort de l'empereur Lothaire; ses trois fils se partagent ses possessions.
858	Louis, abbé de Saint-Denis, est capturé par les Normands. Fondation de Sainte-Marie de Vézelay par Girard de Vienne.
Janv. 859	Louis le Germanique quitte le royaume de l'Ouest, où l'avaient appelé des aristocrates révoltés.
861	Hincmar continue la rédaction des *Annales de Saint-Bertin* après la mort de Prudence de Troyes. Baudoin Bras de Fer enlève Judith, fille de Charles le Chauve.
863	Mort de Charles de Provence; son royaume est partagé entre Lothaire II et Louis II. Avènement de Salomon de Bretagne.
864	Édit de Pîtres.
866	Mort de Robert le Fort, à Brissarthe.
9.9.869	Charles le Chauve sacré roi de Lorraine, à Metz.
870	L'atelier de la chancellerie royale réalise le *Codex aureus*. Convention de Meersen entre Louis le Germanique et Charles le Chauve.
875	Les moines de Saint-Philibert s'installent à Tournus.
25.12.875	Charles le Chauve sacré empereur à Rome.
8.10.876	Charles le Chauve battu à Andernach par Louis le Jeune.
14.6.877	Assemblée de Quierzy.
6.10.877	Mort de Charles le Chauve.
10.4.879	Mort de Louis le Bègue.
15.10.879	Boson élu et couronné roi de Provence.
3.8.881	Victoire de Louis III sur les Normands, à Saucourt-en-Vimeu.
5.4.882	Mort de Louis III. Carloman seul roi à l'Ouest.
Nov. 882	Mort d'Hincmar, qui a rédigé quelques mois plus tôt le *De ordine palatii*.
882	Eudes comte de Paris.
Déc. 884	Appel des grands à Charles le Gros.
Nov. 885-nov. 886	Siège de Paris par les Normands.
886	Mort d'Hugues l'Abbé; Eudes recueille sa succession. Mort de Bernard Plantevelue; son fils Guillaume le Pieux lui succède.
29.2.888	Eudes élu et sacré roi des Francs.
Juin 888	Victoire de Montfaucon sur les Normands.
6.6.890	Louis, fils de Boson, sacré roi de Provence.
891	Mort d'Ebles de Saint-Denis; l'abbaye passe aux robertiens.
28.2.893	Charles le Simple est couronné et sacré à Reims.
894	Fondation de l'abbaye d'Aurillac par le comte Géraud.

Chronologie 251

1.1.898	Mort d'Eudes; Charles le Simple lui succède.
28.12.898	Victoire de Richard d'Autun sur les Normands.
Juin 900	Assassinat de Foulques de Reims à l'instigation de Baudoin de Flandre.
909	Charte de fondation de Cluny.
	Concile de Trosly.
911	Victoire de Chartres sur les Normands; « traité » de Saint-Clair-sur-Epte.
	La Lotharingie se donne à Charles le Simple.
914	Charles le Simple admet qu'Hugues succédera à son père, le marquis Robert de Neustrie.
	Gérard rassemble une communauté pieuse sur son domaine de Brogne.
918	Mort de Guillaume le Pieux, duc d'Aquitaine.
919-966	*Annales* de Flodoard.
920	Dissension entre Charles le Simple et les grands de Francie, au sujet d'Haganon.
30.6.922	Couronnement de Robert de Neustrie.
1.9.922	Mort de Richard le Justicier, prince de Bourgogne; son fils Raoul lui succède.
15.6.923	Victoire des princes à Soissons sur Charles le Simple; mais le roi Robert est tué.
13.7.923	Couronnement de Raoul de Bourgogne.
927	Herbert de Vermandois impose son très jeune fils Hugues comme archevêque de Reims.
	Eudes, abbé de Cluny.
	Guillaume Longue Épée succède à son père Rollon comme comte de Rouen.
930	Mort du grand savant Hucbald de Saint-Amand.
	Réforme de l'abbaye de Fleury par les clunisiens.
933	Hugues d'Arles remet la Provence au roi Rodolphe II de Bourgogne.
935	Raoul renonce définitivement à la Lorraine au profit d'Henri de Germanie.
18.6.936	Sacre de Louis IV à Laon.
25.12.936	Hugues le Grand reconnu comme duc des Francs.
936	Avènement du duc de Bretagne Alain Barbe Torte.
942	Assassinat de Guillaume Longue Épée, à l'instigation d'Arnoul de Flandre.
943	Mort d'Herbert de Vermandois.
945	Captivité de Louis IV sur ordre d'Hugues le Grand.
946	Avec l'aide d'Otton de Germanie, Louis IV récupère la royauté et l'archevêché de Reims.
948	Maïeul abbé de Cluny.
	Dédicace de la nouvelle cathédrale de Clermont par l'évêque Étienne II.
949	Louis IV fait construire une tour à Laon.
12.11.954	Sacre de Lothaire à Reims.

16.6.956	Mort d'Hugues le Grand, qui a reçu quelques mois plus tôt la Bourgogne, au nom de son fils Otton.
959	Jean de Vandières abbé de Gorze.
960	Geoffroi Grisegonelle succède à son père Foulques le Bon comme comte des Angevins.
	Hugues Capet est confirmé dans les fonctions de son père.
2.2.962	Otton le Grand empereur.
963	Guillaume Fièrebrace succède à son père Guillaume Tête d'Étoupe comme comte de Poitiers.
27.3.965	Mort du comte Arnoul de Flandre.
966	Geoffroi d'Angers réforme l'abbaye de Saint-Aubin.
969	Adalbéron archevêque de Reims.
972	Gerbert devient écolâtre de Reims.
7.5.973	Mort d'Otton le Grand.
973	Le comte Guillaume de Provence chasse les Sarrasins de La Garde-Freinet.
975	Consécration de la nouvelle église de Saint-Michel-de-Cuxa.
977	Eudes succède à son père Thibaud comme comte de Tours, de Blois et de Chartres.
	Adalbéron évêque de Laon.
	Charles, frère de Lothaire, duc en Lorraine.
978	En été, raid de Lothaire à Aix-la-Chapelle contre Otton II ; en automne, raid d'Otton II vers Paris, contre Lothaire.
Pentecôte 979	Louis, fils de Lothaire, est sacré et associé à la royauté.
980	Hugues Capet prend Montreuil à Arnoul II de Flandre.
982	Louis V épouse Adélaïde de Gévaudan.
985	Lothaire s'empare de Verdun.
Mars 986	Mort de Lothaire.
21.5.987	Mort de Louis V.
3.7.987	Sacre d'Hugues Capet.
Juill. 987	Foulques Nerra succède à son père Geoffroi comme comte des Angevins.
25.12.987	Robert sacré à Orléans et associé à la royauté.
Mai 988	Charles de Lorraine s'empare de Laon.
988	Abbon abbé de Fleury.
	Guillaume Sanche de Gascogne relève l'abbaye de Saint-Sever.
23.1.989	Mort d'Adalbéron de Reims. La cité tombe bientôt au pouvoir de Charles de Lorraine.
Juin 989	Concile de paix à Charroux.
29.3.991	Adalbéron de Laon livre Charles de Lorraine à Hugues Capet.
Juin 991	Le concile de Saint-Basle de Verzy casse l'élection d'Arnoul à l'archevêché de Reims, où Gerbert est élu.

Chronologie

992	Victoire de Foulques Nerra, à Conquereuil, sur Conan de Rennes qui est tué.
11.5.994	Mort de Maïeul de Cluny, auquel succède Odilon.
Mars 996	Mort d'Eudes 1er de Blois.
24.10.996	Mort d'Hugues Capet. Son successeur, Robert le Pieux, épouse bientôt Berthe de Blois.
Déc. 996	Mort de Richard 1er de Normandie ; son fils Richard lui succède.
2.4.999	Gerbert devient pape sous le nom de Sylvestre II.

Bibliographie

Une part importante, voire essentielle, de la bibliographie se trouve dispersée dans de nombreux articles et contributions qu'il n'est pas possible de recenser ici. On consultera avec un profit particulier la série des actes de « Settimane... » de Spolète, des revues telles que *Le Moyen Âge, Cahiers de civilisation médiévale, Francia*, ainsi que certains volumes de « Mélanges ».

Chartes et diplômes

1. Arthur Giry, Maurice Prou, Ferdinand Lot, Georges Tessier, *Recueil des actes de Charles II le Chauve*, 3 vol., Paris, Imprimerie nationale, 1943-1945.

2. Robert-Henri Bautier, *Recueil des actes de Louis II le Bègue, Louis III et Carloman*, Paris, Klincksieck, 1978.

3. Robert-Henri Bautier, *Recueil des actes d'Eudes*, Paris, Klincksieck, 1967.

4. Philippe Lauer, *Recueil des actes de Charles III le Simple*, Paris, Imprimerie nationale, 1949.

5. Jean Dufour, *Recueil des actes de Robert Ier et de Raoul*, Paris, Imprimerie nationale/Klincksieck, 1978.

6. Maurice Prou, Philippe Lauer, *Recueil des actes de Louis IV*, Paris, Imprimerie nationale, 1914.

7. Louis Halphen, Ferdinand Lot, *Recueil des actes de Lothaire et de Louis V*, Paris, Imprimerie nationale, 1908.

8. Léopold Delisle, *Diplômes d'Hugues Capet, Recueil des historiens des Gaules et de France*, nouv. éd., Paris, Palmé, 1874.

9. Léon Levillain, *Recueil des actes de Pépin Ier et de Pépin II, rois d'Aquitaine*, Paris, Imprimerie nationale, 1926.

10. René Poupardin, *Recueil des actes des rois de Provence*, Paris, Klincksieck, 1920.

11. Marie Fauroux, *Recueil des actes des ducs de Normandie de 911 à 1066*, Caen, Caron, 1961.

12. *Les Marches méridionales du royaume aux alentours de l'an mil. Inventaire typologique des sources documentaires*, publ. sous la dir. de Michel Zimmermann, Nancy, Artémis/Presses universitaires de Nancy, 1987.

J'ai en outre consulté l'édition des cartulaires des églises d'Apt, Autun et Reims, des abbayes de Beaulieu, Cluny, Nouaillé, Redon, Saint-Bertin, Saint-Chaffre, Saint-Cyprien de Poitiers, Saint-Julien de Brioude, Saint-Julien de Tours, Saint-Bénigne de Dijon, Saint-Maixent, Saint-Père de Chartres, Saint-Victor de Marseille, Lézat, Sauxillanges, Vierzon. D'autres documents, en nombre appréciable, sont reproduits en tout ou partie dans les ouvrages figurant dans cette bibliographie, portant en particulier sur l'histoire régionale.

Sources narratives et littéraires

13. Abbon de Fleury, *Opera*, *Patr. lat.*, 139, col. 422-570.

14. Abbon de Saint-Germain-des-Prés, *Le Siège de Paris par les Normands*, éd. et trad. Henri Waquet, Paris, Les Belles Lettres, 1942.

15. Adalbéron de Laon, *Poème au roi Robert*, éd. et trad. Claude Carozzi, Paris, Les Belles lettres, 1979.

16. Adémar de Chabannes, *Chronique*, éd. Jules Chavanon, Paris, Picard, 1897.

17. Aimoin de Fleury, *Vita sancti Abbonis*, *Patr. lat.*, 139, col. 387-414.

18. *Annales de Fulda*, éd. Reinhold Rau, *Quellen zur karolingischen Reichsgeschichte*, t. III, Berlin, Deutscher Verlag der Wissenschaften, 1966.

19. *Annales de Saint-Bertin*, éd. Félix Grat, Jeanne Vielliard, Suzanne Clémencet, notes et introd. de Léon Levillain, Paris, Klincksieck, 1964.

20. *Annales de Saint-Vaast*, éd. Bernhard von Simson, *MGH SS rer.i.u.s.*, 1909.

21. L'Astronome, *Vita Hludowici*, éd. Reinhold Rau, *Quellen zur karolingischen Reichsgeschichte*, t. I, Berlin, Deutscher Verlag der Wissenschaften, 1966.

22. *Chronique ou Livre de fondation du monastère de Mouzon*, éd. et trad. Michel Bur, Paris, CNRS, 1989.

23. Dhuoda, *Manuel pour mon fils*, éd. et trad. Pierre Riché, Paris, Éd. du Cerf, 1975.

24. Éginhard, *Vie de Charlemagne*, éd. et trad. Louis Halphen, Paris, Les Belles Lettres, 1938.

25. Ermold le Noir, *Poème sur Louis le Pieux et Épîtres au roi Pépin*, éd. et trad. Edmond Faral, Paris, Les Belles Lettres, 1964.

26. Eudes de Cluny, *De vita sancti Geraldi Auriliacensis comitis, Patr. lat.*, 133, col. 639-704.

27. Eudes de Saint-Maur, *Vie de Bouchard le Vénérable*, éd. Charles de La Roncière, Paris, Picard, 1892.

28. Flodoard, *Annales*, éd. Philippe Lauer, Paris, Picard, 1905.

29. Flodoard, *Histoire de l'église de Reims*, *MGH SS*, XIII, p. 405-599.

30. Gerbert d'Aurillac, *Correspondance*, éd. et trad. Pierre Riché et Jean-Pierre Callu, Paris, Les Belles Lettres, 1993.

31. Helgaud de Fleury, *Vie de Robert le Pieux*, éd. et trad. R.-H. Bautier et G. Labory, Paris, CNRS, 1965.

32. Hincmar, *De ordine palatii, BEHE*, 58, éd. et trad. Maurice Prou, Paris, F. Wieweg, 1884.

33. Loup de Ferrières, *Correspondance*, éd. et trad. Léon Levillain, Paris, Champion, 1927.

34. Nithard, *Histoire des fils de Louis le Pieux*, éd. et trad. Philippe Lauer, Paris, Champion, 1926.

35. Réginon de Prüm, *Chronique*, éd. Reinhold Rau, *Quellen zur karolingischen Reichsgeschichte*, t. III, Berlin, Deutscher Verlag der Wissenschaften, 1966.

36. Richer, *Histoire de France*, éd. et trad. Robert Latouche, Paris, Les Belles Lettres, 1930 et 1937.

37. Thégan, *Vita Ludovici imperatoris*, éd. Reinhold Rau, *Quellen zur karolingischen Reichsgeschichte*, t. I, Berlin, Deutscher Verlag der Wissenschaften, 1966.

Histoire générale

Ouvrages de synthèse, recueils d'articles

38. Wolfgang Braunfels (dir.), *Karl der Grosse. Lebenswerk und Nachleben*, Düsseldorf, L. Schwann, 1965-1967, 4 vol.

39. Jan Dhondt, *Études sur la naissance des principautés territoriales en Gaule (IXe-Xe siècle)*, Bruges, De Tempel, 1948.

40. Jan Dhondt, *Das frühe Mittelalter*, Francfort, Fischer Bücherei, 1968, éd. fr. revue par Michel Rouche, *Le Haut Moyen Age*, Paris-Bruxelles-Montréal, Bordas, 1976.

41. Georges Duby, *Hommes et Structures du Moyen Age*, Paris-La Haye, Mouton, 1973.

42. Robert Fossier (dir.), *Le Moyen Age*, Paris, Armand Colin, 1982, 2 vol.

43. F.-L. Ganshof, *The Carolingians and the Frankish Monarchy. Studies in Carolingian History*, Londres, Longman, 1971.

44. Edward James, *The Origins of France from Clovis to the Capetians, 500-1000*, Londres-Basingstoke, MacMillan Press, 1982.

45. Walther Kienast (dir.), *Studien über die französischen Volksstamme des Frühmittelalters*, Stuttgart, A. Hiersemann, 1968.

46. Ferdinand Lot et Robert Fawtier (dir.), *Histoire des institutions françaises au Moyen Age*, Paris, PUF, 1957-1962, 3 vol.

47. Pierre Riché, *Les Carolingiens*, Paris, Hachette, 1983.

48. Karl Ferdinand Werner, *Les Origines*, in Jean Favier (dir.), *Histoire de France*, t. I, Paris, Fayard, 1984.

49. Karl Ferdinand Werner, *Vom Frankenreich zur Entfaltung Deutschlands und Frankreichs*, Siegmaringen, J. Thorbecke, 1982.

IXe siècle

50. Jean Devisse, *Hincmar, archevêque de Reims (845-882)*, Genève, Droz, 1976.

51. Albert d'Haenens, *Les Invasions normandes, une catastrophe ?*, Paris, Flammarion, 1970.

52. Édouard Favre, *Eudes, comte de Paris et roi de France, BEHE*, 99, Paris, E. Bouillon, 1893.

53. Robert Folz, *Le Couronnement impérial de Charlemagne*, Paris, Gallimard, 1964.

54. Margaret Gibson et Janet Nelson, *Charles the Bald, Court and Kingdom*, Oxford, British Archaelogical Reports, 1981.

55. Louis Halphen, *Charlemagne et l'Empire carolingien*, Paris, Albin Michel, 1947.

56. Lucien Musset, *Les Invasions. Le second assaut contre l'Europe chrétienne*, Paris, PUF, 1965.

Bibliographie 259

57. Pierre Riché, *La Vie quotidienne dans l'Empire carolingien*, Paris, Hachette, 1973.

58. J.M. Wallace-Hadrill, *A Carolingian Renaissance Prince : the Emperor Charles the Bald*, Londres, British Academy, 1980.

59. Paul Zumthor, *Charles le Chauve*, Paris, Le Club français du livre, 1957.

Xe siècle

60. Auguste Eckel, *Charles le Simple, BEHE*, 124, Paris, E. Bouillon, 1899.

61. Robert Folz, *La Naissance du Saint-Empire*, Paris, Albin Michel, 1967.

62. Philippe Lauer, *Robert Ier et Raoul de Bourgogne, rois de France, BEHE*, 188, Paris, Champion, 1910.

63. Philippe Lauer, *Le Règne de Louis IV d'Outre-Mer, BEHE*, 127, Paris, E. Bouillon, 1900.

64. Jean-François Lemarignier, *Le Gouvernement royal aux premiers temps capétiens*, Paris, Picard, 1965.

65. Frédéric Lesueur, *Thibaud le Tricheur, comte de Blois, de Tours et de Chartres*, Blois, Mémoires de la Société des sciences et lettres du Loir-et-Cher, 1963.

66. Ferdinand Lot, *Les Derniers Carolingiens, BEHE*, 87, Paris, E. Bouillon, 1891.

67. Ferdinand Lot, *Études sur le règne de Hugues Capet, BEHE*, 147, Paris, E. Bouillon, 1903.

68. William Mendel Newman, *Le Domaine royal sous les premiers Capétiens*, Paris, Sirey, 1903.

69. Christian Pfister, *Études sur le règne de Robert le Pieux, BEHE*, 64, Paris, F. Vieweg, 1885.

70. Henri Prentout, *Études critiques sur Dudon de Saint-Quentin*, Paris, Picard, 1916.

71. Yves Sassier, *Hugues Capet*, Paris, Fayard, 1987.

72. Laurent Theis, *L'Avènement d'Hugues Capet*, Paris, Gallimard, 1984.

73. Harald Zimmermann, *Das dunkle Jahrhundert*, Graz-Vienne-Cologne, Verlag Styria, 1971.

Études régionales

74. Michel Aubrun, *L'Ancien diocèse de Limoges, des origines au milieu du XIe siècle*, Clermont-Ferrand, Institut d'études du Massif central, 1981.

75. Léonce Auzias, *L'Aquitaine carolingienne*, Paris, Didier Privat, 1937.

76. Guy Bois, *La Mutation de l'an mil. Lournand, village mâconnais, de l'Antiquité au féodalisme*, Paris, Fayard, 1989.

77. Pierre Bonnassie, *La Catalogne du milieu du Xe à la fin du XIe siècle. Croissance et mutation d'une société*, Toulouse, Association des publications de l'université de Toulouse-Le Mirail, 1975.

78. Michel Bur, *La Formation du comté de Champagne*, Nancy, université de Nancy-II, 1977.

79. Maurice Chaume, *Les Origines du duché de Bourgogne*, Dijon, Imprimerie Jobard, 1925 et 1937.

80. André Chédeville, *Chartres et ses campagnes (XIe-XIIe siècle)*, Paris, Klincksieck, 1973.

81. André Chédeville et Hubert Guillotel, *La Bretagne des saints et des rois*, Rennes, Ouest-France, 1984.

82. André Debord, *La Société laïque dans les pays de la Charente (XIe-XIIe siècle)*, Paris, Picard, 1984.

83. André Deléage, *La Vie rurale en Bourgogne jusqu'au début du XIe siècle*, Mâcon, Protat Frères, 1941.

84. Guy Devailly, *Le Berry du Xe siècle*, Paris-La Haye, Mouton, 1973.

85. Georges Duby, *La Société aux XIe et XIIe siècles dans la région mâconnaise*, Paris, Armand Colin, 1953.

86. Robert Fossier, *La Terre et les Hommes en Picardie jusqu'à la fin du XIIIe siècle*, Paris-Louvain, B. Nauwelaerts, 1968.

87. Gabriel Fournier, *Le Peuplement rural en basse Auvergne durant le haut Moyen Age*, Aurillac, Imprimerie moderne, 1962.

88. Olivier Guillot, *Le Comte d'Anjou et son entourage au XIe siècle*, Paris, Picard, 1972.

89. Christian Lauranson-Rosaz, *L'Auvergne et ses marges du VIIIe au XIe siècle. La fin du monde antique*, Le Puy, Les Cahiers de la Haute-Loire, 1987.

90. Élisabeth Magnou-Nortier, *La Société laïque et l'Église dans la province ecclésiastique de Narbonne de la fin du VIIIe à la fin du XIe siècle*, Toulouse, Association des publications de l'université de Toulouse-Le Mirail, 1974.

91. Renée Mussot-Goulard, *Les Princes de Gascogne (IXe-X[e]-XIe siècle)*, thèse multigr., université de Paris IV, Marsolan-Lectoure, CTR, 1982.

92. Jean-Pierre Poly, *La Provence et la Société féodale*, Paris, Bordas, 1976.

93. René Poupardin, *Le Royaume de Provence (855-933)*, BEHE, 131, Paris, E. Bouillon, 1901.

94. Yves Sassier, *Recherches sur le pouvoir comtal en Auxerrois du Xe au début du XIIIe siècle*, Auxerre, Société des fouilles archéologiques des monuments historiques de l'Yonne, 1980.

95. *Un village au temps de Charlemagne. Moines et paysans de l'abbaye de Saint-Denis du VIIe siècle à l'an mil*, Paris, Réunion des musées nationaux, 1988.

Économie et société

96. Éric Bournazel, Jean-Pierre Poly, *La Mutation féodale (X[e]-XIIe siècle)*, Paris, PUF, 1980.

97. Renée Doehaerd, *Le Haut Moyen Age occidental. Économies et sociétés*, Paris, PUF, 1971.

98. Georges Duby, *Guerriers et Paysans*, Paris, Gallimard, 1978.

99. Georges Duby, *L'Économie rurale et la Vie des campagnes dans l'Occident médiéval*, t. I, Paris, Aubier-Montaigne, 1962.

100. Armand Wallon et Georges Duby (dir.), *Histoire de la France rurale*, t. I et II, Paris, Éd. du Seuil, 1975.

101. Georges Duby (dir.), *Histoire de la France urbaine*, t. I, Paris, Éd. du Seuil, 1980.

102. Edith Ennen, *Frühgeschichte der europaischen Stadt*, Bonn, L. Röhrscheid, 1953.

103. Robert Fossier, *Enfance de l'Europe (X[e]-XIIe siècle)*, Paris, PUF, 1982.

104. Robert Latouche, *Les Origines de l'économie occidentale (IVe-XIe siècle)*, Paris, Albin Michel, 1956.

105. Stéphane Lebecq, *Marchands et Navigateurs frisons du haut Moyen Âge*, Lille, Presses universitaires de Lille, 1983.

106. Timothy Reuter (éd.), *The Medieval Nobility : Studies on the Ruling Classes of France and Germany from the VIth to the XIIth Century*, Amsterdam, Elsevier, 1979.

107. Adriaan Verhulst (éd.), *Le Grand Domaine aux époques mérovingienne et carolingienne*, Gand, Centre belge d'histoire rurale, 1985.

108. Fernand Vercauteren, *Études sur les « civitates » de la Belgique seconde*, Bruxelles, Académie royale de Belgique, 1934.

Église et société religieuse

109. *A Cluny. Congrès scientifique en l'honneur des saints abbés Odon et Odilon*, Dijon, Société des amis de Cluny, 1950.

110. Émile Amann, *L'Époque carolingienne*, in Augustin Fliche et Victor Martin (dir.), *Histoire de l'Église*, t. VI, Paris, Bloud et Gay, 1941.

111. Émile Amann et Auguste Dumas, *L'Église aux pouvoirs des laïcs, ibid.*, t. VII, 1946.

112. Yves Congar, *L'Ecclésiologie du haut Moyen Age*, Paris, Éd. du Cerf, 1968.

113. Charles de Clercq, *La Législation religieuse franque de Louis le Pieux à la fin du IXe siècle*, Louvain-Paris-Anvers, Centre de recherches historiques, 1958.

114. Franz J. Felten, *Abte und Laienabte im Frankenreich*, Stuttgart, A. Hiersemann, 1980.

115. Walter Goffart, *The Le Mans Forgeries. A Chapter from the History of Church in the Xth Century*, Cambridge (Mass.), Harvard University Press, 1966.

116. Dom Kassius Hallinger, *Gorze-Kluny*, Rome, Herder, 1950-1951.

117. Jacques Le Goff et René Rémond (dir.), *Histoire de la France religieuse*, t. I, Paris, Éd. du Seuil, 1988.

118. Émile Lesne, *Histoire de la propriété ecclésiastique en France*, Lille, R. Giard, 1910-1943, 6 vol.

119. René Louis, *De l'histoire à la légende : Girart, comte de Vienne, et ses fondations monastiques*, Auxerre, Imprimerie moderne, 1946.

120. Marcel Pacaut, *L'Ordre de Cluny*, Paris, Fayard, 1986.

121. Henri Platelle, *Le Temporel de l'abbaye de Saint-Amand des origines à 1340*, Paris, d'Argences, 1962.

122. Isolde Schröder, *Die westfrankischen Synoden von 888 bis 987 und ihre Uberlieferung*, Munich, MGH, 1980.

Royaume, royauté, nation

123. Hans Hubert Anton, *Fürstenspiegel und Herrscherethos in der Karolingerzeit*, Bonn, L. Röhrscheid, 1968.
124. Helmut Beumann (dir.), *Beiträge zur Bildung der französischen Nation im Früh- und Hochmittelalter*, Sigmaringen, J. Thorbecke, 1983.
125. Marc Bloch, *Les Rois thaumaturges*, Paris, Gallimard, 1983 (rééd.).
126. Tadeusz Manteuffel et Aleksander Gieysztor (dir.), *L'Europe aux IXe-XIe siècles. Aux origines des États nationaux*, Varsovie, Panstwowe Wydawnictwo Naukowe, 1968.
127. Andrew S. Lewis, *Royal Succession in Capetian France : Studies on Familial Order and the State*, Cambridge (Mass.), Harvard University Press, 1981 (trad. fr., *Le Sang royal*, Paris, Gallimard, 1986).
128. Rosamond Mc Kitterick, *The Frankish Kingdom under the Carolingians (751-987)*, Londres, Longman, 1983.
129. *Le Sacre des rois*, actes du colloque de Reims (1975), Paris, Les Belles Lettres, 1985.
130. Bernd Schneidmüller, *Karolingische Tradition und frühes französisches Königtum*, Wiesbaden, F. Steiner, 1979.
131. Percy Ernst Schramm, *Der König von Frankreich*, Weimar, H. Böhlaus Nachf, 1960.
132. Walter Ullman, *The Carolingian Renaissance and the Idea of Kingship*, Londres, Methuen, 1969.

Vie intellectuelle et représentations mentales

133. Roger Bonnaud-Delamare, *L'Idée de paix à l'époque carolingienne*, Paris, Domat-Montchrestien, 1939.
134. Adrien Bressolles, *Saint Agobard, évêque de Lyon*, Paris, J. Vrin, 1949.
135. *Colloque Jean Scot Érigène*, Paris, CNRS, 1977.
136. Robert T. Coolidge, « Adalbero, Bishop of Laon », *Studies in Medieval and Renaissance History*, University of Nebraska, 1965, t. II.

137. Dom Patrice Cousin, *Abbon de Fleury-sur-Loire*, Paris, P. Lethielleux, 1954.
138. Georges Duby, *L'An mil*, Paris, Gallimard/Julliard, 1967.
139. Georges Duby, *Les Trois Ordres ou l'Imaginaire du féodalisme*, Paris, Gallimard, 1978.
140. Jean Flori, *L'Idéologie du glaive, préhistoire de la chevalerie*, Genève, Droz, 1983.
141. *Gerberto, Scienza, Storia et Mito*, actes du *Gerberti Symposium* (25-27 juillet 1983), Bobbio, ASB, 1985.
142. Anita Guerreau-Jalabert (introd., éd. et trad.), *Quaestiones grammaticales d'Abbon de Fleury*, Paris, Les Belles Lettres, 1982.
143. *Hagiographie, Cultures et Sociétés*, actes du colloque de Nanterre et Paris (2-5 mai 1979), Paris, Études augustiniennes, 1981.
144. Godefroid Kurth, *Notger de Liège et la Civilisation du Xe siècle*, Bruxelles, O. Schepens, 1905.
145. Jacques Paul, *L'Église et la Culture en Occident (IXe-XIIe siècle)*, Paris, PUF, 1986.
146. Joseph-Claude Poulin, *L'Idéal de sainteté dans l'Aquitaine carolingienne (750-950) d'après les sources hagiographiques*, Québec, Presses de l'université de Laval, 1975.
147. Jean Reviron, *Les Idées politico-religieuses d'un évêque du IXe siècle. Jonas d'Orléans et son De institutione regia*, Paris, J. Vrin, 1930.
148. Pierre Riché, *Les Écoles et l'Enseignement dans l'Occident chrétien de la fin du Ve au milieu du XIe siècle*, Paris, Aubier-Montaigne, 1979.
149. Pierre Riché, *Gerbert d'Aurillac*, Paris, Fayard, 1987.
150. Pierre Riché, *Instruction et Vie religieuse dans le haut Moyen Âge*, Londres, Variorum Reprints, 1981.
151. Alexandre Vidier, *L'Historiographie à Saint-Benoît-sur-Loire et les Miracles de saint Benoît*, Paris, Picard, 1965.
152. Philippe Wolff, *Histoire de la pensée européenne*, t. I, *L'Éveil intellectuel de l'Europe*, Paris, Éd. du Seuil, 1971.
153. Paul Zumthor, *Histoire littéraire de la France médiévale*, Paris, PUF, 1954.

Civilisation matérielle et création artistique

154. Xavier Barral y Altet, *Le Paysage monumental de la France autour de l'an mil*, Paris, Picard, 1987.

155. Jean Chapelot et Robert Fossier, *Le Village et la Maison au Moyen Âge*, Paris, Hachette, 1980.

156. M. Durliat, *Des barbares à l'an mil*, Paris, Mazenod, 1985.

157. Jose Federico Fino, *Forteresses de la France médiévale*, Paris, Picard, 1967.

158. Gabriel Fournier, *Le Château dans la France médiévale*, Paris, Aubier-Montaigne, 1978.

159. André Grabar et Carl Nordenfalk, *Le Haut Moyen Age (IVe-XIe siècle)*, in *Les Grands Siècles de la peinture*, Genève, Skira, 1957.

160. Louis Grodecki, Florentine Mütherich, Jean Taralon, Francis Wormald, *Le Siècle de l'an mil*, Paris, Gallimard, 1973.

161. Carol Heitz, *L'Architecture religieuse carolingienne*, Paris, Picard, 1980.

162. Jean Hubert, Jean Porcher, Wolfgang Friedrich Volbach, *L'Empire carolingien*, Paris, Gallimard, 1947 ; rééd., 1968.

Voir aussi les *Cahiers du Centre de recherches sur l'Antiquité tardive et le haut Moyen Âge* (université de Paris X-Nanterre), paraissant depuis 1977 et animés par Carol Heitz.

Supplément bibliographique

Harmut Atsma (dir.), *La Neustrie. Les Pays de la Loire de 650 à 850*, Sigmaringen, 1989.

Bernard Bachrach, *Fulk Nerra, the Neo-Roman Consul*, University of California Press, 1993.

Dominique Barthélemy, *La Mutation de l'an mil a-t-elle eu lieu ? Servage et chevalerie dans la France des Xe et XIe siècles*, Paris, Fayard, 1997.

Dominique Barthélemy, *L'An mil et la Paix de Dieu. La France chrétienne et féodale 980-1060*, Paris, Fayard, 1999.

Guy Bois, *La Mutation de l'an mil. Lournand, village mâconnais de l'Antiquité au féodalisme*, Paris, Fayard, 1989.

Carlrichard Brühl, *Naissance de deux peuples. Français et Allemands (IXe-XIe siècle)*, trad. fr., Paris, Fayard, 1994.

Robert Delort (dir.), *La France de l'an mil*, Paris, Seuil, 1990.

Alain Erlande-Brandenburg, *De pierre, d'or et de feu. La Création artistique au Moyen Age IVe-XIIIe siècle*, Paris, Fayard, 1999.

Jean Favier, *Charlemagne*, Paris, Fayard, 1999.

Patrick Geary, *La Mémoire et l'Oubli à la fin du premier millénaire*, trad. fr., Paris, Aubier, 1996.

Olivier Guillot, Albert Rigaudière, Yves Sassier, *Pouvoirs et institutions dans la France médiévale. Des origines à l'époque féodale*, Paris, Armand Colin, 1994.

Dominique Iogna-Prat et Jean-Charles Picard (dir.), *Religion et culture autour de l'an mil*, Paris, Picard, 1990.

Régine Le Jan, *La Royauté et les Élites dans l'Europe carolingienne*, Presses Universitaires de Lille, 1998.

Janet Nelson, *Charles le Chauve*, trad. fr., Paris, Aubier, 1994.

Michel Parisse et Xavier Barral y Altet (dir.), *Le Roi de France et son royaume autour de l'an mil*, Paris, Picard, 1992.

Pierre Riché, *Les Grandeurs de l'an mille*, Paris, Bartillat, 1999.

Michel Sot, *Un historien et son Église. Flodoard de Reims*, Paris, Fayard, 1993.

Laurent Theis, *Robert le Pieux, le roi de l'an mil*, Paris, Perrin, 1999.

Karl-Ferdinand Werner, *Naissance de la noblesse. L'Essor des élites politiques en Europe*, Paris, Fayard, 1998.

Index des noms de personnes

Abbon de Fleury, 234, 241, 243.
Abbon de Saint-Germain-des-Prés, 61, 118.
Abd-al-Rahman, 64.
Acfred, comte d'Auvergne, 149, 156, 163.
Acfrid, comte, 51.
Adalald, évêque de Tours, 127.
Adalard, comte de Paris, 49, 65.
Adalard, comte et sénéchal, 30, 198.
Adalard, évêque du Puy, 159.
Adalard de Corbie, 25, 78.
Adalbéron, évêque de Laon, 184, 192-193, 228, 235, 240-243.
Adalbéron, archevêque de Reims, 163, 180-183, 187, 189, 191, 228, 234, 242.
Adalbéron, évêque de Metz, 179.
Adalelme, comte d'Arras, 162.
Adalelme, comte de Troyes, 130.
Adalgaire, évêque d'Autun, 114, 132.
Adélaïde *ou* Azalaïs, reine, 188.
Adèle, comtesse de Bourgogne, 158-159.
Adémar de Chabannes, 242.
Adémar, comte de Poitiers, 129, 134.
Adon, évêque de Vienne, 54-55.
Adrien, pape, 55.
Adson, abbé de Montierender, 202.
Advence, évêque de Metz, 54, 101.
Aélis, comtesse, 109.
Agobard, archevêque de Lyon, 21, 23, 27-28, 91, 98.

Aimard de Bourbon, 213.
Aimoin de Saint-Germain-des-Prés, 63.
Airan, *miles*, 211.
Aitard, évêque de Nantes, 64.
Alain Barbe-Torte, duc de Bretagne, 155, 157, 200.
Alain le Grand, duc de Bretagne, 107, 132, 154-155, 157.
Albert, comte de Vermandois, 173, 177, 181, 184.
Alcaud, avoué, 89, 90.
Alcuin, 85, 224.
Aldric, évêque du Mans, 92.
Alexandre, 123.
Altmar, comte d'Arras, 138.
Altuin, moine de Fulda, 85.
André de Fleury, 235.
Angilbert, abbé de Saint-Riquier, 19, 29.
Anscher, évêque de Paris, 120, 132-133.
Anségise, archevêque de Sens, 112.
Ansoud, *miles*, 209.
Archambaud, archevêque de Sens, 164, 180.
Arduin, châtelain de Coucy, 201, 208.
Arduin, vicomte de Chartres, 201, 210.
Arland, 206.
Arnaud de Gascogne, 67.
Arnaud, diacre, 234.
Arnaud Manzer, comte d'Angoulême, 204, 231.
Arnoul II de Flandre, 180, 191, 240.

Index des noms de personnes

Arnoul le Grand de Flandre, 150, 156-157, 162, 169, 173-177, 180, 227.
Arnoul de Germanie, 121-124, 129, 133-134.
Arnoul, évêque de Metz, 28, 54.
Arnoul, évêque d'Orléans, 187, 243.
Arnoul, évêque de Toul, 54.
Arsinde, épouse de Guillaume de Béziers, 215.
Artaud, archevêque de Reims, 159, 169, 172-179, 202, 205.
Athelstan, roi de Wessex, 155.
Atton, vicomte de Tours, 126.
Aubrée, épouse de Renaud de Roucy, 202.
Aubry Ier, comte de Mâcon, 203.
Aubry II, comte, 202, 203.
Audebert, comte de Périgord, 204.
Augustin, saint, 20, 88.
Ava, sœur de Guillaume le Pieux, 134.
Azalaïs, *voir* Adélaïde.

Baltfried, évêque de Bayeux, 62.
Barthélemy, évêque de Narbonne, 27.
Baudoin Ier de Flandre, dit « Bras de Fer », 66-67.
Baudoin II de Flandre, 120, 126, 129, 131, 138, 157, 161.
Béatrice, épouse de Robert Ier, 135, 150.
Béatrice, duchesse de Haute-Lorraine, 189.
Bellon, comte de Carcassonne et de Conflent, 156.
Bennon, évêque de Metz, 162.
Benoît, saint, 20, 113.
Benoît IV, pape, 140.
Benoît d'Aniane, 19-23, 224.
Benoît de Nursie, 20.
Bérenger de Frioul, 123, 128, 140.
Bérenger, comte de Rennes, 155.
Bernard, roi d'Italie, 14, 24-25.
Bernard de Gothie, 59, 68, 109-113.
Bernard de Septimanie, 27, 46, 51, 68, 83.

Bernard Plantevelue, 59, 68, 111, 117, 120.
Bernold, 103.
Bernon, abbé de Cluny, 214, 226.
Berthe, comtesse de Vienne, 77, 91, 93.
Berthe, épouse de Pépin le Bref, 76.
Berthe de Blois, 200, 241.
Bertric, 96.
Bivin, abbé de Gorze, 55.
Bois, G., 198, 216.
Borrell, comte de Barcelone, 156, 239.
Boson, comte de Vitry, 151, 158.
Boson de la Marche, 203.
Boson de Vienne, roi de Provence, 52, 55-57, 59, 68, 107, 110, 111, 113-117, 120, 123-124, 132, 151, 177.
Bosonides, dynastie des, 158.
Bouchard, comte de Vendôme, 187, 201, 208, 239.
Brunon, archevêque de Cologne, 177-179, 182.
Brunon, évêque de Langres, 202.
Bur, M., 205.
Burchard, *miles*, 206, 211.

Carloman, fils de Pépin le Bref, 76.
Carloman, fils de Charles le Chauve, 51.
Carloman, fils de Louis le Bègue, 73, 137.
Carloman, fils de Louis le Germanique, 56-57, 111-113, 115-116, 120, 144.
Charlemagne, 7, 13-16, 19, 22-29, 35, 38, 48, 53-59, 62, 71-79, 80-84, 98, 102, 107, 121-128, 139, 170, 179, 185.
Charles-Constantin, comte de Vienne, 151, 177.
Charles de Lorraine, 174, 182-183, 185-187, 191, 193, 241-242.
Charles de Provence, 49, 52.
Charles le Chauve, 26-32, 34-35, 37-38, 40, 42-44, 46-50, 51, 54-59, 63-69, 72-73, 77-83, 87,

Index des noms de personnes

89, 91-98, 100-104, 107-110, 112, 117, 120, 124, 132, 135, 138, 141, 147, 153-157, 162, 174, 177, 184, 187, 231, 239.
Charles le Gros, 70, 75, 81, 115-121, 124-126, 128, 137.
Charles le Jeune, 13, 15.
Charles le Simple, 117, 125, 129-130, 133-140, 141-149, 151-156, 159, 170, 174, 183, 198.
Charles Martel, 103, 110, 141, 170.
Chrodegang, évêque de Metz, 17.
Chrodegang, saint, 20.
Clovis, 22, 78, 94-95, 125, 170.
Colomban, saint, 20.
Conrad, comte de Paris, 112.
Conrad, duc de Transjurane, 123, 124.
Conrad, duc de Franconie, 140, 142.
Conrad le Pacifique, 175, 200.
Constance, 219.
Constantin, abbé de Saint-Maixent, 219.
Conwoion, abbé, 48, 90, 93.

Dagobert Ier, 78, 157, 170.
Dalmas, vicomte de Clermont, 163, 214.
Dalmas, abbé de Saint-Chaffre, 229.
Debord, A., 206, 217.
Denys l'Aréopagite, 86, 94.
Devailly, G., 204.
Dhuoda, comtesse, 83-84, 99.
Drogon, évêque de Metz, 25, 28.
Duby, G., 96, 203, 220, 233.

Ebbes de Déols, 213.
Ebbon, archevêque de Reims, 17, 23, 27, 87, 93.
Ebles, abbé de Saint-Denis, 119, 131-132.
Ebles Manzer, comte de Poitiers, 129, 144, 156.
Eccard, comte de Mâcon, 84.
Eginhard, 78-80.
Emma, comtesse de la Marche, 183, 203.
Erispoé, duc de Bretagne, 47.

Ermenfrid, évêque de Beauvais, 62.
Ermengarde, impératrice, 19, 109.
Ermengarde, reine de Provence, 113, 115, 124.
Ermentaire, moine de Noirmoutier, 61-63.
Ermentaire, comtesse, 203.
Ermentrude, reine, 30.
Ermold le Noir, 25.
Etienne, comte de Clermont, 65.
Etienne, gendre du comte Raimond de Toulouse, 97.
Etienne Ier, évêque de Clermont, 177.
Etienne II, évêque de Clermont, 214, 234.
Etienne II, pape, 76.
Etienne IV, pape, 19.
Etienne, comte de Gévaudan, 188.
Etienne Ier, évêque de Mende, 229, 234.
Euchaire, évêque d'Orléans, 102.
Eudes Ier, roi, 107, 109, 117, 119, 120-129, 130-136, 144, 150, 159, 161, 186, 232.
Eudes, comte en Bourgogne, 89.
Eudes, comte d'Orléans, 30, 49.
Eudes, comte de Vermandois, 182, 205.
Eudes, comte d'Amiens, 173.
Eudes Ier de Tours et de Blois, 181, 189, 192, 200, 208, 210, 231, 239-241.
Eudes de Cluny, 163, 208, 214, 224-228, 234.
Eudes-Henri, duc de Bourgogne, 181.
Eulalie, sainte, 81.
Eusèbe, sainte, 93.
Evrard de Frioul, 84, 123, 131.
Eyric de Narbonne, 215.

Flodoard, 7, 145-147, 162, 167, 174-175, 180.
Florus de Lyon, 31, 34.
Fossier, R., 60, 217.
Foucher de Valensole, 214-215.
Foucher, évêque de Nantes, 154.
Foulques le Roux, vicomte d'Angers, 126, 198-199, 227, 229.

Index des noms de personnes

Foulques, archevêque de Reims, 117, 126-129, 131-138, 161.
Foulques le Bon, comte d'Angers, 199.
Foulques Nerra, comte d'Angers, 199-200, 240.
Foy (de Conques), sainte, 114.
Francon, évêque de Liège, 54.
Frédéric, archevêque de Mayence, 175.
Frédéric de Bar, duc de Haute-Lorraine, 179, 183.
Frérone, reine, 140.
Fromond, comte de Sens, 201.
Frotbald, évêque de Chartres, 62.
Frotier, évêque de Poitiers, 228.
Fulbert, évêque de Chartres, 235.

Ganelon, *voir* Wenilon.
Garnegaud, vicomte de Blois, 126, 199.
Garnier, vicomte de Sens et comte de Troyes, 130.
Garsie Sanche, duc de Gascogne, 67, 153-154.
Garsinde, fille de Guillaume de Béziers, 215.
Gautier, comte de Laon, 131.
Gautier d'Aubiat, *miles*, 211.
Gautier, archevêque de Sens, 126-127, 130-133, 148, 149.
Gautier, évêque d'Orléans, 127.
Gautier de Melun, 208.
Gauzbert, comte du Mans, 51.
Gauzlin, abbé de Saint-Denis, puis évêque de Paris, 66, 109-112, 115-119.
Gebhard, duc de Lorraine, 140.
Geilon, évêque de Langres, 128.
Gélase, pape, 98.
Gélon, 219.
Geneviève, sainte, 119.
Geoffroi Grisegonelle, comte d'Angers, 181, 186, 188, 199, 230.
Gérard, comte de Bourges, 51-52.
Gérard, frère de Gautier d'Aubiat, 211.
Gérard, évêque d'Autun, 209.

Gérard de Brogne, 227, 229.
Gérard, évêque de Cambrai, 235, 243.
Géraud, comte d'Aurillac, 130, 137, 205-208, 213-214, 225.
Gerberge, reine, 174-178, 211.
Gerbert d'Aurillac, 181, 189, 191, 235, 241-242.
Germain, saint, 93.
Germain (d'Auxerre), saint, 119.
Gibert, évêque de Nîmes, 131.
Gibuin, évêque de Châlons, 184.
Gilbert, 92.
Gilbert, duc de Bourgogne, 177.
Gilbert, duc de Lorraine, 141-147, 151, 171-172.
Gilbert de Roucy, 192, 202.
Girard, comte de Paris puis comte de Vienne, 29, 30, 49, 52, 55, 77, 91, 93, 225.
Girard, comte de Paris, 109.
Godefroid, comte de Verdun, 180-184, 189.
Godefroid de Turenne, 91.
Goëran, comte, 206.
Gontard, évêque de Fréjus, 214.
Gotberge, 219.
Gottfrid, chef viking, 63.
Gottschalk, 87-89.
Grégoire de Tours, 213.
Grégoire le Grand, pape, 20.
Guénolé, saint, 155.
Gui, abbé de Ferrières, puis évêque du Puy, 188, 199, 230.
Gui, archevêque de Rouen, 142.
Gui, évêque d'Auxerre, 172.
Gui de Spolète, 123, 128.
Gui, évêque de Soissons, 176, 199, 230.
Guifred, comte de Cerdagne, 68, 126, 156.
Guillaume, fils de Bernard de Septimanie, 51, 64, 83, 99.
Guillaume, vicomte de Béziers, 206, 215.
Guillaume d'Arles, comte de Provence, 188, 203, 206, 215, 229, 231.
Guillaume, vicomte de Marseille, 209.

Index des noms de personnes

Guillaume Fièrebrace, comte de Poitiers, 188, 191, 199-204, 231, 240.
Guillaume le Jeune, comte d'Auvergne, 151, 156, 159.
Guillaume le Pieux, duc d'Aquitaine, 120, 126, 129, 131, 133, 144, 149, 151, 156-157, 161, 199, 203, 213-214, 226.
Guillaume Longue Épée, comte de Rouen, 151, 156-159, 169, 172, 173, 229.
Guillaume-Sanche, duc de Gascogne, 204, 229.
Guillaume Taillefer, comte d'Angoulême, 231.
Guillaume Tête d'Étoupe, comte de Poitiers, 156-158, 171, 178, 228.
Guillot, O., 229.

Haganon, 145-146.
Hathuide, duchesse, 178.
Haymon, moine, 243.
Heiric d'Auxerre, 82.
Helgaud de Fleury, 235, 241.
Hélie, comte de Périgueux, 203.
Hélisachar, prêtre, 19, 23.
Henri, comte, 117, 119-120.
Henri, duc de Bourgogne, 184, 186.
Henri de Saxe, dit « l'Oiseleur », roi de Germanie, 140-146, 151, 152.
Herbert, évêque d'Auxerre, 163, 205.
Herbert le Jeune, 189, 192.
Herbert Ier de Vermandois, 120, 126, 131-135.
Herbert II de Vermandois, 147, 149, 151-157, 161, 169, 171-174.
Herbert III, l'Ancien, comte du Palais, 173, 189, 200, 205.
Herluin, comte de Montreuil, 152, 173-174.
Hervé, archevêque de Reims, 137, 141-147, 163, 205.
Hildebert, 89-90.
Hilduin, abbé de Saint-Denis, 27, 29, 86, 94, 112.

Hilduin de Ramerupt, 202.
Hilduin, comte de Montdidier, 152.
Hincmar, évêque de Laon, 89.
Hincmar, archevêque de Reims, 47, 50-56, 60-64, 69, 73, 78, 81-89, 91-99, 100-108, 113-114, 129, 133, 228, 230.
Honorat, évêque de Marseille, 229.
Honoré, évêque de Beauvais, 133.
Hubert de Saint-Maurice d'Agaune, 53-54.
Hucbald de Saint-Amand, 163, 234.
Hugues, fils de Lothaire II, 53.
Hugues Capet, 7, 89, 127, 178-188, 189-199, 200-202, 204, 231-232, 239, 241.
Hugues d'Abbeville, 208.
Hugues, comte d'Autun, 151.
Hugues, comte de Bourges, 130, 199.
Hugues de Jarnac, évêque d'Angoulême, 224.
Hugues de Saint-Quentin, 46.
Hugues, comte de Tours, 27.
Hugues de Vermandois, archevêque de Reims, 150, 162, 173, 175, 176.
Hugues l'Abbé, 49, 59, 66, 109-117, 120, 127.
Hugues le Grand, duc des Francs, 144, 150, 151, 157, 163, 169, 170-178, 196, 198-199, 200-201.
Hugues le Noir, 150, 158, 159, 169-171, 174, 177, 203.

Immon, évêque de Noyon, 62.
Isaac, évêque de Langres, 89.

Jean VIII, pape, 38, 56, 111, 113.
Jean de Vandières, abbé de Gorze, 228.
Jean Scot Érigène, 86, 88, 104.
Jérôme, saint, 84.
Jessé, évêque d'Amiens, 27.
Jonas, évêque d'Orléans, 26-27, 96-100.
Jousseaume, évêque de Chartres, 142.
Judicaël, prince de Bretagne, 132, 157.

Index des noms de personnes

Judith, comtesse de Flandre, 66.
Judith, impératrice, 26-28, 49, 79, 109, 124.
Justin, 123.

Lambert de Hainaut, 182, 183.
Lambert de Nantes, 47, 123, 128.
Landramme, évêque de Tours, 47.
Landri, 219.
Lauranson-Rosaz, Ch., 198, 214.
Léocade, saint, 213.
Léon IV, pape, 93.
Létaud, comte de Mâcon, 177, 203, 231.
Letgarde, 219.
Liégard, comtesse de Tours, 200.
Lisiard, comte d'Orléans, 228.
Liudulf, évêque de Noyon, 184.
Lothaire Ier, empereur, 22-23, 48, 52, 55, 138.
Lothaire II, 52-55, 97, 101, 115, 124, 139.
Lothaire III, roi, 171, 174-179, 180-190, 203, 208, 242.
Louis, abbé de Saint-Denis, 64, 66, 109-110.
Louis II, empereur, 54-56, 113, 128, 140.
Louis III, roi de Francie occidentale, 73, 78, 100-101, 111-115.
Louis IV d'Outremer, 7, 153-156, 167-177, 200, 202.
Louis V, 186, 188, 190, 191.
Louis l'Aveugle, 124, 128, 140, 151.
Louis le Bègue, 47, 49, 58, 63, 66, 78, 107-117, 120, 137, 154.
Louis le Germanique, 48-57, 81, 101, 103.
Louis le Jeune de Germanie, 57, 111, 115, 116.
Louis l'Enfant, 137-141.
Louis le Pieux, 9, 13-16, 18-28, 30, 35, 40, 42, 47-49, 53, 66, 69, 75-80, 83-84, 87, 92-99, 118, 121, 128, 198.
Loup Aznar de Gascogne, 154.
Loup, abbé de Ferrières, 38, 43-47, 67, 71, 78, 80-88, 102, 112.
Lucie, sainte, 213.

Magloire, saint, 232.
Maïeul de Cluny, 215, 231.
Maïeul, vicomte de Narbonne, 214.
Mainard, abbé, 164, 229.
Manassès, évêque de Troyes, 202.
Manassès de Vergy, comte de Châlon, 130, 144, 158, 177.
Marcellin, saint, 93.
Martin, moine de Saint-Cyprien, 229.
Martin, saint, 94, 172.
Matfrid, comte d'Orléans, 27, 96.
Maurice (de Vienne), saint, 114.
Michel de Byzance, empereur, 86.
Mir, comte, 156.
Mitarra, *voir* Sanche-Sanchez.
Morvan, chef breton, 15.

Nicolas Ier, pape, 54, 87, 93.
Nithard, 7, 29-34, 38, 46, 79, 83.
Nivin, 96.
Nominoé, « duc de Bretagne », 47, 90.
Notger de Saint-Gall, 118.

Odelric, archevêque de Reims, 179, 200.
Odilon de Cluny, 214, 243.
Odulf, comte, 43.
Oliba, comte, 156.
Otton Ier de Germanie, 171-172, 175, 179, 181.
Otton II, 182-188.
Otton III, 188, 241.
Otton, duc de Bourgogne, 178-181.

Pascal, pape, 26.
Paschase Radbert, 61.
Paul, évêque de Rouen, 47.
Pélage, 88.
Pépin, comte de Senlis, 133.
Pépin d'Italie, 13.
Pépin Ier d'Aquitaine, 23, 26-28.
Pépin II d'Aquitaine, 28, 46, 49, 51, 64, 67.
Pépin de Péronne, 120.
Pépin le Bref, 14, 53, 76, 78, 81, 107-108, 110, 113, 125, 141, 153, 170, 182.

Index des noms de personnes

Philibert, saint, 61, 72.
Pierre, saint, 110.
Pontien, saint, 93.
Priscien, 85.
Prudence, évêque de Troyes, 46-47, 88, 91.

Raban Maur, 27, 88, 98.
Racoux, comte de Mâcon, 215.
Radouin, moine, 94.
Ragnar, chef normand, 63.
Raimbaud, évêque d'Amiens, 176.
Raimond, comte de Nîmes, 130, 131.
Raimond de Rouergue, 156.
Raimond de Toulouse, 91, 97.
Raimond-Pons de Toulouse, 156.
Raimonde, épouse de Foucher, 214-215.
Rainfroi, évêque de Chartres, 228.
Rainon, évêque d'Angers, 127.
Ramerupt, famille de, 202.
Ramnulf Ier, comte de Poitiers, 66-69, 109.
Ramnulf II, comte de Poitiers, 113, 119, 120-129, 144.
Raoul, abbé de Saint-Vaast, 131.
Raoul de Bourgogne, duc et roi, 147-155, 158, 159.
Ratbod, archevêque de Trèves, 141.
Ratfrid, évêque d'Avignon, 114.
Rathier, comte de Nevers, 158.
Ratramne de Corbie, 88.
Réginon de Prüm, 113, 123, 139.
Rémi d'Auxerre, 234.
Rémi, archevêque de Lyon, 55, 93.
Rémi (de Reims), saint, 94-95, 125, 242.
Renard, comte de Sens, 201.
Renard, vicomte d'Auxerre, 162.
Renaud de Roucy, 173, 202.
Renaud le Thuringien, vicomte d'Angers, 199.
Rénier au Long Col, 138-141, 145, 182.
Rénier IV de Hainaut, 182, 183.
Richard le Justicier, duc de Bourgogne, 114, 120-128, 130-134, 142-147, 156-159, 162.

Richard, comte de Dijon, 184.
Richard Ier, duc de Normandie, 159, 173, 205, 229, 240.
Richer de Reims, 7, 180-184, 187, 208, 211-221, 240, 241.
Richilde, comtesse de Tours, 199.
Richilde, impératrice, 55, 110.
Riquier, saint, 232.
Robert, archevêque de Trèves, 175.
Robert Ier de Neustrie, 129, 134-136, 142-151, 170, 198, 227, 232.
Robert, comte de Troyes, 173, 189, 208.
Robert le Fort, 7, 49-50, 66-69, 109, 112, 117, 120, 123, 127, 186.
Robert le Pieux, 7, 9, 191, 193, 196, 204, 239, 241, 242.
Rodolphe Ier de Bourgogne, 123-124, 128.
Rodolphe II de Bourgogne, 175.
Rodulfe, archevêque de Bourges, 91.
Roger, comte du Maine, 147.
Roger, comte de Laon, 151.
Rollon, chef normand, 142, 151, 156.
Rorgon, comte du Mans, 109.
Roricon, évêque de Laon, 183.
Rostaing, archevêque d'Arles, 114.
Rothard, évêque de Cambrai, 228.
Rothilde, abbesse de Chelles, 147.
Rotroc, *miles*, 210.
Roubaud d'Arles, 229.

Salluste, 184.
Salomon, prince de Bretagne, 48, 64, 91.
Sanche-Loup de Gascogne, 66.
Sanche-Sanchez, dit «Mitarra», 66-67, 83, 153.
Savari, vicomte de Thouars, 158.
Sedulius Scotus, 99.
Seguin, comte de Bordeaux, 67.
Seguin, archevêque de Sens, 184, 228, 234.
Séulf, archevêque de Reims, 150.
Siegfried, chef normand, 118, 120.
Sigefroi, évêque du Mans, 163.

Sigefroi, comte de Luxembourg, 189.
Sunifred, comte de Cerdagne, 156, 229.
Sunyer, comte d'Ampurias, 131, 156.

Teduin, *miles*, 210.
Teudon, comte de Paris, 201.
Teutberge, reine, 53-54.
Teutbert, comte de Meaux, 120.
Théodulf, évêque d'Orléans, 24.
Théophano, impératrice, 182, 189.
Thibaud, beau-frère du fils de Lothaire II, 115.
Thibaud, évêque de Langres, 130, 133.
Thibaud, évêque d'Amiens, 176.
Thibaud l'Ancien, comte de Tours, 155, 181.
Thibaud le Tricheur, comte de Tours, 200, 201, 208, 228, 230.
Thierry, fils de Girard de Vienne, 91.
Thierry, comte d'Autun, 68.
Thierry, évêque de Cambrai, 100.
Thierry, duc de Haute-Lorraine, 189.
Thierry, évêque de Metz, 186.
Thierry le Chambrier, 111, 112, 117, 120.
Thieutilde, abbesse de Remiremont, 99.
Thucydide, 7.
Toutankhamon, 7.

Trogue-Pompée, 123.
Turenne, dynastie des, 91.
Turpion, comte d'Angoulême, 65.

Ucbert, 219.
Usuard, moine de Saint-Germain-des-Prés, 93.

Valéry, saint, 232.
Virgile, 8, 84.
Vivien, comte-abbé de Tours, 48, 103.
Vulfade, abbé de Fleury, 228.
Vulfade, clerc de Reims, 87.
Vulgrin, comte d'Angoulême, 69, 120.

Wala, abbé de Corbie, 19, 25, 27.
Walafried Strabon, 102.
Waldrade, reine, 53-54, 115.
Welf, famille des, 26.
Wenilon, archevêque de Sens, *voir* Ganelon, 46-47, 49-50.
Wetti de Reichenau, moine, 102.
Widbaud, abbé de Saint-Aubin, 230.
Wigeric, comte d'Ardenne, 179.
Witger, moine de Saint Bertin, 227.

Yrieix, saint, 213.
Yves, évêque de Senlis, 176.

Zwentibold, roi de Lorraine, 139.

Index des noms de lieux

Abbeville, 208.
Adour, 61, 67.
Agde, 215.
Agen, 153.
Aisne, 148.
Aix-la-Chapelle, 13, 20, 22, 29, 32, 49, 53, 55, 57, 59, 83, 103, 114, 129, 139, 141, 171, 179, 184-185, 188, 239.
Alémanie, 30, 115.
Allier, 213.
Alpes, 16, 124.
Alsace, 139, 144.
Amiénois, 152.
Amiens, 61, 115-116, 138, 152.
Angers, 44, 61, 120, 158, 199, 229.
Angoulême, 46, 65, 69.
Anjou, 48, 66, 126, 199.
Ansouis, 206.
Antibes, 164.
Apt, 214.
Aquitaine, 14, 23, 27-28, 29, 46, 69, 77, 82, 115, 122, 129, 133, 145, 153, 177-178, 186, 188, 239.
Argenteuil-sur-Armençon, 142.
Argonne, 128.
Arles, 62, 114, 203, 206, 219, 221.
Arras, 138, 152, 180, 206.
Artois, 150.
Attigny, 17, 25, 32, 49, 56, 172.
Atuyer, 159.
Aube, 240.
Aunis, 158, 219.

Aurillac, 205.
Austrasie, 38, 83.
Autun, 44, 65, 68, 77, 116, 159.
Auvergne, 39, 68-69, 72, 77, 144, 156, 163, 178, 188, 198, 206, 213-214, 239, 240.
Auvers-sur-Oise, 65.
Auxerre, 82, 93, 118, 120, 130, 162, 170, 243.
Auxerrois, 50, 111.
Avallon, 77.
Avranchin, 48, 151, 155.

Barcelone, 27.
Bavière, 14, 23, 28-29, 112, 119, 122.
Bayeux, 61, 151, 174.
Bayonne, 35, 72.
Bazas, 154.
Béarn, 204.
Beaujeu, 208.
Beaulieu-en-Limousin, 91, 131.
Beauvais, 17, 61, 138, 152, 180, 234, 240.
Belgique, 183-184.
Bellac, 203.
Bénévent, 35.
Berry, 52, 68, 144, 151, 204, 213.
Besançon, 55, 114, 124.
Beslé, 48.
Béziers, 131, 215.
Bigorre, 153.
Blois, 120, 158, 200.
Bonn, 146.
Bonnieux, 206.
Bordeaux, 61, 153.

Index des noms de lieux

Bourges, 87, 129, 200, 213.
Bourgogne, 14, 40, 54, 66, 72, 77, 82, 89, 113-115, 117, 120, 122, 128, 145, 149, 153, 177, 181, 184, 186, 208; franque, 68; transjurane, 123-124.
Bray, 206, 211.
Bretagne, 46-47, 82, 122, 146, 154-155, 157, 238.
Brioude, 131, 159, 188, 204.
Brissarthe, 66, 70.

Caen, 221.
Cahors, 156.
Cambrai, 141, 189, 235, 239.
Cambrésis, 183.
Cantal, 214.
Catalogne, 69, 137, 145, 155-156, 212.
Cerdagne, 69.
Cessey, 89.
Châlons-sur-Marne, 138, 152, 180, 205.
Chalon-sur-Saône, 49, 68.
Champagne, 15, 39, 82, 200, 202, 205.
Champ du Mensonge, 28.
Chantereine-lès-Mouzon, 206.
Charente, 206.
Charenton, 65.
Charroux, 203.
Chartres, 61, 142, 144, 158, 200, 219, 235, 240.
Châteaudun, 200.
Château-Gontier, 200.
Châteauroux, 155.
Château-Thierry, 149, 152, 173, 205.
Châtelaillon, 204.
Chaumont, 200.
Chelles, 147.
Chinon, 200, 220.
Clermont, 65, 131, 204.
Cluny, 134, 213, 225-227, 231, 233.
Coblence, 32, 81.
Cologne, 53, 57, 122, 141, 179.
Compiègne, 17, 32, 65, 103, 131, 133, 169, 191, 240.
Conflent, 69.
Corbeil, 201.
Corbie, 40, 61, 116, 169, 232.
Cordoue, 93.
Cormery, 109, 120.
Corvey, 122.
Cotentin, 48, 151, 155.
Coton, 90.
Coucy, 200-201, 206, 208.
Couesnon, 47.
Coulaines, 42-44.

Dax, 204.
Déols, 213.
Dijon, 179, 184, 208.
Dol, 47.
Douai, 152, 180.
Doué-la-Fontaine, 200.
Douzy, 97.
Dreux, 158.
Duurstede, 71.

Echternach, 122.
Embrun, 17.
Ennezat, 206.
Epernay, 14, 73.
Escaut, 139.
Etampes, 158, 186, 239.
Eure, 64.
Europe, 133, 171.
Évreux, 61, 142, 173.

Fécamp, 205.
Ferrières, 43, 112.
Flandre, 15, 66, 116, 122, 134, 145, 157, 205, 214, 230.
Flavigny, 93.
Fleury-sur-Loire, 61, 169, 228, 235, 239.
Fontenelle, *voir* Saint-Wandrille, 93.
Fontenoy-en-Puisaye, 31.
Forcalquier, 206.
Fos, 206.
Fouron, 111.
Francfort, 32.
Francie, 38, 55, 57, 58-59, 113, 115, 117-118, 120-121, 134, 139, 146, 150-152, 172-174, 186, 188-189, 191, 239.
Fréjus, 164.

Index des noms de lieux

Fulda, 122.

Gand, 116.
Garonne, 61, 67, 154, 156.
Gascogne, 14, 66, 67, 69, 122, 204, 206, 239.
Gellone, 20.
Genève, 124.
Germanie, 34, 38, 55, 57, 108, 112, 115-117, 121, 124, 140, 142, 153, 182, 186, 239.
Girone, 131.
Gondreville, 115, 141.
Gorze, 54, 151, 179, 228.
Gothie, 144.
Grenoble, 52.

Hainaut, 138, 182-183.
Hautvillers, 88.
Herstal, 141.
Hesbaye, 138.
Huillaux, 214.

Ile-de-France, 15, 82, 117, 119.
Inden, 20.
Indre, 155, 213.
Ingelheim, 175-176.
Istres, 206.
Italie, 14, 24, 44, 48, 55, 56-58, 108, 115-117, 119, 121, 123, 128, 179, 187.

Jarnac, 220.
Jérusalem, 17, 202.
Jumièges, 112, 229, 234.
Jura, 49, 124.

La Châtre, 239.
La Grande-Paroisse, 221.
Landévennec, 155.
Langeais, 200.
Langres, 65, 114, 128, 179, 190, 240.
Languedoc, 68-69, 206, 219-221.
Laon, 32, 38, 64, 126, 134, 138, 145-147, 152, 156, 169, 171-177, 180, 184, 186, 190-191, 240.
Lausanne, 124.
Le Mans, 42, 44, 47-48, 65, 92, 135, 151, 158, 204.
Lérins, 164.

Les Baux, 206.
Liège, 55, 122, 141, 145, 189.
Limoges, 61, 131, 158.
Limousin, 68, 91, 144.
Lisieux, 142.
Lobbes, 53, 122.
Loches, 198, 220.
Loire, 14-15, 20, 23, 40, 42, 46, 50, 61, 66, 69, 80, 85, 111-112, 123, 129, 135, 147-149, 170, 188, 201, 212, 238, 239, 245.
Lomagne, 204.
Lorraine, 15, 54-55, 57, 82, 112, 121, 134, 138-141, 143-147, 151, 167, 171-172, 179-180, 183-185, 187-189, 191, 239.
Lotharingie, 49, 54, 181.
Loudun, 199.
Louvain, 116.
Lusignan, 204.
Lux, 89.
Lyon, 18, 27, 52, 55, 93, 114.
Lyonnais, 144, 151.

Mâcon, 32, 115, 203, 219.
Mâconnais, 144, 198, 202, 216, 220, 233.
Magdebourg, 35, 122.
Maine, 66.
Mantaille, 113.
Marche, 203.
Marmoutier, 45, 186, 230, 231.
Marne, 64, 152.
Marsan, 204.
Massay, 20.
Maurienne, 39, 58.
Mayence, 27, 122, 175.
Meaux, 61-62, 64, 120.
Méditerranée, 16.
Meersen, 48, 55, 112.
Melun, 61, 158, 201, 208, 239.
Mende, 188.
Mercœur, 206, 214.
Metz, 18, 53, 55, 56, 94, 102, 116, 122, 141, 179, 189, 235, 239.
Meung-sur-Loire, 131.
Meuse, 14, 28, 38, 40, 107, 112, 116, 122, 126, 139, 148-150, 152, 175, 179, 201, 238.
Mondeville, 221.

Index des noms de lieux

Mons, 183, 211.
Montaigu, 200.
Montfaucon, 128.
Montfélix, 205.
Montierender, 181.
Montmajour, 229.
Montmartre, 120.
Montreuil, 138, 155, 239.
Montreuil-Bellay, 200.
Mont Saint-Michel, 229.
Moselle, 115, 139.
Moyenmoûtiers, 151.

Namur, 227.
Nantais, 199.
Nantes, 44, 48, 61-62, 72, 146, 155.
Narbonne, 18, 115, 131, 156, 219.
Navarre, 154.
Neustrie, 38, 49, 66, 112, 115, 117, 122, 126-127, 141, 144-145, 149, 157-158, 161, 167, 186, 201.
Nimègue, 24, 139.
Niort, 220.
Noirmoutier, 72, 120.
Nord, mer du, 16.
Normandie, 82, 143-145, 158, 173-177, 205, 214, 219-221, 238.
Notre-Dame-de-Laon, 169.
Nouaillé, 163, 233.
Noyon, 61, 65, 138, 145, 152, 162, 180, 190-192, 240.

Oise, 150, 239.
Oloron, 204.
Orléans, 38, 46, 56, 61, 65, 129, 131, 158, 169, 181, 201, 235, 239-240.
Oscelle, 63.

Paderborn, 122.
Paris, 18, 27, 32, 38, 61-63, 65-66, 83, 94, 97-100, 117-120, 126, 131, 158, 170, 178, 186, 201, 232, 235, 239-240.
Pavie, 57.
Périgueux, 61, 69, 131, 203.
Péronne, 131, 150.
Picardie, 15, 39, 60, 82, 112, 116, 126, 131, 159.

Pîtres, 65-66, 71.
Poissy, 158.
Poitiers, 18, 64, 131, 158, 177-178.
Poitou, 72, 178, 203-204, 219, 240.
Polignac, 206, 214.
Poligny, 159.
Ponthion, 57, 117-118, 169.
Pothières, 91, 93.
Provence, 14, 16, 49, 52, 69, 77, 82, 113-114, 163, 198, 205, 214-217, 219-221.
Prüm, 49, 122, 139.
Pyrénées, 14, 67, 156.

Quentovic, 16, 61, 71.
Quierzy, 17, 32, 44, 51, 58, 98, 102, 109, 169.

Ratisbonne, 123, 134.
Redon, 47, 90-91, 93, 154.
Reims, 17-19, 38, 50, 52, 63-65, 73, 77, 93, 95-96, 100, 102-103, 116, 125, 129, 133-134, 138, 141, 145, 147, 150, 152, 162, 164, 171-177, 179-180, 184, 190-191, 240, 242.
Remiremont, 151.
Rennes, 15, 48, 65, 154, 200.
Retz, 48.
Rhénanie, 116.
Rhin, 14, 38, 122, 139, 175, 179.
Rhône, 61.
Ribemont, 115.
Rodez, 156.
Rome, 17, 26, 29, 56, 57, 87, 93, 179, 182, 185, 187-188.
Rouen, 61, 118, 142, 158, 159, 173.
Rouergue, 214.
Ruffec, 220.
Roussillon, 206.

Saint-Aignan d'Orléans, 109, 161, 232.
Saint-Amand, 89, 109, 112, 163, 180.
Saint-Arnoul de Metz, 28.
Saint-Aubin d'Angers, 45, 198, 229, 230-231.
Saint-Barthélemy, 232.
Saint-Bavon de Gand, 161.
Saint-Bénigne de Dijon, 90, 92.

Index des noms de lieux

Saint-Bertin, 61, 70-71, 131, 161, 227, 232.
Saint-Calais, 93.
Saint-Céré, 207.
Saint-Césaire d'Arles, 164, 229.
Saint-Chaffre, 163.
Saint-Christophe, 94.
Saint-Clair-sur-Epte, 7, 142.
Saint-Crépin de Soissons, 173.
Saint-Cybard d'Angoulême, 61, 161, 204, 231.
Saint-Cyprien de Poitiers, 161, 219, 228, 232.
Saint-Denis de Paris, 16, 20, 38, 40, 63, 65, 76, 94, 110, 134-135, 161, 231-232, 239, 245.
Saint-Étienne de Metz, 55, 70.
Saint-Fargeau, 205.
Saint-Florent de Saumur, 228.
Saint-Géraud d'Aurillac, 229.
Saint-Germain d'Auxerre, 70, 110, 161.
Saint-Germain-des-Prés, 61-62, 71, 109, 112, 161, 231.
Saint-Géry de Cambrai, 61.
Saint-Gildas de Rhuys, 155.
Saint-Hilaire de Poitiers, 45, 51, 61, 70, 130, 161, 233.
Saint-Jean-d'Angély, 204.
Saint-Josse, 43.
Saint-Julien de Brioude, 70, 130, 161, 163, 188.
Saint-Lézin d'Angers, 45, 198.
Saint-Maixent, 231-232.
Saint-Marcoul de Corbeny, 138.
Saint-Martial de Limoges, 70.
Saint-Martin d'Autun, 161.
Saint-Martin de Tours, 40, 45, 54 61, 70, 109, 120, 136, 142, 161, 163, 230, 232, 239, 245.
Saint-Maur-des-Fossés, 164, 231.
Saint-Maurice d'Agaune, 124.
Saint-Maximin de Trèves, 140-141.
Saint-Médard de Soissons, 27, 40, 138, 149, 152, 161, 173.
Saint-Mesmin de Micy, 131.
Saint-Michel de Cuxa, 156, 229.
Saint-Omer, 65.

Saint-Père de Chartres, 210, 228, 232.
Saint-Philibert de Tournus, 159.
Saint-Pierre de Beaulieu, 232.
Saint-Pierre de Condom, 154.
Saint-Pierre de Gand, 161.
Saint-Pierre de Rome, 38, 56.
Saint-Pierre-le-Vif de Sens, 164, 211, 228.
Saint-Quentin, 40, 70, 131, 138, 152, 173.
Saint-Remi de Provence, 52.
Saint-Remi de Reims, 71, 94, 133, 148, 177, 190, 228.
Saint-Riquier, 16, 29, 61, 232.
Saint-Savin, 20.
Saint-Sever, 229.
Saint-Symphorien d'Autun, 45, 70.
Saint-Thierry, 228.
Saint-Vaast d'Arras, 61, 65, 70, 109, 114, 116, 131, 138, 161.
Saint-Valéry, 61.
Saint-Victor de Marseille, 164, 209, 229, 232.
Saint-Vincent de Laon, 228.
Saint-Wandrille, *voir* Fontenelle, 61, 229.
Sainte-Colombe de Sens, 110, 130, 161.
Sainte-Croix d'Orléans, 192.
Sainte-Énimie, 229.
Sainte-Foy de Conques, 234.
Sainte-Marie de Compiègne, 59, 107, 111, 126.
Sainte-Marie de Morienval, 135.
Sainte-Marie de Vitry, 209.
Saintes, 61.
Salins, 124.
Saône, 32.
Saucourt-en-Vimeu, 73, 116.
Sauxillanges, 163, 211.
Savigny-le-Sec, 92.
Savonnières, 83, 101.
Sedan, 187.
Seine, 28, 50, 59, 61, 63-64, 91, 107, 112, 116, 118, 126, 129, 131, 135, 138, 142-144, 150, 170, 172, 186, 238, 245; Basse-, 64, 72.

Senlis, 17, 138, 152, 181, 191-192, 201, 239, 242.
Sens, 49, 100, 118, 120, 130, 170, 207, 240.
Septimanie, 40, 137, 205, 215, 239.
Sion, 124.
Soissons, 138, 145, 146, 148, 152, 176.
Somme, 61, 64, 152.
Souvigny, 213, 231.
Stavelot, 139.
Strasbourg, 31, 34, 80-81, 141.

Talmond, 204.
Thérouanne, 126.
Thionville, 13, 24, 87, 141.
Thouars, 199.
Thuringe, 77.
Toucy, 205.
Toul, 55, 124, 141.
Toulon, 164.
Toulousain, 68.
Touiouse, 27.
Touraine, 66.
Tournus, 72, 234.
Tours, 47, 61, 65, 81, 94, 103, 120, 200, 235.
Trans, 155.

Trèves, 53, 122, 141, 176.
Trilbardou, 64.
Trosly, 162.

Urgel, 131.
Uzès, 52, 114, 215.

Valais, 53.
Valence, 128.
Valensole, 215.
Valois, 126.
Vannes, 15.
Velay, 72.
Vence, 164.
Ver, 73, 116, 169.
Verberie, 131, 169, 240.
Verdun, 9, 32, 34-35, 42, 55, 111-112, 171, 189, 221, 239.
Vermandois, 120, 131.
Vexin, 152.
Vézelay, 77, 91, 225.
Vienne, 52, 55, 56, 68, 113-115, 120, 177.
Vilaine, 47.

Warcq, 205.
Worms, 32, 122.

Yütz, 48.

Table

Avertissement 7

1
La splendeur impériale
814-877

1. L'Empire déchiré (814-843) 13
   1. Sur quoi règne Louis, 14. – 2. La vertu de l'ordre, 18. – 3. La force des choses, 26. – 4. Le nécessaire partage, 32.

2. Le roi qui mourut d'être empereur (843-877) 37
   1. Ce qu'il faut généralement penser du règne de Charles le Chauve, 37. – 2. Montée en puissance de l'aristocratie, 41. – 3. Temps de crises, 46. – 4. L'apogée du règne, 50. – 5. La faute impériale, 56. – 6. Les Normands pour finir, 59. – 7. Premiers grands ensembles, 65. – 8. Bilan de l'agression normande, 70.

3. Savoir, comprendre, concevoir (814-882) 75
   1. L'espace et le temps, 77. – 2. Parler, écrire, 80. – 3. L'action culturelle, 81. – 4. La nécessaire discipline, 86. – 5. Les assises matérielles de l'Église, 89. – 6. La propagande ecclésiastique, 92. – 7. Un monde pour les laïcs, 95. – 8. Le ministère royal, 98.

2
Le roi d'entre les princes
877-987

1. La royauté à prendre (877-898) 107
   1. Rois en tutelle, 107. – 2. Carolingiens à bout de souffle, 113.

– 3. Floraison de royaumes, 121. – 4. Eudes, autre roi des Francs, 125. – 5. Légitimités concurrentes, 132.

2. Les princes en marche (898-936) 137

　1. L'apparente restauration, 137. – 2. La répartition des rôles, 143. – 3. Roi à la demande, 149. – 4. Le système des principautés, 153. – 5. La mainmise sur les églises, 160.

3. D'une dynastie à l'autre (936-987) 167

　1. Le roi du duc, 167. – 2. L'intervention germanique, 175. – 3. La tentation lorraine, 182. – 4. L'avènement d'Hugues Capet, 190.

3
*La société en travail
vers 930-autour de l'an mil*

1. La transformation des puissances laïques 197

　1. L'émancipation des brillants seconds, 198. – 2. Châteaux à l'horizon, 204. – 3. Qui sont ces «milites»?, 208. – 4. Présence de l'aristocratie locale, 212. – 5. La terre et les hommes, 216.

2. La purification des églises 233

　1. Réformes monastiques, 223. – 2. Présence des princes, 228. – 3. La matière et l'esprit, 232.

3. L'ordonnance idéologique 237

　1. Récapitulation, 237. – 2. Le retrait du roi, 239. – 3. La transfiguration du roi, 240. – 4. La société d'ordres, 242.

Épilogue 245

Chronologie 249

Bibliographie 255

Index des noms de personnes 267

Index des noms de lieux 275

COMPOSITION : CHARENTE-PHOTOGRAVURE À L'ISLE-D'ESPAGNAC
BRODARD ET TAUPIN À LA FLÈCHE (02-03)
DÉPÔT LÉGAL : FÉVRIER 1990. N° 11553-5 (17087)

Collection Points

SÉRIE HISTOIRE

DERNIERS TITRES PARUS

H245. L'Affaire Dreyfus, *Collectif Histoire*
H246. La Société allemande sous le IIIe Reich
par Pierre Ayçoberry
H247. La Ville en France au Moyen Age
*par André Chédeville, Jacques Le Goff
et Jacques Rossiaud*
H248. Histoire de l'industrie en France
du XVIe siècle à nos jours, *par Denis Woronoff*
H249. La Ville des temps modernes
sous la direction d'Emmanuel Le Roy Ladurie
H250. Contre-Révolution, Révolution et Nation
par Jean-Clément Martin
H251. Israël. De Moïse aux accords d'Oslo
par la revue « L'Histoire »
H252. Une histoire des médias des origines à nos jours
par Jean-Noël Jeanneney
H253. Les Prêtres de l'ancienne Égypte, *par Serge Sauneron*
H254. Histoire de l'Allemagne, des origines à nos jours
par Joseph Rovan
H255. La Ville de l'âge industriel
sous la direction de Maurice Agulhon
H256. La France politique, XIXe-XXe siècle
par Michel Winock
H257. La Tragédie soviétique, *par Martin Malia*
H258. Histoire des pratiques de santé, *par Georges Vigarello*
H259. Les Historiens et le Temps, *par Jean Leduc*
H260. Histoire de la vie privée
1. De l'Empire romain à l'an mil
par Philippe Ariès et Georges Duby
H261. Histoire de la vie privée
2. De l'Europe féodale à la Renaissance
par Philippe Ariès et Georges Duby
H262. Histoire de la vie privée
3. De la Renaissance aux Lumières
par Philippe Ariès et Georges Duby
H263. Histoire de la vie privée
4. De la Révolution à la Grande Guerre
par Philippe Ariès et Georges Duby
H264. Histoire de la vie privée
5. De la Première Guerre mondiale à nos jours
par Philippe Ariès et Georges Duby
H265. Problèmes de la guerre en Grèce ancienne
sous la direction de Jean-Pierre Vernant

H266.	Un siècle d'école républicaine, *par Jean-Michel Gaillard*
H267.	L'Homme grec *Collectif sous la direction de Jean-Pierre Vernant*
H268.	Les Origines culturelles de la Révolution française *par Roger Chartier*
H269.	Les Palestiniens, *par Xavier Baron*
H270.	Histoire du viol, *par Georges Vigarello*
H272.	Histoire de la France L'Espace français, *sous la direction de André Burguière et Jacques Revel*
H273.	Histoire de la France Héritages, *sous la direction de André Burguière et Jacques Revel*
H274.	Histoire de la France Choix culturels et Mémoire, *sous la direction de André Burguière et Jacques Revel*
H275.	Histoire de la France La Longue Durée de l'État, *sous la direction de André Burguière et Jacques Revel*
H276.	Histoire de la France Les Conflits, *sous la direction de André Burguière et Jacques Revel*
H277.	Le Roman du quotidien, *par Anne-Marie Thiesse*
H278.	La France du XIXe siècle, *par Francis Démier*
H279.	Le Pays cathare, *sous la direction de Jacques Berlioz*
H280.	Fascisme, Nazisme, Autoritarisme *par Philippe Burrin*
H281.	La France des années noires, tome 1 *sous la direction de Jean-Pierre Azéma et François Bédarida*
H282.	La France des années noires, tome 2 *sous la direction de Jean-Pierre Azéma et François Bédarida*
H283.	Croyances et Cultures dans la France d'Ancien Régime *par François Lebrun*
H284.	La République des instituteurs *par Jacques Ozouf et Mona Ozouf*
H285.	Banque et Affaires dans le monde romain *par Jean Andreau*
H286.	L'Opinion française sous Vichy, *par Pierre Laborie*
H287.	La Vie de saint Augustin, *par Peter Brown*
H288.	Le XIXe siècle et l'Histoire, *par François Hartog*
H289.	Religion et Société en Europe, *par René Rémond*
H290.	Christianisme et Société en France au XIXe siècle *par Gérard Cholvy*
H291.	Les Intellectuels en Europe au XIXe *par Christophe Charle*
H292.	Naissance et Affirmation d'une culture nationale *par Françoise Mélonio*
H293.	Histoire de la France religieuse *Collectif sous la direction de Philippe Joutard*

H294. La Ville aujourd'hui, *sous la direction de Marcel Roncayolo*
H295. Les Non-conformistes des années trente *par Jean-Louis Loubet del Bayle*
H296. La Création des identités nationales *par Anne-Marie Thiesse*
H297. Histoire de la lecture dans le monde occidental *Collectif sous la direction de Guglielmo Cavallo et Roger Chartier*
H298. La Société romaine, *Paul Veyne*
H299. Histoire du continent européen *par Jean-Michel Gaillard, Anthony Rowley*
H300. Histoire de la Méditerranée *par Jean Carpentier (dir.), François Lebrun*
H301. Religion, Modernité et Culture au Royaume-Uni et en France *par Jean Baubérot, Séverine Mathieu*
H302. Europe et Islam, *par Franco Cardini*
H303. Histoire du suffrage universel en France. Le Vote et la Vertu. 1848-2000 *par Alain Garrigou*
H304. Histoire juive de la révolution à l'État d'Israël Faits et documents, *par Renée Neher-Bernheim*
H305. L'Homme romain *Collectif sous la direction d'Andrea Giardina*
H306. Une histoire du Diable, *par Robert Muchembled*
H307. Histoire des agricultures du monde *par Marcel Mazoyer et Laurence Roudart*
H308. Le Nettoyage ethnique. Documents historiques sur une idéologie serbe *par Mirko D. Grmek, Marc Gjidara et Neven Simac*
H309. Guerre sainte, jihad, croisade, *par Jean Flori*
H310. La Renaissance européenne, *par Peter Burke*
H311. L'Homme de la Renaissance *collectif sous la direction d'Eugenio Garin*
H312. Philosophie des sciences historiques, textes réunis et présentés, *par Marcel Gauchet*
H313. L'Absolutisme en France, *par Fanny Cosandey et Robert Descimon*
H314. Le Monde d'Ulysse, *par Moses I. Finley* (réimp. ex-Pts Essais)
H315. Histoire des juifs sépharades, *par Esther Benbassa et Aron Rodrigue*
H316. La Société et le sacré dans l'Antiquité tardive *par Peter Brown*
H317. Les Cultures politiques en France *sous la direction de Serge Berstein*
H318. Géopolitique du XVIe siècle *par Jean-Michel Sallmann*
H320. Des traités : de Rastadt à la chute de Napoléon *par Jean-Pierre Bois*